PLÖTNER · KEMPER

Meuchelei
in der
Weihnachtsbäckerei

TÖDLICHE NASCHEREI Advent in Ruhrpott und Sauerland. 24 Türchen voll krimineller Energien, die manchmal sogar mörderisch werden. Die Motive sind genauso vielfältig wie die Verbrechen selbst. In Dortmund eskaliert eine Familienfeier beim großen Adventssingen im Stadion. Am Möhnesee will eine bankrotte Witwe wieder auf die Füße kommen, indem sie betuchte Gäste ausnimmt. Ob ihr das mit dem raffiniert erdachten Schneeballsystem beim Teeplausch gelingt? Mit dem Ruhestand beginnen die Probleme bei Ehepaar Rose aus Eslohe. Ist Frau Roses Verdacht, dass ihr Mann sie loswerden will, begründet? Der Grinch vom Lunapark in Fröndenberg hat es auf die Sparkasse abgesehen. Plant er tatsächlich einen Banküberfall? Und während im »Zirkus Travados« in Unna ein Mann auf der Toilette zu Tode kommt, konstruiert Bestsellerautorin Gerlach in Brilon einen speziellen Escape-Room, um sich an ihren ehemaligen Freunden zu rächen. Auf jeden Krimi folgt das passende Rezept. Lecker und völlig ungiftig!

© Baltrusch-Photo

Astrid Plötner lebt am Rande des Ruhrgebiets. Nach langjähriger Berufstätigkeit im Handel absolvierte sie ein Fernstudium in Schriftstellerei und arbeitet heute als freie Autorin. Sie schreibt vorwiegend Kriminalromane, die im Ruhrpott spielen. Aus dieser Serie sind »Todesgruß« und »Enkeltrick« im Gmeiner-Verlag erschienen, ebenfalls der Kurzkrimiband »Köstlich killt der Weihnachtsmann« gemeinsam mit Anke Kemper.
www.astrid-ploetner.de

© Susanne Droste

Anke Kemper lebt und arbeitet in Freienohl/Sauerland. Sie schreibt Theaterstücke für Erwachsene, spielt selbst leidenschaftlich Theater und Improvisationstheater und führt Regie. Sie ist Inhaberin des adspecta Theaterverlags. Zwischendurch schreibt sie humorvolle Kurzgeschichten und Krimis sowie kabarettistische Texte für Groß und Klein.
www.kempers-art.de

PLÖTNER  KEMPER

Meuchelei in der Weihnachtsbäckerei

Mörderischer Adventskalender

GMEINER

Immer informiert

Spannung pur – mit unserem Newsletter informieren wir Sie
regelmäßig über Wissenswertes aus unserer Bücherwelt.

Gefällt mir!

Facebook: @Gmeiner.Verlag
Instagram: @gmeinerverlag

Besuchen Sie uns im Internet:
www.gmeiner-verlag.de

© 2024 – Gmeiner-Verlag GmbH
Im Ehnried 5, 88605 Meßkirch
Telefon 0 75 75 / 20 95 - 0
info@gmeiner-verlag.de
Alle Rechte vorbehalten
1. Auflage 2024

Herstellung: Mirjam Hecht
Umschlaggestaltung: U.O.R.G. Lutz Eberle, Stuttgart
unter Verwendung von: © Illustration Lutz Eberle
mit Elementen von KatyaKatya / stock.adobe.com
Zeichnungen von: © Astrid Plötner und Anke Kemper
Druck: GGP Media GmbH, Pößneck
Printed in Germany
ISBN 978-3-8392-0713-0

INHALT

VORWORT

Wir haben es schon wieder getan! Pünktlich zu Weihnachten – eigentlich der besinnlichsten Zeit des Jahres – haben wir viel kriminelle Energie freigesetzt. Eingebettet in ein Ambiente aus duftenden Tannenzweigen, herrlichen Weihnachtsdekorationen und genussvollen oder auch feierlichen Momenten wird vom Ruhrpott bis ins Sauerland gemeuchelt, getrickst und betrogen.

Nach dem großen Erfolg unseres ersten mörderischen Adventskalenders mit Rezepten unter dem Titel »Köstlich killt der Weihnachtsmann« folgt hier also nun Teil zwei. Wir bringen Abwechslung auf den Tisch! Deshalb halten sich die Rezepte mit selbst gefertigten Zeichnungen, die im jeweiligen Krimi manchmal eine Haupt-, manchmal auch nur eine Nebenrolle spielen, dieses Mal vorrangig an süße Naschereien aus der Weihnachtsbäckerei.

Die 24 spannenden und verzwickten Storys könnten unterschiedlicher nicht sein. In einigen haben wir ein besonderes Augenmerk auf außergewöhnliche Tatorte gelegt. So geht die literarische Reise in einen Escape-Room, in den Signal-Iduna-Park, in eine Schokoladenmanufaktur, in den Zirkus, in ein B&B und in den Kletterwald, um nur einige zu nennen.

Wir hoffen, wir konnten Ihre Neugier wecken, und wünschen Ihnen nun genussvolle und spannende Unterhaltung sowie eine frohe und besinnliche Adventszeit!

Anke Kemper und Astrid Plötner

BIER AUF WEIN, DAS KANN TÖDLICH SEIN

Bierkuchen in Dortmund
Astrid Plötner

Der erste Advent fiel in diesem Jahr auf den ersten Dezember. Ein Datum, das wie ein böses Omen den Tag verdunkelte, als sei es der Hölle entstiegen. Am ersten Dezember war Dieter ums Leben gekommen und sie vermisste ihn schmerzlich seit nun schon 25 Jahren. Gudrun stand am Wohnzimmerfenster im dritten Stock und behielt die Straße im Auge. Ihre Freundin Christa musste jeden Moment kommen. Wenn sie sich beeilte, konnte sie auf der anderen Straßenseite seitlich der Mauer parken, die das Gelände des Brauereimuseums von der Steigerstraße abgrenzte. Eine Parklücke war noch frei, aber ob Christa mit ihrem Citroën da hineinpasste? Sie fuhr mit 75 Jahren zwar noch recht souverän, aber das Parken war nie ihre Stärke gewesen.

Gudrun riss ihren Blick von der Straße los, als der Wasserkessel in der Küche zu pfeifen begann. Sie eilte an den Herd, ließ das kochende Wasser in die Kanne mit dem blauen Zwiebelmuster laufen, wo sie bereits einige Löffel gemahlenen Kaffee hineingegeben hatte. Erneut warf sie einen prüfenden Blick auf den Esstisch im Wohnzimmer. Die weiße Damastdecke bestickt mit Tannenzweigen und Kerzen lag gestärkt und gebügelt darauf, das blau-weiße Kaffeeservice war für drei Personen gedeckt: für Christa und Gudrun und pro forma für Laura Robe. In der Mitte thronte der Adventskranz, an dem eine Kerze brannte. Direkt daneben stand der Bierkuchen. Dafür nutzte Gudrun stets ihre Gugelhupf-Backform und streute zum Schluss nur Puderzucker darüber. Genau so, wie sie ihn damals von Laura Robe bekommen hatte. Das Kaffee-trinken am ersten Dezember war zu einem Ritual gewor-den. Das Mindeste, was sie für ihre beste Freundin Christa tun konnte, nachdem sie ihr aus dem Schlamassel gehol-fen hatte. Das Desaster begann mit dem Tod von Dieter vor genau 25 Jahren.

*

Mittwoch, 1.12.1999

Dieter arbeitete als Fahrer bei der Brauerei gegenüber und kam nach Feierabend wieder einmal völlig erschöpft nach Hause. Sein Job hatte ihn jahrzehntelang erfüllt. Das Aus-liefern der Getränke machte ihm Freude, war er doch selbst ein leidenschaftlicher Biertrinker. Seine Fuhren gingen ins gesamte Ruhrgebiet und die Marktleiter der Super- und Getränkemärkte schätzten seine Zuverlässigkeit. Er war immer mit Elan bei der Sache gewesen. Der verging ihm jedoch mit dem neu eingestellten Disponenten, der nun seit etwa einem halben Jahr den Arbeitsablauf des Unter-nehmens auf den Kopf stellte. Neue Dienstpläne, neue Routen, neue Kunden. Und wehe, er fuhr zehn Minu-ten zu spät los, weil er die Getränkekisten nicht schnell genug verladen hatte. Markus Robe schien ein regelrechter Choleriker zu sein, denn Dieters fröhliche Stimmung verflog von Tag zu Tag.

Auch heute betrat er nach einer Zehn-Stunden-Schicht völlig fertig mit fahlem Gesicht und hängenden Schultern die Wohnung, warf seine Jacke über eine Stuhllehne in der Essecke und ließ sich in seinen Lieblingssessel fallen. »Ich schaff das so nicht mehr, Gudrun«, stöhnte er. »Der Robe hat mich aufm Kieker, das sach ich dir. Ich hatte 'ne Route, die mich von einer Baustelle inne nächste und von einem Stau innen anderen geführt hat. Ich glaube, der Typ will mich loswerden, mich so lange striezen, bis ich von selbst kündige.«

Gudrun setzte sich ihrem Mann gegenüber auf das Sofa. Besorgt betrachtete sie ihn. »Der macht dich kaputt, Dieter! Rede mal mit deinem Chef. So können die nicht mit dir umgehen. Nicht nach so vielen Dienstjahren.«

Dieter schloss die Augen und lehnte sich zurück. »30 Jahre maloche ich gezz inner Brauerei und dann so was.« Er schüttelte den Kopf. »Das halte ich nicht mehr lange aus, Gudrun.« Er sah sie verzweifelt an.

Gudrun nickte und stand schwungvoll auf. Sie würde sich etwas einfallen lassen müssen. Dieter so demotiviert zu sehen, das schmerzte. »Jetzt sorge ich erst mal fürs Essen.« Sie eilte in die angrenzende Küche und servierte kurz darauf gebratenes Steak mit Salzkartoffeln und Böhnchen. »Möchtest du ein Pilsken dazu?«

Dieter schüttelte den Kopf. »Nee, von Bier hab ich die Schnauze voll. Mach mal den Rotwein auf, den der Nachbar von unten mir letzten Monat zum Fünfzigsten geschenkt hat. Den gönnen wir uns gezz.«

Eine halbe Stunde später – Merlot und Steak hatten fantastisch geschmeckt – schrillte das Telefon.

»Nanu? Wer ruft denn um diese Zeit noch an?«, wunderte sich Gudrun, während sie sich von der Couch hochmühte und zum Hörer griff. »Ja bitte?«

»Robe hier!«, drang eine herrische Stimme an ihr Ohr. »Ihr Mann soll mal schnell rüberkommen. Er muss noch eine Fuhre machen.«

»Auf gar keinen Fall!«, erwiderte Gudrun resolut und ärgerte sich zum wiederholten Male darüber, dass der Robe glaubte, Dieter würde zu jeder Tages- und Nachtzeit springen, nur weil er direkt gegenüber der Brauerei wohnte. »Es ist halb zehn durch und Dieter hat Wein getrunken.«

»Jetzt holen Sie Ihren Mann ans Telefon oder er braucht gar nicht mehr zur Arbeit zu kommen!«, blaffte Robe.

Dieter war inzwischen aufgestanden und nahm ihr den Hörer aus der Hand. »Was gibt es?«, fragte er genervt und lauschte eine Weile. Dann nickte er und beendete das Gespräch. »Das dauert nicht lange, Gudrun!«, versprach er. »Einem Großkunden ist bei 'ner Weihnachtsfeier das Bier ausgegangen. Der hat sich bei über hundert Gästen verkalkuliert. Ich soll mit dem Bulli 20 Kästen rüberfahren.«

»Und das schafft der Klugscheißer nicht selbst? Du hast drei Gläser Wein intus, Dieter!«, mahnte Gudrun.

Er griff bereits nach seiner Jacke. »Ich bin schnell zurück, versprochen. Robe ist noch nie Bulli gefahren, aber er begleitet mich und will dann zurückfahren.« Er hauchte ihr einen Kuss auf die Wange und verließ eilig die Wohnung.

Gudrun erledigte den Abwasch und setzte sich vor den Fernseher. Als Dieter gegen Mitternacht noch nicht zurück war, begann sie sich Sorgen zu machen. Irgendwann zog sie sich eine karierte Wolldecke über die Beine und schlief bei laufendem Fernsehprogramm ein.

Das Klingeln der Türglocke riss sie aus einem Traum, an den sie sich bereits mit dem Aufstehen nicht mehr erinnerte. Verschlafen blickte sie auf ihre Armbanduhr, es war bereits nach 3 Uhr morgens. Ob Dieter den Hausschlüssel vergessen hatte?

Erneut klingelte es. Gudrun quälte sich müde zum Türdrücker und betätigte ihn. Sie öffnete die Wohnungstür und sah, wie im Treppenhaus das Licht anging. Da stiegen zwei Personen die Stufen in den dritten Stock hinauf. Kam Dieter in Begleitung?

Nachdem die Ankömmlinge die letzte Treppenbiegung genommen hatten, erschrak Gudrun. Zwei uniformierte Polizeibeamte standen vor ihr. Die Mützen hielten sie vor dem Bauch. Noch bevor sie den Mund aufmachten, wusste Gudrun, dass etwas Schlimmes passiert war.

»Ihr Mann ist mit dem Bulli der Brauerei ungebremst vor einen Baum gefahren«, erklärte einer der Polizisten leise. »Unser herzliches Beileid. Der Notarzt sagt, er sei sofort tot gewesen. Ist vielleicht kein Trost, aber bei einem Alkoholgehalt von fast drei Promille im Blut hat er vermutlich nicht viel gespürt.« Er legte Gudrun kurz die Hand auf die Schulter, dann drehten die beiden Beamten sich um und setzten im Hinuntergehen ihre Dienstkappen wieder auf.

*

Sonntag, 19. Dezember 1999

Der Heilige Abend rückte näher. Noch nie hatte sich Gudrun so einsam und verloren gefühlt wie in diesem Jahr ohne ihren geliebten Dieter. Sie aß kaum noch und fror erbärmlich. Ihre Wohnung musste sie auf 28 Grad heizen, damit sie es einigermaßen aushielt. Und immer noch fragte sie sich, warum Dieter so viel Alkohol im Blut gehabt hatte. Bei drei Gläsern Wein wäre er bei seiner Statur nicht mal auf ein Promille gekommen. Er musste also noch ordentlich gebechert haben, und das machte Gudrun stutzig, denn er trank normalerweise nie, wenn er fahren musste.

Sie wischte sich die Tränen aus dem Gesicht. Gleich würde ihre beste Freundin Christa kommen und sie wollte ihr nicht schon wieder verheult begegnen. Gemeinsam würden sie einen Spaziergang zum Nordfriedhof machen und ein Licht für Dieter zum vierten Advent anzünden. Die vier Kilometer hin und zurück würden ihr guttun.

Es klingelte. Christa war eine halbe Stunde zu früh dran. Gudrun stand auf und warf einen Blick in den Garderobenspiegel neben der Wohnungstür. Ein eingefallenes Gesicht mit rot unterlaufenen Augen und dicken Ringen darunter blickte ihr entgegen. Sie seufzte und betätigte den Türdrücker.

Kurz darauf klopfte es an der Wohnungstür und nicht Christa, sondern eine Frau um die 30 mit strohblonden Haaren und blauen Augen trat in die Wohnung. In ihren Händen hielt sie einen in Alufolie gewickelten Kuchen. »Entschuldigen Sie die Störung«, begann sie, »mein Name ist Laura Robe und ich möchte Ihnen im Auftrag meines Gatten unser Mitgefühl zum Tode Ihres Mannes aussprechen. Den Bierkuchen hat unsere Haushälterin selbst gebacken.« Sie hielt ihr das in Alufolie gewickelte Paket entgegen.

Gudrun starrte die Frau an, deren dürre Beine in engen Jeans und kniehohen Stiefeln steckten. Dazu trug sie einen mit Lammfell gefütterten Ledermantel und einen Schal, der nach feinster Merinowolle aussah.

Mit einem Schlag wich Gudruns Trauer einer blinden Wut. »Was bilden Sie sich ein?«, fauchte sie. »Ihr dämlicher Kuchen bringt mir meinen Mann nicht zurück.« Sie wollte Laura Robe aus der Wohnung schieben, aber diese erwies sich als kräftiger als gedacht.

»Hören Sie mir einen Moment zu. Markus wollte das gewiss nicht. Auf der Weihnachtsfeier ging es hoch her, immer wieder wurde er zum Trinken animiert. Mein Mann verträgt aber keinen Alkohol, deshalb hat er Ihrem Dieter die Gedecke zugeschoben.«

Gudrun riss den Kuchen an sich, knallte ihn auf die Kommode in der Diele und machte endlich den Weg frei. »Sagen Sie das noch mal! Dieter musste Bier und Klaren in sich reinschütten und dann hat Ihr Ehemann zugelassen, dass er sich hinters Steuer setzt?« Sie brüllte die letzten Worte völlig außer sich und warf die Wohnungstür ins Schloss.

Laura Robe schoss das Blut ins Gesicht. Sie trat in die Küche, lockerte ihren Schal und zog den Reißverschluss ihrer Jacke auf. »Hier ist ja eine Bullenhitze«, stöhnte sie.

Da das Wohnzimmer an der Frontseite des Hauses lag, erreichte man den Balkon nur über die Küche. Gudrun öffnete die Tür und Laura Robe drängte ins Freie. »Dieter hätte sich mit dem Alkoholpegel niemals freiwillig ans Steuer gesetzt!« Sie stellte sich neben Laura Robe auf den Balkon und verschränkte die Arme vor der Brust.

»Das glaube ich Ihnen sogar«, erklärte die Ehefrau des Disponenten. Mit den hohen Pfennigabsätzen war sie einen Kopf größer als Gudrun. Sie starrte über die Dächer des Dortmunder Nordens. »Was für eine hässliche Wohngegend«, meinte sie abschätzig. »Dass Sie sich hier wohlfühlen … Nun ja, ich wollte nur, dass Sie die Umstände des Unfalls verstehen.«

»Was gibt es da zu verstehen? Ihr Mann hat Dieter mit Alkohol abgefüllt und ihn nicht daran gehindert, mit dem Auto zu fahren. Das ist unterlassene Hilfeleistung!«, schluchzte Gudrun.

»Markus wollte erst selbst fahren, aber er kam mit dem großen Bulli nicht klar. Da hat er sich ein Taxi gerufen. Da der Firmenwagen am nächsten Tag in der Brauerei gebraucht wurde, musste Ihr Mann ihn zurückfahren, obwohl er sich zunächst geweigert hat. Markus konnte ja nicht ahnen, dass ...«

Gudrun schüttelte fassungslos den Kopf. »Ihr Mann hat einen völlig Betrunkenen zum Autofahren genötigt. Das ist Mord!«, rief sie voller Abscheu.

»Nun mäßigen Sie sich mal, gute Frau! Bei der Polizei haben wir zu Protokoll gegeben, dass Ihr Mann ein Säufer war, der kein Maß kannte. Bei der Version sollten Sie ebenfalls bleiben, falls Sie die betriebliche Witwenrente nicht riskieren wollen.« Sie stand mit dem Rücken zum Geländer, das ihr nur bis zum Po reichte.

Gudrun überlegte nicht. Mit unmäßiger Wut trat sie auf Laura Robe zu und versetzte ihr einen heftigen Stoß vor die Brust. Diese stolperte überrumpelt rückwärts, strauchelte und versuchte, sich am Geländer festzuhalten. Sofort bückte sich Gudrun und griff an die Storchenbeine. Sie wuchtete sie hoch und im nächsten Moment stürzte Laura Robe schreiend in die Tiefe.

Ihr Herz klopfte wild, als Gudrun über die Brüstung schaute. Die Ehefrau des Disponenten lag mit seltsam verdrehter Haltung auf dem Rücken im Hinterhof. Über ihr gebeugt ein Mann im Mantel. Sie erkannte ihn. Es war Dieters Kollege Rolf, mit dem er sich ab und zu auf ein Bierchen getroffen hatte. Zweimal war er auch in ihrer

Wohnung gewesen. Soweit sie wusste, wohnte er am Borsigplatz. Jetzt hielt er seinen Kopf mit dem Ohr dicht an den Mund von Laura Robe, gerade so, als würde er ihren letzten Worten lauschen.

*

25 Jahre später

Christa kam pünktlich an diesem ersten Dezember, an dem sie sich jedes Jahr trafen, um zu Dieters Andenken einen Bierkuchen zu essen. Heute kam Christa jedoch mit ernstem Gesicht die Stufen hinauf. Ihr Blick wirkte düster und das lag nicht am Rheuma, das ihr das Treppensteigen erschwerte. Sie legte einen Brief auf die Kommode im Flur, bevor sie sich aus ihrem Mantel schälte. »Wir werden erpresst«, sagte sie und fuhr sich vorm Spiegel mit den Fingern durch ihr schlohweißes Haar. »Der Kerl von damals braucht Geld. Du weißt schon, der, der unsere Aussage bestätigt hat.« Sie ging ins Wohnzimmer und setzte sich an den gedeckten Tisch.

»Rolf? Der Ex-Kollege von Dieter?«, fragte Gudrun überrascht. Sie erinnerte sich noch gut an den schlanken, rothaarigen Mann, obwohl sie ihn seit damals nicht gesehen hatte. Er hatte alles bestätigt, was Christa und Gudrun zu Protokoll gegeben hatten. Er habe die Frau des Disponenten bis zur Wohnungstür gebracht und ihr dort den Bierkuchen übergeben. Laura Robe sei von Christa und Gudrun zum gemeinsamen Trauern beim Kaffeetrinken erwartet worden. Er habe auf die Robe warten sollen, um sie nach Hause zu fahren. Da es sehr windig gewesen sei an jenem Tag, habe er sich in den Innenhof gestellt.

Eine halbe Stunde später sei ihm die Frau des Disponenten neben die Füße geknallt. Er habe sich sofort über sie gebeugt und sie habe gewispert, sie sei gestolpert und über die Brüstung gestürzt. Der gerufene Notarzt habe nur noch ihren Tod feststellen können.

»5.000 Euro will er«, erklärte Christa und teilte mit dem bereitliegenden Messer ein Stück vom Bierkuchen ab. »Er wird jeden Moment hier sein, um das Geld in Empfang zu nehmen.«

»Wie? Du hast ihn herbestellt? Warum?«, fragte Gudrun und setzte sich völlig perplex.

»Na«, sie mampfte genüsslich, »ich habe ihm gesagt, er kann die 5.000 hier abholen, wir hätten unsere Ersparnisse zusammengekratzt. Natürlich habe ich ordentlich aufgedreht und Verzweiflung vorgeheuchelt.« Sie lehnte sich zurück und wischte sich mit dem Handrücken die Krümel vom Mund.

Obwohl Christa drei Jahre älter war als sie selbst, hatte Gudrun sie bislang für geistig fit gehalten. Jetzt kamen Zweifel auf. »Hast du das Geld? Wieso hast du nichts gesagt? Wo soll ich jetzt auf die Schnelle meinen Anteil hernehmen?«

»Wir werden nicht bezahlen« erwiderte Christa trocken. »Wir müssen uns den Kerl vom Hals schaffen. Stell dir vor, er sagt der Polizei die Wahrheit! Laura Robe hat ihm damals ins Ohr geflüstert, dass sie von dir gestoßen wurde. Er hat gelogen, weil er Mitleid mit dir hatte und weil er selbst in der Brauerei schlecht behandelt wurde. Mit seinen 75 Jahren will er nun sein Gewissen erleichtern.« Sie schüttelte den Kopf. »Wir können nicht riskieren, dass er zur Polizei geht. Ich möchte einen Großteil meines Lebensabends nicht wegen einer Falschaussage hinter Gittern verbringen.«

Gudrun sackte in sich zusammen. »Er hat 25 Jahre geschwiegen, Christa. Ich zahle einfach die 5.000. Die bekomme ich schon zusammen. Rolf wird mir bestimmt einen Aufschub gewähren. Warum nur hast du nicht vorher mit mir gesprochen?«

Christa nahm sich ein zweites Stück Kuchen. »Hm«, schwärmte sie und schloss die Augen. »Der Bierkuchen schmeckt fantastisch.«

»Christa!«, rief Gudrun verzweifelt. Sie spürte, wie ihr Blutdruck in die Höhe schoss. Sie sah sich bereits im Gefängnis verrotten. »Jetzt rede endlich.« Die Türglocke ertönte. »Verdammt, da ist er schon«, jammerte Gudrun und konnte sich das verkniffene Grinsen im Gesicht ihrer Freundin nicht erklären.

»Nun mach schon auf! Mit dem Kerl werden wir fertig, Gudrun!«, meinte sie nur und schnitt drei weitere Stücke Kuchen ab, die sie auf die drei Teller verteilte. »So ein Bierkuchen als Henkersmahlzeit ist doch nicht das Schlechteste.« Sie grinste.

Gudrun schüttelte entsetzt den Kopf. Was hatte Christa vor? Wollte sie Rolf etwa auch über die Balkonbrüstung schubsen? Das Geländer war immer noch recht niedrig und so, wie sie Rolf in Erinnerung hatte, war der größer als Laura Robe mit ihren hohen Stiefelabsätzen. Mit zitternden Fingern betätigte sie den Türöffner und wartete mit pochendem Herzen an der Wohnungstür. Als Rolf die letzte Biegung nahm, sah sie, dass er einen riesigen Weihnachtsstern nach oben schleppte. Verwirrt trat Gudrun einen Schritt zur Seite, um ihn in die Wohnung zu lassen. »Hallo, Rolf«, murmelte sie leise.

»Schönen ersten Advent«, erwiderte er und drückte

ihr den roten Christstern in die Hand. »Hat Christa es dir schon gesagt?«

Gudrun folgte Rolf ins Wohnzimmer, wo er wie selbstverständlich seine Jacke über die Stuhllehne hängte, sich neben Christa setzte und zärtlich ihre Hand ergriff. »Wir werden zusammenziehen. Da können wir uns ein bisken gegenseitig unterstützen«, erklärte er, »Christa meinte jedenfalls, ich soll ab gezz an eurem jährlichen Ritual teilnehmen.« Er goss sich Kaffee in die Tasse. »Ich liebe Prüttkaffee.«

Gudrun ließ sich ächzend auf den Stuhl gegenüber der beiden fallen. »Du hast mich verarscht!«, warf sie Christa vor und wusste nicht, ob sie erleichtert oder wütend sein sollte.

Christa nickte. »Ich konnte nicht anders«, meinte sie lachend. »Jedes Jahr, wenn wir uns zum Bierkuchen getroffen haben, hast du gezittert, dass uns der Rolf irgendwann verraten würde. Und dann habe ich ihn im Sommer in der Stadt getroffen. Ich habe ihn spontan auf einen Kaffee eingeladen und dabei haben wir auch über die alte Geschichte geredet.«

»Ich wär nicht im Traum drauf gekommen, euch zu verpfeifen«, meinte Rolf und nahm einen großen Bissen vom Kuchen. »Die Laura Robe und ihr Mann«, fuhr er mampfend fort, »das waren Sklaventreiber. Am liebsten hätte ich den Markus Robe hinter seiner Alten vom Balkon geschupst, aber er war ja nicht dabei gewesen, und deshalb musste ich den noch eine Weile inner Brauerei ertragen. Genau genommen bis zum vorzeitigen Ruhestand.«

Gudrun atmete auf. Endlich war auch sie in der Lage, den Bierkuchen zu kosten. Er schmeckte in der Tat vorzüglich. Das einzig Gute, das den schrecklichen Tag von damals begleitet hatte. Sie sah in die glücklichen Gesichter von Christa und Rolf und bemerkte erleichtert, dass sie ihre Ängste, doch noch des Mordes überführt zu werden, nach 25 Jahren endlich begraben konnte.

Rezept: Bierkuchen

Zutaten für den Teig:
  250 g Mehl
  150 g Zucker
  150 ml helles Bier
  4 Eier
  2 TL Backpulver
  ¼ TL Salz
  1 Pck. Vanillezucker
  2 EL Butter

Für den Zuckerguss:
  250 g Puderzucker
  2 EL Bier

Mehl sieben und mit Backpulver und Salz vermischen, beiseitestellen. Zucker mit Eiern und Vanillezucker fünf Minuten lang auf höchster Stufe aufschäumen, danach vorsichtig das Mehlgemisch unterheben. Das Bier bis kurz vor dem Siedepunkt erwärmen, Butter schmelzen. Beides unter leichtem Rühren zum Teig geben und eine Gugelhupf-Form fetten. Teig in die Form geben.

Backzeit: 50 bis 60 Minuten bei 180 °C Ober-/Unterhitze/160 °C Umluft.

Kuchen abkühlen lassen. Für die Zuckerglasur den Puderzucker mit dem Bier anrühren (muss dickflüssig bleiben). Kuchen damit bestreichen.

TEE UND TRATSCH

Scones mit Frischkäse und Marmelade
am Möhnesee
Anke Kemper

Nelly hatte kaum geschlafen. Dieses Mal nicht aus Sorge. Sie hatte die halbe Nacht damit zugebracht, im Internet zu recherchieren. Jetzt glaubte sie, die Lösung für all ihre Probleme gefunden zu haben. Genauer gesagt für die Probleme ihrer Chefin Lisbeth Diederich, die damit auch ihre eigenen waren. Sie arbeitete ihr halbes Leben für Lisbeth und konnte sich nicht vorstellen, mit Ende 50 einen Neubeginn zu wagen. Sie liebte das Haus, das sich in exklusiver Lage am Südufer des Möhnesees befand, den Garten und die wunderschöne Landschaft, die Wanderwege ringsherum und ihre Ausflüge zum *Möhneturm*. Nelly Vogt und die mittlerweile 70-jährige Lisbeth Diederich hatten sich im Laufe der Jahre angefreundet. Unter dem Mantel der Verschwiegenheit, verstand sich. Nach außen hin mimte Lisbeth die Herrin des Hauses, die Frau Direktor, wie sie überall genannt wurde, und behandelte Nelly wie ihre Hausangestellte – stets freundlich, aber bestimmt. Nelly war das recht, sie wollte nicht, dass mit ihr anders umgegangen wurde. Zumal sie die vermeintlich standesgemäßen

Freundinnen ihrer Chefin, die einmal wöchentlich zum Bridge antanzten, nicht ausstehen konnte und nicht mehr als nötig mit ihnen zu tun haben wollte. Sie war jedes Mal erleichtert, wenn sie die Damen bedient und beköstigt hatte, sodass sie sich mit einem guten Buch in ihre eigene Welt zurückziehen konnte.

Ihre Chefin hatte ein Faible für England. Seit sie in jungen Jahren geheiratet hatte, hatte sie ihren Ehemann bei jeder Geschäftsreise ins Königreich begleitet. Nach einer komplizierten Knie-OP war ihr das irgendwann nicht mehr möglich gewesen und der Herr Direktor reiste von da an mit seiner Sekretärin. Das führte unweigerlich dazu, dass er irgendwann nicht mehr in Lisbeths Haus und auch nicht mehr an ihrer Seite erwünscht war, aber ihre Liebe zu allem, was aus England kam oder damit zu tun hatte, war geblieben. Fast täglich musste Nelly frische Scones backen, die Lisbeth zur Tea-Time um vier wünschte. Standesgemäß saß sie dann in ihrem original Chesterfield-Sessel am Teetischchen im Wintergarten mit Blick auf den Garten, der zur Herbst- und Winterzeit extra für den schönen Schein aufwendig beleuchtet wurde, damit Tee und Scones in angemessenem Ambiente verzehrt werden konnten. Die dazugehörige Clotted Cream bereitete Nelly schon lange nicht mehr zu. Der zeitliche Aufwand hierfür war ihr zu hoch. Nelly hatte einen wunderbaren Ersatz, bestehend aus Frischkäse, aufgepeppt mit fetter Sahne, gefunden, um die Masse cremig zu machen, und hatte Lisbeth davon überzeugen können. Dass die Erdbeermarmelade dazu selbst gemacht sein musste, stand außer Frage. Nelly kochte zur Sommerzeit fast täglich frische Erdbeermarmelade auf Vorrat ein, damit sie zur übrigen Jahreszeit das süße, leckere Beiwerk zu den Scones stets zur Verfügung hatte. Die Früchte kaufte sie direkt vom Obsthof in der Soester Börde, der nur wenige Kilometer entfernt lag.

Lisbeth saß bereits am gedeckten Tisch und blätterte lustlos durch die Tageszeitung, als Nelly mit einer Kaffeekanne den Frühstücksraum betrat.

»Guten Morgen, Lisbeth«, sagte Nelly freundlich und goss unaufgefordert den Kaffee ein.

»Ach, guten Morgen, Nelly«, antwortete Lisbeth leise. Sie trug ihre Sonnenbrille und Nelly wusste, dass sie wieder geweint hatte. Deine eigene Schuld, du dumme Nuss, hätte Nelly am liebsten geschrien. Nutzte aber nichts mehr. Das Geld war weg. Lisbeth hatte sich nach der Trennung von ihrem Mann auf eine großzügige monatliche Zahlung eingelassen, die sie mit vollen Händen ausgegeben hatte, um ihren gewohnten Lebensstandard halten zu können. Dabei hatte sie das Kleingedruckte übersehen, das besagte, dass nach dem Ableben des Herrn Direktor auch die Zahlungen ausbleiben würden. Sein Tod lag nicht mal ein halbes Jahr zurück und Lisbeth war nicht mehr flüssig. Nellys Anregung, die Kunstsammlung und die Pelze zu verkaufen, um schnell an Geld zu kommen, war auf taube Ohren gestoßen. Lisbeth hielt stur daran fest, ihren Status niemals aufgeben zu wollen.

Nelly nahm zwei gefaltete Blatt Papier aus ihrer Kittelschürze und platzierte sie auf dem Tisch. »Was ist das?«, wollte Lisbeth wissen, faltete sorgfältig die Zeitung zusammen und strich lustlos über das Papier.

»Unsere Rettung. Also, deine Rettung.«

»Wie kann das sein?«

»Lies es, und du weißt, was wir machen werden.«

»Ach. Wirklich? Erzähl es mir bitte.« Lisbeth nippte an der Kaffeetasse und lehnte sich zurück.

Nelly räusperte sich, stellte sich neben ihre Chefin und begann zu erklären: »Es geht hierbei um ein altbewährtes System, das Menschen dazu veranlasst, Geld zu investieren.«

»Was soll mich daran retten? Ich habe nichts zu investieren, das hatte ich dir doch erklärt. Und fang nicht wieder davon an, dass ich die Kunstwerke veräußern soll«, erwiderte Lisbeth, nahm ihr Taschentuch aus einem gehäkelten Täschchen und schnäuzte sich vornehm.

»Es geht auch eher darum, dass andere investieren. In dich, sozusagen«, fuhr Nelly fort.

»Du sprichst in Rätseln.«

»Wir müssen dich als Produkt des finanziellen Erfolges verkaufen mit einem versprochenen Zinssatz von monatlich, sagen wir, zehn Prozent und die Leute werden Schlange stehen und dir das Geld nachwerfen. Lies das in Ruhe, ich mache schnell die Pfannkuchen«, sagte Nelly und verschwand in die Küche. Als sie knappe zehn Minuten später mit einem Tablett dampfender Pfannkuchen zurückkam, hatte Lisbeth ihre Sonnenbrille durch die Lesebrille ersetzt und brütete über den Text, den Nelly ihr gegeben hatte.

»Mhm«, sagte Lisbeth schließlich. »Interessant.«

»Interessant?«, Nelly tat entrüstet. »Das ist die Chance!«

»Diese Dame, diese Frau …«

»Adele Spitzeder«, führte Nelly fort.

»Genau. Das hat sie ja toll eingefädelt, aber wenn ich das richtig lese, ist sie aufgeflogen und im Gefängnis gelandet.«

»Tja, dumm gelaufen. Wird uns nicht passieren.«

»Ach, und warum nicht?«

»Weil wir nur Leute ansprechen, denen es viel zu peinlich wäre zuzugeben, darauf reingefallen zu sein und unversteuertes Bargeld gehortet zu haben.«

Lisbeth antwortete nicht. Sie nahm sich einen Pfannkuchen, bestrich ihn mit Erdbeermarmelade und begann zu essen. Nelly zog einen Stuhl heran und setzte sich dazu.

»Und wen genau meinst du damit?«, fragte Lisbeth schließlich.

»Na, nehmen wir mal deine Bridge-Damen, die hier jeden Montag auftauchen, sich bedienen lassen und den Tratsch des Dorfes in die Welt tragen, während sie sich dabei gegenseitig zu übertrumpfen versuchen.«

»Mhm«, meinte Lisbeth.

»Wenn du denen so ganz nebenbei erzählst, dass du ein spektakuläres, gewinnbringendes Investment getätigt hast, wollen sie das auf jeden Fall auch. Da bin ich mir sicher.«

»Mhm.«

»Ganz sicher«, wiederholte Nelly. »Weiß schon jemand, dass du pleite bist?«

Lisbeth schreckte auf. »Um Gottes willen, das darf niemals nach außen getragen werden. Ich habe es nur dir erzählt, und du hast mir versprochen, das Geheimnis zu hüten.«

»Aber ja, keine Sorge. Wenn außer deiner Bank niemand davon Ahnung hat, umso besser, du musst nur ein bisschen plaudern, so ganz nebenbei, und sie springen direkt darauf an. Wirst sehen, du bist ihr Vorbild.«

»Oh, Nelly, das halten meine Nerven nicht aus.« Lisbeth schluchzte an Nellys Schulter.

Ab diesem Zeitpunkt schlief Nelly nur noch stundenweise. Sie hatte knapp drei Tage Zeit, um ihren Plan Schritt für Schritt vorzubereiten. Am folgenden Bridge-Montag mussten sie starten. Die Zeit wurde knapp. Lisbeth hatte mit einem zurückhaltenden Nicken zugestimmt und Nelly mit: »Ich vertraue dir«, uneingeschränkte Handlungsvollmacht erteilt. Das Schwierigste war, dass sich die Zeiten, seit Adele Spitzeder das Schneeballsystem im 19. Jahrhundert groß gemacht hatte, drastisch geändert hatten. Die *Bankenaufsicht, EZB, BaFin* und weitere wichtige Behörden und Institutionen machten einen Betrug im großen Stil und auf lange Sicht fast unmöglich. Trotz ihrer Recherchen kannte sich Nelly nicht genügend damit aus. Womit sie sich allerdings auskannte, war der Kryptomarkt.

Der Gärtner war's. Roland Schopp. Der Frührentner war für fast alle Gärten in dieser Straße auf dem Jahrmarkt der Eitelkeiten zuständig, auch für Lisbeths. Während der Winterzeit räumte er die Wege vom Schnee frei, ab Februar schnitt er wieder die Bäume und Sträucher. Er und Nelly hatten sich schnell angefreundet, gingen regelmäßig in ihrer Freizeit am und um den Möhnesee wandern, mieteten bei gutem Wetter ein Ruderboot oder verabredeten sich auf einen Kaffee. Roland hatte sich von seinem Neffen alles über *Bitcoin* und Co. erklären lassen und dieses Wissen an Nelly weitergegeben. Erst durch Erzählen, dann hatten die beiden für Nelly ein Wallet eingerichtet und die ersten Käufe getätigt. Die Begeisterung bei Nelly hielt sich in Grenzen, da sie wusste, wie spekulativ dieser Handel war, und sie ihr überschaubares Einkommen lieber konventionell sparte. Jetzt aber war sie Feuer und Flamme. Trotzdem kam sie nicht umhin, Roland in ihre Pläne einzuweihen, auch wenn sie ihr Versprechen Lisbeth gegenüber damit brach. Aber Lisbeth hatte ja auch ihr Wort gebrochen, indem sie Nelly eine Anstellung auf Lebenszeit zugesichert hatte. »Für dich ist gesorgt, solange du lebst«, hatte sie versprochen. Große Worte, nichts dahinter. Weil sich die Ereignisse überschlugen, brauchte Nelly für dieses Projekt eine vertraute Person an ihrer Seite. Und das war ihr neu gewonnener Freund Roland.

Der Bridge-Montag kam und Nelly wuselte nervös in der Küche herum. Sie hatte Lisbeth eingewiesen, was sie sagen sollte und was auf gar keinen Fall. Lisbeth hatte nur mit den Schultern gezuckt und gesagt: »Ich habe schon in der Schulzeit Theater gespielt, das sollte jetzt wohl auch noch funktionieren.«

Nelly hatte darauf nicht geantwortet. Sie befürchtete, dass jetzt nur noch Beten half. Roland stand auf Abruf bereit, wenn sie Hilfe brauchte, und er würde sie auch mental unterstützen, hatte er versprochen. Nelly wechselte ihre Küchenschürze in die Bedienschürze, als sie mit dem Tischeindecken fertig war. Wieder standen die üblichen Scones mit den altbewährten Beilagen bereit, dazu eine Kanne Tee und natürlich Champagner, Cracker, verschiedene Käsehäppchen und Dips. Auf dem Spieltisch daneben lagen die Bridgekarten bereit, das Licht war gedimmt, die Spannung kaum auszuhalten. Schnell eilte sie in die Diele, als es an der Haustür klingelte. Lisbeths Auftritt war gewohnt vornehm zurückhaltend, während ihre Bridgedamen mit einem übertriebenen »Hallo« das Haus betraten, als hätte man sich Monate nicht gesehen. Nelly diente als Garderobenständer für Nerz, Zobel und Kaschmir. Die Damen schwebten eingehüllt in *Chanel No 5* Richtung Spieltisch, wo alle ihren gewohnten Platz einnahmen. Lisbeth saß ihrer Spielpartnerin Karin Groß gegenüber, das andere Duo bildeten Helene Funke und Ortrud Schultenkemper. Bevor es losging, genossen die Damen ein Glas Champagner und tauschten wie üblich den neuesten Tratsch aus. Essen war am Spieltisch nicht erlaubt. Die Regeln waren streng.

»Wenn Sie noch etwas wünschen, Frau Direktor, ich bin in der Küche«, sagte Nelly zum Abschied.

Lisbeth nickte. »Ich denke, ich habe alles im Griff, danke, Nelly.«

Nelly schloss die Wohnzimmertür hinter sich. Das Spiel war eröffnet.

Der Abend schien nicht zu Ende gehen zu wollen. Nelly war in der Küche auf und ab gegangen, hatte Schränke ausgeputzt, den Backofen gereinigt, mit Roland gechattet, gebetet und war wieder auf und ab gegangen. Aus dem Wohnzimmer hatte sie nichts Ungewöhnliches vernommen. Erstaunlich war, dass Lisbeth sie nicht zwischenzeitlich gerufen hatte, um Getränke einzuschenken, frischen Tee aufzubrühen oder das Taxi zu rufen. Es gab auch keine Freudenrufe, wenn ein Duo gewonnen hatte. Da stimmt doch was nicht, dachte Nelly und überlegte, unter welchem Vorwand sie das Wohnzimmer betreten konnte. Hoffentlich hatte Lisbeth das Vorhaben nicht in Schall und Rauch aufgelöst, bevor es überhaupt angefangen hatte. Nellys Wut auf ihre Chefin steigerte sich bei jedem Schritt durch die Küche. Wie konnte man in all den Jahren so viel Geld für unnötigen Schnickschnack ausgeben und denken, dass es immer so weitergehen würde? Endlich. Die Wohnzimmertür öffnete sich und Lisbeth verabschiedete ihre Freundinnen. Nelly unterbrach ihre Wanderung und lauschte. Die Damen schafften es offensichtlich allein in ihre Mäntel und verließen das Haus ohne die übliche Verabschiedungseuphorie. Autotüren öffneten sich und wurden zugeschlagen, das Taxi fuhr los. Stille. Lisbeth trug ihre Pumps in der Hand, als sie die Küche betrat.

»Und?«, fragte Nelly.

»Ich gebe es nicht gerne zu, aber du hattest recht. Diese geldgierigen Ziegen. Sollen sie kriegen, was sie verdienen«, antwortete Lisbeth.

»Und weiter?«

»Ich bekomme morgen die ersten Zahlungen. Bar. Wie du es gewünscht hast. Die Damen Friseurmeisterin, Gärtnereibesitzerin und Gastronomin haben tatsächlich Schwarzgeld, das sie investieren wollen. Ich bin entsetzt. Aufs Äußerste entsetzt. Gute Nacht.« Lisbeth wandte sich zum Gehen. »Nelly, ich vertraue dir. Das muss funktionieren, sonst bin ich verloren«, sagte sie zum Abschied und schloss die Küchentür.

Es war drei Uhr morgens, als Nelly die Villa wieder betrat und in ihr Apartment im Souterrain schlich. Roland hatte sie direkt nach ihrem Anruf abgeholt und sie waren den Plan etliche Male durchgegangen, während der Drucker in dem kleinen Arbeitszimmer des Gärtners surrte. Nelly legte sich bekleidet aufs Bett und schloss die Augen. Sie war zu erschöpft, um sich auszuziehen und zu duschen. In drei Stunden würde ihr Arbeitstag beginnen. Und die Maschinerie ihres Plans in Gang gesetzt.

Lisbeth übertraf ihr schauspielerisches Können. Vielleicht war es auch ihr erlerntes Pokerface aus der Zeit, als sie mit ihrem Mann auf Geschäftsreise gegangen war. Oder einfach die Angst, das Haus, ihre Pelze, Designerkleider,

Kunstwerke und vor allem ihren Status als Frau Direktor zu verlieren.

»Was du nicht alles kannst«, hatte sie zu Nelly gesagt, als die ihr die ausgedruckten Formulare der gegründeten *MÖHNE-Invest* übergab. Nelly nickte nur und schwieg. Ihren Mitwisser Roland Schopp brachte sie nicht ins Spiel. Wie erwartet hatten ihre Bridgedamen die ersten Summen in bar eingezahlt, die Papiere unterschrieben und freuten sich auf die Zinszahlung in Höhe von zehn Prozent, die sie in einem Monat abholen konnten. Der Hinweis »Bitte erzählt nur engen Vertrauten von dem Geschäft. Es ist sehr exklusiv und wir wollen ja nicht jeden für dieses großartige Projekt haben« hatte genau die Wirkung gezeigt, die Nelly vorausgesagt hatte. Die versprochenen zwei Prozent zusätzlicher Zinsen für jeden weiteren geworbenen »vertrauten« Kunden brachten in kürzester Zeit den gewünschten Schneeball ins Rollen. Nelly hatte kaum noch Zeit, sich wie gewohnt um den Haushalt zu kümmern. Jeden zweiten Tag fuhr sie zum *Hofladen Sauerland* nach Neheim, wo ein Bitcoin-Automat stand und sie Bargeld in Bitcoin umwandeln konnte. Meistens begleitete Roland sie als moralische Unterstützung. Da die tägliche Summe, die eingezahlt werden konnte, auf 4.000 Euro begrenzt war, hatte sie mit Lisbeth vereinbart, dass einiges an Bargeld in der Villa im Safe gelagert werden musste. Roland hatte für sie den Bitcoin-Kurs im Blick. Eigentlich hatten sie an alles gedacht.

Am Montag, den 2.12., einem Bridge-Montag, überkamen Nelly große Zweifel. Lisbeth hatte aus der Vergangenheit nichts gelernt. Sie gab das Geld, das sich im Safe stapelte, mit vollen Händen aus. Für den Bridge-Abend hatte sie für jede ihrer Freundinnen ein teures Schmuckstück von ihrem Lieblingsjuwelier besorgen lassen. Für sich selbst ein edles Collier dazu. Als Adventsgeschenk, hatte sie erklärt. Auch Nelly bekam ein goldenes Armband mit einem kleinen Diamanten verziert. Sicherlich ein lieb gemeinter Zug, aber viel zu riskant. Während Nelly immer weitere Strecken mit dem Auto fuhr, um so unauffällig wie möglich größere Einkäufe zu erledigen, die sie neuerdings in bar bezahlte, wurde Lisbeth unvorsichtig. Und das konnte gefährlich für sie alle werden. Auch für Roland. Nelly bereitete für den heutigen Bridge-Abend alles wie gewohnt vor. Dieses Mal hatte sie zusätzlich einige Weihnachtsplätzchen gebacken und eine süffige Schlammbowle vorbereitet. Das Zimmer war aufwendig geschmückt. Draußen im Garten leuchteten Lichterketten in den Tannen und große goldfarbene Kugeln wippten im Wind. Nelly sah sich bedächtig um. So viele Jahre hatte sie hier mit Lisbeth verbracht. Für sie gearbeitet und alle Launen ertragen. Sie hatte diese Zeit geliebt. Sie mochte die Arbeit. Sie mochte Lisbeth und sie schuldete ihr nichts.

Während die Damen spielten, packte Nelly ihre Koffer. Den Brief, den sie an Lisbeth geschrieben hatte, legte sie auf den Küchentisch. Die Schmuckschatulle mit dem Armband daneben. Es war an der Zeit zu gehen und mit Roland einen Neuanfang zu wagen. Sie würde mit ihrem neu gewonnenen Freund eine längere Reise durch Spanien unternehmen. Roland wusste, wie man mit der Bitcoin-Debit-Card weltweit bezahlte, und Nelly vertraute ihm.

Im Wohnzimmer kreischten die Damen um die Wette. Es hörte sich nicht danach an, als würden sie konzentriert Bridge spielen. Nelly schloss leise hinter sich die Haustür und stapfte durch den Schnee Richtung Auto. Ein letzter Blick zurück, dann startete sie in ihr Abenteuer.

*

Hinweis der Autorin: Die Schauspielerin Adele Spitzeder brachte bereits im 19. Jahrhundert mithilfe des Schneeballsystems Tausende Menschen um ihr Erspartes und flog damit auf. Diese Betrugsmasche – in verschiedenen Variationen – funktioniert noch heute.

Rezept: Scones mit Frischkäse und Marmelade

Zutaten:
- 250 g Mehl
- 1 EL Backpulver
- 1 EL Zucker
- ½ TL Salz
- 60 g kalte Butter
- 150 ml Vollmilch
- 1 Ei zum Bestreichen

Das Mehl mit Backpulver, Zucker und Salz mischen. Die kalte Butter in Stücken mit dem Finger unter das Mehl kneten, bis die Konsistenz von krümeligem Sand entsteht. Das Mehlgemisch zurück in die Schüssel geben und in der Mitte eine Mulde formen. Milch in die Mulde gießen und mit einer Gabel das Mehl unterheben, bis sich der Teig zusammenfügt – der Teig wird nicht mehr geknetet, um die typische Konsistenz der Scones zu erreichen.

Den Backofen auf 190 °C Ober-/Unterhitze vorheizen. Ein Backblech mit Backpapier auslegen.

Die Arbeitsfläche leicht bemehlen, den Teig darauf geben und ebenfalls mit Mehl bestäuben, damit beim Ausrollen nichts anklebt. Den Teig 3 cm dick ausrollen und mit einem runden Keksausstecher (6 cm) ca. 9 Scones aus dem Teig stechen.

Die Scones auf das Backblech setzen und mit einem verquirlten Ei bestreichen. Im vorgeheizten Backofen auf der mittleren Schiene für 15–20 Minuten backen.

Die Scones schmecken bereits lauwarm herrlich.

Zu den Scones passt Frischkäse pur oder mit Sahne untergerührt. Dazu verschiedene Marmeladen – je nach Geschmack – genießen.

ZIRKUSLUFT UND EIN TOTER SCHUFT

Weihnachtlicher Crumble mit Vanilleeis
in Unna
Astrid Plötner

Die Karten für den Abend im *Circus Travados* hatte Rabea
für sich und ihre Flur-Nachbarin Mirja Sawatzki besorgt.
Rabea freute sich riesig auf das Ensemble, das vorwiegend
aus Kindern und Jugendlichen bestand. Nach dem fantastischen Erfolg der Jubiläumsshow *Fisso* zum 40-Jähri-
gen im vergangenen Jahr war sie neugierig auf die aktuelle Darbietung. Den einzigen Haken beim Zirkusbesuch
stellte Mirjas Ehemann Jean dar. Der hatte wegen schweren Raubs noch bis vor einem halben Jahr im Knast gesessen, war jetzt auf Bewährung raus und kaum zu ertragen.
Rabea hatte einen Plan ausgetüftelt, ihn kurzfristig aus-
zuschalten, bei der heutigen Vorbereitung lief jedoch so
ziemlich alles schief.

Zuerst fiel ihr auf, dass sie weder Zimt noch Haferflo-
cken im Haus hatte. Auf dem Weg Richtung Lidl staute
sich der Verkehr, sie musste eine Viertelstunde auf einen
Parkplatz warten und im Discounter war nur eine Kasse
geöffnet. Auf dem Rückweg nahm sie in der 30er-Zone

jede rote Ampel mit, ehe sie in der Parkstraße ankam, wo sie in einer hübschen Dreizimmerwohnung mit Blick auf den Kurpark lebte. Im Treppenhaus lief sie in die Arme von Helga Meier aus dem Erdgeschoss. Einer herzensguten Ü-80-Jährigen, zierlich, mit weißem Haar, das wie eine Haube auf ihrem Kopf saß. Mit ihr setzte sich Rabea ab und zu bei einem Kaffee zusammen. Jetzt berichtete Helga Meier ihr völlig erregt vom Besuch ihres Neffen am heutigen Abend. »Tillmann ist so ein guter Junge«, schwärmte sie. »Ich habe mich sehr gefreut, als er sich nach so vielen Jahren bei mir gemeldet hat. Er kommt heute zwischen vier und fünf.«

»Das freut mich, Frau Meier.« Rabea hätte sich gern länger über den Neffen unterhalten, aber ihr lief die Zeit davon.

»Stellen Sie sich vor, ich dachte immer, er lebt in Kanada, dabei ist er vor einem halben Jahr zurückgekehrt. Professor ist er jetzt, an der Universität in Bochum. Er lehrt Germanistik und Romanische Philologie. Wissen Sie, was das ist?«

Rabea schüttelte den Kopf und musste daraufhin einen Vortrag über die Erforschung der romanischen Sprachen, die innerhalb und außerhalb Europas gesprochen wurden, über sich ergehen lassen. »Der Tillmann, der kann Ihnen bestimmt noch mehr dazu sagen, Fräulein Rabea. Wollen Sie heute Abend nicht zum Essen kommen? Es gibt original Wiener Schnitzel, die hat der Tillmann sich gewünscht.«

»Vielen Dank für die Einladung, Frau Meier, aber heute Abend bin ich bereits verabredet.«

»Oh, wirklich?«

»Ja. Ich schaue mir mit Frau Sawatzki die Vorstellung im *Circus Travados* an«, erklärte Rabea freundlich und zwängte sich lächelnd an der älteren Dame vorbei in den ersten Stock.

»Dann viel Spaß!«, rief Helga Meier ihr hinterher.

Es wurde höchste Zeit, ihren Plan auszuführen. Rabea hielt sich bei der Vorbereitung des weihnachtlichen Crumbles genau ans Rezept und befüllte sechs weiße Schälchen und ein rotes. 20 Minuten später waberte ein köstlicher Duft von Apfel-Zimt durch die Wohnung. Der Crumble sah fantastisch aus! Sie gab auf die sechs weißen Schälchen einen großen Löffel Vanillepudding als Topping, obwohl das Rezept dafür eigentlich Vanille- oder Zimteis vorgab. Für das rote Töpfchen zerbröselte sie zwei Schlaftabletten und mischte das Pulver in den Pudding, bevor sie etwas nervös mit zwei Schälchen zu den Sawatzkis ging, hinter deren Wohnungstür sie Jean laut brüllen hörte. Kurz nach ihrem Klingeln stand er mit hochrotem Kopf vor ihr.

»Was willst du?«, blaffte er sie an.

»Ich habe euch einen Crumble mit Apfel-Zimt gemacht. Das weiße Töpfchen ist für Mirja, da ist anstelle von Zucker Süßstoff drin«, log sie. »Sie achtet ja sehr auf die Kalorien.«

»Verpiss dich einfach«, brummte er. »Der Scheiß erinnert mich an den Apfelkuchen meiner Großmutter. Von den festen Apfelstücken darin ist mir jedes Mal übel geworden!« Damit schlug er ihr die Tür vor der Nase zu und Rabea stand im Treppenhaus wie ein abgewiesener Pizzabote. Sie hätte heulen können! Ihr Plan war dahin. Eine neue Idee fiel ihr auf die Schnelle nicht ein. Rabea seufzte, ging zurück in ihre Wohnung und stellte den manipulierten Crumble in ihrer Küche etwas abseits der anderen Schälchen zurück auf die Arbeitsplatte. Da musste sie wohl allein in den Zirkus gehen. Arme Mirja!

Inzwischen war es 16 Uhr. Sie würde sich beeilen müssen, wenn sie rechtzeitig vor dem großen Besucherandrang das andere Ende des Kurparks erreichen wollte. Um 17 Uhr begann die Vorstellung. Gerade als Rabea sich umziehen wollte, klingelte es an der Wohnungstür. Genervt öffnete sie und starrte in die erwartungsvollen Gesichter von Helga Meier und ihrem Neffen, einem blassen, unscheinbaren Typ, der seine Tante von der Größe kaum überragte.

»Hallo, Fräulein Rabea!«, grüßte die Nachbarin. »Tillmann ist früher als geplant gekommen, und da habe ich spontan beschlossen, dass wir Sie und Frau Sawatzki zum *Circus Travados* begleiten! Die Show ist etwas Besonderes, wenn man bedenkt, dass die Jugendlichen und Kinder das ganze Jahr dafür trainieren, um im Advent die Vorstellungen geben zu können.« Sie strahlte Tillmann an, der nickte stumm.

»Äh …« Rabea fühlte sich überrumpelt. »Frau Sawatzki hat leider abgesagt, aber kommen Sie doch erst einmal herein. Ich müsste mich noch rasch umziehen.«

»Hier riecht es aber lecker!«, schwärmte Tillmann. »Apfelkuchen?« Sofort steuerte er auf die Küche zu.

»Ich habe weihnachtlichen Crumble zubereitet. Sie dürfen gerne probieren!« Sie wollte Helga und ihrem Neffen ein weißes Schälchen reichen, aber Tillmann griff bereits nach dem roten.

Rabea wollte es ihm aus der Hand nehmen. »In dem roten ist Süßstoff, nehmen Sie lieber ein weißes!«

»Süßstoff ist perfekt!« Tillmann lächelte. »Ich meide Zucker, wenn es möglich ist.«

Rabea schoss das Blut in den Kopf. Was sollte sie machen? Sie konnte ihm das Schälchen schlecht aus der

Hand reißen und erklären, sie habe es mit Schlafmittel versetzt. Sie ging Richtung Schublade, fischte zwei lange Dessertlöffel heraus, tat dann, als würde sie über ihre eigenen Füße stolpern, und rempelte Tillmann kräftig an, in der Hoffnung, er würde das Schälchen fallen lassen. Aber er stand wie ein Baum, was man dem schmächtigen Kerl nicht zugetraut hätte.

»Hoppla, nicht so stürmisch!«, grinste er nur, tauchte den Löffel in den Crumble und schwärmte. »Hervorragend!«

»Danke!« Als beide Schälchen geleert waren, fragte Rabea sich, wie lange es dauern mochte, bis die Wirkung des Schlafmittels einsetzte. Vielleicht schaffte er es zumindest bis in die Vorstellung. »Ich ziehe mich rasch um und dann können wir uns auf den Weg machen.«

Helga Meier nickte voller Vorfreude. Als sie kurz darauf auf die Straße traten, blieb sie stehen und schwärmte: »*Travados* gibt es schon seit 1983, Fräulein Rabea. Früher haben die Kinder in einem einfachen Zirkuszelt nur in den Schulferien geprobt. Kaum zu glauben, wenn man heute diesen Prachtbau sieht, wo nicht nur die Zirkusschüler, sondern auch professionelle Artisten auftreten.«

»Ist ein imposantes Gebäude und die Zirkusschule eine super Sache«, bestätigte Rabea und schielte zu Tillmann, der bislang keinerlei Müdigkeitserscheinungen zeigte. »Zweimal die Woche trainieren die für anderthalb Stunden, habe ich gelesen.«

Sie gingen durch den Kurpark, wobei Helga Meier mehrmals pausierte und Erklärungen abgab. Sie erzählte vom alten Amtshaus, vom Monopteros, das heute noch für schöne Hochzeitsfotos genutzt wurde, vom Friedrichsborn, der baulich einer Mühle glich, und vom Verlobungsstein. »Setzt sich ein holdes Mägdelein, um Mitternacht doch ganz allein, ein Weilchen nur auf diesen Stein, im selben Jahr wird Frau sie sein.« Sie lachte und fuhr fort, dass der Park seinen Ursprung in der einstigen Salzgewinnungsanlage Königsborns gehabt habe. Die letzten Anlagen des Gradierwerks seien gegen Ende des Zweiten Weltkriegs verschwunden. Geblieben sei nur der 420.000 Quadratmeter große Park.

Rabea fröstelte. Durch das langsame Vorankommen kroch die Kälte bereits ihren Rücken hoch. Immer wieder sah sie zu Tillmann, der mittlerweile mehrfach ein Gähnen unterdrückt hatte. Sie schätzte ihn auf höchstens Mitte 30, und damit war er recht jung, um Helga Meiers Neffe zu sein. Es sei denn, deren Geschwister waren um einiges jünger als sie. Nach einer halben Stunde sah sie endlich die Streben vom Zirkusdach in der Dunkelheit leuchten. »Wir sollten uns beeilen«, mahnte sie, als Tillmann weiter unverhohlen gähnte.

Tillmann organisierte noch eine Karte, dann reihten sie sich in die Besucherschlange ein. Rabea beobachtete besorgt, dass er inzwischen kaum noch die Augen aufhalten konnte. »Alles gut bei Ihnen?«, fragte sie vorsichtshalber.

Er starrte sie einen Moment verständnislos an. Im fahlen Licht der Zeltbeleuchtung wirkte sein Gesicht gespenstisch weiß. »War ein anstrengender Tag, ich mache mich mal etwas frisch.« Damit drehte er sich um und steuerte auf den Zirkusbau zu.

»Was hat er nur?«, rätselte Helga Meier.

Rabea schwieg mit schlechtem Gewissen und erschrak, als ihr jemand auf die Schulter tippte. Das Ehepaar Sawatzki stand vor ihr.

»Du hättest doch sagen können, dass du mit Mirja verabredet bist«, beschwerte sich Jean mit einem Zwinkern. Seine Bösartigkeit schien er zu Hause gelassen zu haben. »Hast du übrigens einen neuen Freund? Oder wer hat dich und Frau Meier begleitet?«

»Das war mein Neffe Tillmann«, erklärte Helga Meier. »Würden Sie mal nach ihm sehen? Es geht ihm wohl nicht gut. Er ist auf der Toilette.«

»Mach ich!«, erwiderte Jean und ging Richtung Zirkusbau.

»Er hat gesehen, wie Frau Meier und ihr Neffe mit dir das Haus verlassen haben. Da hat er mich gefragt, was ihr vorhabt. Als ich ihm gesagt hab, dass du zum *Circus Travados* wolltest, konnte ich ihn kaum bremsen.« Mirja zuckte die Schultern.

Helga Meier seufzte. »Da haben wir die Hausgemeinschaft ja fast zusammen. Dann besorge ich mal noch zwei Karten.«

»Was ist mit Jean los?«, fragte Rabea sofort, als sie und Mirja allein waren. »Der interessiert sich doch sonst nur für Fußball und Pferdewetten.« Bei jedem verlorenen Spiel und jedem vergeigten Wetteinsatz reagierte der tätowierte Muskelprotz sich bei Mirja ab. Nicht selten lief sie mit Blutergüssen herum. Einmal hatte er ihr sogar den Arm gebrochen. Mirja nahm ihren Mann allerdings jedes Mal in Schutz und suchte die Schuld bei sich selbst. Zur Polizei gehen wollte sie nicht, obwohl Rabea ihr mehrfach dazu geraten hatte.

»Ich weiß auch nicht«, antwortete sie. »Er wollte unbedingt hinter euch her.«

Sie erreichten die Kartenkontrolleure und betraten den Zirkusbau. Von Jean und Tillmann keine Spur. Mirja, die den Zirkus noch nie von innen gesehen hatte, staunte begeistert. »Wow! Das ist fantastisch.« Sie blickte nach oben, wo rote Streben zwischen blauen Brettern das Dach stützten. In der Mitte hing in einem Rondell die Beleuchtung einer professionellen Showbühne. Die Manege war mit weißem Plastik ausgelegt und die Zuschauerränge waren bereits gut besetzt.

»Nun kommen Sie, die Männer werden uns schon finden«, drängte Helga Meier und zwängte sich die Treppe hinauf, um in der zehnten Reihe Platz zu nehmen.

Mirja folgte ihr, Rabea wollte ebenfalls die Stufen hinaufsteigen, als jemand an ihrer Jacke zupfte. Sie drehte sich um und blickte Jean an. Er beugte sich nah zu ihr, während weitere Zirkusbesucher an ihnen vorbeidrängten. »Der Tillmann liegt tot in einer der Toilettenkabinen«, flüsterte er. »Hat der irgendwas genommen oder gegessen?«

Rabeas Knie zitterten. Das war nicht möglich! Niemand starb an zwei Schlaftabletten. Oder hatte er eine Vorerkrankung? Nahm er starke Medikamente, die sich nicht mit den Schlaftabletten vertrugen? Hatte sie ein Menschenleben auf dem Gewissen? Sie schüttelte den Kopf. »Nichts genommen, soweit ich weiß. Aber der Crumble …«

»Na, an dem wird er wohl kaum verreckt sein!«, unterbrach Jean sie. »Du wirst ja keinen Crumble vergiften, den du für Mirja und mich gebacken hast. Oder?« Er grinste schief. »Mir ist jedenfalls die Lust auf Zirkusluft vergangen. Ich mach mich vom Acker. Hier wimmelt es gleich von Bullen. Sagst du Mirja Bescheid?« Er drehte sich um und verschwand, ohne ihre Antwort abzuwarten.

Rabea stand reglos da. Hatte Jean die Polizei informiert? Wie sollte sie sich verhalten? Ein Tumult vor dem Herrenklo riss sie aus ihrer Starre. Tillmann musste gefunden worden sein. Jemand rief nach Rettungsdienst und Polizei. Menschen hetzten an ihr vorbei, sie wurde geschupst und geschoben. Irgendwann berührte jemand ihre Schulter.

»Hey! Erde an Rabea! Was ist denn hier los?« Mirja stand vor ihr und blickte sie besorgt an.

»Tillmann ist tot«, wisperte Rabea. »Er hat den Crumble mit dem Schlafmittel gegessen, den ich für Jean zubereitet habe.«

»Aber davon stirbt man doch nicht!« Mirja wandte sich um. »Vielleicht ist es besser, wir verschwinden von hier. Ich hole nur schnell die Frau Meier!« Sie lief die Stufen bis zur zehnten Reihe hinauf und kam kurz darauf mit Helga Meier herunter. Ob sie ihr gesagt hatte, dass man ihren Neffen tot aufgefunden hatte?

»Das ist ja ein Ding«, staunte die ältere Dame. »Na, da hat sich wohl jemand für seine Betrügereien gerächt. Ich habe ja gleich gemerkt, dass das nicht mein Tillmann ist, als er vor der Tür stand. Aber in meinem Alter hat man nun mal gerne Unterhaltung, deshalb habe ich nichts gesagt. Und meine Neugier, was der nun eigentlich will, war auch größer als meine Angst vor dem Schurken.«

»Das war gar nicht Ihr Neffe?«, fragte Rabea überrascht.

Helga Meier schüttelte den Kopf. »Nee, der richtige Tillmann ist schon weit über 50 und lebt seit vielen Jahren in Kanada. Ich hatte mich schon gewundert, dass der so plötzlich in Deutschland auftaucht. Jetzt weiß ich natürlich, dass er nur auf meinen Lottogewinn aus war.«

»Sie haben im Lotto gewonnen?«, fragten Mirja und Rabea gleichzeitig.

»Ja, über eine Million.« Helga Meier nickte. »Ich weiß gar nicht, was ich mit so viel Geld anfangen soll. Vielleicht kaufe ich das Haus und schenke Ihnen beiden eine Wohnung. Sie sind immer so nett zu mir. So einem Halunken wie dem falschen Tillmann hätte ich es jedenfalls nicht in den Rachen geworfen.«

Die Frauen drängten auf den Ausgang zu. Im selben Moment näherten sich ein Rettungs- und mehrere Polizeiwagen. Sie eilten daran vorbei und liefen durch den dunklen Kurpark zurück zur Parkstraße.

Eine Woche später waren Rabeas Schuldgefühle, für den Tod von Tillmann verantwortlich zu sein, noch nicht weniger geworden. Man sprach in der Zeitung von Mord, die näheren Umstände wurden aber nicht bekannt gegeben. Merkwürdig war, dass Jean seit jenem Tag verschwunden war. Er hatte sich seitdem nicht bei Mirja gemeldet. Am Abend klingelte es an Rabeas Wohnungstür. Als sie öffnete, blickte sie in das wütende Gesicht ihrer Freundin. »Ist Jean aufgetaucht?«

Mirja schüttelte den Kopf, stürmte in die Wohnung und setzte sich an Rabeas Küchentisch. In ihren Händen hielt sie ein gefaltetes Papier. »Die Polizei hat den Scheißkerl festgenommen. Er soll Tillmann ermordet haben. Stell dir vor! Ich bin mit einem Mörder verheiratet.«

»Nun mal ganz langsam. Was für einen Grund sollte Jean dazu gehabt haben?«

»Die kannten sich! Jean hat sich mit Kevin, so heißt der Tillmann tatsächlich, eine Zelle im Knast geteilt.« Sie faltete das Papier auseinander und schob es Rabea hin. Es handelte sich um einen Zeitungsausschnitt aus einem Boulevardblatt.

»Helga M. (83) räumt Jackpot ab und gewinnt einein-halb Millionen Euro!«, las Rabea die Überschrift des Artikels laut vor. »Das stand in der Presse? Dürfen die das überhaupt ohne die Einwilligung von Frau Meier veröffentlichen?« Man erkannte die alte Dame sofort, obwohl die Augenpartie auf dem Foto mit einem schwarzen Balken unkenntlich gemacht worden war.

Mirja zuckte mit den Schultern. »Keine Ahnung. Den Zeitungsausschnitt habe ich jedenfalls zwischen den Sachen von Jean gefunden, als ich ihm die Tasche für den Knast gepackt habe. Als ich sie ihm brachte, hat er mir alles gebeichtet.«

»Erzähl!«, forderte Rabea. »Möchtest du einen weihnachtlichen Crumble? Habe ich heute frisch gebacken.«

»Gerne. Nervennahrung kann ich gut gebrauchen.« Sie lehnte sich zurück und atmete tief durch. Allmählich kam sie wieder zur Ruhe. Nachdem Rabea die Süßspeise mit Zimteis serviert hatte, nahm Mirja sofort einen großen Löffel. »Der Kevin alias Tillmann hat wegen Betrug gesessen«, begann sie mit vollem Mund, »der hat alte Leute mit dem Enkeltrick abgezogen. Hat behauptet, er sei ein Verwandter, also genauso wie bei Frau Meier. Und dann hat er eine Notlage vorgetäuscht, damit die Senioren ihm Geld oder Schmuck oder Ähnliches geben.«

»Wie schäbig«, meinte Rabea. »Und den Tipp, dass bei Frau Meier was zu holen ist, hat er von Jean bekommen, richtig?«

»Genau. Geplant war, dass sie sich das Geld teilen. Aber Kevin bekam den Hals nicht voll. Angeblich hatte Helga Meier ihm eine halbe Million versprochen.« Sie stopfte sich einen weiteren Löffel Crumble in den Mund und schwieg gezwungenermaßen.

»Womit Frau Meier den Betrüger natürlich verarscht hat«, meinte Rabea. »Sie hatte ja sofort erkannt, dass er nicht ihr Neffe ist.«

»Richtig!« Mirja kratzte das Crumble-Schälchen aus. »Das war lecker«, schwärmte sie. »Na ja, als Jean beobachtet hat, wie Frau Meier mit Kevin und dir zum Zirkus gegangen ist, da hat er jedenfalls rotgesehen. Er sah seinen Anteil davonflattern. Als du ihm gesagt hast, Tillmann ginge es nicht gut, fand er ihn schlafend in einer Toilettenkabine. Er nutzte die Gelegenheit und hat ihn mit bloßen Händen erwürgt.«

»Oh Gott!« Rabea schauderte, wenn sie daran dachte, dass Mirja mit so einem Mann zusammengelebt hatte. Wie leicht hätte er auch sie töten können? »Aber er musste doch damit rechnen, dass man ihn erwischt. Heute kann man doch kleinste DNA-Partikel nachweisen.«

»Tja«, erwiderte Mirja, »Jean ist manchmal nicht der Hellste. Ich hoffe, er verrottet im Knast.«

Rabea nickte. »Möchtest du noch einen Crumble auf den Schreck?«

»Sehr gerne! Das Rezept musst du mir unbedingt geben. Der schmeckt einfach nur fantastisch.«

Rezept: Weihnachtlicher Crumble

Zutaten für die Füllung:
    2 Äpfel (Boskop)
    2 Prisen Zimt
    1 Zitrone unbehandelt
    3 EL Zucker

Für den Teig:
    2 EL Butter
    2 EL Haferflocken
    8 EL Mehl
    1 Pck. Vanillezucker
    3 EL Zucker

Für das Topping:
    1 Kugel Vanille- oder Zimteis (oder wie im Krimi Vanillepudding)

Ofen auf 200 °C Heißluft vorheizen.

Die Äpfel schälen und in Würfel schneiden. Zitronenschale abreiben und den Saft der Zitrone pressen. Zutaten für die Füllung in einer Schüssel vermischen und beiseitestellen. Zutaten für den Teig ebenfalls vermischen, bis kleine Streusel (Crumbles) entstehen.

4 Ofenförmchen aus Keramik einfetten und mit der Apfel-Zimt-Mischung befüllen. Die Streusel darüber geben und für 20 Minuten goldbraun backen.

Mit einer Kugel Vanille- oder Zimteis servieren.

HERR UND FRAU ROSE

Käseplätzchen mit Parmesan in Eslohe
Anke Kemper

Eslohe war ein besonderer Ort. So stand es eines Tages geschrieben. In der Presse. Ein Trendreiseziel mit mehreren Hotels und Restaurants, umgeben von Wanderwegen mit spektakulärem Ausblick. Hinzu kamen touristische Highlights wie der *SauerlandRadring* und der *Fledermaustunnel*, das Maschinen- und Heimatmuseum *DampfLandLeute*, ein Brauhaus und vieles mehr. Alles, was den Touristen und Einheimischen gefiel. Besonders eben. Aber mit ganz normalen Menschen. Wie Herr und Frau Rose im Kastanienweg Nummer 8, die sich im Advent auf das Weihnachtsfest vorbereiteten wie alle anderen auch. Normal eben und nicht besonders.

»Ist noch Kaffee da?«

»Nein.«

Schweigen, langes Schweigen, unerträgliches Schweigen.

»Soll ich noch welchen kochen?«

»Nein. Mach einfach ab morgen die Kanne bis zum Rand voll.« Erich Rose wandte sich wieder der Zeitung zu. Wie gerne hätte Gundi Rose geantwortet, dass die Kanne bis zum Rand voll gewesen war, aber dafür hatte sie keine Beweise und auch keine Lust auf eine Diskussion mit ihm. Sie räumte ihren Teller, Tasse und Besteck zusammen und stand auf. »Du musst gleich Schnee schieben«, sagte sie, bevor sie das Esszimmer verließ.

»Ich muss gar nichts, du bist dran«, hörte sie ihren Mann gelangweilt antworten. Gundi packte das schmutzige Geschirr in die Spülmaschine und seufzte laut, um sicherzugehen, dass Erich sie hörte. Seit seiner Pensionierung saß er herum. Morgens saß er im Esszimmer, danach bewegte er sich in sein Arbeitszimmer, wo er am Computer saß, um was auch immer zu erledigen. Mittags saß er wieder im Esszimmer und danach machte er einen Mittagsschlaf. Zum Kaffee stand er auf, um wieder im Esszimmer zu sitzen bis zum Abendbrot, danach saß er wieder im Arbeitszimmer, bis er pünktlich zu den 20-Uhr-Nachrichten im Wohnzimmer vor dem Fernseher saß. Meist saß er schweigend, lesend, gelangweilt. Mal interessiert, manchmal fast euphorisch, aber meist schweigend. So ging das jetzt schon seit Wochen und Gundi wünschte, sie hätte noch ihre Stelle als Schulsekretärin. Dann bliebe sie zumindest bis zum Mittag von diesem Elend verschont. Das Schlimme daran war: Er wirkte stets ruhig, rücksichtsvoll und höflich. Wenn sie sich doch wenigstens mal so richtig zoffen könnten, dass sich die Balken bogen. Aber nein, wenn er sprach, dann, als würde er mit den Klienten bei seiner früheren Tätigkeit im Ordnungsamt der Gemeindeverwaltung in Eslohe sprechen. Höflich und korrekt, wissend, über den Dingen und der ganzen Welt stehend und: gelangweilt.

Gundi war sich darüber im Klaren, dass dringend ein Gespräch nötig war, sonst würde sie das die nächsten 20 oder 30 Jahre nicht aushalten. Sie musste nur den richtigen Moment dafür abpassen, falls es den überhaupt gab. Was sie jetzt in diesem Augenblick genau wusste, war, dass

er penetrant darauf achtete, dass der Schnee an Werkta-
gen ab 7 Uhr in der Früh weggeräumt war. So stand es
geschrieben in den Richtlinien des Ordnungsamtes bei der
Gemeindeverwaltung in Eslohe. Und Herr Rose hielt sich
an all diese Richtlinien und sorgte dafür, dass die Bewoh-
nerinnen und Bewohner von Eslohe sich daran hielten –
auch nach seiner Pensionierung. Nicht nur einmal hatte er
sich deswegen mit den Nachbarn gezofft. Da es erst seit
7.35 Uhr schneite, hatte Gundi noch Zeit zum Frühstück
gehabt. Sie blickte aus dem Küchenfenster und seufzte
erneut, diesmal leise. Jetzt war es acht Uhr und der Schnee
blieb auf den Gehwegen liegen. Du hast es nicht anders
gewollt, dachte sie. Gundi und Erich Rose hatten schon
immer eine Beziehung auf Augenhöhe geführt, meistens.
Erich ging einkaufen, wenn er dran war, und Gundi musste
halt Schnee schieben, wenn es erforderlich und sie an der
Reihe war. Für all diese Aufgaben gab es selbstverständlich einen ausgeklügelten Plan, den Herr Rose aufgestellt
hatte. Der Vorteil daran: Er saß bei diesen Tätigkeiten nicht
herum. Er erledigte alles stets korrekt und ohne zu mur-
ren. Wie die letzten 40 Jahre beim Ordnungsamt, bei seiner meist sitzenden Tätigkeit.

»Gundula«, sagte Erich etwas lauter aus Richtung Esszimmer. Wenn er sie bei ihrem Taufnamen nannte, kam
etwas Offizielles, dachte Gundi.

»Ja. Erich?«

»Es hat aufgehört zu schneien.«

»Ja. Erich. Und?«

»Der Schnee bleibt liegen.«

Erich war heute mit Einkaufen dran. Gundi hatte ihm
eine lange Liste mitgegeben, damit sie schon vor den

Weihnachtsfeiertagen mit dem Backen beginnen konnte. Sie backte immer genug, um auch den Nachbarn kleine Päckchen vorbeizubringen, als Friedensangebot sozusagen, sollte ihr Mann mal wieder penetrant und ordentlich genervt haben. Außerdem hatte sie am morgigen 4.12. Geburtstag. Herr und Frau Rose feierten meist unter sich, aber ein wenig feiern taten sie eben schon. Leise und unspektakulär. Da ihr Mann nicht so gerne Süßes aß, backte sie seine Lieblingskekse, Käseplätzchen mit Parmesan, die er auch selbst backte, wenn er eben dran war mit Backen. Sämtliche Zutaten hierfür mussten von bester Qualität sein, vor allem der Parmesankäse, nur der echte Parmigiano Reggiano – natürlich von dem Delikatessgeschäft seines Vertrauens für ihn bestellt. Hier gab es für Erich keine Kompromisse, wie eigentlich bei den meisten Dingen in seinem Leben. Jetzt war er erst einmal eine gute Stunde unterwegs und Gundi nutzte die Zeit, um mit ihrer besten Freundin Nicole zu telefonieren. Nicht, dass Erich etwas dagegen hätte, wenn seine Frau telefonierte. Er hatte nur etwas gegen Nicole. Er mochte sie nicht. Er hielt sie für absonderlich bis geistig umnachtet und hatte seine Frau nicht erst einmal für verrückt erklärt, dass sie sich mit einer solch schrägen Person abgab. Nicole hatte erst mit Mitte 50 ihre Berufung gefunden und erklärte sich seitdem als Medium der Neuen Zeit. Damit alles zusammenpasste, nannte sie sich bei ihren Kunden Chandra Devi, was in Sanskrit so viel bedeutete wie »die Mondgöttin«. Gundi verstand bei diesem Thema nur Bahnhof und alles drumherum begriff sie erst recht nicht und es war ihr auch egal. Ihre Freundin war erstaunlicherweise sehr erfolgreich mit dem, was auch immer sie tat, und Gundi wusste, wenn sie ein Problem hatte, konnte sie jederzeit bei Nicole anrufen. So schräg sie auch war, ihre Freundin hatte stets ein offenes Ohr für sie. Jetzt saß Gundi auf ihrem Lieblingsplatz an dem warmen Kachelofen im Wohnzimmer, in der einen Hand eine heiße Schokolade, in der anderen den Telefonhörer, und erzählte ihrer Freundin, was gerade bei ihr los war oder besser gesagt: nicht los war. Nach einer langen Pause antwortete Nicole endlich:

»Wo ist denn dein Problem? Schätzchen, du musst dich mal lockermachen. Du bist nicht die Einzige, die mit der Pensionierung des Partners nicht zurechtkommt. Männer sind in der Regel nur gut, wenn sie abwesend sind.«

Gundi seufzte. Sie wusste darauf keine Antwort.

»Wenn dich stört, dass dein Erich rumsitzt, dann krieg du den Popo hoch und unternimm was. Ab nächster Woche beginnt mein neuer Yogakurs. Er ist zwar schon ausgebucht, aber für dich finde ich noch einen Platz. Ist ein Extrayoga für Hormonbalance, kann nicht schaden. Dienstags. Bis Ende Januar. Was meinst du?«

»Das ist für mich keine Lösung. Also, wegrennen, meine ich. Dadurch wird das Problem ja nicht geringer«, antwortete Gundi.

Nicole schwieg eine Weile.

»Ich frage mich, was er in seinem Arbeitszimmer dauernd am Computer sitzt. Er arbeitet doch nicht mehr.«

»Na, was wohl. Irgendwelche Spiele, Zocken und so oder …« Nicole stockte einen Moment, dann startete sie stoßartige Atemübungen.

»Denkst du, er hat eine Neue?« Gundi konnte kaum glauben, dass sie aussprach, was ihr gerade in den Sinn gekommen war, und nahm direkt an Nicoles Atemübungen teil.

»Quatsch!«, unterbrach Nicole schließlich. »Herr Rose doch nicht. Der ist so korrekt wie hundert Buchhalter zusammen und langweilig wie ein Holzwurm auf seinem Ausflug zum nächsten Astloch. Der bricht doch keinen Vertrag.«

»Was denn für einen Vertrag?«

»Na, sein Versprechen, das er dir vor 30 Jahren gegeben hat.«

»34«, antwortete Gundi. »Ja, du hast ja recht, aber trotzdem. Ich weiß mir keinen Rat.«

»Du musst einfach mal seinen Browserverlauf überprüfen, Schätzchen, dann weißt du doch, was er so macht. Vielleicht ist alles ganz harmlos und er plant eine Weihnachtsüberraschung für dich.«

»Erich mag keine Überraschungen. Zu Weihnachten bekomme ich wieder einen Schal, die passenden Handschuhe dazu und die neueste CD von unserem *Jungen Chor*. Bei ihm ist alles vorhersehbar, das weißt du doch.« Und langweilig, wollte Gundi noch sagen, schluckte es aber hinunter.

Die Diskussion über Herrn Rose ging noch eine Weile hin und her. Nicole erklärte ihr, wie sie was machen sollte mit dem Browser, und sie verabredeten sich für den nächsten Vormittag, um neueste Informationen auszutauschen.

»Heute ist Vollmond«, sagte Nicole völlig unverhofft und beendete jäh das Gespräch.

Gundi schaute auf ihre Armbanduhr und stand abrupt auf. Schnellen Schrittes eilte sie in das Arbeitszimmer, schaltete die Schreibtischlampe an und fuhr den Rechner hoch. Sie schloss kurz die Augen und machte eine Atemübung, die sie laut Nicole bei Stress durchführen sollte, bevor sie endlich auf den Browserverlauf klickte.

Als es am frühen Nachmittag aufhörte zu schneien, brach die Wintersonne durch die Wolkendecke und hüllte den Ort Eslohe in eine glitzernde weiße Pracht. Gundi konnte es kaum glauben, aber Erich verzichtete auf seinen Mittagschlaf und schlug ihr eine Wanderung vor, vielleicht mit einem Abstecher ins *DampfLandLeute-Museum*, wo er als Vereinsmitglied gerne mal nach dem Rechten schaute.

Früher hatten Herr und Frau Rose jeden Abend eine kleine Runde gedreht, am Wochenende hatten sie sogar Radtouren auf dem *SauerlandRadring* unternommen. Anschließend waren sie in einem der Restaurants in und um Eslohe eingekehrt oder hatten am *Einbergsee* in Wenholthausen gepicknickt. Gundi seufzte. Vielleicht war der gemeinsame Spaziergang keine schlechte Idee, um mal einen klaren Kopf zu bekommen und sich in Ruhe zu unterhalten. Was sie heute erfahren hatte, als sie Erichs PC durchstöberte, machte ihr Angst. Was um alles in der Welt hatte er vor?

Nachdem er ihr geholfen hatte, die Einfahrt und den Bürgersteig von den restlichen Schneemassen zu befreien, machten sie sich auf den Weg. Da bei dem Wetter der halbe Ort auf den Beinen war, fand Gundi keine Gelegenheit, mit Erich ungestört zu reden. Aber vielleicht war es auch besser, sie sprach zunächst mit Nicole über alles. Sie hatte ihrer Freundin direkt nach ihrer Entdeckung eine WhatsApp geschickt und darum gebeten, sich noch heute zu treffen. Am Telefon konnte und wollte sie ihr nicht erklären, was sie gefunden hatte. Sie verabredeten sich für 17 Uhr bei Nicole, und Gundi arbeitete gedanklich an einer plausiblen Erklärung für ihren Mann, warum sie ihre schräge Freundin besuchen wollte.

Der Vollmond, vielleicht auch der eine oder andere Stern, schien auf ihrer Seite zu sein, als Erich ihr nach dem Spaziergang mitteilte, dass er jetzt backen wolle. Er hätte ein neues Rezept für seine Käseplätzchen entdeckt, das er unbedingt ausprobieren müsse. Gundi wunderte sich, dass Erich backen wollte, obwohl er nicht dran war mit Backen. Sie war aber erleichtert, dass er keine Einwände gegen ihren Besuch bei Nicole hatte. Zum Abendbrot wäre sie dann wieder zurück und würde die Kekse gerne probieren, versprach Gundi und machte sich auf den Weg.

»Ich habe die Räucherstäbchen ausgemacht, ich weiß ja, dass du den Geruch nicht magst, Schätzchen«, sagte Nicole zur Begrüßung. Das hättest du besser schon direkt nach meinem Anruf gemacht, dachte Gundi und hängte ihren Mantel an die Garderobe. Überall flackerte Kerzenlicht und tauchte die gelben und orangen Wände und Vorhänge in ein warmes Meer aus tanzenden Flammen.

Gundi seufzte innerlich, als Nicole sie ins Wohnzimmer führte und sie sich auf die Bodenkissen setzten. Nach zwei Mal Schneeschieben am heutigen Tag wünschte sie sich ein bequemes Sofa mit einem Extrakissen im Rücken, aber sie hätte es ja wissen müssen, dafür kannte sie ihre Freundin schon zu lange. Nicole goss Ingwertee in die Becher und reichte einen Gundi. »Langsame Schlückchen, denk dran, Schätzchen!«, ermahnte sie ihre Freundin. Dann nahm sie einen Klöppel und schlug vorsichtig gegen eine große Klangschale. »Spürst du die Schwingung?«

Gundi antwortete nicht. Das Einzige, was sie im Moment spürte, war das unbändige Verlangen, endlich zu erzählen, was ihr auf der Seele brannte. Sie wusste aus Erfahrung, dass Nicole darauf nicht eingehen würde. Nicht eher, bis sie das Ritual beendet hatte, das sie mit ihren Gästen und Kunden durchführte, wenn diese ihr Heim betraten. Gut, dass Erich sie hier nicht sehen konnte. Erstaunlicherweise fühlte sie sich nach einer Weile völlig entspannt und am Ingwertee allein konnte es nicht liegen. Endlich streckte Nicole ihre Arme in die Luft, legte die Hände zusammen und bedankte sich bei wem oder was auch immer.

»Also, schieß los!«, sagte sie schließlich und füllte erneut die Tassen. Knapp drei Minuten später hatte Gundi ihren Bericht abgeschlossen und es folgte Schweigen, langes Schweigen, unerträgliches Schweigen.

»Okay, das muss nichts heißen«, sagte Nicole schließlich.

»Nichts heißen? Ist das dein Ernst?«

»Vielleicht interessiert er sich für diese Gifte … einfach aus reinem … gesundheitlichen Interesse. Es gibt ja durchaus Gifte, die …«

»So ein Quatsch«, unterbrach Gundi sie aufgebracht. »Erich ist nicht interessiert an der Botanik, nicht an Flora und Fauna und auch nicht an Gesundheit. Ihn interessiert, dass alles richtig und ordentlich läuft nach irgendwelchen Richtlinien, an denen er sich festhält, und sonst gar nichts.«

»Dann melde es doch der Polizei. Sollen die sich darum kümmern. Du kannst vorübergehend bei mir wohnen.«

»Die kümmern sich erst, wenn etwas passiert ist. Und das ist ja das Problem: Es ist noch gar nichts passiert.« Gundi schnäuzte sich laut und nahm einen großen Schluck von dem Tee. »Scheiße, ist das heiß.«

»Sag ich doch. Also, du hast nur zwei Möglichkeiten«, begann Nicole.

»Ich will einfach nur wissen, warum er mich loswerden will, was habe ich denn Schreckliches getan? Ich habe mich immer in seinem Sinne korrekt verhalten. Ich sage dir, er hat eine Neue.« Gundi ließ den Tränen freien Lauf und Nicole betätigte erneut den Klöppel. Als die Schwingung nachließ, ergriff sie das Wort:

»Also, die erste Möglichkeit: Du sprichst ihn darauf an, dann muss er die Karten auf den Tisch legen. Die zweite Möglichkeit wäre …« Jetzt nahm Nicole einen Schluck Tee und machte eine theatralische Pause. »Also, die zweite wäre … du kommst ihm zuvor.«

»Wie meinst du das?«

»Na, du vergiftest ihn gleich beim Abendbrot, dann bist du deine Sorgen los. Und sollte die Polizei darauf kommen, werden sie herausfinden, dass er sich mit den verschiedensten Giften beschäftigt und sich irrtümlich selbst vergiftet hat. Oder so was. Irgendetwas hat er ja vielleicht schon im Haus, das du nutzen kannst. Heute ist Vollmond. Die Kräfte sind mit dir.«

Gundi quälte sich wütend aus ihrem Bodenkissen. »Erich hatte recht, du hast nicht mehr alle Nadeln an der Tanne. Ich gehe jetzt direkt nach Hause und kläre das«, sagte sie resolut, eilte in den Flur, zog rasch Stiefel und Mantel an und riss die Haustür auf. »Ich hab dich trotzdem lieb, danke und tschüss«, rief sie und knallte die Tür hinter sich zu.

Im Haus roch es köstlich nach frischem Gebäck. »Du kommst genau richtig«, sagte Erich, während Gundi ihren Mantel aufhängte und die Stiefel gegen bequeme Hüttenschuhe tauschte. Ohne zu zögern, betrat sie das Esszimmer. Erich hatte bereits den Tisch gedeckt. Die erste Kerze am Adventskranz brannte, eine Flasche Rotwein und zwei Gläser standen bereit.

»Setz dich doch, ich habe eine Überraschung für dich«, sagte er und ging in die Küche.

Herr Rose und Überraschungen? Da war etwas faul, schoss es Gundi durch den Kopf. »Ich muss mit dir reden«, sagte sie mit zittriger Stimme. »Es ist wirklich wichtig. Du musst mir jetzt die Wahrheit sagen.«

Erich antwortete nicht. Er trug ein Tablett und platzierte es mittig auf den Tisch. »Lass mich bitte zuerst reden«, sagte er und deutete auf das Tablett. »Wie du siehst, ich habe in neue Ausstechförmchen investiert.«

Gundi stockte der Atem. Das Gebäck, das Erich ihr präsentierte, hatte die Formen von Pistolen und Messern, Totenköpfen und Leichen.

»Nun probier schon, wirklich lecker.«

»Auf keinen Fall!«, rief Gundi aufgebracht, sprang vom Stuhl auf und bewaffnete sich mit der Weinflasche. »Was für ein Gift hast du da mit reingebacken? Los, ich will jetzt alles wissen!«

Erich setzte sich an den Tisch und sah seine Frau verständnislos an. »Hast du in meiner Schublade gewühlt?«, fragte er schließlich.

»In welcher Schublade?«, fragte Gundi zurück.

»Jetzt hast du mir ja meine Geburtstagsüberraschung kaputtgemacht«, sagte Erich pikiert.

Und dann erzählte Herr Rose von seinem Krimi, den er schrieb und der fast fertig war und den er selbstverständlich seiner Frau gewidmet hatte, weil sie Krimis so liebte. Er hatte sich eine ausgeklügelte Geschichte mit Setting in Eslohe ausgedacht, über einen Mitarbeiter vom Ordnungsamt, der einem vertuschten Giftmord auf der Spur war. Und Frau Rose beichtete, was sie an seinem Computer alles über Gifte gefunden hatte. Und Herr und Frau Rose erzählten noch bis tief in die Nacht und lachten über die schräge Nicole, machten Pläne für ihre gemeinsame Zeit im Unruhestand, die gefüllt sein würde mit neuen, spannenden Hobbys, und aßen Pistolen und Messer, Totenköpfe und Leichen mit Parmesan und tranken Rotwein und feierten leise und unspektakulär in Frau Roses Geburtstag hinein, bis sie genug geredet hatten und einfach nur dasaßen in ihrem gemütlichen Esszimmer bei Kerzenschein. Und Erich saß besinnlich. Und Gundi saß lesend und glücklich und ziemlich stolz.

Rezept: Käseplätzchen mit Parmesan

Zutaten für 24 Stück:

Für die Plätzchen:
   120 g Mehl
   1 Prise Salz
   1 Prise Cayennepfeffer
   100 g fein geriebener Parmesan
   120 g kalte Butter
   1 Eigelb
   1–2 EL kaltes Wasser
   etwas Mehl zur Teigverarbeitung

Für die Deko:
   2 Eigelbe zum Bestreichen
   3–4 EL Kürbiskerne zum Bestreuen
   1–2 TL Paprikapulver zum Bestreuen
   3–4 EL Parmesan zum Bestreuen

Das Mehl mit Gewürzen und dem geriebenen Parmesan mischen und die kalte Butter in Stücken hinzufügen – alles gut vermischen. Das Eigelb und Wasser hinzufügen. Den fertigen Teig nochmals von Hand gut durchkneten. In Folie gewickelt 1–2 Stunden im Kühlschrank ruhen lassen. Den Teig auf einer bemehlten Arbeitsfläche ca. 5 mm dick

ausrollen. Verschiedene Formen ausstechen. Auf ein mit
Backpapier ausgelegtes Blech setzen. Die Käseplätzchen
leicht mit Eigelb bestreichen und mit den Kürbiskernen,
Paprikapulver oder Parmesan nach Belieben dekorieren.

Ofen auf 200 °C Ober-/Unterhitze (Umluft: 180 °C) vorheizen. Die Plätzchen ca. 8 Minuten goldgelb backen. Luftdicht verpackt halten sie mehrere Wochen.

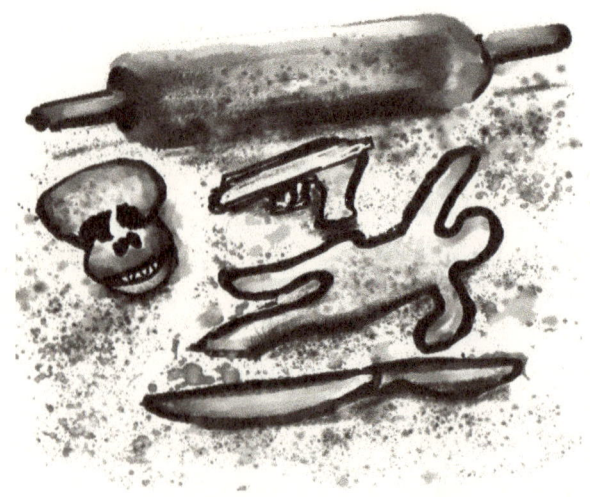

DER GRINCH VOM LUNAPARK

Spritzgebäck in Fröndenberg

Astrid Plötner

»Nicht der schon wieder!«, murmelte Marina Hillebrandt, als sie mit Handtasche, Schirm und riesigem Frischhaltebehälter von Oma Hilde auf die Filiale der Sparkasse zuging, in der sie seit einigen Jahren beschäftigt war. Eine stürmische Bö ließ den Schirm umklappen, die langen Haare flogen ihr ins Gesicht und sie fluchte. So gut Oma Hilde es mit dem Spritzgebäck gemeint hatte, die Schlepperei bei dem nasskalten Wetter an diesem 5. Dezember nervte. Marina hatte ihren Smart auf dem großen Parkplatz nahe den Bahngleisen abgestellt und die etwa 300 Meter bis hierher gegen den Sturm gekämpft. Und jetzt glotzte dieser Typ sie an.

Wegen seines verkniffenen Blicks und da er im Advent zum ersten Mal in der Bank aufgetaucht war, hatten sie ihn Grinch getauft. Er war Mitte 50, glich dem Dortmunder Tatort-Kommissar Faber, den Oma Hilde so gerne schaute, und trug genau wie der einen olivgrünen Parker und braune Halbschuhe. Er war bisher nie an den Servicepunkt getreten, deshalb kannten die Mitarbeiter seinen Namen nicht. Er lungerte mit düsterem Gesicht im Bereich der Geldautomaten herum und stierte oft zu Marina herüber. Die Kollegen machten sich bereits lustig.

»Der hat's auf dich abgesehen«, lästerte Fast-Rentner Achim Brause mit einem Augenzwinkern. »Der ist in dich verliebt!«

Marina schüttelte unwirsch den Kopf. Der Grinch war mehr als doppelt so alt wie sie selbst. Sie stand nicht auf alte Knacker und glaubte auch nicht, dass es umgekehrt der Fall war. Ihre Befürchtungen gingen in eine andere Richtung. Was, wenn der Kerl einen Überfall plante? Klar, heute befand sich nicht mehr so viel Bargeld in einem Geldinstitut wie früher, aber es gab andere Möglichkeiten, an Beute zu gelangen. Er könnte jemanden als Geisel nehmen und Geld erpressen.

Sie betrat die Filiale, die für den Kundenverkehr noch für eine Weile geschlossen bleiben würde, und stellte das Spritzgebäck in den Aufenthaltsraum. Es war ihr etwas peinlich, es den Kollegen anzubieten, aber Oma Hilde hatte sich so viel Mühe gegeben und es überaus gut gemeint. Sie hatte streifen- und s-förmige Plätzchen gebildet und einige als Kreise. Jeder Keks war mit Schokoglasur verziert. Sie dufteten fantastisch und schmeckten ebenso. Marina wusste, warum ihre Oma sich so bemühte. Im Advent, wenn das Fest der Familie bevorstand, war der Schmerz über den Tod von Marinas Mutter, die Marina allein groß-gezogen hatte und vor zwei Monaten bei einem Verkehrs-unfall ums Leben gekommen war, besonders schwer zu ertragen. Auch für Oma Hilde, die ja ihre Tochter verlo-ren hatte.

Marina seufzte, zog ihre Jacke aus und machte sich an die Arbeit. Sie war jetzt seit sechs Jahren in Fröndenberg als Bankkauffrau beschäftigt und mochte den Job. Als Achim Brause eine halbe Stunde später die Filiale für den Kundenverkehr öffnete, war der Grinch einer der Ersten, der hereindrängte. Aber erneut wandte er sich an keinen der Beschäftigten, sondern stand nur unschlüssig im Eingangsbereich herum, während er immer wieder zu Marina schielte.

Eine Viertelstunde später verlor Achim Brause die Geduld. Er war ein etwas dickbauchiger Typ mit dunklem Haarkranz und stechenden Augen. Resolut trat er auf den Grinch zu. »Kann ich Ihnen helfen?«, fragte er brummig und es klang wie eine Drohung.

Der Grinch zuckte zusammen und sein verkniffenes Gesicht verzog sich, als habe er in eine Zitrone gebissen. Er murmelte etwas und verschwand kurz darauf ins Freie.

»Geht doch!«, meinte Brause, indem er an Marina vorbeiging.

»Was hat er gesagt?«, fragte sie neugierig.

Brause zuckte die Schultern. »Habe ihn kaum verstanden. Irgendwas von ›Ausweis holen‹ oder so.«

»Dann beehrt er uns ja vielleicht gleich noch einmal und lüftet endlich das Geheimnis seiner Herkunft«, meinte Irina Krummbein, eine Blondine Mitte 40. Sie wandte sich in ihrem dunkelblauen Hosenanzug behäbig einem älteren Herrn zu, der Geld abheben wollte.

Marina saß hinter dem Servicepunkt an einem der Schreibtische und widmete ihre Aufmerksamkeit ihrem Bildschirm. Was ihre Kollegen nicht wussten: Sie war dem Grinch bereits gestern und vorgestern in der Mittagspause gefolgt, in der Hoffnung, er würde zu seinem Auto gehen und sie könnte sich das Kennzeichen aufschreiben. Allerdings war der Kerl sehr schnell auf den Beinen und ihr immer in dem Straßengewirr hinter der Marienkirche entwischt.

Um fünf vor zwölf beugte sich ihre Kollegin zu ihr. »Da ist er wieder. Hängt wie immer am Eingang ab und tut so, als würde er etwas in seinem Portemonnaie suchen. Wie böse der guckt! Unglaublich.« Sie zupfte ihre weiße Bluse zurecht. »Der Brause soll bloß pünktlich abschließen.«

»Wieso sollte der Grinch sich ausgerechnet heute an einen von uns wenden?«, meinte Marina. »Der führt was ganz anderes im Schilde.«

Irina Krummbein winkte ab. »Hör bloß auf mit deiner Horrorthese Banküberfall. Das macht mir Angst.« Sie drehte sich weg. »Mittag. Ich hol mir 'ne Pizza im *La Rucola*. Kommst du mit?«

»Nee. Ich muss noch was erledigen«, erwiderte Marina ausweichend und stand auf. Sie schnappte sich ihre schwarze Steppjacke, warf den weißen flauschigen Schal darüber und hängte sich ihre Handtasche über die Schulter. »Bis später und guten Hunger!« Eilig verließ sie das Gebäude, noch bevor der Kollege abgeschlossen hatte.

Für den Kundenverkehr war die Bank nun zwei Stunden geschlossen. Dank gleitender Arbeitszeit konnte Marina ihren Plan verfolgen. Sie musste herausfinden, was der Kerl vorhatte. Gerade überquerte der Grinch die Unionstraße, die den Verkehr durch den Ort lenkte. Über ihm thronte die Stiftskirche. Er lief nach links und bog direkt die erste rechts ab. Die Strecke, die er auch in den letzten Tagen genommen hatte.

Die Straße führte recht steil bergauf und Marina kam in ihrer Steppjacke ins Schwitzen. Fünf Minuten später erreichte sie den Klusenweg. Der Grinch lief auf ein Grundstück, das an ein Fachwerkhaus grenzte, und verschwand dahinter. Sie folgte ihm vorsichtig. Hinter dem Haus verlief ein Weg, der zu einem der Eingänge des Lunaparks hinaufführte. Der Grinch hatte sich schon einen Vorsprung von etwa 100 Metern erlaufen. Marina keuchte und erklomm auf dem schmalen Pfad Stufe um Stufe. Rechts von ihr befand sich ein Zaun, der den Park eingrenzte, links stand eine mit Efeu überwucherte Mauer, neben der ein Geländer angebracht war. Endlich oben angelangt, blieb sie keuchend stehen. Die Mauer wurde von einem Zaun abgelöst, der den Blick ins Tal freigab. In einiger Entfernung erkannte sie den spitzen Kirchturm der Marienkirche, der in den grauen Himmel ragte.

Marina hetzte weiter und betrat den Lunapark. Womit das Waldstück sich den Namen Park verdient hatte, war ihr schleierhaft. Kahle Bäume standen in einem schlammigen Untergrund, auf dem sich Laub verteilt hatte. Mehrfach rutschte Marina aus, während sie Ausschau nach dem Grinch hielt. Aber vergeblich. Die Wege führten über Hänge bergauf und bergab. Sie hatte den Kerl verloren.

»So ein Mist«, fluchte sie laut und blickte auf ihre ehemals weißen Turnschuhe, deren Sohlen völlig verdreckt waren. »Das Detektivspiel hätte ich besser lassen sollen«, murmelte sie. Da die Schuhe nun aber ohnehin schmutzig waren, ging sie den matschigen Weg weiter. Ab und zu fand sich eine Bank am Wegesrand. Das einzig Außergewöhnliche war ein Wasserhochbehälter, vorn mit Graffiti besprüht, obendrauf eine kleine Aussichtsplattform, die Marina erklomm. Sie blickte sich um. Nirgendwo fand sich eine Spur vom Grinch. Einen Unterschlupf, in dem er sich verstecken könnte, entdeckte sie auch nicht. Vermutlich nutzte der Mann den Lunapark wie viele Ortskundige aus Fröndenberg lediglich als Abkürzung, um in die Innenstadt oder wieder hinaus zu gelangen.

»Was für eine Pleite!«, seufzte Marina, die sich unter den Kollegen schon als Heldin gesehen hatte, indem sie einen Banküberfall vereitelte. »Daraus wird wohl nichts«, fuhr sie ihren Monolog fort. »Zumindest nicht heute.« Sie trat von der Plattform und ging zurück auf den Pfad, der zum Ausgang führte. Seitlich durch die kahlen Bäume sah sie die Dächer der angrenzenden Wohnsiedlung aufblitzen. Sie würde sich beeilen müssen, wollte sie rechtzeitig zurück in der Bank sein. Immerhin musste sie ihre Schuhe noch säubern, bevor sie sich wieder an ihren Arbeitsplatz begeben konnte.

Marina hatte den Ausgang des Wäldchens fast erreicht, als sie schnelle Schritte hinter sich vernahm. Sie drehte sich überrascht um. Eine dunkle Gestalt rannte auf sie zu. Schlank, etwas größer als sie selbst und das Gesicht mit einer großen Kapuze verdeckt. Ehe Marina zur Seite springen konnte, rempelte der Typ sie an, nutzte ihr Straucheln, um ihr die Handtasche zu entreißen, und wollte zum Ausgang flüchten. Im selben Moment sprang der Grinch hinter einem Baum hervor und stürzte sich auf den Dieb.

»So nicht, du Scheißkerl!«, brüllte er und riss den Mann zu Boden.

Marina stand einen Moment schockiert daneben und beobachtete, wie der Grinch dem Räuber einen Fausthieb gegen den Körper verpasste. Der ächzte gequält und rollte sich weg. Dabei ließ er Marinas Tasche los. Sie erwachte aus ihrer Starre, bückte sich danach und presste sie sich vor den Bauch. Die Männer wälzten sich im Schlamm. Plötzlich hielt der Handtaschendieb ein Springmesser in der Hand. Er zögerte nicht und rammte es dem Grinch in die Seite. Der stöhnte auf und ließ von seinem Gegner ab. Der Kapuzenkerl sprang sofort auf die Beine. Einen Moment starrte er Marina an, schien zu überlegen, ob er ihr die Tasche erneut entreißen sollte. Dann drehte er um und floh in Richtung Innenstadt.

Marina legte ihre Tasche ab und hockte sich neben den Grinch. »Das war sehr mutig von Ihnen«, sagte sie, zog ihr Handy aus der Jackentasche und wählte den Notruf. »Es gab einen Überfall!«, schrie sie ins Telefon, als sei die Frau in der Leitstelle schwerhörig. »Ein Mann wurde niedergestochen. Im Lunapark!« Sie blickte sich verzweifelt um. Ehe die Hilfskräfte es in das Wäldchen geschafft hätten, würde zu viel Zeit vergehen. »Schaffen Sie es, aufzustehen und ein paar Schritte zu gehen?«, fragte sie den Grinch.

Der nickte verhalten. »Ich denke schon«, keuchte er.

»Kommen Sie zur Haßleistraße, Ecke Klusenweg. Ich versuche, das Opfer bis zu dem Fachwerkhaus am Anfang der Straße zu bringen.« Sie beendete das Gespräch, nahm ihren Schal ab und wickelte ihn fest um die Hüfte des Grinchs, damit er nicht so viel Blut verlor. Dann half sie ihm behutsam auf die Beine. »Wir müssen die Stufen hinab. Vielleicht kommen die Sanitäter uns gleich ein Stück entgegen.« Sie griff nach ihrer Tasche und nahm einen Arm des Mannes, den sie sich um die Schultern legte, sodass er sich stützen konnte.

Der Grinch verzerrte das Gesicht und sah noch verkniffener aus als sonst. »Ihr Schal wird blutig«, meinte er, als er seine Hand auf seine Wunde presste. »Ich werde ihn ersetzen.«

»Darum brauchen Sie sich keine Sorgen zu machen«, meinte Marina und ging langsam zum Ausgang des Parks. »Kommen Sie! Sie müssen dringend ins Krankenhaus, damit man die Wunde versorgen kann.«

»Es tut mir leid«, meinte der Grinch plötzlich und blieb am Zaun des Weges stehen. Stumm starrte er in Richtung Marienkirche. »Aber ich habe mich nicht getraut, Sie anzusprechen.«

Marina starrte den Mann verwundert an. »Ich verstehe nicht. Aber das ist jetzt auch erst einmal egal. Sie brauchen Hilfe.«

Er seufzte und ließ sich von ihr die steile Treppe hinunterführen, wobei er mehrfach schmerzgeplagt aufstöhnte. »Ich habe einen Brief bekommen«, keuchte er kaum hörbar und rutschte mit dem Fuß ab. Er kam ins Straucheln und hätte Marina fast zu Boden gerissen.

Marinas Herz klopfte wild. »Das können Sie mir alles später erklären. Achten Sie auf Ihre Schritte!« Sie konzentrierte sich auf die schmalen Stufen, worauf ihr Fuß nur seitlich Platz hatte. Drei Stufen, fünf Tippelschritte, die nächsten drei Stufen, wieder einige Schritte. Ihr Schal verfärbte sich an einer Stelle bereits rot. Der Grinch verlor zu viel Blut, was auf eine tiefe Wunde hindeutete. Hoffentlich waren keine inneren Organe verletzt. Endlich kam das Fachwerkhaus in Sicht. Gleichzeitig ertönte das Martinshorn, das kontinuierlich lauter wurde. »Gleich haben wir es geschafft!«, versuchte sie den Mann aufzumuntern. Sie war nass geschwitzt und ihre Bluse klebte an ihrem Rücken. Das Gewicht des Grinchs lastete schwer auf ihren Schultern und sie musste die Zähne zusammenbeißen, um nicht aufzugeben.

»Sie sind ein guter Mensch«, keuchte der Grinch, »das habe ich sofort gewusst, als ich Sie zum ersten Mal gesehen habe.«

Marina schüttelte beschämt den Kopf. Immerhin hatte sie den Mann für einen potenziellen Bankräuber gehalten. »Kommen Sie, der Rettungswagen ist da.« Das blinkende Blaulicht fiel auf den Hof des Fachwerkhauses. Die Rettungskräfte kamen ihnen entgegen und nahmen Marina ihre Last ab. Sie wartete, bis die Erstversorgung beendet war.

»Sind Sie eine Verwandte? Wollen Sie den Mann begleiten?«

Marina verneinte. Sie hatte das Gefühl, der Grinch wollte
ihr noch etwas sagen, aber schließlich schüttelte er nur
schwach den Kopf. »Wir sehen uns wieder!«, versprach er.
Dann schlossen sich die Türen des Rettungswagens. Fast
gleichzeitig hielt ein Polizeiwagen neben ihr. Marina zitterte
inzwischen vor Kälte, was sie auf die Überanstrengung und
den Schock des Erlebten schob. Sie bat die Polizeibeamten,
sie zur Bank zu bringen, wo sie ihre Aussage machen wollte.
Sie hatte sich das Gesicht des Diebes gut gemerkt und hoffte
sehr, dass man ihn fassen würde.

Der Filialleiter hatte Marina nach dem Gespräch mit der
Polizei sofort nach Hause schicken wollen, aber sie hatte sich
fit genug gefühlt, um weiterzuarbeiten. Zudem hoffte sie, in
Erfahrung bringen zu können, in welches Krankenhaus man
den Grinch gebracht hatte. Sie fühlte sich für seinen Zustand
verantwortlich und wollte ihn gerne besuchen. Allerdings
hatte sie telefonisch in keinem der umliegenden Kranken-
häuser eine Auskunft über Einlieferungen bekommen.

Achim Brause schloss die Filiale pünktlich um 18 Uhr.
Danach versammelte sich die Belegschaft im Aufenthalts-
raum. Mit dem Chef waren sie zu fünft. Marina reichte das
Spritzgebäck von Oma Hilde herum und bekam dafür all-
gemeines Lob. »Und Sie wissen nicht, was der Grinch von
Ihnen wollte?«, fragte Brause.

»Er hat von einem Brief gesprochen«, erwiderte Marina
ratlos. »Mehr nicht. Ich kann mir das nicht erklären. Zu
dumm, dass wir seinen Namen nicht kennen, so wird es
wohl fast unmöglich herauszufinden, in welches Krankenhaus er gebracht wurde.«

»Er wird schon wieder hier auftauchen, sobald er entlassen wurde«, meinte Irina Krummbein. »Bis dahin mach dir keinen Kopf und besorg mir lieber das Rezept des Spritzgebäcks.«

»Mach ich«, lachte Marina und griff nach ihrer Jacke. »Bis morgen!« Sie nahm ihre Tasche und eilte aus der Filiale. Die Temperatur war gesunken, der Wind hatte sich zu einem heftigen Sturm entwickelt und fegte ihr erste Schneeflocken ins Gesicht. Marina zog sich die Kapuze ihrer Steppjacke über den Kopf und hastete zu ihrem Auto. Rasch setzte sie sich hinters Steuer und überlegte kurz, ob sie sich vom *La Rucola,* in dessen Nähe sie geparkt hatte, eine Pizza mitnehmen sollte. Im selben Moment klopfte es ans Fenster der Beifahrertür. Marina ließ die Scheibe ein Stück herab und erkannte dahinter den Grinch. »Was machen Sie denn hier?« Sie öffnete die Tür. »Setzen Sie sich!«

»Danke«, murmelte der Mann und ließ sich ächzend auf den Sitz fallen. »Im Krankenhaus habe ich es nicht ausgehalten. Zu viele Dinge gehen mir durch den Kopf.« Er presste seine Hand auf die Wunde. »Ist genäht worden, war halb so schlimm.« Er quälte sich zu einem Lächeln.

»Verstehe«, meinte Marina, obwohl genau das Gegenteil der Fall war. »Was wollen Sie von mir? Ich kenne nicht einmal Ihren Namen!«

»Oh, Entschuldigung! Ich heiße Thomas Brinkmann.«
»Sagt mir nichts.«

Der Grinch fingerte in seiner Jacke herum und zog einen zerknitterten Umschlag heraus, den er fest in seinen Händen hielt. »Dieser Brief kam vor einer Woche per Post von einem Notar. In dem Anschreiben stand, der Brief sei vor

25 Jahren geschrieben worden und solle erst an mich verschickt werden, sobald der Briefschreiber verstorben sei.«

Marina schluckte. Sie war in diesem Jahr 25 Jahre alt geworden und sie kannte nur eine Person, die vor Kurzem verstorben war. »Der Brief ist von meiner Mutter, richtig?« Ein gewaltiger Kloß setzte sich in ihren Hals, denn sie ahnte bereits die Zusammenhänge.

Thomas Brinkmann nickte. »Du musst … äh … Sie müssen mir glauben, ich habe nichts von Ihrer Existenz gewusst. Das mit Ihrer Mutter damals, das war ein One-Night-Stand. In dem Brief schreibt sie, sie habe es darauf angelegt, schwanger zu werden, und habe mich als Vater ihres Kindes auserkoren, da sie meinen Charakter für in Ordnung hielt. Ich kannte nicht einmal ihren Nachnamen und habe sie nach dieser einen Nacht nie wieder gesehen.« Er seufzte.

»Meine Mutter hatte einen sehr starken Willen«, erklärte Marina mit Tränen in den Augen. »Und sie war konsequent. Ich habe sie tausendmal gefragt, wer mein Vater ist. Sie hat mir nie geantwortet.«

»Was ist mit ihr geschehen?«, fragte Thomas Brinkmann und sein Gesicht hatte plötzlich etwas Liebevolles, sah überhaupt nicht mehr so verkniffen aus.

»Sie hatte einen Autounfall.« Marina konnte die Tränen nicht länger zurückhalten. Sie kullerten ihre Wangen hinab und sie schniefte. Was hatte ihre Mutter sich mit dieser Aktion nur gedacht? Ob ihr noch bewusst gewesen war, dass sie diesen Brief damals geschrieben hatte? Die Antwort darauf hatte sie wohl mit ins Grab genommen.

Brinkmann griff nach ihrer Hand. »Darf ich Du sagen?«, fragte er leise.

Marina nickte.

»Ich glaube, deine Mutter hat heute ein letztes Mal Schicksal gespielt«, meinte er leise. Seine Daumen streichelten sanft ihre Hand. »Sie hat diesen Räuber auf uns gehetzt, damit wir endlich zueinanderfinden.«

»Das würde ich ihr sofort zutrauen.« Marina lächelte unter Tränen. Die Fensterscheiben im Auto waren von innen bereits beschlagen. »Sie war nie sehr geduldig. Leider konnte sie nicht verhindern, dass der Scheißkerl auf dich eingestochen hat.«

»Das sah schlimmer aus, als es war«, winkte ihr Vater ab. »Die Polizei hat den Mann dank deiner genauen Zeugenaussage bereits erwischt. Aber das würde ich dir gerne genauer bei einer Pizza erzählen. Ich lade dich ein. Das *La Rucola* kann ich als Fröndenberger sehr empfehlen.«

»Sehr gerne«, freute Marina sich. »Du wohnst in Fröndenberg?«

Ihr Vater nickte. »Weiter oben in der Nordstraße. Den Lunapark nutze ich gerne als Abkürzung.«

»Alles klar«, meinte Marina trocken. »Ein Fröndenberger bist du also. Wieso habe ich dich dann zuvor noch nie in unserem Geldinstitut gesehen? Ich arbeite da bereits seit sechs Jahren!«

Er blickte beschämt in den Fußraum des Autos. »Ich bin Kunde bei der Konkurrenz. Aber das lässt sich ganz schnell ändern.«

»Das will ich hoffen!« Marina lachte und öffnete die Wagentür. Der stürmische Wind übertönte das Knurren ihres Magens. Außer dem Frühstück und etwas von Oma Hildes Spritzgebäck hatte sie heute noch nichts gegessen. Sie freute sich darauf, ihren Vater näher kennenzulernen. Auch wenn sie ihn zunächst für einen Grinch gehalten hatte. »Wo hat man den Messerstecher festgenommen?«, fragte sie, verschloss das Auto und steuerte auf das *La Rucola* zu.

»Der Idiot war so dumm, bei Rossmann ein Parfum zu stehlen. Das hat der Ladendetektiv bemerkt und die Polizei informiert. Die Beamten konnten ihn festnehmen, als er auf den Bus gewartet hat. Die Ähnlichkeit mit deiner Täterbeschreibung wurde ihm zum Verhängnis.« Er grinste verschmitzt und hielt sich die schmerzende Seite.

»Wir sind ein tolles Team!«, rief Marina gegen den Wind an und freute sich, als ihr Vater lächelnd nickte, während er ihr die Tür zum *La Rucola* aufhielt.

Rezept: Spritzgebäck

Zutaten:
175 g Zucker
1 Pck. Vanillezucker
175 g Mehl
175 g Speisestärke
100 g gemahlene Mandeln
1 Prise Salz
250 g Butter
1 Ei

Für die Deko:
Schokoladenglasur
Puderzucker
etwas Wasser

Mehl, Mandeln und Speisestärke mischen. Zucker, Vanillezucker, Salz, weiche Butter und ein Ei verrühren. Mehlmischung in kleinen Portionen unterrühren.

Den Teig für eine Stunde in den Kühlschrank stellen. Ein Backblech mit Backpapier auslegen und den Backofen auf 180 °C vorheizen. Teig durch den Fleischwolf drehen und Plätzchen in beliebiger Form auf das Blech legen.

Das Spritzgebäck ca. 10–12 Minuten backen, bis es hell-
gelb ist. Die Plätzchen nach Belieben mit erhitzter Schokoladenglasur oder Zuckerglasur (Puderzucker/Wasser-
gemisch) verzieren.

TRÖPFCHENWEISE TOD

Pfirsich-Cantuccini-Trifle in Warstein
Anke Kemper

Ein Tag vor Nikolaus

In der Höhle war es längst nicht so kalt wie draußen. Joshua sah sich noch einmal um. Sein Ausbilder, Helmut Becker, war noch nicht in Sicht. Der Rentner würde wie immer pünktlich sein, und Joshua musste sich beeilen. Er schaltete die Handytaschenlampe an und machte sich auf den Weg. Den Job als Höhlen-Guide hatte er nur mit großem Widerwillen angenommen. Die zuständige Dame vom Arbeitsamt hatte ihm klargemacht, dass er schon einen guten Grund haben müsse, wenn er die von ihr angebotenen Jobs andauernd ablehnte, solange es für ihn keine freie Stelle in der Eventbranche gab. Joshua hatte schließlich klein beigegeben, mit dem Plan, sich nach zwei Tagen Durchhalten direkt krankzumelden. Das hatte bisher immer geklappt. Bei so etwas war er äußerst kreativ.

Am ersten Tag allerdings, als Helmut Becker ihm alles gezeigt und direkt einen Schlüssel zum Eingangstor der Tropfsteinhöhle ausgehändigt hatte, war ihm die zündende Idee gekommen, wie er diesen von der Dame vom Amt aufgebrummten Zwangsaufenthalt für sich und sein momentanes Projekt nutzen konnte. Die *Bilsteinhöhle*, die im *Naturerlebnis Bilsteintal* mit dem *Wildpark und Waldspielplatz* lag, war ganzjährig für Besucher geöffnet. Jetzt vor Weihnachten fanden zu festen Terminen zusätzlich die Veranstaltungen *Winterzauber im Bilsteintal* statt, eine Laternenwanderung mit anschließender Höhlenbesichtigung und einer kulinarischen Pause in der großen Halle. Für Joshua ein wenig zu viel Arbeit, aber er würde die paar Tage noch durchhalten.

Joshua war nun drei Wochen dabei und hatte das Versteck in der unteren Höhle, die für die Besucher meist gesperrt war, für seine perfiden Pläne auserkoren. In seiner Mietwohnung in der Innenstadt von Warstein gelegen, konnte und wollte er das Diebesgut nicht lagern. Seine beiden Mitbewohner, die einen regulären Beruf ausübten, könnten früher oder später etwas mitbekommen und Fragen stellen. Aber das war bald Geschichte. Nächste Woche würde die Übergabe an den Hehler stattfinden und er konnte sich von seinem alten Leben verabschieden und einen Neuanfang in Italien wagen. Den vielen Regen hier im Sauerland konnte er nicht mehr ertragen.

»Glaubst du, das reicht so?«

»Das ist mehr als genug.«

»Und wenn Kinder dabei sind, die keine Schokolade essen dürfen?«

»Der Nikolaus weiß auch nicht alles. Mach es einfach so, wie du meinst.« Helmut drückte seiner Frau einen Kuss auf die Stirn und nahm seine Brote und die Thermoskanne Kaffee.

»Und reg dich heute nicht schon wieder auf. Denk an

deinen Blutdruck«, sagte Hannelore zum Abschied, half ihrem Mann in die Jacke und öffnete die Haustür.

»Wird schon werden«, antwortete Helmut knapp und machte sich auf den Weg Richtung *Bilsteintal*, das von seinem Wohnhaus in Hirschberg knapp fünf Minuten Autofahrt entfernt lag. Heute standen nur zwei Gruppenführungen durch die Tropfsteinhöhle an. Für den Rentner war diese Aufgabe eine willkommene Abwechslung. Und obendrein ein netter Nebenerwerb. Die bevorstehenden Weihnachtsferien bedeuteten Buchungen in gleichem Umfang wie an Wochenenden, glücklicherweise hatte er seit drei Wochen Unterstützung. Joshua Berndt war Mitte 30, hochmotiviert, stets gut gelaunt, ein Charmeur der alten Schule und ein Schwätzer vor dem Herrn. Er war nach einem kurzen Ausflug in die Selbstständigkeit als Eventmanager gescheitert und kam direkt als Empfehlung vom Arbeitsamt. Aber das Arbeiten hatte dieser Typ nicht erfunden. Helmut mochte ihn nicht und er konnte nicht mal sagen, warum. Helmuts und Hannelores Enkelkinder hatten auch eine andere Einstellung zur Arbeit. Heutzutage plädierte man für eine Vier-Tage-Woche, für Work-Life-Balance, und legte die Arbeit nieder, wenn man vom Arbeitgeber nicht genau das bekam, was man wollte.

Helmut hatte Verständnis dafür, obwohl er Forderungen in der Form nie gekannt hatte. Die Welt hatte sich halt weitergedreht und Helmut konnte mit dem Tempo nicht mehr mithalten. Damit hatte er sich abgefunden. Aber die Einstellung war nicht einmal das, was ihn an seinem neuen Kollegen störte. Ob ihm missfiel, dass Joshua nicht zuhören wollte oder konnte, hatte Helmut noch nicht herausgefunden. Joshua versuchte nicht einmal, das Wissen, das Helmut ihm vermittelte, an die interessierten Höhlenbesucher weiterzugeben. Immer quatschte er dazwischen und erzählte Witze. Das gefiel dem einen oder anderen Besucher zwar, diente aber nicht dem Zweck, das Wesentliche über die Geschichte seit der Entdeckung der *Bilsteinhöhle* und die Entstehung der urzeitlichen Tropfsteine in der kurzen Besichtigungszeit zu erfassen.

Helmut fuhr auf den Besucherparkplatz und stieg aus. Die erste Gruppe hatte sich schon versammelt und zu seiner Überraschung war auch Joshua bereits anwesend.

»Wie viele Software-Entwickler braucht man, um eine Glühbirne zu wechseln? Keinen. Das ist ein Hardware-Problem«, erzählte er gerade, lachte über seinen eigenen Witz und erntete zurückhaltendes Schmunzeln. Helmut stöhnte innerlich. Diese Buchung kam von einem hiesigen Unternehmen, ein Ausflug der IT-Abteilung mit anschließendem Weihnachtsessen im angrenzenden Waldhaus, hatte es geheißen, und Helmut hatte eine dumpfe Ahnung, mit welchen unnötigen Witzen er die nächsten 30 Minuten rechnen musste.

Die Führung war besser verlaufen als erwartet. Irgendwann hatte Joshua sich zurückgezogen und war vermutlich in die untere Etage verschwunden, um »mal nach dem Rechten zu sehen«, wie er immer angab. Das machte Helmut regelmäßig nervös und er hatte es dem jungen Kollegen mehrfach untersagt. Bei den Regenfällen der letzten Tage war der Wasserstand des Höhlenbachs durchgängig hoch und somit nicht begehbar. Zumindest nicht für jemanden ohne Erfahrung. So ein Spinner, dachte Helmut, stellte sich ans Eingangstor zur Höhle und trank einen Schluck Kaffee. Endlich gesellte sich Joshua zu ihm.

»Die nächste Führung machst du allein. Ich werde nur zuhören«, sagte Helmut.

»Wieso? Das kannst du doch viel besser.«

»Du sollst von mir lernen. Und du hattest schon mindestens 30 Führungen mit mir zusammen.«

»Ist ja gut.«

»Die Führung morgen früh musst du auch übernehmen, das ist eine gute Übung. Ich habe morgen frei.«

»Ach, morgen. Das sind Kinder. Da habe ich keine Probleme mit. Außerdem ist Nikolaus. Ein Nikolauskostüm habe ich mir schon ausgeliehen. Das wird ein Spaß. Das Ding läuft schon.«

»So läuft das eben nicht.« Helmut erinnerte sich daran, dass er sich nicht aufregen sollte. Er nahm einen tiefen Atemzug und sprach eine Spur ruhiger weiter: »Ich habe meiner Frau versprochen, dass ich morgen nicht arbeite und die nächsten Wochen vor Weihnachten auch kürzertrete. Unsere Kinder kommen zu Besuch, das weißt du doch.« Der Rentner musste sich zusammennehmen. Joshua schien wieder nichts verstanden zu haben. Morgen würde Helmut 70 Jahre alt werden und Hannelore wollte den Tag mit ihm verbringen und ihn verwöhnen. Nur sie zwei. Mit ihren Kindern und Enkeln würden sie in den Weihnachtsferien nachfeiern.

»Ja, klar. Das sagtest du ja bereits. Klappt schon. Notfalls habe ich einen Spickzettel parat.«

»Und bitte bleib von der unteren Etage weg. Das ist zu gefährlich.«

»Was du immer damit hast. Der Wasserstand ist nicht sehr hoch. Habe gerade noch geguckt.«

»Der Wasserstand kann sich sehr schnell ändern. Tu doch einfach, was ich sage. Ich mache das hier jetzt schon acht Jahre lang.« Helmut wandte sich ab. Die nächste Gruppe würde gleich anreisen. Ein Damenkegelklub. Na Mahlzeit, dachte er.

Helmut schaffte es, sich zurückzuhalten. Die Damen hatten keine Lust auf Kultur. Um den Hals trugen sie ein Henkelglas, das an einer Kordel baumelte, der Name der jeweiligen Besitzerin war eingraviert und das eine oder andere Getränk bereits geschluckt. Joshua nahm jedes Glas in die Hand und nutzte die Vornamen, um sich bei den Teilnehmerinnen persönlich vorzustellen. Es war also egal, was er denen erzählte. Sie würden die Fehler nicht einmal bemerken.

»Was war der erste Mann auf dem Mond? Ein guter Anfang«, tat Joshua gerade kund und die Damen grölten und applaudierten. Helmut hatte Bedenken, was sein Kollege wohl morgen früh bei den Kindern anstellen würde. Jetzt konnte er nur hoffen, dass alles klappte und es seitens der begleitenden Lehrpersonen im Nachhinein nicht irgendwelche Beschwerden gab. Das einzig Gute: Die Wetterprognose für die nächsten Tage war gleichbleibend schlecht, sodass er sicher sein konnte, dass der Höhlenbach volllaufen würde. »Für alle, die im Sturm erobert werden möchten: jetzt bitte nach draußen gehen«, rief Joshua zum Abschluss, erntete Applaus, einen Schnaps von Brigitte und zu allem Überfluss noch Trinkgeld – ausschließlich in Papierform.

»Ich komme morgen früh nur vorbei und bringe dir die Nikolaustüten, die Hannelore gepackt hat. Die verteilst du dann, wenn die Führung durch ist, und nicht vorher, okay?«, erklärte Helmut und ging zurück zu seinem Auto.

»Kein Ding, das klappt bestimmt. Bis dann.«

*

»Kaya und Elias. Stellt euch zu den anderen. Niemand tanzt hier aus der Reihe.« Anna Ginter-Klickbach hatte einen hochroten Kopf, obwohl der Ausflug noch nicht einmal richtig begonnen hatte. Da sich die Referendarin kurzfristig krankgemeldet hatte, war die Mutter von Ben Geiser als Ersatzbegleitung eingesprungen. Frau Geiser stand etwas hilflos am Ende der ordnungsgemäß in Reih und Glied aufgestellten Kinder und wartete auf Anweisungen. Sie hatte zwar ihren Sohn in festes Schuhwerk und wasserdichte Kleidung gesteckt, trug aber selbst Stiefeletten und eine kurze Steppjacke mit Kunstfellbesatz. Vor dem Regen, der jetzt noch zaghaft vom Himmel tröpfelte, schützte sie sich mit einem Schirm im Leo-Look. Am anderen Arm baumelte eine pinke Handtasche im Kroko-Style. Anna blies ihre Backen auf und ließ die Luft laut wieder entweichen. Jetzt 'ne Zigarette und ein kühles Weizen, dachte sie. Nach der Höhlenbesichtigung sollte es in den Wildpark gehen. Gebucht war eine Führung mit anschließender Luchsfütterung. Ob sich das heute umsetzen ließ, stand noch in den Sternen. Es hatte bereits die halbe Nacht wie aus Eimern geschüttet und die Prognose für heute war auch nicht besser. Anna schaute zum Himmel. Dunkle Wolken formierten sich drohend über dem *Bilsteintal*. Jetzt hoffte sie, dass dieser Helmut Becker endlich kam, um mit der Höhlenführung zu starten. Der Bus war längst losgefahren und würde die Schulklasse erst zum Mittag wieder abholen. Da mussten sie jetzt durch.

Anna unternahm diese Ausflüge mit ihren Dritt- und Viertklässlern bereits seit mehreren Jahren. Sie kannte Herrn Becker und mochte seine Art, mit den Kindern

umzugehen. Das Wichtigste daran: Er schaffte es, sie zu
begeistern und die Aufmerksamkeit eine Weile aufrecht-
zuerhalten. Das war heutzutage nicht mehr selbstverständlich und Anna verstand ihre jungen Kolleginnen sehr gut,
die Probleme damit hatten, 45 Minuten Unterricht so zu
gestalten, dass ein Funken Lehrstoff vermittelt werden
konnte. Die meisten ihrer Mitstreiterinnen hatten sich
inzwischen zu Motivations-Coaches, Krankenschwestern,
Zauberkünstlern oder Clowns entwickelt, um den Unterricht durchzuhalten. Anna überlegte, ob sie sich mal kurz
von der Gruppe entfernen und sich eine Zigarette anzünden könnte. Das Warten kam ihr eine Spur zu lang vor
und gleich würden die ersten Kinder unruhig werden und
»Hunger, Pipi, kalt« quaken. Aber nein, diese Frau Geiser
wäre damit mehr als überfordert. Anna sah auf ihre Uhr.
Wo blieb Helmut Becker?

Helmut konnte nichts mehr tun. Joshua lag zu seinen
Füßen im Höhlenbach. Die toten Augen weit aufgerissen. Das Nikolauskostüm schlingerte um seinen Körper.
Der Bach, der am Eingang der Höhle unter der Erde verschwand, floss unbemerkt über bekannte und unbekannte
Wege, bis er aus schmalen Felsspalten wieder heraustrat
und die untere Höhle flutete. Bei den Wetterbedingun-
gen der letzten Tage war es erfahrungsgemäß lebensgefährlich, diesen Bereich der Tropfsteinhöhle zu betreten.
Wie oft hatte er versucht, diesem Idioten das klarzuma-
chen. Jetzt hatte Joshua die Quittung für sein ignoran-
tes Verhalten und Helmut musste die Schulgruppe übernehmen. Um alles andere würde er sich später kümmern.
Dafür hatte er noch keinen Plan. Er schrieb Hannelore eine
kurze Nachricht, dass er sich verspäten würde, zwängte

sich durch die teils engen Gänge und eilte zum Eingang, wo ihn Frau Ginter-Klickbach, eine weitere Begleitperson und 28 Drittklässler bereits erwarteten.

»Bitte entschuldigen Sie, es gab ein technisches Problem«, log Helmut völlig außer Atem. »Wir können direkt starten.« Dann folgte seine übliche Begrüßung der Kinder. Er machte es wie immer spannend. Und als er andeutete, dass er den Nikolaus bereits im *Bilsteintal* gesehen hatte und der bestimmt gleich vorbeikäme, um für die braven Kinder etwas zu bringen, hatte er die volle Aufmerksamkeit. Und trotzdem lief die Führung dieses Mal nicht wie gewohnt.

Es begann damit, dass die Kinder über die Existenz des Nikolauses diskutierten. Von einigen wurde der Weihnachtsmann ins Spiel gebracht, ein paar Kinder weinten und der Rest lachte und machte Blödsinn. Eine energische Frau Ginter-Klickbach brachte schließlich Ruhe in den aufgewühlten Haufen, und doch hatte dieser kleine Vorfall die gewohnte Dynamik seiner Führung gekippt. Das erste Mal, seit er diese Arbeit machte, wurde Helmut nervös. Das, was vorhin passiert war, und die aufgewühlten Gemüter der Kinder zerrten an seinen Nerven und er konnte nur erahnen, was gerade mit seinem Blutdruck passierte. Als sie endlich den Höhepunkt der Führung, *Die Halle der 60 Riesen*, betraten und Helmut die Kinder aufforderte, nach den Sieben Zwergen, dem Seehund auf der Klippe, der Eule, die eine Maus gefangen hatte, und dem Höhlenmädchen Ausschau zu halten, wurde die Spannung durch ein weiteres unvorhergesehenes Ereignis aufgepeitscht.

»Mia und Ben sind weg«, bemerkte ein Mädchen.

»Und Elias und Kaya auch«, sagte ein anderes. »Die Höhle hat sie verschluckt«, fügte sie noch hinzu.

88

Anna Ginter-Klickbach schrie die Namen der Vermissten und herrschte Frau Geiser an: »Wo ist Ihr Sohn?«

»Weiß ich nicht, kann ja nicht weit weg sein«, antwortete sie kleinlaut. »Ich habe gefilmt. Hab doch nicht überall meine Augen«, fügte sie noch entschuldigend hinzu.

»Sie sind hier nicht zum Filmen«, keifte Frau Ginter-Klickbach. Dann ging sie resolut auf Helmut zu. »Herr Becker, wo können die Kinder sich versteckt haben?«, fragte sie eine Spur freundlicher.

Helmut wurde blass. Das war ihm noch nie passiert. Was war das heute für ein beschissener Tag! Er hatte immer alles im Blick, genau durchdacht und von vorne bis hinten geplant, nie war etwas schiefgelaufen. Er hoffte, die Kinder machten sich einen Spaß und versteckten sich in den Höhlengängen. Dass sie über die Absperrung in die untere Höhle gegangen waren, konnte nicht sein. Oder?

Frau Ginter-Klickbach klopfte unsanft mit ihrem Regenschirm auf Helmuts Schulter: »Herr Becker. Sie kennen sich hier aus. Wo könnten die Kinder sein? Denken Sie nach! Schnell.«

Und schon meldeten sich die anderen Kinder zu Wort:

»Wir können uns in Gruppen aufteilen und suchen.«

»Lassen wir sie doch einfach, wo sie sind. Dann bleibt vom Nikolaus mehr für uns.«

»Wo hat denn der Nikolaus unsere Geschenke versteckt?«

»Ihr seid jetzt mal still«, unterbrach Anna Ginter-Klickbach. »Frau Geiser, Sie passen auf die Horde auf. Ich gehe mit Herrn Becker suchen. Verstanden? Handy weg!« Die Lehrerin kannte kein Pardon mehr. Sie wollte gerade die Suchaktion starten, da kamen ihnen schon die vier ausgebüxten Kinder entgegen.

»Wir wissen was, was ihr nicht wisst!«, rief Ben siegessicher, verschränkte seine Arme und wartete. Die anderen
drei Rückkehrer stellten sich um ihn herum.

»Der Nikolaus kommt nicht«, begann Kaya.

»Falsch, der kommt nie wieder«, fügte Mia hinzu und
hob wissend den Zeigefinger.

»Um es kurz zu machen: Toter geht nicht«, erklärte
schließlich Elias.

»Der Beweis, dass es den wahren Nikolaus gar nicht
gibt«, dozierte Ben und jetzt ging das Tohuwabohu so
richtig los. Wieder weinten einige Kinder, ein paar schrien
hysterisch, Frau Geiser zuckte ratlos mit den Schultern,
Anna Ginter-Klickbach bekam einen Tobsuchtsanfall,
Helmuts Kreislauf sackte ab und schließlich verlor er
das Bewusstsein.

*

Der Tag nach Nikolaus

Helmut war bereits am Morgen aus dem Krankenhaus
entlassen worden. Sein Blutdruck hatte sich reguliert.
Der Sturz auf den Steinboden der Höhle hatte ihm
eine große Beule und eine leichte Gehirnerschütterung
beschert.

»Mach dir nichts draus«, sagte Hannelore und platzierte eine schön dekorierte Schale Pfirsich-Cantuc-
cini-Trifle vor ihrem Mann. »Jetzt feiern wir deinen
Geburtstag nach. Dein Lieblingsdessert ist umso besser
durchgezogen. Lass es dir schmecken.«

Helmut nickte, nahm den Dessertlöffel und stocherte
lustlos in dem Glas. Er brachte nichts hinunter. »Es tut

mir leid, meine Liebe, aber das Ganze hat mich doch sehr mitgenommen.«

»Hast du noch Kopfschmerzen?«

»Das meine ich nicht«, antwortete Helmut und lehnte sich zurück.

»Aber die Polizei hat doch gesagt, dass es nicht deine Schuld war«, versuchte Hannelore, ihren Mann zu trösten. »Ein blöder Unfall und er war sofort tot.«

»Trotzdem. Ich war sehr unvorsichtig. Wir haben uns fürchterlich gestritten. Er wollte diesen Sack mit dem Schmuck, den Münzen und was er sich sonst noch alles zusammengestohlen hat, vor dem steigenden Wasser schützen und dann ... plötzlich ... rutschte er weg ... und dann ... ach.«

»Du hättest nichts tun können. Schau mal, heute steht es schon in der Zeitung.« Hannelore breitete die Tageszeitung vor Helmut aus. »Die Polizei hat bereits lange nach diesem Dieb gesucht. Es war nur eine Frage der Zeit. Ein besseres Alibi kann es für uns gar nicht geben. Und er kann ja jetzt nicht mehr aussagen.«

»Das hätte einfach nicht passieren dürfen. Wir haben großes Glück gehabt, Hannelore. Unsere Ware ist in einer sicheren Spalte versteckt, und sobald der Wasserstand sinkt, hole ich sie da raus. Wir suchen ein neues Versteck. Ach, was für ein Mist«, jammerte Helmut und überflog den Text. Immerhin hatte die Presse vorerst die Kinder da rausgehalten, was vermutlich einer energischen Anna Ginter-Klickbach zu verdanken war, bei welcher der Schutz der Kinder an erster Stelle stand. Joshua Berndt wurde für sämtliche Diebstähle der letzten acht Jahre in und um Warstein verantwortlich gemacht. Nun gut, mit etwas Glück wurde hier nicht näher nachgeforscht.

»Du kannst mal davon ausgehen, dass die nächsten Führungen ausgebucht sind«, bemerkte seine Frau. »Du wirst berühmt, Helmut.«

»Ach herrje, was machen wir denn da jetzt?«, fragte er hilflos.

»Jetzt feiern wir deinen Geburtstag nach.« Hannelore griff nach Helmuts Hand. »Und freuen uns auf Weihnachten mit den Kindern. Und für das nächste Jahr schmieden wir neue Pläne.«

Rezept: Pfirsich-Cantuccini-Trifle

Zutaten:

- 250 g Cantuccini
- 1 Dose Pfirsiche
- 250 g Magerquark
- 250 g Mascarpone
- 3 EL Zucker
- 200 ml Sahne
- 1 Pck. Vanillezucker
- 4 EL Amaretto
- Kakaopulver
- Schokoraspel oder geröstete Mandelblättchen

Cantuccini in einen Gefrierbeutel geben und mit einem Nudelholz zerkleinern. Die Pfirsiche abgießen, dabei 6 EL Saft auffangen. Die Pfirsiche in mundgerechte Stücke schneiden, den aufgefangenen Saft mit Amaretto mischen (Amaretto kann auch durch Apfelsaft oder entsprechend mehr Pfirsichsaft ersetzt werden).

Den Quark mit Mascarpone und Zucker verrühren. Die Sahne mit Vanillezucker steif schlagen und unterheben. Auf 4 Gläser verteilen: zuerst eine Lage Cantuccini-Brösel, darüber etwas Pfirsich-/Amarettosaft. Dann eine Schicht Käse-Quark-Creme, darauf Pfirsichstücke. Alles einmal wiederholen. Für mindestens 6 Stunden, besser noch über Nacht, im Kühlschrank durchziehen lassen.

Vor dem Servieren mit Kakaopulver, Schokoraspeln oder gerösteten Mandelblättchen dekorieren.

MORDLUST IM BUCHKLUB

Heißer Eierlikörpunsch in Hamm
Astrid Plötner

Der Dezember zeigte sich von seiner hässlichsten Seite an diesem Samstag vor dem zweiten Advent. Margot und Gitta standen mit Schirmen bewaffnet am Tierbrunnen in der Innenstadt, am Rande des Marktplatzes von Hamm und blickten sich immer wieder um. »Sie kommt nicht«, meinte Gitta enttäuscht und starrte auf den Pfau aus Bronze, der stolz auf dem achteckigen Granitsockel des Brunnens thronte. Das Wasser war zu dieser Jahreszeit abgestellt, sodass die Empore in der Mitte, eine Art Schraube mit Zahnrädern, etwas verloren wirkte. »Das ist gar nicht ihre Art, uns hängenzulassen, ohne abzusagen!«

»Stimmt«, murrte Margot. »Was machen wir jetzt? Buchklub zu zweit? Ist auch blöd, oder?«

Gitta nickte. »Ich hatte mich so auf Dörtes Eindruck vom neuen *Mama-Carlotta*-Krimi gefreut. Wie hieß er noch? *Breitseite*.« Gitta kannte alle Sylt-Krimis von Gisa Pauli und war gespannt auf die Fortsetzung. Sie hatte Dörte und Margot vor etwa zehn Jahren in Hamms Bücherei kennengelernt und es war eine tiefe Freundschaft entstanden. Da Gitta in Heesen wohnte, Margot in Uentrop und Dörte in der Innenstadt, traf sich der

Buchklub einmal im Monat im *Café Kloster-Drubbel*, um gelesene Bücher zu besprechen und zu tauschen. Heute hatten sie sich am Tierbrunnen verabredet, weil sie vor ihrem Treffen noch über den Weihnachtsmarkt gehen wollten. Gitta war enttäuscht und verpasste dem Sockel unter dem Pfau einen leichten Tritt mit ihren Sneakers.

»Spinnst du?«, meinte Margot. »Gleich kassieren sie dich wegen Sachbeschädigung ein. Da nützt auch keine Altersdemenz.«

»Ich bin erst 74«, verteidigte sich Gitta.

»Bin ich in zwei Jahren auch, deshalb lasse ich meinen Frust nicht am öffentlichen Kulturgut aus!«, knurrte Margot und schüttelte den Kopf. »Was nun? Dörte kommt nicht mehr. Wir waren um 14.30 Uhr verabredet, und jetzt schlägt die Pauluskirche bereits die volle Stunde.«

Der mächtige Glockenklang der in gotischem Stil errichteten Kirche schallte über den Marktplatz, fast gleichzeitig bimmelte das Smartphone von Gitta in voller Lautstärke und übertönte den Glockenschlag mit dem Song *Schatzi, schenk mir ein Foto* von Micki Krause. Sie kramte hektisch in ihrer Handtasche, fand das Handy aber nicht.

»Mann, stell den Mist leiser. Das ist oberpeinlich«, meckerte Margot.

Gitta spürte, wie sie rot anlief. »Jaja!« Ehe sie den Anruf annehmen konnte, verstummte das Telefon bereits von selbst. Kurz darauf kam ein *Bing*, dann noch eines und kündigte zwei WhatsApp-Nachrichten an. Endlich bekam sie das Telefon zu fassen. »Das war Dörte«, sagte sie, als sie aufs Display getippt hatte.

»Und? Kommt sie noch?«

Gitta blickte auf eine kurze Textnachricht. Augenblicklich wich das Blut aus ihrem Gesicht. Sie fühlte sich schwach, ihr wurde übel und sie musste sich auf den Granitsockel des Brunnens setzen. Schockiert starrte sie Margot an. »Die … die … die …« Sie bekam keinen Satz zusammen und schluckte.

»Was ist los?«, wisperte Margot, die den Ernst der Lage erkannte. »Was ist mit Dörte?«

»Sie … sie … sie«, bemühte sich Gitta weiter. Dann holte sie tief Luft und richtete den Oberkörper auf. »Sie schreibt: *Ich habe es getan. Er ist tot.*« Sie deutete auf ihr Telefon.

Margot setzte sich neben Gitta. »Zeig mal her!«, forderte sie.

Gitta tippte auf das Display, das wieder schwarz geworden war. Die Nachricht erschien.

»Ach du Scheiße!«, meinte Margot.

»Das musste ja irgendwann passieren«, erwiderte Gitta und dachte an die vielen Male, als Dörte von der Diktatur dieses Mannes erzählt hatte.

»Das hätte sie schon vor Monaten machen sollen, kurz nachdem diese fiese Ratte sich bei ihr eingenistet hat.« Margot stand wieder auf und rieb sich die kalten Hände. Der Nieselregen wandelte sich in dicke Tropfen und sie spannte ihren Schirm auf.

»Aber vielleicht hätte sie den Abgang dieses Kerls etwas sorgfältiger planen sollen. Musste ja nicht gerade heute sein, wo wir zum Weihnachtsmarkt gehen wollten. Auf ihre Erklärung bin ich gespannt.« Gitta erhob sich ebenfalls und ließ ihren Knirps aufspringen. Dann öffnete sie die Sprachnachricht, die zuletzt eingegangen war.

»Mädels! Ihr müsst mir helfen!«, ertönte die gefasste Stimme von Dörte. »Gerold ist Geschichte. Der hat mich heute so zur Weißglut getrieben, der hat mir sogar ins Gesicht geschlagen. Na ja, die Einzelheiten später. Ich

könnte jedenfalls Hilfe gebrauchen. Ich zähle auf euch!«
Danach gab sie noch ihre genaue Adresse durch.

Gitta drückte mit dem Daumen auf das Mikrofonzeichen und antwortete: »Wir machen uns sofort auf den Weg. Bleib ruhig. Das kriegen wir hin.« Sie schickte die Nachricht ab.

Gemeinsam liefen sie an der Pauluskirche vorbei, erreichten kurz darauf die Fachwerkhäuser am *Alten Brauhaus Henin* und wenige Meter weiter einen der Hochbunker der Stadt. Gitta blieb etwas außer Atem stehen. »Zwei Meter dick sollen die Mauern sein und neun Stockwerke hat der Turm. Wenn wir den Gerold da hinaufschaffen und runterstürzen lassen …«, überlegte sie laut.

»Ein Bunker hat für gewöhnlich keine Fenster und auch keinen Balkon, von dem man den Kerl schupsen kann, meine Liebe«, erwiderte Margot trocken. »Außerdem, wie willst du ihn hochbringen? Bist du Hulk? Wie weit ist es eigentlich noch?«

»Dörtes Haus muss hinter der Friedensschule liegen. Vermutlich eines der roten Backsteinhäuser in der Marker Allee. Kann nicht mehr allzu weit sein«, meinte Gitta und setzte sich wieder in Bewegung. Einen Moment schwiegen sie und hingen ihren Gedanken nach.

Margot sprang erschrocken zur Seite, als ein roter Opel mit überhöhter Geschwindigkeit an ihr vorbeiraste und sie einen Schwall Wasser abbekam. »Idiot!« Sie hob drohend die Hand. Dann blickte sie zu Gitta. »Wie kriegen wir die Leiche weg? Und wohin damit?« Sie erreichten die nächste Kreuzung und mussten bei Rot warten.

»Ich habe da eine Idee«, meinte Gitta und lächelte geheimnisvoll. Das grüne Ampelmännchen leuchtete auf, kurz darauf passierten sie die Friedensschule, an der sich an diesem Samstag kein Schüler blicken ließ. Kurz dahinter erreichten sie Dörtes Haus.

»Hier ist es«, keuchte Margot und deutete nach rechts. »Was rennst du denn daran vorbei?«

»Warte hier. Ich komme sofort zurück«, rief Gitta ihr über die Schulter zu und lief die Marker Allee weiter, bis auf der rechten Seite ein größeres weißes Gebäude auftauchte, in dem sich die *Ahse-Residenz* befand. Gitta hatte die Seniorenwohnungen vor einigen Wochen besichtigt. Hier gab es Domizile, in denen man selbstständig leben konnte, aber im Bedarfsfall war die Hilfe sofort vor Ort. Für die spätere Zukunft wäre die Einrichtung für Gitta in jedem Fall eine Option. Sie drückte an der Haustür auf mehrere Klingeln neben den vielen Namensschildern und kurz darauf surrte der Türöffner.

»Post für Müller!«, brüllte sie laut ins Treppenhaus und hörte, wie die Türen wieder zugeworfen wurden. Sie griff sich einen der Rollstühle, die neben dem Treppengeländer standen, und trat damit den Rückweg an. Da von Margot nichts zu sehen war, klopfte sie an die Haustür von Dörte.

»Da bist du ja endlich«, rief die Freundin, während ihr Dackel Bruno freudig mit dem Schwanz wedelte. »Komm rein! Margot hilft mir bereits beim Aufräumen. Der Gerold hat das ganze Mittagsgeschirr mit der Linsensuppe vom Tisch gefegt, weil er wütend war, dass ich mich nicht zu ihm gesetzt habe. Aber ich wollte erst den Eierlikör für euch im Thermomix fertig machen.« Sie seufzte. »Was machst du da eigentlich mit dem Rolli?«

Gitta mühte sich, den Rollstuhl rückwärts über die vier Stufen ins Haus zu hieven. »Was meinst du wohl, wie wir den Gerold hier wegschaffen sollen?« Beim Besuch der

Ahse-Residenz waren ihr die Rollstühle neben der Treppe aufgefallen und hatten ihr schmerzhaft das eigene Alter vor Augen gehalten.

»Ah!«, flüsterte Dörte fast ehrfurchtsvoll. »Wir schieben ihn einfach im Rollstuhl raus?«

Gitta nickte. »Und ich weiß auch schon, wohin!« Sie schob das Gefährt in die Küche und starrte auf das Chaos. »Halleluja! Was ist eigentlich genau passiert?« Sie deutete auf den toten Gerold, der mit blutigem Kopf regungslos auf dem Boden lag.

Dörte ließ sich entkräftet auf einen der Küchenstühle fallen und nahm Bruno auf den Schoß. »Der Scheißkerl hat mich immer mehr unter Druck gesetzt. Nichts konnte ich ihm recht machen. Mindestens zehn Mal am Tag hat er mir gedroht, dass er mich rausschmeißen wird. Dabei ist das doch mein Haus.« Sie schniefte. »Als er mich heute geohrfeigt und dann die Suppenschüssel runtergeschmissen hat, wo ich den halben Vormittag geschnippelt und geköchelt habe, ist mir die Hutschnur geplatzt. Er hätte fast Bruno getroffen! Nicht wahr?« Sie tätschelte den Dackel. »Da habe ich ihm die Pfanne an den Hinterkopf geknallt, in der ich ihm die Spiegeleier gebraten habe. Linsensuppe mit Spiegeleiern! Das war sein perverser Geschmack. Pfui Teufel! Na ja, jedenfalls ist Gerold umgekippt wie ein maroder Baum im Sturm. Damit er nicht wieder aufsteht, habe ich noch einige Male auf seinen dämlichen Hinterkopf geschlagen.«

Marion kehrte um Gerold herum bereits die Scherben zusammen. Sein Hinterkopf sah in der Tat ziemlich verformt aus. Die große Schüssel mit Linsensuppe war zu Bruch gegangen und der braune Brei schmierte über die Fliesen.

»Ich hol den Schrubb-Eimer«, meinte Dörte, blieb aber kraftlos sitzen und drückte Bruno an sich, der ziemlich verstört wirkte. Tränen kullerten über ihre Wangen. »Das tut mir so leid«, schluchzte sie. »Ich meine … nicht, dass er tot ist, aber … dass ich euch da reingezogen habe.«

»Bleib sitzen!«, forderte Gitta. »Wir machen das. Erzähl mal lieber, wie dir *Breitseite* mit *Mama Carlotta* gefallen hat.«

Augenblicklich begannen Dörtes Augen zu glänzen. »Richtig, richtig gut«, schwärmte sie. Dann erzählte sie von den Ermittlungen der alten Dame auf Sylt, die bereits ihren 18. Fall gelöst hatte.

Gitta hörte kaum zu. Ihre Gedanken wanderten zu Gerold, dem aus dem Nichts aufgetauchten Halbbruder von Dörtes verstorbenem Mann Erwin. Er hatte behauptet, die Hälfte des Hauses gehöre ihm und nach dem Tod seines älteren Bruders zusätzlich die Hälfte seines Anteils. So habe der Vater verfügt. Dörte hatte ein amtliches Schreiben gesehen und die Hälfte des Hauses geräumt. Seitdem hatte Gerold sich in ihrem Leben breit gemacht und kommandierte sie herum. Er verließ das Haus nie. Sie musste die Einkäufe erledigen und ihm das Bier besorgen. Es war nur eine Frage der Zeit gewesen, dass Dörte der Geduldsfaden riss.

Eine Stunde später sah die Küche wieder tadellos aus. Die drei Frauen standen um Gerold herum und starrten auf ihn hinab. Dabei erklärte Gitta den Freundinnen ihren Plan. »Wird nicht einfach werden, denn er hat doch ziemlich viel Speck auf den Rippen.«

»Also, wenn ich mir den so begucke, kann ich gar nicht glauben, dass der ein Bruder von deinem Erwin war. Der sieht völlig anders aus«, zweifelte Margot.

»Gerold ist ... äh ... war nur ein Halbbruder«, erklärte Dörte.

»Du hast vor seinem plötzlichen Auftauchen nie von seiner Existenz erzählt!«, wunderte sich Margot.

Dörte druckste etwas herum. »Stimmt. Ich wusste nichts von ihm. Gerold hat behauptet, dass Erwin ihn nie akzeptiert habe. Weil er das Ergebnis eines Seitensprungs seines Vaters sei. Als Gerold von Erwins Tod erfahren habe, sei ihm bewusst geworden, dass das Haus seines Vaters jetzt endlich ihm gehöre.«

Margot blieb skeptisch. »Und das hat er dir schriftlich gezeigt?«

Dörte senkte den Kopf und schwieg.

»Wie dem auch sei«, unterbrach Gitta das Gespräch. »Jetzt ist er jedenfalls tot und muss hier weg. Bis zu seinem Abtransport sollten wir bis Mitternacht warten. Da wird uns niemand mehr beachten.«

»Auf gar keinen Fall«, widersprach Margot. »Je eher der weg ist, desto besser. Bei dem Mistwetter ist um diese Zeit doch kaum jemand draußen. Außerdem ist es längst dunkel.«

»Stimmt auch wieder!« Gitta holte den Rolli. Dörte setzte Bruno ab, der sich sofort ins Wohnzimmer verkroch. Dann wälzte sie Gerold mit Margots Hilfe auf den Rücken, bevor beide den Oberkörper an den Armen hochzogen, sodass er auf dem Boden saß. Gitta schob den Rolli dahinter. Gemeinsam hievten sie den Toten in den Rollstuhl. Danach fixierten sie seine Brust stramm mit Klebeband an der Rückenlehne des Stuhls und stülpten ihm ein großes Regencape über. Sie setzten seine Füße auf die Stützen des Rollstuhls und legten ihm eine warme Decke über die Knie. Die Wunde am Kopf wurde mit einer

Mütze verdeckt und die toten Augen mit einer dunklen Brille.

»So müsste es gehen«, meinte Dörte. »Ich hole nur eben schnell meine Jacke, dann können wir los.«

»Kommt nicht infrage«, bestimmte Gitta. »Du bleibst hier! Koch Eierlikör oder Punsch oder beschäftige dich sonst wie. Sollten deine Nachbarn neugierig aus dem Fenster schauen, werden sie beobachten, wie sich zwei Frauen und ein Mann im Rollstuhl von dir verabschieden.«

Dörte nickte mit Tränen in den Augen und hielt ihnen die Tür auf.

Es regnete in Strömen, als Gitta und Margot – eine von vorn, eine von hinten – den Rollstuhl mit dem toten Gerold Stufe für Stufe nach draußen beförderten. Einmal wankte er bedrohlich, sie brachten ihn jedoch wieder ins Gleichgewicht. Jede nahm einen Griff und sie schoben Gerold auf den Bürgersteig in Richtung *Ahse-Residenz*. Kurz davor lenkte Gitta nach rechts auf einen asphaltierten Feldweg. Der Regen peitschte ihnen ins Gesicht. Als sie die *Ahse-Residenz* hinter sich gelassen hatten, kam ihnen ein Hundehalter entgegen. »Mach endlich den verdammten Schirm auf!«, zischte Gitta.

Margot spannte den Schirm auf und versuchte, Gerold so gut wie möglich zu verdecken. Der Mann mit Dobermann hatte sie fast erreicht, als der Sturm die Decke von Gerolds Knie fegte und das Cape hochwehen ließ. Gitta sprang sofort nach vorn und zog das Cape wieder über die Beine.

»Keine gute Idee, bei dem Sauwetter spazieren zu gehen«, meinte der Mann und reichte ihr die Decke.

Gitta riss sie ihm aus der Hand. »Ist doch unsere Sache«, blaffte sie.

»Kümmern Sie sich um Ihren eigenen Kram«, stimmte Margot zu.

Der Dobermann begann zu knurren und hielt auf Gerold zu. Dann bellte er laut. Sein Besitzer zog ihn zurück, schüttelte den Kopf und ging weiter.

»Puh«, stöhnte Gitta, »das war knapp!«

»Und da kommt schon die nächste Hundetante.« Margot deutete nach vorn. »Von wegen, bei dem Mistwetter ist keiner draußen!«

Gitta legte die Decke über Gerolds Beine und stopfte sie seitlich fest. Dann schob sie den Rollstuhl weiter, während Margot mit dem Schirm kämpfte. Eine junge Frau mit Pudel näherte sich. Sie hatte die Kapuze ihrer Jacke tief ins Gesicht gezogen und starrte auf ihr Smartphone, während ihr Hund tapfer neben ihr durch den strömenden Regen trottete.

»Auf dem Hundeplatz ist nur Matsch«, brüllte sie gerade ins Telefon und beachtete die beiden Frauen nicht.

»Ah, der Hundeplatz!«, meinte Gitta. »Kurz dahinter liegt bereits der Ahseteich. Dort geht Dörte jeden Abend mit Bruno Gassi. Sie hat doch schon so oft erzählt, dass sie dabei immer gut abschalten kann und über den Krimi nachdenkt, den sie gerade liest.«

»Ja«, meinte Margot und kämpfte verzweifelt mit dem Schirm gegen den Sturm an. »Gut, dass du das Gebiet so genau erkundet hast, bei deiner Visite in der Altenresidenz.«

»Meinst du das jetzt ironisch?«, fragte Gitta und lenkte Gerold samt Rolli an den Rand des Teichs, der dank der vielen Regenfälle in den letzten Wochen bis zum Rand gefüllt war.

»Wie käme ich dazu?« Margot schloss den Schirm und

legte ihn ab. »Lass uns keine Zeit verlieren. Wer weiß, wie viele Gassi-Gänger sonst noch so unterwegs sind.«

Gitta zog Gerold die Decke von den Beinen, hob das Cape hoch und entfernte das Klebeband. Die Räder des Rollstuhls versanken bereits zu einem Viertel im schlammigen Boden. Gittas und Margots Schuhe waren komplett im Matsch verschwunden. Die Frauen sahen sich an und nahmen wie einstudiert jeweils einen der Griffe.

»Auf drei!«, gab Margot vor.

Mit einem kräftigen Ruck schubsten sie den Rollstuhl in Schieflage, sodass Gerold gemächlich herausplumpste und mit dem Oberkörper im Teich landete. Das Cape waberte wie eine Plane um ihn herum. Gitta keuchte vor Anstrengung und sah sich nach allen Seiten um. In dem dicht fallenden Regen war kein Mensch zu sehen. »Das wäre geschafft!« Sie zog den Rollstuhl zurück auf den Weg. »Gerold hat laut Dörte einen erhöhten Alkoholpegel, mehrere Flaschen Bier und eine halbe Flasche Schnaps. Vielleicht haben wir Glück und die Polizei geht von einer Schlägerei aus, woraufhin der Arme im Teich gelandet ist.«

»Hoffen wir nur, dass Dörte nichts angelastet wird«, meinte Margot und mühte sich, ihre Schuhe im Gras vom Schlamm zu befreien. Sie nahm den Schirm wieder an sich und öffnete ihn.

Gitta ging neben ihr und lenkte den Rollstuhl. Niemand kam ihnen mehr entgegen. Als sie die *Ahse-Residenz* erreichten, stellte Gitta das Gefährt vor dem Eingang ab. Völlig am Ende, erreichten sie kurz darauf das Haus von Dörte.

»Kommt schnell rein. Es gibt Neuigkeiten«, wurden die beiden erregt empfangen. »Ich habe in der Zwischenzeit Gerolds Zimmer durchsucht und gerade noch heißen

Eierlikörpunsch zubereitet. Den könnt ihr bestimmt gut vertragen, oder?«

Gitta zog im Flur Mantel und Stiefel aus, dann ließ sie sich neben Margot im Wohnzimmer auf die Couch fallen. »Punsch klingt gut.«

Dörte verschwand in der Küche. Kurz darauf kam sie mit einem Tablett zurück. In drei Weingläsern befand sich zu drei Vierteln eine gelbliche Flüssigkeit. Obendrauf eine Haube aus Schlagsahne, dekoriert mit Zimt. »Das ist Eierlikör mit O-Saft und Weißwein. Probiert mal! Schmeckt genial.«

Margot nippte am Glas. »Hm. Lecker. Aber jetzt erzähl! Was gibt's für Neuigkeiten?«

Dörte setzte sich ihnen gegenüber in einen Sessel. »Ich wollte mir eigentlich nur die Papiere noch einmal anschauen, die Gerold mir vorgelegt hat, als er behauptet hat, er sei Erwins Halbbruder. Dabei fiel mir sein Personalausweis in die Hand und ich habe festgestellt, dass er mir einen völlig falschen Familiennamen genannt hat. Und dann habe ich noch das gefunden.« Sie legte eine Mappe mit abgehefteten Papieren auf den Tisch.

»Was ist das?«, fragte Gitta und nahm den Hefter an sich. Nach Dörtes Aufforderung blätterte sie flüchtig durch die Seiten. »Briefverkehr zwischen Gerold und Erwin?«, fragte Gitta überrascht »Was hat es damit auf sich?«

»Ich habe die Korrespondenz nur überflogen. Die Briefe sind über 20 Jahre alt. Damals ist der Vater von Erwin gestorben. Gerold behauptet wiederholt, dass er Erwins unehelicher Halbbruder ist. Aber so wie ich das sehe, gab es nie einen Vaterschaftstest, der das belegen könnte. Erwin hat nur die ersten Briefe beantwortet. Er schreibt, dass er nichts mit Gerold zu tun haben will. Mir gegenüber hat er nie erwähnt, dass Gerold sich bei ihm gemeldet hat. Dann wäre ich ja vorgewarnt gewesen, als der plötzlich vor der Tür stand.«

»Wenn sich Gerold des Verwandtschaftsverhältnisses so sicher gewesen wäre, hätte er bestimmt rechtliche Schritte eingeleitet. Vielleicht war Erwins Vater nicht der Einzige, der für eine Vaterschaft infrage kam.« Margot grinste vielsagend.

Dörte hob nur ratlos die Schultern. »Ich weiß von nichts. Das Ergebnis eines Vaterschaftstests oder ein Schreiben, worin Gerold als Erbe erwähnt wird, habe ich jedenfalls nicht gefunden. Das einzige amtliche Schreiben, das er besessen hat, ist eine Vorladung der Polizei. Seine Ehefrau hat ihn angezeigt. Ich war so schockiert, als der damals vor mir stand, da habe ich nicht so genau hingesehen.«

»Du verwechselst eine Vorladung mit einem Brief vom Notar? Du solltest mal zum Augenarzt gehen«, meinte Gitta.

»Der wusste Sachen von Erwin, die nur ein Verwandter oder sehr guter Bekannter wissen konnte«, verteidigte sich Dörte.

Margot nickte. »Das ist jetzt nicht mehr wichtig. Du hast jedenfalls ein Problem, wenn die Polizei dich irgendwie mit Gerold in Verbindung bringt. Wer weiß denn alles, dass er hier gewohnt hat?«

Dörte lächelte. »Niemand, soweit ich weiß. Und ich kann euch auch sagen, warum: Der Kerl wird polizeilich gesucht! Ich habe seinen richtigen Namen eben in die Internet-Suchmaschine eingegeben. Er kommt aus einem Kaff bei Hamburg und hat seine Ehefrau ermordet. Vermutlich, weil sie ihn angezeigt hat.« Sie rief auf ihrem Handy einen Bericht auf und reichte Gitta das Telefon.

»Beilmörder auf der Flucht«, las Gitta laut. »Von Gerold S. aus Hamburg fehlt weiterhin jede Spur. Hinweisen aus der Bevölkerung folgend nimmt die Polizei an, dass er im Ausland untergetaucht ist. Gerold S. hatte seine Ehefrau Brigitte während des Schlafs brutal mit einem Beil getötet. Nachbarn waren auf die weit offen stehende Haustür aufmerksam geworden und fanden die Frau blutüberströmt in ihrem Bett vor. Brigitte S. wurde zuvor bereits mehrfach brutal von ihrem Ehemann zusammengeschlagen. Sie hatte jedoch lange auf eine Anzeige verzichtet. Als sie ihre Meinung änderte, wurde ihr das zum Verhängnis.« Gitta blickte Dörte entsetzt an. »Der Bericht ist etwa ein Jahr alt. Das bedeutet, dass Gerold danach direkt bei dir untergekrochen ist.«

»Ich habe ein Jahr mit einem Mörder unter einem Dach gelebt! Jetzt weiß ich auch, warum der nie rausgegangen ist. Wenn ich das nur geahnt hätte!«, seufzte Dörte. »Dann hätte ich die Polizei rufen können und ihn nicht erschlagen müssen.«

»Mein Gott! Wenn ich mir vorstelle, dass es dich auch hätte treffen können!« Gitta schlug sich die Hände vor den Mund. »Gut, dass du ihm zuvorgekommen bist!«

»Das Schwein hat es nicht anders verdient! Selbst wenn er Erwins Halbbruder gewesen sein sollte.« Dörte blickte ihre Freundinnen etwas unsicher an. »Oder?«

»So ist es«, bestätigte Margot. »Auge um Auge, Zahn um Zahn. Der Kerl hat seine gerechte Strafe bekommen.«

»Darauf trinken wir!«, meinte Gitta, stand auf und griff nach ihrem Glas Eierlikörpunsch. Margot und Dörte taten es ihr gleich. »Lecker«, schwärmte sie, »den kannst du öfters machen. Und jetzt erzähl noch einmal von *Breitseite*. Heute Nachmittag konnte ich mich nicht darauf konzentrieren.«

Dörte lächelte und holte das Buch von Gisa Pauli. Sofort begann sie voller Euphorie zu berichten.

Rezept: Heißer Eierlikörpunsch

Zutaten:
 1 Flasche Eierlikör mit 20 Vol.-%
 ½ Liter Weißwein
 ½ Liter Orangensaft
 1 Becher Sahne
 Zimt

Eierlikör, Weißwein und Orangensaft bis kurz vorm Siedepunkt erhitzen. Immer wieder gut umrühren. Dann von der Hitzequelle nehmen und in Gläser abfüllen.

Mit geschlagener Sahne und Zimt garnieren.

NO EXIT

Aprikosen-Mandel-Wolke in Brilon

Anke Kemper

Sie hatten zugesagt. Alle. Corinna lächelte siegessicher. Eine Jubiläumsfeier der besonderen Art stand bevor. 25 Jahre waren an ihr vorbeigezogen und hatten ihre Spuren hinterlassen. Die Zeit heilt alle Wunden, sagte man. Und ja, der Schmerz hatte nachgelassen, war aber tief in ihrer Erinnerung verankert und hatte an ihr gezerrt und gerüttelt, immer wenn sie versuchte zu vergessen und sich glücklich fühlte. Jetzt war alles egal. Sie hatte Gewissheit. Ihr war bewusst, dass es bald vorbei sein würde. Die Diagnose war eindeutig, der Kampf verloren. Und: Es gab nichts mehr zu verlieren.

Als Drehbuch- und Buchautorin hatte Corinna ihr Hobby zu einem sehr erfolgreichen und lukrativen Fulltime-Job gemacht. Nach ihrem Abitur und dem anschließenden Studium der Germanistik in Frankfurt war sie nach nur sechs Jahren zurück in ihre Heimatstadt Brilon gezogen, um bei ihrer kranken Mutter zu sein, und hatte dort eine Teilzeitstelle im Museum *Haus Hövener* angenommen. Als Mitglied der *Stadtführergilde* hatte sie zusätzlich Themenführungen durch Brilon durchgeführt. Nebenbei hatte sie begonnen, Liebesgeschichten und Krimis zu schreiben. Zunächst für Zeitschriften, später schrieb sie Drehbücher für Soaps, bevor sie ihre ersten Romane veröffentlichte.

Für ihren Abschied von der alten Clique hatte sie sich etwas Besonderes ausgedacht. Einen Escape-Room zu entwerfen, sollte für sie als Drehbuchautorin ein Spaziergang sein. Corinna hatte auf diversen Plattformen im Internet nach Schritt-für-Schritt-Anleitungen gesucht. Ihre übliche Aufteilung in fünf Akte für das Schreiben ihrer Buchprojekte würde auch hier Anwendung finden, nur dass es dieses Mal um ihre ganz persönliche Heldenreise ging. Da es ihr widerstrebte, diese Art von Planungen in Akte zu unterteilen, nannte sie die einzelnen Schritte der Entwicklung des Escape-Rooms: Phasen.

*

Phase 1 – Themenwahl

Das Thema war glasklar. Es war ihre eigene Geschichte. Der Punkt in ihrem Leben, an dem sich alles geändert hatte. Als Ort des Geschehens wählte Corinna ihren Wäschekeller, weil dieser Raum der größte im Haus war. Die Abluft vom Trockner führte durch ein Loch in der Wand nach draußen – ein Fenster gab es nicht.

*

Phase 2 – Raumgestaltung und Atmosphäre

Waschmaschine, Trockner und Bügelbrett verhüllte sie mit schwarzem Pannesamt. Die größte Herausforderung war die Fototapete gewesen, die eine Bar darstellte und die sie unter enormer Anstrengung und einiger Flüche an die buckelige Kellerwand geklebt hatte. Corinna hatte lange gesucht, um das Bild einer Bar zu finden, das der von damals am ähnlichsten war. Die Hinweise und Rätsel, die ihre Gäste zum nächsten Schritt führen würden, platzierte sie so, dass die Reihenfolge einfach nachzuvollziehen war. Ihr war es wichtig, dass sie schnell erkannten, worum es ging, damit die Stimmung in eine andere Richtung wechseln konnte. In eine Richtung, die sie erwartete. An ausgeklügelten schwierigen Hindernissen war sie nicht interessiert. Zur üblichen Weihnachtsdeko kamen noch ein Retrotelefon in Orange, eine Schreibmaschine, CD-Player und diverse CDs, die sie auf dem Dachboden gefunden hatte. Eine Discokugel, ein flackerndes Showlight und quietschbunte Cocktailgläser hatte sie im Internet bestellt. Die Schale mit Limetten für die Drinks und ein Eiskübel sowie die passenden Spirituosen standen bereit. Unter einer großen Speiseglocke hatte sie ihr Lieblingsgebäck, Aprikosen-Mandel-Wolke, platziert. Sollten ihre Gäste bis zu diesem Punkt nicht wissen, was sie vorhatte, hier würde es ihnen wie Schuppen von den Augen fallen. Corinna machte zum wiederholten Mal den Technik-Check, bis sie sicher sein konnte, dass alles funktionierte. Dann schloss sie die Brandschutztür und ging in die Wohnung hinauf, um auf die Gäste zu warten. Sie war bereit.

Die Clique war pünktlich und kam geschlossen. Patrizia Schulz, Ida Schauff, Jasmin Kierspe und Andreas Welz stürmten mit großen Ohs und Ahs das Haus. So lebte also eine Bestsellerautorin. Bei einem Sektempfang und Lachshäppchen in der Boho-Lounge direkt neben der Küche wurde erzählt, was wer machte, wo wer gelandet war, ob mit oder ohne Partner, mit dem wievielten Partner und wie vielen Kindern. Der Herr Wirtschaftsprüfer und die Damen Kosmetikerin, Boutique-Besitzerin und Physikerin sparten nicht mit Eigenlob und Selbstdarstellung. Corinna bemühte sich, zuzuhören und Fragen zu stellen, wie es eine gute Gastgeberin nun mal tat, ob es ihr gegen den Strich ging oder nicht. Nach einer knappen Stunde stand sie auf, blies die große Kerze im Adventsgesteck aus und ließ einen Löffel gegen ihr Sektglas klingen.

»Nochmals vielen Dank, dass ihr meiner Einladung gefolgt seid. Aber wir sind ja nicht zum Vergnügen hier. Bitte sucht noch einmal die Toilette auf. In der nächsten Stunde kommt ihr aus dem Escape-Room nicht raus, egal was passiert«, sagte sie, sammelte die Gläser ein und brachte sie in die Küche. »Die Handys legt ihr bitte in die Schale auf den Tisch«, rief sie ihren Gästen zu.

»Wie spannend!« Patrizia klatschte begeistert in die Hände, legte ihr Smartphone in die Schale und eilte als Erste Richtung Bad.

»Ein bisschen Angst habe ich schon. So in geschlossenen Räumen«, meinte Jasmin.

»Sieh es als Herausforderung.« Ida stand auf und streckte sich. »Wie bist du eigentlich darauf gekommen, uns einzuladen?«, rief sie Richtung Küche.

»Alte Erinnerungen«, antwortete Corinna. »Mein nächster Roman wird von Jugend, Freundschaft, Schulstress, Liebesglück und Liebesfrust handeln«, fügte sie hinzu, als sie die Lounge wieder betrat.

»Ich hoffe, wir kommen gut dabei weg.« Andreas lachte und Corinna stimmte mit ein.

»Schauen wir mal«, sagte sie und lachte noch lauter.

*

Phase 3 – Aufgaben und Rätsel, die die Spieler herausfordern

Corinna war aufgeregt wie ein Kind kurz vor Heiligabend. Sie führte ihre Gäste in den Kellerraum und knipste ein paar Schalter an. Die Musik startete zum Hit *Don't tell me* von Madonna, die Discokugel drehte sich und alles flirrte und flackerte.

»Der Wahnsinn!«, rief Andreas begeistert und steuerte die Getränkeauswahl auf dem Bügelbrett an.

Die Frauen sahen sich um und staunten. »Schau mal, dieses Telefon! Das stand bei deiner Mutter in der Küche, ich erinnere mich. Das war noch von deiner Oma. Ach, was hatten wir einen Spaß«, rief Patrizia. »Und diese Fototapete. Wow, du hast dir ja richtig viel Arbeit gemacht.«

Corinna nickte, stellte die Musik leiser und begann zu erklären: »Ihr fangt hier vorne an dieser Holzschatulle an. Hier gibt es den ersten Hinweis. Jedes Rätsel zeigt euch den nächsten Schritt. Bestimmt findet ihr das heraus. Im Team funktioniert es ganz einfach.«

»Und wenn uns schlecht wird? Ich meine, es kann ja mal einer das Bewusstsein verlieren oder so.« Jasmin klang besorgt und suchte mit ihren Augen die Wände nach einer weiteren Tür oder einem Fenster ab.

Corinna lächelte und deutete zur Decke, wo der Elektriker eine Überwachungskamera angebracht hatte. »Keine Sorge, ich sitze oben an meinem Laptop und beobachte euch. Sollte etwas passieren, öffne ich selbstverständlich sofort den Raum.«

»Was sollen wir denn eigentlich herausfinden?«, fragte Ida.

»Sagen wir mal, es geht um eine Leiche im Keller«, antwortete Corinna und ihre Gäste jubelten. »Mixt euch gerne Getränke. Es steht alles für euch bereit. Ich bin mir sicher, ihr löst das Rätsel. Und dann gibt es eine Überraschung. Wenn ich diese Tür gleich hinter mir schließe, habt ihr 60 Minuten Zeit.« Corinna wandte sich zum Gehen.

»Warte. Wie lautet denn der Titel deiner Geschichte?«, fragte Patrizia.

Corinna überlegte kurz, die Hand an den Griff der Brandschutztür gelegt. »No Exit«, sagte sie und alle lachten. Dann schloss sie leise die Tür, verriegelte sie von außen und eilte die Stufen hinauf in ihr Arbeitszimmer, wo der Laptop bereitstand.

»Was wollt ihr trinken, Mädels?«, fragte Andreas und deutete auf die Flaschen.

»Lass uns erst einmal die ersten Rätsel lösen. Feiern können wir danach.« Patrizia öffnete die Holzschatulle. »Oh, Fotos. Aus unserer Schulzeit«, sagte sie und reichte die Bilder herum. Sofort gingen die Sticheleien und das Gekicher über diverse Mitstreiter aus ihrer gemeinsamen Vergangenheit los.

»Ach, wie witzig. Wisst ihr noch, der Herr Waldmann. Unser Deutsch- und Vertrauenslehrer. Nein, was wir dem alles anvertraut haben.« Ida kicherte albern.

»Ja, genau. Der Olaf. Und alle Mädels waren in ihn verknallt, du übrigens auch«, erwiderte Jasmin.

»Okay, darüber können wir später quatschen. Was ist die Aufgabe?«, unterbrach Patrizia die Schwärmereien ihrer Freundinnen.

»Auf der Rückseite der Fotos sind Nummern«, meinte

Andreas, der sich einen Gin Tonic gemixt hatte. »Legt sie mal in dieser Reihenfolge nebeneinander«, fügte er hinzu.

»Schon klar«, antwortete Jasmin und breitete die Bilder auf dem Fußboden aus.

Patrizia untersuchte noch einmal die Schatulle. »Mhm, nur die Fotos. Kein Brief oder ein weiterer Hinweis«, stellte sie fest.

»Ist das nicht das alte *Schultenhaus*? Ihr wisst doch noch, der Literaturkurs. Das Theaterprojekt an diesem Wochenende.« Ida nahm das letzte Foto aus der Reihe hoch und zeigte es in die Runde. Das *Schultenhaus*, ein Fachwerkhaus aus dem 18. Jahrhundert im historischen Stadtkern von Brilon, war in den 60er-Jahren aufwendig restauriert worden und beheimatete zunächst den Verkehrsverein, später ortsansässige Vereine. Da ihr damaliger Schulrektor Mitglied im *Heimatbund* gewesen war, hatten sie die Räumlichkeiten an einem Wochenende vor den Sommerferien für eine Intensivprobe des Literaturkurses nutzen dürfen.

»Stimmt.« Andreas stellte sein Glas ab und bückte sich. Dann nahm er das vorletzte Foto. »Wir fünf bei unserem Schwur.« Er reichte das Foto weiter. »Einer für alle ...«

»... und alle für einen«, führte Patrizia fort und legte das Foto zurück.

»Vielleicht sollten wir bei Nummer 1 anfangen«, wandte Jasmin ein und bückte sich nach dem passenden Bild. »Unser Vertrauenslehrer. Olaf.«

»Mhm, ein Porträtfoto ohne weitere Hinweise«, ergänzte Patrizia. »Die langweiligen Fotos aus dem Jahrbuch der Schule.«

»Süß war er ja wirklich. Nur so fürchterlich schüchtern«,

fügte Ida hinzu. »Der hat unsere Gruppe ganz schön aufgemischt.«

»Wie meinst du das?«, fragte Jasmin.

»Na, diese ganzen Eifersüchteleien untereinander. Jeder schwärmte von ihm und wollte ihn für sich. Ein paar Jungs auch.«

»Alles nur Spekulationen. So kommen wir nicht weiter«, unterbrach Andreas. »Zehn Minuten sind schon rum. Also, wir sehen hier Bilder von unserem Theaterworkshop, Literaturkurs Q1 und die Intensivprobe im *Schultenhaus*. In welchem Jahr war das? 1998?«

Alle schwiegen. Bis Jasmin auf ein T-Shirt zeigte, das an einem Bügel an der Wäscheleine hing, die an der Decke entlangführte. »99«, sagte sie und nahm das Shirt mit dem entsprechenden Aufdruck vom Bügel.

Corinna lehnte sich zufrieden zurück. Es ging gut voran. Die ersten Sticheleien in der Clique zeigten ihr, dass sie absolut richtiglag. Andreas, als einziger Mann in dieser Gruppe, war der strategisch Denkende, zumindest war er selbst davon überzeugt. Er hatte sich bereits den zweiten Gin Tonic gemixt und ging in seiner Aufgabe als Leitwolf auf. Das T-Shirt hatte schnell Erinnerungen an die Jahrgangsstufe 11 geweckt. Und das Brainstorming zurück in diese Zeit beflügelte zu den wildesten Spekulationen. Da es keinen weiteren Hinweis an dieser Stelle gab, musste die Zahl 99 ein Code sein. Mittlerweile hatten auch die Mädels ihre Lieblingsdrinks gemixt. Patrizia ihren Cosmopolitan, Ida einen Mojito mit einem extra Schuss Rum und Jasmin nippte an einem Glas Sekt.

*

»Leute, wir denken viel zu kompliziert«, rief Ida. »Überlegt mal: T-Shirt, na, klingelt's? Unsere Wet-T-Shirt-Challenge am *Waldfreibad Gudenhagen* im Sommer 99!«

Der Groschen war gefallen. Die anderen applaudierten und der blaue Kunststoffeimer, der beinahe achtlos neben der Waschmaschine stand, wurde als nächstes Corpus Delicti für ein Rätsel in Augenschein genommen. Wasser befand sich nicht darin, aber an dem Metallgriff des Eimers hing ein Briefumschlag. Andreas hielt den Eimer wie eine Siegestrophäe in die Luft und es folgten Getöse und Applaus. Jasmin war die Einzige, die sich abgewandt hatte, sich an die Wand lehnte und schweigend das Spektakel beobachtete. Niemand hatte sie beachtet, außer Corinna, diejenige mit der besten Sicht auf das Geschehen.

»Halt. Stopp. Wartet mal«, rief Jasmin in das Tohuwabohu hinein. Als sie niemand beachtete, schmiss sie ihr Glas gegen die gegenüberliegende Kellerwand.

»Wirst du nach drei Schlückchen Sekt schon übermütig?«, scherzte Ida.

»Merkt ihr das denn nicht?«, fragte Jasmin.

Die anderen schwiegen.

»Wenn wir mal all den Spaß rausnehmen, den wir in den Jahren gemeinsam hatten, was bleibt dann noch?«

»Es bleiben noch 34 Minuten«, erklärte Andreas.

»Halt jetzt mal deine Klappe! Du hast für heute genug rumkommandiert«, erwiderte Patrizia.

»Einer muss ja hier den Ton angeben. Ich kenne mich mit Zeitmanagement aus, meine Liebe.«

Patrizia winkte ab. »Was meinst du denn damit?«, fragte sie ihre Freundin in einem freundlicheren Ton.

Jasmin deutete auf eine Servierplatte, auf welcher die Mandelkekse lagen.

»Hey, so weit waren wir noch nicht. Du hast einfach schon die Haube gelüftet. Gegessen wird später«, rief Ida.

»Das sind diese leckeren Aprikosen-Mandel-Wolken, die Corinnas Mutter immer gebacken hat«, erzählte Jasmin. Es folgte betretenes Schweigen.

Corinna saß auf ihrem Beobachtungsposten und lächelte. Jasmin, die Ruhige, die Schlauste in unserer Clique, dachte sie. Meine beste Freundin. Meine Vertraute. Damals.

»Na ja, und wenn schon«, meinte Andreas und füllte sein Glas erneut.

»Schau dir doch mal dieses Setting an. Diese Bar.«

»Ja, mein Gott. Eine Bar eben. Könnte die sein, die in Corinnas Elternhaus im Keller stand und bei der ihre Mutter die beste Kundin war.«

»Du bist unmöglich«, keifte Jasmin und zeigte zur Kamera.

»Ja, was weiß denn ich? Wir waren immer irgendwo unterwegs in Kneipen und Bars. Wir haben uns irgendwo warmgesoffen und sind dann weitergezogen. Alles ganz normal. Also, was willst du denn von mir wissen?«, herrschte Andreas sie an.

»Heute ist der 8.12., richtig?«, fragte Patrizia.

Die anderen nickten stumm.

Patrizia trat an die Fototapete und strich über die abgebildeten Flaschen. Überall stand mit Filzstift das Datum auf den Etiketten. Mal farbig, mal schwarz. Mal groß, mal klein. Auf jeder einzelnen Flasche.

»Ja und? Heute ist der 8.12. Der Tag, an dem wir unser Event, unser Wiedersehen hier bei Corinna feiern. Was ist daran so ungewöhnlich?« Andreas nahm einen großen Schluck von seinem Drink.

»Das ist kein Zufall.« Jasmin senkte die Stimme und deutete erneut zur Kamera.

»Okay, okay«, beschwichtigte Ida. »An diesem 8.12. im Jahr 1999 ist also irgendetwas vorgefallen, an das sich aber leider niemand von uns mehr erinnert, richtig? Und wenn wir das herausbekommen, steigt die Party.« Ida lachte. Keiner lachte mit.

»Wir sollten der Reihe nach vorgehen«, wandte Patrizia ein. »Keiner von uns weiß, was vor 25 Jahren passiert ist, oder?«

»Corinna will, dass wir uns erinnern. Und das ist kein Spiel«, flüsterte Jasmin. Sie zitterte.

»Wir haben noch 27 Minuten, wir bekommen das raus«, sagte Andreas. Seine Stimme hatte an Kraft verloren. Nervös ging er auf und ab. »Mein Gott, wir haben viel Blödsinn in unserer Jugend gemacht. Jeder von uns. Trotzdem weiß ich davon so gut wie nichts mehr.«

Die anderen nickten schweigend. Patrizia versuchte, die Kellertür zu öffnen. »Sie hat uns tatsächlich eingesperrt«, sagte sie. »Corinna, komm. Lass uns raus. Du hast gewonnen«, brüllte sie zur Zimmerdecke.

»Wir haben sie immer Mandel-Wolke genannt oder Kumulus-Wolke oder Wolkenwalzer oder irgendein anderes gemeines Zeug. Wisst ihr noch? Sie war mal etwas korpulenter. Und ihre Mutter hat sie abgefüttert. Auch mit Süßkram und diesen Keksen hier. Das war ihr Liebesbeweis nach all den kaputten Beziehungen und den vielen erfolglosen Entzugsversuchen, die sie durchgemacht hat. Erinnert ihr euch noch?« Sie bekam keine Antwort. »Bei diesem Wet-T-Shirt-Wettbewerb haben wir Corinna bis auf die Knochen blamiert. Wir haben uns bei ihr zu Hause warmgetrunken, wie du es so schön formuliert hast, Andreas, und sind dann weitergezogen und mit den Fahrrädern zum Freibad gefahren. Wir hatten unseren Spaß, auf ihre Kosten. Ich weiß noch, dass sie danach drei Wochen nicht in der Schule war. Ihre Mutter hatte sie krankgemeldet.« Jasmin hatte sich auf den Fußboden gesetzt.

»Und du glaubst, sie will, dass wir uns daran erinnern? Ach, Jasmin. Ich bitte dich. Corinna war immer für einen Spaß zu haben. Sie hat am lautesten gelacht, wenn wir über sie hergezogen sind. Das weißt du doch.« Ida kniete sich zu Jasmin und legte ihren Arm um sie. »Komm schon, das ist doch alles halb so wild. Und schon ewig her.«

Patrizia hatte inzwischen den Umschlag vom Griff des Eimers gerissen und öffnete ihn. »Das ist … die Todesanzeige von Olaf«, sagte sie leise und zeigte den vergilbten Zeitungsausschnitt. »Der 8.12.«, fügte sie hinzu.

»Stimmt. Da war doch was. Der Trottel hat sich umgebracht.« Andreas trank sein drittes Glas in einem Zug leer.

»Ja. Jetzt erinnere ich mich auch. Es gab damals Gerüchte, dass er mit einer Schülerin ein Verhältnis gehabt hatte. Und er flog von der Schule«, erklärte Ida. »Und keiner weiß, wer diese Schülerin war.«

»Aber ich«, flüsterte Corinna leise von ihrem Beobachtungsposten an ihrem Schreibtisch, während sie die Schlaftabletten in einem Glas Wasser auflöste.

Ein Stockwerk tiefer begannen ihre vier ehemaligen Freunde, sich zu streiten. Gläser zerbrachen, Weihnachtsdeko wurde zerpflückt und flog durch den Raum, Wortgefechte, Anfeindung, Unterstellungen, tiefes Misstrauen und Angst. Wer hatte damals Corinnas Mutter Lügen erzählt über ihre einzige Tochter, die angeblich volltrunken und halb nackt mitten durch Brilon nach Hause gelaufen war? Und wer hatte das Gerücht über den Vertrauenslehrer in die Welt gesetzt? Sie hatten erst wieder von ihm gehört, als die Meldung von seinem Selbstmord die Runde gemacht hatte. Nur wenige Tage später war Corinna wegen Krankheit mehrere Wochen nicht in der Schule erschienen.

Corinna hörte sich die gegenseitigen Anschuldigungen noch eine Weile an. Sie hatte erreicht, was sie wollte. In spätestens 12 bis 24 Stunden würde man die vier im Keller finden. Lebend. Wenn sie sich nicht gegenseitig umgebracht hatten. Sie alle hatten Freunde und Familie, die sich Sorgen machen würden und wussten, wo sie waren. Von ihrer Seite war alles getan. Corinna klappte den Laptop zu und trank den letzten Rest ihrer tödlichen Mixtur.

*

Phase 5 – Die Belohnung

– gestrichen –

Rezept: Aprikosen-Mandel-Wolke

Zutaten für ca. 40 Stück:
    100 g getrocknete Aprikosen
    100 g Mehl
    1 TL Backpulver
    50 g Zucker
    ½ Flasche Butter-Vanille-Aroma
    1 Ei
    75 g Butter
    100 g gehackte Mandeln
    75 g Puderzucker zum Bestäuben

Aprikosen in kleine Stücke schneiden. Alle anderen Zutaten in eine Rührschüssel geben und mit Knethaken zu einer homogenen Masse verarbeiten. Zum Schluss die Aprikosenstücke unterkneten.

Teig mit 2 TL in walnussgroßen Häufchen auf ein mit Backpapier belegtes Backblech geben. Im vorgeheizten Backofen bei 180 °C (Umluft 160 °C) ca. 13 Min. backen. Nach Erkalten mit Puderzucker bestäuben.

TICKTACK –
DEINE ZEIT LÄUFT AB!

Bratapfel-Tiramisu in Lünen
Astrid Plötner

Louis Müller hatte sich im Eiscafé *San Remo* in Lünens Innenstadt an einen runden Zweiertisch ans Fenster gesetzt, von wo aus er die Persiluhr im Blick behalten konnte. Seine Hände zitterten, er fror, und das lag nicht am Coppa al Tiramisù, der vor ihm stand. Der Eisbecher schmeckte lecker, erreichte aber lange nicht die Klasse des Bratapfel-Tiramisus, das seine Mutter stets zur Weihnachtszeit zubereitete. Louis ließ seinen Blick schweifen. Das Café war nicht sonderlich gut besucht, nur wenige Gäste saßen an den Tischen. Vielleicht war es noch zu früh für den Nachmittagskaffee.

Zum wiederholten Male starrte Louis auf seine Armbanduhr. Viertel vor drei, noch 15 Minuten. Er kratzte die letzten Reste aus dem Becher und legte den Dessertlöffel beiseite. Erneut fiel sein Blick auf die Persiluhr, die schräg gegenüber auf dem Platz stand. Seine Oma hatte die Geschichte der Uhr zigmal erzählt. Sie war nach dem Krieg durch eine Karambolage zerstört worden und der Henkelkonzern wollte keine neue finanzieren. Aber die Lüner kämpften um die Frau mit dem weißen Kleid und dem Florentinerhut, die die Uhr schmückte, immerhin galt sie als beliebter Treffpunkt. Lünens damaliger Bürgermeister und eine Delegation suchten den Henkel-Konzern also persönlich auf, mit Erfolg. Seitdem stand die Uhr an ihrem alten Platz.

Die Zugochsen aus Bronze vor dem Eiscafé behinderten die Sicht etwas, aber das war Louis nur recht. In keinem Fall wollte er von der Zielperson entdeckt werden. »So ein Scheiß-P-Plan«, murmelte er, »das wird nie g-gutgehen.« Sobald er im Selbstgespräch zu stottern begann, wurde es ernst. Seine Nervosität wuchs. Er trank den letzten Schluck Cappuccino. »Da!« Er zuckte zusammen, als er ihn sah. Sofort zog Louis sein Smartphone aus der Hose und wählte die Nummer von Henry.

»Was geht?«, fragte sein Bruder knapp.

»Das A-Arschloch ist da!« Louis konnte das Smartphone kaum halten, so zitterte seine Hand. »Was soll ich m-machen?«

»Das haben wir doch besprochen. Bleib ruhig. Ich rufe ihn jetzt an. Sobald er sich in Bewegung setzt, folgst du ihm. Verstanden?«

»Verstanden!«, erwiderte Louis und beendete das Gespräch. Er schob das Telefon zurück, zog seine Jacke von der Stuhllehne und streifte sie über. Thiel trug schlabberige Jeans, abgetretene Schuhe und einen blauen Wellensteyn-Parka. Er telefonierte, ging zur Laterne an der Ecke des Hotels bei der Persiluhr, wo er einen Umschlag aus einem Blumenkübel zog, den Louis dort deponiert hatte. Er holte ein Foto aus dem Umschlag und nickte.

Theo Thiel lief an den Zugochsen vorbei Richtung Lippebrücke. Louis ließ ihm etwas Vorsprung, bevor er ihm folgte. Ein Windstoß zerrte an seiner Kapuze und

Louis zog den Reißverschluss der Jacke weiter zu. Thiel hatte ordentlich zugelegt in den letzten sieben Jahren und wankte im Gehen wie ein Schiff bei Seegang. Die miese Ratte hatte sich in ihrem Elternhaus eingenistet und lebte von ihrem mühsam ergaunerten Geld. Und jetzt wollte Thiel auch noch den Schmuck zu einem Spottpreis haben. »Dieser M-Mistkäfer!«

Sein Smartphone brummte. »Ja?«

»Alles okay bei dir?«, fragte Henry.

»Thiel geht gerade über die L-Lippe-Brücke an der Münsterstraße. Biegt nach rechts ab und müsste gleich bei dir am Parkplatz sein.« Louis hatte die Brücke, die in der Adventszeit mit gelben Sternen geschmückt war, nun ebenfalls erreicht und wartete einen Moment. Als Thiel etwa 100 Meter weitergewankt war, setzte Louis seinen Weg entlang der Lippe fort, bis er an den Parkplatz gelangte. Thiel setzte sich in Henrys Auto. Louis rannte los. Sekunden später riss er die rechte hintere Tür des alten Toyotas auf und zwängte sich auf den Rücksitz. Sofort zog er seine Waffe aus der Jacke und drückte Thiel den Lauf in den Nacken. »Es kann losgehen, Henry. Ich habe den K-Kerl unter Kontrolle.«

Thiel blieb völlig ruhig. »Ich wusste, dass ihr zu zweit kommt. Ist völlig in Ordnung. Ihr seid Brüder. Du kannst die Knarre ruhig runternehmen, Louis. Ich lauf nicht weg!« Er lachte, während Henry den Wagen in den Süden von Lünen lenkte.

»Du hast mir g-gar nichts zu sagen!«, schimpfte Louis und presste den Lauf kräftiger in den Nacken seines Stiefvaters.

Thiel schwieg und blieb die Ruhe selbst.

Henry warf ihm einen kurzen Blick zu. »Hör zu! Wir

fahren jetzt zu unserem Elternhaus. Dort wirst du uns den vereinbarten Betrag geben und danach sage ich dir, wo wir den Schmuck versteckt haben.«

Thiel verschränkte die Arme vor der Brust. »Meinetwegen. Wickeln wir den Deal dort ab. Aber euer Elternhaus ist das schon lange nicht mehr. Elfie und ich haben den alten Kasten von Grund auf renoviert. Ihr werdet das Haus nicht wiedererkennen.«

»D-Dazu hattest du kein Recht!«, rief Louis und hätte seinem Stiefvater am liebsten eine Kugel in den Kopf gejagt.

»Warum nicht?« Thiel stützte sich mit dem linken Arm an der Mittelkonsole ab und drehte den Kopf nach hinten. »Ich bin mit deiner Mutter verheiratet, Louis. Ich darf ALLES!«

Louis stieg eine heiße Welle zu Kopf. Panik kroch in ihm hoch wie überkochendes, schäumendes Salzwasser. »Halt an! Halt sofort an, Henry! Wir m-müssen reden!« Er riss die Autotür bei voller Fahrt auf und wäre am liebsten aus dem Toyota gesprungen.

Henry knallte den Fuß auf die Bremse. Die Reifen quietschten und schlitterten über den Asphalt. Mitten auf einer Bogenbrücke, die den Datteln-Hamm-Kanal überspannte, kam der Wagen zu stehen. »Ruhig, Kleiner!« Henry schaltete den Motor aus und das Warnblinklicht ein. Er warf einen mahnenden Blick zu Thiel. »Warte hier!« Dann öffnete er die Fahrertür und stieg aus. Schwungvoll warf er die Tür zu und trat ans Brückengeländer. »Komm her!«, bat er.

Louis stellte sich neben seinen Bruder und starrte ins Wasser, das ruhig unter ihnen her floss. Der Kanal verlief hier gesäumt von Bäumen und Büschen. In der Ferne ragten Strommasten in den Himmel, die wie stählerne Tannenbäume wirkten. Sein Herzschlag beruhigte sich etwas. »Der Schmuck!«, murmelte er leise. »Wenn d-der unser Haus umgebaut hat, dann hat er ihn längst gefunden. Der stellt uns eine F-Falle.«

Henry legte einen Arm um seine Schultern. »Du weißt, es geht nicht nur um den Schmuck.«

»Ja, weiß ich.« Louis war nicht wohl bei der Sache. Er traute Thiel alles zu. Der Arsch hatte damals indirekt dafür gesorgt, dass sie im Knast gelandet waren. Den Coup mit dem Juwelierladen hatten sie gemeinsam mit ihrem Vater durchgezogen. Henry hatte den Fluchtwagen gefahren, Vater hatte das Personal mit seiner Waffe in Schach gehalten und Louis musste nur die teuren Klunker einsammeln. Aber anscheinend hatte eine der Tussis hinter der Theke den Notrufschalter gedrückt. Denn bereits bevor sie Henry und den Wagen erreichen konnten, war die Polizei aufgetaucht. Vater hatte auf die Reifen des Einsatzwagens geschossen. Ein Bulle hatte das Feuer erwidert. Kopfschuss, weil Vater sich im falschen Moment gebückt hatte. Er war zur Seite gekippt und liegen geblieben. Louis hatte die Waffe an sich gerissen und war zu Henry ins Auto gesprungen. An die wilde Verfolgungsjagd erinnerte er sich noch gut. Henry war wie der Henker gerast. Einmal um ganz Lünen herum. Dabei hatte er die Bullen tatsächlich abhängen können. Sie waren nach Hause gefahren. Mutter hatte die traurige Nachricht gefasst aufgenommen. Danach hatten sie den Schmuck versteckt und waren wieder verschwunden.

Am nächsten Tag rief ihre Mutter an. Die Polizei habe das gesamte Haus durchsucht, aber nichts gefunden. Ein netter Mann von der Kripo – Theo Thiel – habe gesagt, wenn sie die Beute herausgäben und sich stellten, würde das aufs Strafmaß angerechnet. Gestellt hatten sie sich schließlich, aber das Versteck des Schmucks hatten sie nicht preisgegeben. Deshalb mussten sie für volle sieben Jahre in den Knast, ohne Bewährung.

»Hör zu, Louis!« Henry drückte ihn an sich, warf dann einen kurzen Blick zum Auto, wo Thiel weiterhin brav auf dem Beifahrersitz saß. »Wir sind jetzt seit knapp vier Wochen draußen. Wir bekommen keine guten Jobs und müssen uns irgendwie durchschlagen, obwohl wir reiche Leute sein könnten. Und dann die Sache mit Mutter. Warum will sie uns angeblich nicht sehen? Wieso hat sie uns im letzten halben Jahr nicht besucht? Wer weiß, was Thiel ihr über uns erzählt hat. Willst du nicht endlich Klarheit? Wir müssen ins Haus! Thiel ist unsere einzige Chance. Wir haben das doch besprochen.«

»Aber T-Thiel ist doch auch Bulle!«, schrie Louis. »Der hat M-Mama bequatscht damals, dass wir uns stellen sollen. Und als wir im Knast waren, hat er sich an sie r-rangemacht.«

Henry nickte wie ein Psychologe, der seinem Patienten recht gab, um ihn zu beruhigen. »Ja. Aber vielleicht sehen wir beide das auch falsch. Vielleicht hat er sich tatsächlich um Mama gekümmert. Vielleicht haben die beiden sich wirklich verliebt. Immerhin hat sie ihn geheiratet!«

»Mama hat nie von ihm erzählt, wenn sie mich besucht hat.«

»Wolltest du denn was über ihn hören? Ich nicht. Immerhin ist Thiel jetzt in Rente. Und offenbar nimmt er Recht und Ordnung nicht mehr so ernst, denn er will uns den Schmuck abkaufen. Er hat das Foto als Beweis dafür akzeptiert, dass wir die Klunker noch haben. Ich bin froh, dass ich den Schmuck damals vor dem Verstecken fotografiert habe und dass das Bild noch in meiner Cloud gespeichert war. Louis! Thiel will uns 30.000 Euro geben.«

»Die Klunker sind m-mindestens das Fünffache wert. Außerdem: einmal Bulle, immer Bulle. Ich sage, der will uns l-linken«, erwiderte Louis.

»Okay, Kleiner«, meinte Henry. »Lassen wir den Schmuck mal außen vor. Willst du nicht wissen, wie es Mama geht? Wieso meldet sie sich nicht mehr und wieso will sie uns angeblich nicht sehen? Ich möchte herausfinden, welchen Scheiß Thiel ihr über uns erzählt hat.«

Louis hatte sich verrannt. Aber er war sich auch verdammt sicher, dass Thiel ein falsches Spiel spielte. Wortlos drehte er sich um und setzte sich wieder auf den Rücksitz. Henry startete kurz darauf den Motor und fünf Minuten später erreichten sie ihr Ziel in Lünen-Horstmar. Ein hübsches Einfamilienhaus zwischen Datteln-Hamm-Kanal und Seseke, idyllisch mit kleinem Garten.

Thiel hatte nicht übertrieben. Das Haus erstrahlte in weißem Putz, mit doppelt verglasten Fenstern, die mit leuchtenden Sternen geschmückt waren. Rund um den First des neu gedeckten Daches brannte an diesem düsteren Nachmittag bereits die weihnachtliche Beleuchtung. Die verwitterte Holztür war durch eine wertige Stahltür mit Sichtfenster ersetzt worden, die ein Adventskranz mit roten Kugeln schmückte. Thiel ging darauf zu und schloss auf. Sie folgten ihm in einen hell gefliesten Flur, wo die neue Eichentreppe sofort ins Auge fiel.

Thiel hängte seine Jacke an die Garderobe und führte sie in eine moderne Einbauküche mit Sitzecke. Auf dem Tisch lag eine Decke mit gestickten Kerzen, die ihre Mutter selbst gefertigt hatte. Darauf stand ein ausladendes Adventsgesteck. Thiel ließ sich auf einen Stuhl fallen, bedeutete ihnen, sich ebenfalls zu setzen, und bot ihnen Wasser an, das bereitstand. »Wo ist nun der Schmuck?«, fragte er. Das breite Grinsen in seinem Gesicht wirkte fehl am Platz.

»Wo ist das G-Geld?«, blaffte Louis. »Und wo ist unsere Mutter?«

»Elfie ist verreist.« Thiel gab sich beschämt. »Sie konnte mit der Situation nicht umgehen. Ich habe sie davon überzeugt, dass es besser ist, den Kontakt zu ihren kriminellen Söhnen abzubrechen.«

»Du mieses Schwein!«, murmelte Henry. »Ich glaube dir kein Wort!« Er blickte zu Louis. »Gib mir die Waffe und sieh dich im Haus um.« Er sah Louis eindringlich an und deutete Richtung Keller.

Louis verstand und nickte. Er reichte seinem Bruder die Pistole und verließ die Küche. Als er unter der neuen Eichentreppe die Tür zum Keller öffnete, kam ihm ein muffiger Geruch entgegen. Zur Renovierung des Tiefgeschosses hatte das Geld wohl nicht mehr gereicht. Langsam stieg er die Stufen hinab. Im Licht der an der Decke baumelnden Glühlampe betrat er einen langen Gang, von dem mehrere Kellerräume abgingen. Louis nahm sich einen Raum nach dem anderen vor und leuchtete mit der Handylampe die Verschläge ab, die noch ebenso aussahen wie vor sieben Jahren. Gestautes Gerümpel wie alte Matratzen, ausgediente Möbel, Kinderwagen und Gartenmöbel stapelten sich hier. Im letzten Raum befand sich eine Art Werkstatt, die ihr Vater früher genutzt hatte und die mit Werkzeug gefüllt war. Von seiner Mutter gab es keine Spur. Ob sie doch verreist war, weil sie sich ihrer Söhne schämte? Hatte Thiel ihr das glaubhaft eingeredet?

Louis ging zurück zum Anfang des Gangs, wo ein altes Regal an der Wand stand. Er rückte es zur Seite und ein scharrendes Geräusch schallte durch den Keller. Der stillgelegte Kamin dahinter besaß eine verrostete Klappe, die zum Revisionsschacht führte. Louis schob den Riegel beiseite, öffnete die kleine Tür und fasste im Schacht ins Leere.

Nichts! Der Beutel mit dem Schmuck war verschwunden!

»Scheiße! Ich hab gewusst, dass der uns l-linken will!«

Aber was hatte Thiel vor? Wieso war er zur Persiluhr gekommen, wenn er den Schmuck längst gefunden hatte? Es gab nur eine Erklärung! Thiel wollte seine lästigen Mitwisser loswerden. Für immer! Der korrupte Bulle hatte den Schmuck gefunden, mit dem Erlös das Haus renoviert und vermutlich hatte er ihre Mutter irgendwo entsorgt. Louis schämte sich, dass er für einen Augenblick an ihrer Loyalität gezweifelt hatte. Thiel musste sich bepinkelt haben vor Angst, seit sie aus dem Knast entlassen worden waren. Gewiss hatte er Vorkehrungen für ihren Besuch getroffen. Und sie waren in seine Falle getappt!

»Verdammt! H-Henry!«, murmelte Louis verzweifelt. Panisch sah er sich um. Er rannte in den Werkzeugkeller, schnappte sich ein Brecheisen und eilte die Treppe hinauf ins Erdgeschoss. Die verschlossene Kellertür stoppte ihn. Thiel hatte ihn eingesperrt! Er setzte das Brecheisen an, das nur zur Verteidigung dienen sollte. Die morsche Holztür gab sofort nach. Louis hetzte in die Küche und blieb wie erstarrt stehen. Henry lag bewusstlos am Boden. Von Thiel keine Spur. Louis kniete sich neben seinen Bruder und fühlte am Hals nach seinem Puls.

»D-du lebst!« Er atmete auf. Dann rüttelte er Henry an der Schulter, bekam ihn jedoch nicht wach. Louis stand auf.

Er sah ein benutztes Glas und ahnte, dass das Wasser mit einem Betäubungsmittel versetzt war. Die Waffe musste Thiel an sich genommen haben. Auf Louis' Wunsch befand sich keine Munition darin. Er wollte nicht noch einmal einen Menschen erschossen neben sich liegen sehen. Vielleicht suchte Thiel gerade nach den passenden Patronen.

Im Obergeschoss waren Schritte zu hören. Wenn Thiel die Aufteilung der Räume beibehalten hatte, kamen sie aus dem Schlafzimmer der Eltern. Louis schlich die Treppe hinauf und war dankbar, dass die Stufen nicht mehr knarrten. Er krallte seine Finger um das Brecheisen. Der lange Flur im ersten Stock wurde durch LED-Strahler erleuchtet und war mit dunklem Laminat ausgelegt. Ein Perserteppich dämpfte seine Schritte. Louis schlich zur einzigen geöffneten Tür und drückte sich daneben an die Wand. Sein Herz klopfte wild gegen seine Brust. Vorsichtig äugte er um den Türpfosten. Thiel kniete vor dem Schrank im Schlafzimmer. Die unterste Schublade hinter den geöffneten Schiebetüren war herausgezogen und Thiel damit beschäftigt, ein Magazin in Henrys Waffe einzulegen. Louis presste die Lippen aufeinander und schnellte zurück, sein Herzschlag raste. Er hörte, wie Thiel sich mühsam in den Stand drückte und dabei schnaufte wie ein Walross.

Louis machte sich bereit und spannte die Muskeln in den Armen an. Schlurfende Schritte näherten sich. Ob Thiel die Waffe eingesteckt hatte? Oder hielt er sie in der Hand? Louis hob das Stemmeisen.

»Gratulation, du hast dich aus dem Keller befreit, Stotterer. Hätte ich dir gar nicht zugetraut.« Thiel musste direkt hinter dem Eingang stehen.

Schweiß trat auf Louis' Stirn. Er wagte kaum zu atmen. Hatte Thiel ihn gesehen? Das war so gut wie unmöglich.

Bluffte er also nur? Louis verhielt sich still. Tatsächlich fiel kurz darauf ein Schatten durch die Tür. Bevor Thiel einen Schritt in den Flur machen konnte, sprang Louis vor den Eingang und schlug zu. Das Stemmeisen traf Thiels Schulter mit Wucht. Der taumelte zurück und drückte im Fall den Abzug der Waffe. Der Knall war ohrenbetäubend. Die Kugel streifte Louis am Arm und er ließ das Stemmeisen fallen. Gleichzeitig sah er, wie die Waffe über den Boden im Schlafzimmer schlitterte.

»Du Mistvieh!«, brüllte Thiel und jaulte vor Schmerz.

Louis stürzte sich auf die Waffe, die er sofort auf seinen Stiefvater richtete. »Wo ist M-Mutter? Was hast du mit ihr gemacht?« Er ging neben Thiel in die Hocke und drückte ihm den Lauf auf die Stirn. »Ich zähle bis drei! Eins …«

»Gut, gut. Ich sage es dir«, wimmerte er. »Aber versteh das nicht falsch. Ich habe es nur gut mit ihr gemeint.« Er keuchte, während er auf dem Boden lag wie ein auf den Rücken gefallener Käfer.

»Wo ist Mutter?« Louis verstärkte den Druck der Waffe.

»Es geht ihr gut. Ich … ich habe sie in die Kammer auf dem Dachboden gesperrt.«

Louis konnte kaum glauben, was er da hörte. Wütend drehte er die Waffe um, holte aus, schlug Thiel den Kolben seitlich an die Stirn und brachte ihn damit ins Land der Träume.

Am folgenden Nachmittag saß Louis mit Henry, der sich von der Betäubung wieder erholt hatte, und ihrer Mutter am Küchentisch. Den Streifschuss hatte seine Mutter verarztet, es handelte sich zum Glück nur um einen kleinen Kratzer. Sie hatten die Adventskerze angezündet und löffelten dabei das leckere Bratapfel-Tiramisu, von dessen

Zubereitung sich Elfie Müller nicht hatte abbringen lassen. »Hm, wie ich das v-vermisst habe. Echt lecker, Mama!«

Elfie Müller blickte ihre Söhne beschämt an. »Das ist das Mindeste, nachdem dieser Schuft behauptet hat, ihr zwei hättet Besuchsverbot wegen schlechter Führung.« Sie hatte ihnen die Geschichte erzählt, nachdem Louis sie befreit und Henry wieder zu sich gekommen war. Thiel hatte ebenfalls bei ihnen am Tisch gesessen und sich mehrfach dafür entschuldigt, dass er seine Frau belogen und vor dem Treffen mit Louis und Henry eingesperrt hatte. Er hatte zugegeben, dass er im Keller auf den Schmuck gestoßen war. Ohne Elfie etwas zu sagen, hatte er diesen zu Geld gemacht und mit dem Erlös das Haus renoviert. Während der gesamten Zeit waren die beiden ein glückliches Paar gewesen und Thiel schwor, dass es ihm immer ernst gewesen sei mit Elfie. Aber je näher der Termin der Entlassung von Louis und Henry rückte und je mehr Elfie davon sprach, dass den beiden einmal das Haus gehören würde, desto mehr Angst bekam Thiel, dass er am Ende leer ausgehen würde. Zumal er über zehn Jahre älter war als seine Frau.

»Ist schon ein bisschen k-krank im Kopf, der Thiel«, meinte Louis nun und kratzte die letzten Reste des Tiramisus aus dem Schälchen. »Wir sind doch keine M-Monster!«

»Ihr werdet euch schon aneinander gewöhnen«, meinte seine Mutter lächelnd, »lasst Theo erst einmal wieder gesund werden. So eine Gehirnerschütterung ist nicht zu unterschätzen.«

Louis nickte und stand auf. Dann nahm er ein Schälchen Bratapfel-Tiramisu. »Ich geh mal rauf und sehe nach ihm. Vielleicht freut er sich über den N-Nachtisch.« Er zwinkerte Henry zu und verließ die Küche. Sie würden sich mit dem Ex-Bullen arrangieren müssen. Immerhin hatte er das Haus renoviert. Dass er befürchtete, sie würden ihn aus dem Haus schmeißen, konnten sie nachvollziehen. Immerhin kannte er Louis und Henry so gut wie gar nicht. Was er mit ihnen vorgehabt hatte, würden sie schon noch herausfinden. In jedem Fall war sein kriminelles Verhalten ein gutes Druckmittel.

Vorsichtig setzte Louis sich auf die Kante des Bettes, wo Thiels Hände und Füße an den Pfosten festgebunden waren. Er stellte das Bratapfel-Tiramisu auf den Nachttisch und löste seinem Stiefvater den Knebel. »Na? Hast du dir überlegt, wo der nächste B-Bruch sich für uns lohnen könnte? Immerhin muss der K-Keller noch renoviert werden.«

Thiel seufzte. Dann nickte er resigniert und erzählte von seiner Idee.

»G-geht doch«, lobte Louis und staunte über Thiels Einfallsreichtum. Der Kerl war doch zu etwas zu gebrauchen. Er lächelte aufmunternd, löste ihm die Fesseln und reichte ihm das Bratapfel-Tiramisu.

Rezept: Bratapfel-Tiramisu

Zutaten:
  250 g Mascarpone
  200 g Schlagsahne
  60 g Zucker
  1 Pck. Vanillezucker
  100 g Spekulatius
  1 Apfel
  35 g Butter
  1 EL Zimtzucker
  1 EL gehackte Mandeln
  20 ml Amaretto
  20 ml Apfelsaft
  Kakaopulver zum Bestäuben

Die Butter in der Pfanne zerlassen. Den geschälten und klein gewürfelten Apfel kurz bei mittlerer Hitze braten, Zimtzucker und die gehackten Mandeln dazugeben, verrühren und mit Apfelsaft und Amaretto ablöschen. Kurz köcheln lassen und zum Abkühlen zur Seite stellen.

Sahne steif schlagen. In einer anderen Schüssel Mascarpone, Zucker und Vanillezucker vermischen. Die Sahne vorsichtig unter den Mascarpone heben. Den Spekulatius zerbröseln, z. B. in einem Gefrierbeutel zerdrücken. Dann

in kleinen Gläschen anfangen zu schichten: Creme, Brat-
apfel und Kekskrümel, danach wieder Creme.

Vor dem Verzehr mit Kakao bestäuben!

KLAPPE ZU

Florentiner in Winterberg-Hallenberg
Anke Kemper

Er nahm ausschließlich das Grüne Zimmer. Ruhig gelegen, am Ende des Flures, mit Blick in den Garten und zur Freilichtbühne hinauf. Hiltrud hatte mit der Buchung nicht gerechnet und war in heller Aufregung, da sie das Zimmer in der Vorweihnachtszeit anderweitig vergeben hatte. Jetzt blieb ihr knapp eine Stunde, um Frau Keppler zu bitten, in das Rosenzimmer umzuziehen, das nicht nur größer war, sondern über ein renoviertes Bad verfügte. Und das natürlich zum selben Preis. Wegen der Umstände. Nach kurzer Diskussion und einem zusätzlichen Rabatt von fünf Prozent war die Dame einverstanden. Hiltrud half beim Umzug und spendierte nach getaner Arbeit obendrauf eine Flasche Prosecco. Unterdessen war Werner zum Bahnhof nach Winterberg gefahren, um den Gast abzuholen. »Lass dir bitte Zeit«, hatte Hiltrud ihren Mann gebeten. Sie ahnte, dass Werner die Fahrt nicht unnötig in die Länge ziehen konnte, denn Amadeus Fuchs würde im Winter mit wenig Gepäck reisen. Wenn er im Frühjahr zu ihnen kam, hatte er meist sein Mountainbike dabei, um in seiner Freizeit von Hallenberg aus Touren zum Kahlen Asten, Rothaarsteig oder in die Hochheide zu unternehmen. Dann hätte Werner

Zeit gebraucht, um den Fahrradgepäckträger an dem alten Mercedes anzubringen und schließlich das Fahrrad auf den Träger zu montieren. Heute wäre das nicht notwendig. Sie musste sich also beeilen und fragte sich erneut: Was wollte Amadeus hier, jetzt, am 10. Dezember, außerhalb der Spielsaison?

Hiltrud war im Grünen Zimmer gerade fertig mit Durchlüften, Säubern und Bettbeziehen, da wurde unten die Handglocke geläutet.

»Komme!«, rief sie. Ein letzter prüfender Blick ins Zimmer, eine Praline und ein Tütchen Gummibärchen aufs Kopfkissen, ein aufgesetztes Lächeln im Flurspiegel, dann eilte sie nach unten. »Amadeus, wie schön, dass es geklappt hat«, flötete sie, als sie ihrem Gast zur Begrüßung die Hand reichte.

»Danke, Hilde.«

»Hiltrud!«, sagte Hiltrud und versuchte, ihren Ärger zu verbergen. Er kann sich auch mal was Neues einfallen lassen, schoss es ihr durch den Kopf. »Wie kommt es, dass du außerhalb der Saison hier vorbeischaust?«

»Ich habe eine Besprechung wegen des neuen Stückes einberufen. Ich werde dafür nicht lange brauchen. Zwei Nächte dürften also reichen.«

»Ganz wie du es wünschst. Wenn ihr kostümtechnisch schon einen Vorgeschmack haben wollt, ich habe da einiges vorbereitet.«

»Nein. Es gibt ein paar Änderungen. Du bekommst wegen der Kostüme später Bescheid, wenn wir so weit sind. Ist das Grüne Zimmer bereit?«

Hiltrud nickte und Amadeus stieg ohne ein weiteres Wort die Treppen hinauf. Sobald er die Zimmertür hinter sich geschlossen hatte, eilte sie in die Küche, nahm den

Teller mit frisch gebackenen Florentinern mit extra viel Schokolade und ging in den Salon.

Eigentlich war der Salon das Wohnzimmer von Werner und Hiltrud, aber die beiden nannten ihren persönlichen Lieblingsplatz mit Kamin gerne Salon. Manchmal auch Studierzimmer, Bibliothek oder einfach: die Bar. Das kam auf die Situation an. Ihr altes Fachwerkhaus mit den schrägen Wänden und knarrenden Holzdielen bot für die beiden nicht nur ein gemütliches Zuhause, sondern diente auch als Setting für ihr gemeinsames Hobby: Krimis. In den Bücherregalen des Salons häuften sich sämtliche Romane von Agatha Christie, Edgar Wallace, Gilbert Keith Chesterton, Ian Fleming und vielen mehr. Jeden Abend saßen die zwei in den Ledersesseln am Kamin und lasen sich gegenseitig vor. Manchmal lasen sie im Dialog und das eine oder andere Mal brauchten sie noch nicht einmal das Buch als Vorlage. Sie hatten es so häufig in den letzten 30 Jahren vorgetragen, dass sie vieles auswendig konnten. Über die Weihnachtstage lasen sie ausschließlich Weihnachtskrimis. Dazu gab es eine Feuerzangenbowle oder einen Punsch und zu essen ein Beef Wellington oder einen herzhaften Pie. Ihr schönes Haus in ruhiger Lage in der Nähe des *Naturschutzgebietes Biotopkomplex* in Hallenberg verfügte zusätzlich über zwei liebevoll eingerichtete Zimmer mit Bad, die sie ganzjährig vermieteten. Die Gäste frühstückten mit Werner und Hiltrud in der Küche und auf Wunsch kochte die Hausherrin etwas zum Abendessen. Mit Aufpreis, verstand sich. Direkt neben der Küche befand sich für die Gäste eine kleine Wohnstube mit bequemen Sesseln, einer Auswahl an Büchern und Zeitschriften sowie ein paar Spielen. Da Werner Landmaschinen reparierte, war er stets auf Abruf bereit, um zu den Landwirten, Gärtnereien und Weihnachtsbaumhöfen im Hochsauerland zu reisen, wenn seine Hilfe gebraucht wurde. Die ehemalige Scheune direkt am Haus hatte er zu seiner Werkstatt umgebaut, um aufwendigere Reparaturen an den defekten Gerätschaften vorzunehmen. Hiltrud hatte ihren Traum einer Zimmervermietung wahr gemacht und Werner unterstützte sie dabei, wo er konnte. Das Haus bot genügend Platz und sie konnten jeden zusätzlichen Euro gebrauchen.

Das Herzstück und ihr ganz privater Rückzugsort war dieser Salon. In einer Ecke des Zimmers stand eine Bar im British-Interior-Style aus massivem Mahagoni gefertigt und mit einer original Tiffany-Lampe in Szene gesetzt. Werner stand bereits an der Bar und mixte für sie beide einen Wodka Martini. Das Kaminfeuer knisterte, der Roman *Casino Royale* lag auf dem Tischchen zwischen den Sesseln bereit.

»Schatz«, sagte Hiltrud aufgeregt.

»Ja, Miss Moneypenny«, antwortete Werner, der jetzt eigentlich James hieß. Immer wenn sie einen Krimi gemeinsam lasen, schlüpften sie in die entsprechenden Rollen der Hauptfiguren, um sich besser mit den Protagonisten identifizieren zu können. Und weil es einfach viel mehr Spaß machte.

»Stell dir vor, James, Amadeus ist hier, weil es irgendetwas mit dem Stück zu besprechen gibt. Er hat wohl einen Termin mit dem Vorstand und dem Spielausschuss. Hat er dir mehr dazu erzählt?«

»Mhm. Nein. Er hat über das Wetter genörgelt. Über seine Ex-Frau hergezogen, seine schimmelige Wohnung in Dortmund-Hörde moniert und dass alles zu teuer sei.

Nichts Neues also. Aber sie spielen doch *Die Mausefalle*. Oder nicht?«

Hiltrud schluckte. »Das weiß ich ja gerade nicht. Er war doch noch nie um diese Zeit hier. Schon seltsam, oder? Es ist eigentlich alles klar gewesen.« Sie ließ sich in den Sessel neben Werner plumpsen und nippte an ihrem Drink. »Da habe ich so lange drauf gewartet. Ich habe schon die ersten Entwürfe für die Kostüme angefertigt. Und überleg mal: Der Empfang im *Kump* und dem *Mausefallenmuseum* ist auch schon gebucht für die Premiere. Wer da alles eingeladen wird. Ich weiß schon genau, wie ich dekoriere, was es Leckeres beim Buffet geben wird, Fleisch, Fisch, Huhn, vegan, vegetarisch, gluten- und laktosefrei. Champagner, Cocktails ... Alles, was das Herz begehrt.«

Das *Mausefallenmuseum* war in dem alten Lagerkeller des Gebäudes *Kump* eingerichtet worden, in welchem sich die Touristikinformation, das historische Archiv und ein Infozentrum zu Geschichte und Brauchtum sowie mehrere Veranstaltungsräume befanden. Hier lagerten über 200 historische Mausefallen aus aller Herren Länder – ein weiteres Alleinstellungsmerkmal neben der bekannten *Freilichtbühne Hallenberg*.

»Jetzt warte doch erst einmal ab, was er überhaupt will«, unterbrach Werner. »Dieser kleine Wichtigtuer hat nicht das letzte Wort.« Er legte tröstend seinen Arm um Hiltrud. »Wollen wir?«

»Mir ist heute nicht danach.«

»Schade. Ich habe eine prägnante Stelle für heute Abend rausgesucht.«

»Sparen wir uns das für morgen auf, ja?«

»Schon gut, meine Liebe. Ich rede direkt beim Frühstück mit diesem feinen Herrn, vielleicht bekomme ich was raus. Und wenn er nichts sagen will, rufe ich beim Vorstand an. Mach dir keine Sorgen, ich lasse nicht zu, dass da etwas dazwischenkommt. Ich weiß doch, wie viel dir dieses Stück bedeutet.«

Hiltrud schwieg. Was blieb ihr auch anderes übrig? So saßen die beiden gemütlich am Kamin, tranken ihren Martini und aßen Florentiner. Hiltrud und Werner. Keine Miss Moneypenny, kein Bond, kein Kampf gegen das Böse, keine Intrigen und Machenschaften, keine Ambitionen, die Welt zu retten.

»Heute Nacht soll es einen Schneesturm geben«, sagte Werner plötzlich. »Ich schaue mal draußen nach, ob alles fest verstaut ist und ob es den Hühnern gut geht.« Werner stand auf. Hiltrud nickte stumm. Sie war nur froh, dass die Holzbriketts vergangene Woche pünktlich angeliefert worden waren und sie zusätzlich zum Holz genug hatten, um den Ofen, der auch für warmes Wasser sorgte, in Schwung zu halten. Die Wettervorhersage für die kommenden Tage versprach weitere Schneestürme, gefolgt von Kälteeinbruch. Hiltrud und Werner mochten nicht nur die Kriminalromane der 30er- bis 60er-Jahre, sie lebten in ihrem Haus auch so, wie man es zu der Zeit getan hatte. So heizten sie überwiegend mit Holz und Briketts. Im Keller gab es neben dem Holzkessel den Kohlenkeller, einen großen Raum für Vorräte und einen Räucherschrank für Wurst. Hiltrud war für den Gemüsegarten verantwortlich und Werner für die Hühner. In der Küche stand ein Ofen, den Hiltrud ab Herbst auch zum Kochen nutzte. Sie besaßen keinen Computer, kein WLAN, hörten Musik mit einem Plattenspieler und telefonierten mit einem Festnetztelefon.

Die Stimmung beim Frühstück war gereizt. Amadeus war stinksauer darüber, dass er wegen des Schneesturmes nicht wegkam, dass bereits zwei Vorstandsmitglieder und der Spielausschuss den Termin wetterbedingt verschoben hatten und er nichts unternehmen konnte, um die Situation zu ändern. Er saß fest. In der Küche von Werner und Hiltrud. Frau Keppler hatte das Ausnahmewetter für eine ausgiebige Wanderung genutzt. Der Extremsportlerin konnte so ein Sturm nichts anhaben. Sie hatte regelrecht frohlockt, als sie am frühen Morgen die aufgetürmte weiße Pracht entdeckt hatte, hatte sich wetterfest angezogen und war nach einem schnellen Frühstück losgelaufen. Werner hatte sich wegen der schlechten Stimmung an diesem Morgen noch nicht getraut, Amadeus nach den Motiven für seinen unerwarteten Besuch zu befragen. Hiltrud wuselte in der Küche, kochte eine Kanne Tee nach der anderen und hoffte auf ein Wunder: nämlich darauf, dass es keinen Grund zur Besorgnis für sie und ihre Pläne gab.

Hiltrud kannte alle Krimis, Kurzgeschichten und Theaterstücke von Agatha Christie auswendig. Das Stück *Die Mausefalle* gefiel ihr am besten. Und seitdem sie vor einigen Jahren in London im *St. Martin's Theatre* eine Aufführung dieses Stückes gesehen hatte, war ihr Ziel klar: Dieser Krimi gehörte nach Hallenberg auf die Bühne. Seitdem hatte sie dem Spielausschuss der Freilichtbühne immer wieder nahegelegt, dieses Stück auszuwählen. Im letzten Jahr kam endlich die Bestätigung für ihre Mühen. Dieser Krimi sei für das Wintertheater geeignet. So hatten es die Jugendlichen entschieden, die unabhängig vom Spielausschuss der Freilichtbühne handelten. Immerhin. Ein Teilerfolg. Ein kleiner Schritt in die richtige Richtung.

Die Freilichtbühnenjugend würde es im nächsten Winter in der Stadthalle zur Aufführung bringen und Hiltrud war in Feierstimmung. Ihr Vorschlag, einen Empfang zur Premiere samt Bürgermeister und allen anderen wichtigen Menschen und denen, die sich dafür hielten, ins *Mausefallenmuseum* im *Kump* zu verlegen, war auf große Zustimmung der Jugend gestoßen. Ihre Tätigkeit in der Schneiderei des Freilichttheaters hatte ihr sofort neue Aufgaben beschert. Sie organisierte Stoffe und fertigte Zeichnungen und Schnittmuster der Kleidung aus den 40er-Jahren an, damit alles authentisch wirkte. Irgendwelche zusammengewürfelten Kostüme aus dem bestehenden Fundus kamen für sie nicht infrage. Für ihren Masterplan musste alles perfekt sein.

Amadeus Fuchs war erst seit drei Jahren als Regisseur für das Freilichttheater tätig. Während der Probenzeit mietete er sich bei Hiltrud und Werner ein. Das Grüne Zimmer bevorzugte er, weil diese Farbe für ihn Wachstum und Freiheit bedeutete. Er hatte diesen Spleen, aber von seiner Arbeit verstand er etwas. Die *Passionsspiele* im vergangenen Jahr hatte er perfekt inszeniert, das musste Hiltrud zugeben. Dass er zur kommenden Saison auch das Winterstück mit der Jugend begleiten würde, war neu und Hiltrud freute sich über zusätzliche Mieteinnahmen.

»Wenn du möchtest, zeige ich dir gleich die Entwürfe für die Kostüme«, begann Hiltrud vorsichtig. »Du wirst begeistert sein.«

»Da bin ich sicher«, antwortete Amadeus abwertend.

»Du solltest wirklich mal einen Blick darauf werfen«, meinte Werner, als er das enttäuschte Gesicht seiner Frau sah. »Molly, mein Schatz, hättest du noch eine Tasse Tee für mich?«

»Aber ja, Giles, gerade frisch aufgebrüht. Ganz wie du es wünschst.«

Amadeus applaudierte. Lahm, genervt, laut. »Sollte ich noch Schauspieler benötigen, melde ich mich bei euch«, sagte er sarkastisch. »Ich nehme dann auch noch einen Tee ... *Molly*. Irgendwie muss ich dieses Drama ja ertragen, hier rumzusitzen. Mit euch beiden und dieser verrückten Frau, die bei diesem Wetter auf Schneewanderung geht.«

»Frau Keppler ist eine Journalistin. Sie schreibt für das Magazin *Jagd und Hund* und macht hier ein paar Tage Rechercheurlaub.« Indem Werner es aussprach, prustete Amadeus los.

»Ich wusste es schon immer: ein Irrenhaus.«

»Nun, dann wundere ich mich doch, dass du immer wieder zurückkommst in dieses Irrenhaus«, sagte Werner pikiert. »Es gibt hier auch ein paar schicke Hotels mit allem Drum und Dran.«

»Es ist praktisch und billig hier. Da kann man das Irrenhaus schon 'ne Weile ertragen. Bei gutem Wetter«, antwortete Amadeus.

»Du kannst gerne später rüberkommen in unseren privaten Salon. Wir haben eine exzellente Auswahl an Krimis in den Regalen. Da kannst du dich den lieben langen Tag aufhalten. Ganz wie du es wünschst«, schlug Hiltrud vor. »Werner macht gleich den Kamin dort an.«

»Salon. Ich glaube es nicht. Das ist tatsächlich euer Ernst, oder?«, fragte Amadeus.

»Was meinst du?«

»Ihr spielt englischen Hochadel, Krimiromantik und Thrilleratmosphäre in einem Kaff auf 420 Höhenmetern und mit etwas über 4.000 Einwohnern. Vermutlich trinkt ihr einen Sherry zu *Miss Marple* und einen Martini, geschüttelt – nicht gerührt, zu *Goldfinger*. Bekommt ihr zu viel Sauerstoff hier oben? Muss ich Angst haben?«

»Natürlich nicht!«, antwortete Werner beschwichtigend. »Das ist unser Hobby. Wir lieben Krimis.«

»Und wir leben sie auch«, fügte seine Frau hinzu. »Mit allem, was dazugehört.« Hiltrud goss frisch aufgebrühten Tee ein. »Die Klassiker zählen zu unserer bevorzugten Lektüre. Daher auch das bekannte Stück von Agatha Christie …«

»Leute, das Stück in der jetzigen Fassung passt nicht zu der heutigen Jugend«, unterbrach Amadeus. »Wir werden es drastisch ändern müssen. Deshalb bin ich hier. Und ich hoffe, bald auch wieder weg.«

Hiltrud wurde blass. Also doch.

»Wo wir gerade dabei sind: Hast du schon einmal überlegt, einen 007-Agenten auf die Freilichtbühne zu bringen? So richtig mit Action, Pyrotechnik und so?« Werner versuchte abzulenken.

»Habe ich tatsächlich, aber leider fehlen hier die passenden heißen Frauen, die es braucht, um das Stück authentisch zu machen.«

Ein Augenblick der Stille, dann lachte Werner laut los. »Ah, du machst Witze. Für einen Moment hatte ich gedacht, du interessierst dich wirklich dafür.«

»Geht's noch? Wir befinden uns in der tiefsten Provinz. Was glaubt ihr denn, was es hier für Möglichkeiten gibt? Im Moment kann man höchstens einen doppelstöckigen Schneemann bauen. Ihr habt ein paar nette Fachwerkhäuser und idyllische Natur ringsherum. Super Aussichten.«

»Wir machen hier alles möglich, nicht wahr, Werner?« Hiltrud war den Tränen nahe. »Für unser Freilichttheater genauso wie für unsere Gäste. Wir haben sogar den

Vorratskeller voll mit Konserven, so wie bei der *Mause-falle*, der Schneesturm kann uns nichts. Kohlebriketts sind genug da. Frieren müssen wir auch nicht.«

»Und Gott sei Dank leben wir im 21. Jahrhundert und können uns mit Handys verständigen. Ein Ausfall des Telefons ist so gut wie unmöglich. Nur für den Fall, dass jemand die Polizei alarmieren muss, wenn ich mich vor Langeweile genötigt fühle, jemanden zu erwürgen.« Amadeus stand auf und trat ans Küchenfenster, schob achtlos die Weihnachtsdeko beiseite und starrte in das unendliche Weiß. »Schöne Scheiße.«

Es war alles gesagt. Werner und Hiltrud saßen am Küchentisch, tranken Tee und schwiegen. Amadeus ging auf und ab, sah auf die Uhr, dann wieder aus dem Fenster oder auf sein Handy. Der Schnee fiel in dicken Flocken. Der Sturm hatte sich gelegt. Alles war friedlich. Da draußen.

»Zeit für einen Sherry«, sagte Hiltrud plötzlich, schnäuzte sich und stand auf.

»Es ist halb elf, ihr seid ja lustige Vögel«, kommentierte Amadeus. »Lass mich raten: Zu Mittag gibt es 'nen herzhaften Pie, dazu Rotwein? Denk dran, rechtzeitig die Scones zu backen zur Tea-Time, Hilde.«

Er bekam keine Antwort. Hiltrud stellte zwei Sherry-Gläser auf den Tisch. »Giles, was möchtest du: Medium oder Cream?«

»Medium«, antwortete Werner. »Sei nicht so bedrückt, Molly. Wir haben einen schlechten Moment erwischt.« Er tätschelte liebevoll die Hand seiner Frau.

Amadeus lachte laut auf. »Es tut mir leid, das Casting für das Stück ist abgelaufen. Außerdem seid ihr für das Jugendtheater zu alt, sorry, ihr zwei Clowns. Das glaubt mir keiner, was hier gerade abgeht.« Dann lehnte er sich über den Tisch und sah Hiltrud direkt an. »Ich bin der Mann, der aus der Kälte kam«, sagte er mit verstellter Stimme. Nur wenige Sekunden später röchelte er. Die Augen weit aufgerissen. Der kurze Moment der Überraschung, als Werner das Küchentuch um seinen Hals zugezogen hatte, wich dem Entsetzen. Sein Körper sackte auf den Küchentisch, und dann war es still. Werner nahm das Tuch von Amadeus' Hals und faltete es sorgfältig zusammen.

»Also heute doch lieber Edgar Wallace?«, fragte Hiltrud.

»Das entscheiden wir später. Ich räume erst mal hier auf.«

Knappe 15 Minuten später betrat Werner erneut die Küche. Er stellte sich an den Ofen und wärmte seine Hände. Hiltrud schälte Kartoffeln. »Erledigt«, sagte er. »Kohlenklappe auf, Amadeus rein. Klappe wieder zu. Heute Nachmittag teste ich den reparierten Raupenhäcksler. Der schluckt alles. Niemand wird etwas bemerken. Vielleicht warte ich auch ab, bis der Körper etwas gefroren ist. Muss ich mal ausprobieren, was besser funktioniert. Dann haben die Hühner die nächsten Tage genug zu futtern.« Erst jetzt entdeckte er Frau Keppler. Sie lag auf den Küchenfliesen. In ihrer Brust steckte das Brotmesser. Um ihren Oberkörper hatte sich eine Pfütze Blut gebildet.

»Tut mir leid«, sagte Hiltrud leise. »Du musst noch einmal raus in die Kälte. Sie kam zu früh zurück und hat gesehen, wie du Amadeus rausgetragen hast. Ich hatte keine Wahl.«

Werner nahm seine Frau in den Arm. »Mach dir nichts draus, meine Liebe. Oder hast du schon mal einen guten Krimi gelesen, wo es nur einen Toten gab?«

»Da hast du recht, mein Schatz. Wenn du magst, kön-

nen wir heute schon nach dem Essen in unseren Salon. Bei
dem Wetter ist es dort am gemütlichsten. Was möchtest
du denn heute lesen?«

»Ich fände *Die Mausefalle* passend.«

»Ganz wie du es wünschst.«

Rezept: Florentiner mit Schokolade

Zutaten für ca. 35 Stück:

    100 g Zucker
    40 g Honig
    60 g Butter
    75 g Sahne
    200 g Mandelblättchen
    60 g gemahlene Mandeln
    100 g Zartbitterkuvertüre

In einem kleinen Topf Zucker, Honig und Butter mit der Sahne erwärmen. Diese Masse für 5 Minuten aufkochen lassen. Die Mandelblättchen hinzufügen und zusammen mit den gemahlenen Mandeln gut vermischen.

Mit zwei Teelöffeln kleine Häufchen auf ein mit Backpapier ausgelegtes Backblech formen. Den Ofen auf 180 °C (Umluft 160 °C) vorheizen. Florentiner ca. 15 Minuten goldgelb karamellisieren lassen. Ggf. mit zwei Teelöffeln wieder zu Häufchen zusammenschieben, sollte der Teig auseinanderlaufen.

Florentiner komplett auskühlen lassen. Die Kuchenglasur schmelzen und mit einem Pinsel die Unterseite der

Florentiner bestreichen, auf ein Backpapier ablegen und trocknen lassen.

DER WEIHNACHTSMANN
UNTER DEN STERNEN

Sterntaler in Bochum
Astrid Plötner

Lisa stand vor dem Zeiss-Planetarium, das auf sie wirkte wie ein gigantisches Raumschiff. Fröstelnd trat sie von einem Fuß auf den anderen und rieb sich die Hände. Ihr Atem bildete kleine Dampfwolken an diesem Mittwoch im Dezember. Trotz ihres warmen Steppmantels und den gefütterten Schuhen fror sie. Zum wiederholten Mal kramte sie in ihrer Handtasche, die quer über ihrer Schulter hing, nach ihrem Smartphone. Die Plätzchentüte nahm einen Großteil der Tasche ein. Sie hatte Sterntaler einzig für diesen Abend gebacken. Endlich fand sie ihr Handy und blickte auf das Display, um die Uhrzeit zu checken. Jetzt war der Typ eine halbe Stunde überfällig. Die Astronomie-Show, in die er sie eingeladen hatte, würde in wenigen Minuten beginnen:
Sternenglanz zur Weihnachtszeit

Zehn Minuten Galgenfrist wollte sie ihm noch gewähren, danach würde sie ihn zum Mond schießen, da war er wenigstens an einem Ort, an dem er sich auskannte. Sie hatte Nicolas auf einer Dating-Plattform kennengelernt. Er war ihr erstes Match gewesen und sein Opening hatte ihr genauso gut gefallen wie sein Profil.

Deine Augen schimmern grün und tiefgründig wie das Aurora borealis, aber deine positive Ausstrahlung ...

Natürlich hatte der Cliffhanger sie neugierig gemacht und sie antwortete: *Ja? Was ist damit?*

... ist größer als das gesamte Universum! Im Verlauf des Chat-Gesprächs erklärte er, dass er sich auskenne, denn er habe sich für Astronomie als Wahlpflichtmodul innerhalb seines Physikstudiums an der Ruhr-Uni entschieden. Deshalb hatten sie sich nach mehreren Telefonaten auf ein erstes Treffen im Planetarium geeinigt. Nicolas hatte ihr von der Show vorgeschwärmt: *Der winterliche Sternenhimmel in der Weihnachtszeit ist so fantastisch. Die Show erzählt auch vom Stern von Bethlehem. War ein neuer Stern am Himmel erschienen? Oder war es ein Komet? Vielleicht legten die Sterndeuter auch die Stellung der Planeten als himmlische Botschaft aus?* Nicolas hatte so begeistert geklungen, dass Lisa dem Vorschlag nicht zu widersprechen gewagt hatte.

Der Eingang einer Textnachricht riss sie aus den Gedanken. Von Nicolas kam sie nicht, sondern von Nele, die wissen wollte, wie das Date lief. Als Lisa textete, dass er bislang nicht gekommen war, rief Nele an. »Geht gar nicht, Lisa. Ich habe dir gleich gesagt, ein erstes Date im Planetarium, da kann nichts bei rauskommen.«

Lisa nickte enttäuscht und sah, wie eine Mitarbeiterin des Planetariums ein Schild an den Eingang hängte, dass der Einlass ab jetzt nicht mehr möglich war. »Na ja, da kann man nichts machen«, meinte sie bedauernd. Sie hatte kein Glück mit den Männern. Ihre letzte Beziehung mit Phillip war vor einigen Monaten gescheitert, weil er ihr die Luft zum Atmen genommen hatte. Bis heute kapierte er nicht, dass Schluss war, und rief immer wieder an, um sich mit ihr zu verabreden. Sein letztes Lockmittel war ein Hund gewesen, den er sich neu zugelegt hatte.

»Bist du noch dran? Alles gut bei dir?«, fragte Nele besorgt.

»Ich komme klar«, meinte Lisa und trat den Heimweg durch den Stadtpark an, der hinter dem Planetarium lag. Gleich hinter dem Park befand sich ihre Dachwohnung in einem Mehrfamilienhaus. »Nun war die Mühe mit den Sterntalern völlig umsonst.«

»Du hättest mit mir ausgehen sollen«, meinte Nele und spielte darauf an, dass sie sich auch auf der Dating-Platt-form kennengelernt hatten.

Lisa verdrehte die Augen. »Du nervst«, meinte sie. Sie mochte Neles Anspielungen nicht, obwohl sie die Hunde-trainerin ansonsten sehr sympathisch fand. Zunächst war sie irritiert gewesen, als Nele ihr eine Anfrage gestellt hatte. Für eine gleichgeschlechtliche Beziehung war sie nicht zu haben. Aber Nele hatte eine sehr nette Nach-richt geschrieben, und inzwischen waren die beiden gute Chat-Freundinnen geworden. Persönlich getroffen hatten sie sich jedoch noch nicht.

»Wir könnten uns einen schönen Abend machen«, meinte Nele. »Ich komme zu dir, koche uns heißen Tee und wir schauen eine Serie. Dazu knabbern wir die Sterntaler.«

Lisa hatte den Stadtgarten inzwischen erreicht und ging am verwitterten Jahndenkmal aus Marmor vorbei, das von einer Laterne erhellt wurde. »Versteh mich nicht falsch, aber ich möchte lieber allein sein. Wir können uns irgend-wann mal auf einen Kaffee treffen.«

»Komm schon«, bettelte Nele. »Lass dich ein bisschen verwöhnen. Ich könnte in einer halben Stunde bei dir sein.«

Ein Windzug streifte Lisas Nacken. Plötzlich fühlte

sie sich unwohl und beobachtet. Schnell ging sie weiter. »Heute nicht, Nele.« Sie beendete das Gespräch, ohne die Antwort abzuwarten. Lisa wollte nach Hause und ihre Enttäuschung mit einem Glas Lillet herunterspülen.

Sie hatte gerade den Bismarckturm hinter sich gelassen, der auf einem Hügel über 30 Meter in den Himmel ragte, als sie ein Geräusch hinter sich hörte. Sie blieb stehen und drehte sich um. Auf dem hell erleuchteten Weg war niemand zu sehen. Dennoch hatte Lisa plötzlich das Gefühl, verfolgt zu werden. Vielleicht von Nicolas, der nur einen geeigneten Moment abpassen wollte, um sie zu überfallen? Vielleicht war er kein Student der RUB, sondern ein perverser Psychopath. Vielleicht hatte er ein Fake-Profil angelegt mit erlogenen Daten und einem falschen Foto. Vielleicht war Nicolas nicht einmal Mitte 20, sondern schon über 40 oder noch älter. Plötzlich kam Lisa ein anderer Gedanke. Vielleicht war ihr aber auch Phillip gefolgt. Zutrauen würde sie es ihm.

Sie sah sich um und lauschte. Der Wind brachte die letzten Blätter, die an den Bäumen klebten, zum Rascheln und fegte die herabgefallenen über den Boden. Sie wollte ihren Weg gerade fortsetzen, als sie ein leises Stöhnen zu hören glaubte. Im ersten Moment wollte sie losrennen, nur raus aus dem einsamen Park. Doch was, wenn irgendwo in der Nähe jemand Hilfe benötigte?

Lisa verließ den Hauptweg und ging über matschigen Rasen auf eine Buschreihe zu. Der kleine See des Stadtparks musste sich ganz in der Nähe befinden. Je weiter sie ging, desto deutlicher vernahm sie das Wimmern. Abseits des Weges wurde es dunkler. Ihre Füße versanken im Morast. Lisa zog ihr Smartphone heraus und schaltete die Taschenlampenfunktion ein. Ihr Herz pochte fest gegen ihre Brust.

Das Stöhnen kam aus einem drei Meter hohen Rhododendronbusch. Lisa ging vorsichtig näher und leuchtete in den Busch. Sie erschrak, als sie eine menschliche Gestalt darunter liegen sah.

»Kann ich helfen?«, fragte sie verunsichert.

»Ja … bitte! Verdammt, mein Kopf!«, keuchte eine männliche Stimme. »Ich bin von einem Hund angefallen worden und danach habe ich eins über die Rübe bekommen.«

Lisa beugte sich zu dem Mann hinab und ergriff seine Hand, die er ihr reichte. Sie musste ihr Handy in die Jacke stecken, um beide Hände frei zu haben, und zog mit all ihrer Kraft. Der Mann jammerte vor Schmerz, dennoch schafften sie es, ihn auf die Füße zu stellen.

»Was ist passiert?«, fragte Lisa atemlos. »Soll ich einen Notarzt oder die Polizei informieren?« Sie zog ihr Smartphone wieder aus der Jacke.

»Wie spät ist es?«, fragte der Verletzte anstelle einer Antwort.

Lisa tippte aufs Display. »Halb sieben«, sagte sie.

»Scheiße! Dann habe ich mein Date verpasst!«

Lisa hob das Handy und leuchtete dem Mann ins Gesicht. »Nicolas? Bist du das?« Sie erkannte ihn bereits von seinem Profilbild.

»Lisa? Mensch das tut mir leid, dass du umsonst gekommen bist.«

»Na, so ganz umsonst ja nicht. Immerhin bin ich deine Retterin.« Ihr lief es kalt den Rücken runter. War Phillip tatsächlich so hinterhältig, ihr ein Date zu vermiesen, indem er den vermeintlich *Neuen* unschädlich machte? »Meinst du, du kannst laufen? Ich wohne hinter dem Park im Höhneweg. Etwa zehn Gehminuten.«

Nicolas nickte. Seine helle Steppjacke war völlig verdreckt, ebenso seine Hose und die teuer aussehenden Schuhe. »Du bist ein Engel. Ich weiß es, seit ich das erste Mal dein Foto gesehen habe.«

Lisa lächelte, stützte Nicolas und führte ihn über den Rasen zum Weg. »Deine Verletzung muss sich ein Arzt ansehen. Mit einem Hundebiss ist nicht zu spaßen. Wir sollten die Polizei informieren.«

»Keine Polizei, kein Arzt. Ich habe Tetanusschutz. Aber es wäre nett, wenn ich mich bei dir etwas saubermachen könnte. Dann nehme ich mir ein Taxi. Bis zu meiner Studentenbude in Querenburg wird es nicht so teuer werden.«

»Okay, aber ich fahre dich nach Hause!« Lisa brach der Schweiß unter der Last des jungen Mannes aus. Sie kamen nur langsam voran. Endlich erreichten sie einen Weg in der Nähe des Sees. Die Konturen des kleinen Bootshauses, das in den Sommermonaten Tretboote verlieh, hob sich düster aus der Dämmerung. Die Graffitischmierereien auf den roten Backsteinen verliehen ihm etwas Bösartiges.

»Ich kann nicht mehr«, stöhnte Nicolas und blieb stehen.

Lisa schleppte ihn mühsam zu einer von zwei Parkbänken, die etwas abseits des Weges standen. Er setzte sich ächzend. Erneut schaltete sie die Taschenlampenfunktion des Handys ein und leuchtete sein Bein ab. Die Jeans war zerrissen und blutig. Lisa ging vor ihm in die Hocke und schob vorsichtig das Hosenbein hoch. Der Hund hatte einen deutlichen Gebissabdruck hinterlassen. Aus mehreren Wunden blutete es. »Ich bringe dich doch besser zur Notfallambulanz vom Sankt Josef Hospital!«, bestimmte sie. »Das liegt gleich neben dem Stadtpark.«

Nicolas lehnte sich zurück. »Gib mir noch einen Moment, damit ich wieder zu Atem komme.« Er blickte zum Himmel, an dem sich einige Wolkenfetzen vorbei-schoben. »Ich könnte dir so viel über das All erzählen«, schwärmte er und seufzte. »Vielleicht bei unserem nächs-ten Treffen? Ich hoffe doch, du …« Er unterbrach sich, als er lautes Bellen vernahm, das sich rasch näherte. Panisch sah er sich um.

Lisa blickte zu dem Rasenstück, von dem sie eben gekommen waren, und sah ein großes, dunkles Etwas auf sich zufliegen. Als der braune Dobermann kurz vor ihr stoppte, begann er sogleich, drohend zu knurren und die Zähne zu fletschen. Lisas Herzschlag beschleunigte, sie wagte nicht, sich zu bewegen. War das der Hund von Phil-lip? Wo blieb der Scheißkerl dann?

Nicolas erstarrte wie eine Wachsfigur. »Das ist der Hund, der mich vorhin angegriffen hat«, flüsterte er.

Plötzlich gab der Hund ein kurzes Bellen von sich. Einen Moment später lief eine als Weihnachtsmann ver-kleidete Person über den Rasen auf ihn zu. »Gut gemacht, Rudolph!«, kam eine dumpfe Stimme durch den weißen Bart aus Kunsthaar. Der Typ war größer als Lisa und trug schwarze Jeans und Stiefel, darüber einen roten Mantel mit weißem Pelzbesatz und schwarzem Gürtel. Den Pelz der roten Mütze hatte er tief ins Gesicht gezogen, sodass Lisa nicht erkennen konnte, um wen es sich handelte. Von der Statur her könnte es ihr Ex sein.

»Phillip, bist du das?«, fragte Lisa empört. »Ruf gefäl-ligst deinen Hund zurück!« Sie blickte sich nach ande-ren Passanten um, aber niemand befand sich in der Nähe.

Der Weihnachtsmann stand vor ihr wie ein verkleideter Sumoringer. Jetzt verschränkte er die Arme vor der Brust. Er sah seinen Hund an und deutete auf Nicolas. »Pass auf!«, befahl er. Augenblicklich setzte sich der Dobermann direkt vor Nicolas und knurrte drohend. »Du kannst gehen!«, sagte er mit tiefer, verstellt wirkender Stimme an Lisa gewandt. Als sie nicht reagierte, schrie er: »Hau ab! Los, verschwinde!«

Lisa verschränkte ebenfalls die Hände vor der Brust. Sie war jetzt sicher, dass es sich um Phillip handelte. »Kapierst du noch was? Mit uns ist es aus! Also verschwindest du! Und zwar aus meinem Leben! Meinst du, ein aggressiver Kampfhund macht auf mich Eindruck?«

»Auf ihn!«, befahl der Weihnachtsmann dem Hund und deutete auf Nicolas. Rudolph stürzte sich sofort mit den Vorderpfoten auf die Brust des jungen Mannes.

»Scheiße, Lisa! Mach einfach, was der Kerl verlangt!«, schrie Nicolas.

Lisa fühlte sich hin- und hergerissen. Sie wollte Nicolas nicht zurücklassen. Was sollte sie machen? Sie konnte nicht einmal um Hilfe rufen, denn dann würde Rudolph vermutlich sofort zuschnappen. Sie blickte bedauernd zu Nicolas und trat langsam den Rückzug an. Als sie etwa 20 Meter entfernt war, rannte sie. Ihre Tasche klemmte sie unter ihren Arm. Bei einer Laterne im Rosengarten des Parks blieb sie stehen und wählte den Notruf. Sie schilderte der Beamtin die Situation und beschrieb den Standort der Parkbank, auf der Nicolas festsaß. Obwohl die Polizistin sie bat, sich vom Tatort fernzuhalten, beendete Lisa das Telefonat und schlich zurück.

Das rote Weihnachtsmannkostüm leuchtete bereits von Weitem in der Dunkelheit. Rudolph hatte von Nicolas abgelassen und saß aufmerksam neben der Bank. Phillip beugte sich über Nicolas und redete auf ihn ein. Er wirkte bedrohlich, musste sich in seiner Eifersucht und seinem verletzten Stolz völlig verrannt haben. Nicolas saß unverändert auf der Bank. Lisa näherte sich im Schutz einiger Büsche.

»Du lässt die Finger von ihr, verstanden?«, kam seine dumpfe Stimme durch den Kunstbart.

»Fick dich doch«, erwiderte Nicolas gerade laut genug, dass Lisa ihn hören konnte. Er wollte aufstehen, aber der Dobermann beugte seinen Kopf, zeigte seine Lefzen und knurrte laut.

»Gerne doch. Aber später! Zuerst bekommst du was auf die Fresse!« Der Weihnachtsmann verpasste Nicolas einen Kinnhaken. Dann holte er erneut aus, schlug ihm mehrfach in die Seite und trat vor seine Beine.

Das war genug! Lisa sprintete vor und warf sich mit voller Wucht gegen den brutalen Schläger. Der Weihnachtsmann taumelte einige Schritte zurück, kippte zur Seite und verlor das Gleichgewicht. Sein Kopf schlug gegen einen Baumstamm, er ging zu Boden und blieb reglos liegen. Ehe Lisa nach Nicolas sehen konnte, sprang Rudolph sie an. Der Wucht und Kraft des großen Hundes hielt sie nicht stand und kippte ebenfalls um. Im nächsten Moment war Rudolph über ihr, beugte seinen Kopf zu ihrem Hals und ließ ein Knurren ab, das aus der Hölle kommen musste. Sie schloss die Augen und mit ihrem Leben ab.

»LISA!«, brüllte Nicolas.

Sie behielt die Lider fest zugekniffen. Der hechelnde Atem des Dobermanns drang in ihre Nase. Sein Speichel tropfte auf ihr Kinn und lief ihren Hals hinab. Lisa blieb reglos liegen. Jede falsche Bewegung konnte den Hund zum Zuschnappen bringen.

Es raschelte. Schritte schoben sich durch nasses Laub. Hatte der Weihnachtsmann sich wieder aufgerappelt? Das Knurren von Rudolph wurde lauter. Plötzlich wurde der

Hund mit einem Ruck von ihr heruntergezogen. Lisa öffnete die Augen und hob den Kopf. Nicolas hatte Rudolph am Halsband gepackt und von ihr weggezerrt. Gehandikapt durch seine Verletzungen würde er das zappelnde Tier kaum lange bändigen können. Lisa sprang auf. Sie sah den immer noch bewusstlosen Weihnachtsmann und lief auf ihn zu. Wenn Phillip hinter der Maskerade steckte, hatte er bestimmt eine Hundeleine dabei. So ein Kontrollfreak, wie er war. Lisa beugte sich über ihn, öffnete das Oberteil und sah, dass er darunter eine Umhängetasche versteckt hatte. Sie riss den Reißverschluss auf. Tatsächlich befand sich unter anderem eine Leine darin. Sie zog sie heraus und rannte wieder zu Nicolas, dem der Schweiß auf der Stirn stand. Er hatte sich den Körper des Tieres zwischen die Beine geklemmt und hielt mit einer Hand das Halsband, mit der anderen drückte er den Kopf von Rudolph nach unten.

»Beeil dich!«, keuchte er.

Lisa nickte und rannte zur Parkbank. »Kannst du den Hund etwas näher zur Bank schaffen?« Sie schlang die Leine um einen der Stützfüße der Bank und befestigte den Karabinerhaken im Metallring der Lederleine. Den Haken am anderen Ende der Leine klinkte sie mit Mühe am Halsband des Hundes ein. »Geschafft!«

»Geh zurück!«, keuchte Nicolas und ließ erst vom Dobermann ab, als Lisa sich in sicherem Abstand befand. Dann taumelte er selbst zurück, war durch seine Verletzungen aber nicht schnell genug. Rudolph stürzte sich auf sein Bein und biss zu. Nicolas schrie vor Schmerz laut auf.

Lisa sah sich panisch um und bückte sich nach einem etwas dickeren Ast. Damit rannte sie auf Rudolph zu und stieß ihm den Stock in die Seite. Er jaulte kurz auf und ließ von Nicolas ab. Dieser robbte zurück, sodass der Hund ihn nicht mehr erreichte. Rudolph bellte laut und anhaltend.

Fast gleichzeitig liefen zwei Polizeibeamte auf sie zu. Lisa schilderte in knappen Worten, was passiert war. Die Polizisten informierten sofort den Tierschutz und einen Rettungswagen. Danach kümmerten sie sich um den Weihnachtsmann, der sich gerade wieder aufrappelte. »Nehmen Sie mal die Mütze und den Bart ab!«, forderte einer der Beamten.

Lisa interessierte sich nicht für den Scheißkerl, sondern wandte sich sofort zu Nicolas, der zu der zweiten Parkbank gehumpelt war und sein verletztes Bein von sich streckte. Sein Gesicht wirkte leichenblass im Schein der Laterne. »So weit alles okay bei dir?«

Nicolas nickte und zwang sich zu einem Lächeln. »Hatte mir unser erstes Date anders vorgestellt.«

Lisa setzte sich neben ihn und sah, dass der Notarztwagen sich langsam auf dem Fußweg näherte. »Ich auch. Tut mir leid, was passiert ist.«

Er schüttelte den Kopf. »Du kannst ja nichts dafür.«

Notarzt und Sanitäter kamen herbeigelaufen und sie trat zurück. Die Polizisten legten dem Weihnachtsmann gerade Handschellen an. Als er in ihre Richtung blickte, bekam Lisa einen Riesenschreck.

»Du?«, rief sie verblüfft.

»Ich liebe dich! Kapierst du das nicht?«, brüllte Nele und zerrte an den Handschellen, die man ihr angelegt hatte. Sie war korpulent und kräftig gebaut. Das hatte man auf den Fotos von ihr nicht erkennen können. Einer der Polizisten hielt sie mit Mühe fest. Sein Kollege trat auf Lisa zu.

»Sie kennen die Frau?«, fragte er.

Lisa nickte zaghaft. »Flüchtig.« Sie war völlig fertig. Hatte sie der Chat-Freundin unbewusst Hoffnungen gemacht? Wie hatte Nele nur so überreagieren können? Und sie hatte Phillip in Verdacht gehabt!

»Wir benötigen Ihre Aussage«, fuhr der Beamte fort. »Würden Sie uns bitte begleiten?«

»Natürlich. Darf ich mich kurz von … meinem Freund verabschieden?« Als der Beamte nickte, lief sie auf den Rettungswagen zu, in dem Nicolas gerade versorgt wurde. Obwohl Notarzt und Sanitäter jedes Wort mithören konnten, erzählte sie ihm von Neles Chat-Freundschaft. »Sie muss mir gefolgt sein«, überlegte Lisa, »ich hatte echt keine Ahnung, dass sie so ein Psycho ist. Ich wusste nur, dass sie Hundetrainerin ist und auf Frauen steht.«

»Du solltest bei der Auswahl deiner Freunde etwas vorsichtiger sein«, meinte Nicolas und quälte sich ein Lächeln ab.

Lisa nickte, zog den Reißverschluss ihrer Handtasche auf und zögerte. »Sehen wir uns trotzdem wieder?«, fragte sie unsicher.

»Klar«, erklärte Nicolas lächelnd. »Vom Weihnachtsmann lass ich mich nicht abschrecken. Erst recht nicht, wenn er eine Frau ist.«

Lisa kramte in ihrer Tasche und zog die Sterntaler heraus. »Die habe ich für dich gebacken. Sollte eine Überraschung sein.«

Nicolas strahlte sie erfreut an und schien seine Schmerzen für einen Moment zu vergessen. »Super. Nervennahrung dafür, wenn gleich die Wunde genäht wird.«

»Ruf mich in jedem Fall an«, mahnte Lisa. »Ich komme dich morgen besuchen!« Die Türen des Rettungswagens schlossen sich. Bevor sie sich an den Polizisten wandte, um seine Fragen zu beantworten, dachte sie darüber nach, dass das ungewöhnliche Erlebnis vielleicht der Grundstein für eine Beziehung sein könnte. Für Lisa war es einen Versuch wert.

Rezept: Sterntaler (herzhaft)

Zutaten:
- 250 g Mehl
- 2 TL Backpulver
- 125 g Margarine
- 2 Eier
- 80 g Frischkäse mit Kräutern
- 1 TL Jodsalz
- 1 TL Paprikapulver
- 1 TL Oregano (getrocknet)
- 1 TL Basilikum (getrocknet)
- Sesam
- gehackte Nüsse
- Mohn

Mehl und Backpulver vermischen. Margarine, 1 Ei, Frischkäse, Salz, Paprikapulver, Oregano und Basilikum nach und nach zugeben und mit Knethaken zu einem glatten Teig verarbeiten. Diesen auf einer bemehlten Arbeitsfläche ca. 3 mm dünn ausrollen. Mit Sternförmchen ausstechen und auf mit Backpapier ausgelegte Backbleche legen.

Backofen auf 200 °C Ober-/Unterhitze (Umluft: 180 °C) vorheizen. Das zweite Ei trennen, Eigelb verquirlen. Plätzchen mit dem Eigelb bestreichen und mit Mohn, Sesam oder gehackten Nüssen bestreuen, evtl. leicht andrücken. Die herzhaften Plätzchen im vorgeheizten Ofen ca. 15 Minuten backen.

STILLLEBEN MIT LEICHE

Lebkuchen-Shake in Sundern-Stockum

Anke Kemper

Der Arbeitstisch war leergefegt. Pinsel und Malmesser gereinigt, das Skizzenbuch mit neuen Entwürfen lag bereit. Die Vorbereitungen für den großen Durchbruch erforderten ihre ganze Aufmerksamkeit. Es würde spektakulär, einzigartig, etwas nie Dagewesenes. Das war der Plan. Als Sophie vor zwei Jahren das Angebot erhalten hatte, ein kleines Atelier im Berghaus Stockum anzumieten, hatte sie, ohne zu zögern, zugegriffen. Für sie gab es keine Zufälle. So eine Chance war ein Wink des Schicksals. Mutig hatte sie ihre Vollzeitstelle als Physiotherapeutin auf Teilzeit reduziert. So blieb genug für ein bescheidenes Leben und sie konnte sich darauf konzentrieren, sich mit ihrer Kunst weiterzuentwickeln. Ihr beengtes Atelier in dem alten Fachwerkhaus in Sundern, das sie von ihrer Oma geerbt hatte, war für sie als erfolgreiche Künstlerin auf Dauer ungeeignet. Die Decken waren zu niedrig, die Fenster zu klein, um genügend Licht für ihre Werke hineinzulassen. Zum Leben reichte ihr das alte Haus. Sie selbst benötigte nicht viel. Sie lebte für die Kunst und gönnte sich keine Extras. Bisher übte sie sich konzentriert in der Darstellungsform Stillleben und erntete dafür meist ein müdes Lächeln oder ein nett gemeintes Schulterklopfen. Obst, Blumenarrangements, Jagdtrophäen und leblose Gegenstände zu malen, war in der modernen Kunstwelt anscheinend verpönt.

Sophie ließ sich nicht beirren und machte weiter. Fast täglich fuhr sie von Sundern die knapp zehn Kilometer hinüber in den Zweitausend-Seelen-Ort Stockum, um ihrer Leidenschaft nachzugehen. Ihr Atelier maß nur knapp zwölf Quadratmeter, aber das reichte ihr vorerst. Die großen Ateliers im Obergeschoss des Berghauses waren von Künstlern angemietet, die schon bedeutende Erfolge verbuchen konnten. So wie Hannah. Mit zwei H. So stellte sich Hannah Grünwald vor und dachte wohl, das sei witzig. Hannah war nicht witzig, nicht mal charmant und nicht besser als Sophie, aber erfolgreicher. Ihre Bilder gefielen, wurden gekauft. Das lag aus Sophies Sicht hauptsächlich daran, dass sie jeden Pinselstrich auf Instagram postete und peinliche Filmchen auf TikTok hochlud, die sie beim Segeln auf dem Sorpesee oder beim Golfen im Golfklub Amecke zeigten. Jetzt, in der Adventszeit, gab es Film- und Fotomaterial, wie sie Plätzchen backte und ihre stylische Wohnung weihnachtlich dekorierte – ihre Kunstwerke stets gut ausgeleuchtet im Hintergrund platziert. Angeberisch und maßlos überschätzt, aber es hatte die Wirkung, die sie wollte. Hannah sah besser aus, war sportlich, schlank, hatte schöne Klamotten und seit einem Monat auch Sophies Freund, Tobi. Das war ein großer Fehler gewesen und würde Hannahs Künstlerkarriere beenden, bevor sie richtig in Fahrt gekommen war, und nicht nur das. Dafür würde Sophie sorgen.

Der Schock und die Wut nach der Trennung von Tobi saßen noch tief und Sophie beschloss von da an, besser, schöner und erfolgreicher zu werden. Ihre größte Herausforderung lag darin, Hannah gegenüber freundlich zu bleiben, sie und ihre Arbeit zu bewundern und zu betonen, dass sie froh sei, Tobi los zu sein. Sie hätten absolut nicht zusammengepasst, würden aber Freunde bleiben. Außerdem gab sie der schmerzgeplagten Hannah wertvolle Tipps, wie sie rückenschonender arbeiten konnte, massierte sie und bot ihr ihre Hilfe an. Tag und Nacht, wenn es erforderlich sein sollte. Wenn sie so etwas sagen musste, hätte sie sich anschließend am liebsten den Mund mit Terpentin ausgewaschen. Aber sie musste durchhalten, bis die Zeit reif war. *Ich kriege dich!*

Sophie empfand das stupide Reinigen der Pinsel als meditativ. Sie gab ein paar Tropfen Spülmittel in ihren Handteller und rührte mit dem verschmutzten Pinsel unter fließendem lauwarmem Wasser darin, bis sich die letzte Acrylfarbe im Waschbecken verlief und im Ausguss verschwand. Das kurze, harte Klopfen an der Tür riss sie aus ihren Gedanken. Ohne dass sie um Einlass gebeten hatte, trat ihre Agentin Katharina Wellheim ein. Katharina war eine groß gewachsene Frau, Anfang 50, glücklich und reich geschieden, selbstbewusst, mit reichlich Haaren auf den Zähnen und sehr erfolgreich bei allem, was sie anpackte.

»Gut, dass du da bist«, begann sie und verzichtete auf freundliche Floskeln, so, wie das erfolgreiche Menschen mit einem straffen Zeitplan wohl machten. Sophie nickte nur und trocknete sich die Hände ab. »Ich wollte mal schauen, wie weit du bist und ob du noch etwas brauchst.« Katharina wartete nicht auf eine Antwort und lief im Atelier auf und ab. »Ja, schön, schön … mhm … Kleckse … mhm … Ist das alles? Am 12.12. ist Ausstellungseröffnung. Das sind nur noch knapp vier Wochen. Aber das weißt du ja.«

»Es wird alles pünktlich fertig sein«, antwortete Sophie.

»Gut. Nächste Woche schicke ich dir den Fotografen vorbei. Such bitte ein aussagekräftiges Bild aus, das auf Plakaten und Postkarten abgebildet werden soll. Denk an deine Vita, die brauche ich für die Presse. Den Rest erledige ich.« Katharina stellte sich an den Türpfosten, verschränkte ihre Arme und betrachtete die Exponate an der Wand gegenüber. »Verrätst du mir, was das werden soll? Ich brauche einen Titel. Wolltest du nicht etwas mit Stillleben machen?«

Sophie wischte sich die Schweißperlen mit dem Trockentuch von der Stirn. Hatte Katharina gerade gefragt, was das werden sollte? Sophie rang nach Worten.

»Also nichts mit Stillleben? Ist ja okay. Kein Stress. Nur …« Katharinas Schweigen klang in Sophies Ohren schrecklich laut. Endlich räusperte sie sich und fuhr fort: »Du weißt, welche Hebel ich in Bewegung gesetzt habe, um dir diese Ausstellung zu ermöglichen. Der Verein hat zugestimmt, über die Advents- und Weihnachtszeit den großen Galerieraum mit deinen Exponaten zu füllen, weil ich ihnen eine besondere Ausstellung versprochen habe und es meiner Freundschaft zu deiner Mutter zu verdanken ist, dass ich das Risiko eingehe, dich als unerfahrenen Neuling zu vertreten. Bitte vergiss das nicht. Es wäre eine riesengroße Blamage für mich, wenn das schiefgeht. Für uns alle. Denk an den Verein. Es war kein Spaziergang, dies alles aufzubauen.«

Jedes weitere Wort wäre für Sophie zu viel gewesen. Sie faltete behutsam das Trockentuch, legte es auf die Spüle und sah ihre Agentin an. »Ich sagte dir bereits, dass ich es schaffe, und ich schaffe es«, erklärte sie mit fester Stimme, obwohl sie das Gefühl hatte, ihr Körper bebe.

»Schon gut. Ist ja dein erstes Mal. Wenn es dir zu viel wird, sag mir rechtzeitig Bescheid, dann machen wir eine Doppelausstellung daraus und füllen leeren Platz an den Wänden mit Exponaten von Hannah. Die macht gerade ganz ausgefallene Arbeiten in Mischtechnik und probiert sich in Airbrush aus. Schau mal bei ihr vorbei. Vielleicht kommst du auf neue Ideen.« Sie sagte es, drehte sich um und verließ ohne einen weiteren Gruß das Atelier. »Denk an die Vita«, rief sie, als sie bereits die Holztreppe hinunterstapfte.

Sophie setzte sich. Ihre Hände zitterten. Die ganze Welt hatte sich gegen sie verschworen. Ihre Mutter sprach kaum noch mit ihr, ihre Freundinnen waren neidisch auf sie, und Tobi hatte sie von jetzt auf gleich ausgetauscht. Gegen Hannah. Hannah mit zwei H. Sophie griff nach ihrer Trinkflasche und nahm angewidert einen großen Schluck. Sie musste dieses grässliche Zeug trinken, damit sie wenigstens zur Ausstellungseröffnung zwei bis drei Kilogramm weniger wog und in ihr einziges schwarzes Kleid passte. Seit Wochen trank sie Abnehm-Shakes. Ihre Freundinnen nannten sie bereits Shaky-Wacky-Sophie. Die verrückte Sophie, die sich mit ihren Abnehm-Shakes lächerlich machte. Als ob sie das nicht längst mitbekommen hätte, wie sich alle über sie amüsierten. So etwas Gemeines von den Menschen zu hören, mit denen sie seit der Kindheit ihre Geheimnisse teilte, tat besonders weh. Selbst ihre Mutter schüttelte nur noch mit dem Kopf, wenn Sophie sie besuchte und das gutbürgerliche, fette Essen verweigerte, das ihre Mutter für sie gekocht hatte. *Euch werde ich es zeigen!*

Es wurde Zeit, dass sie ihren Plan endlich umsetzte. Abrupt stand sie auf, räumte in Windeseile die Utensilien beiseite, mit denen sie gearbeitet hatte, und machte sich auf den Heimweg. Katharinas Worte hallten in ihr nach wie der Klang einer zu großen Glocke in einem baufälligen Kirchturm: zu heftig, zu laut, zu bedrohlich und kurz davor, alles zu zerstören. Aber ein Gutes hatte der Besuch der Agentin gehabt: Airbrush war für Sophie nie ein Thema gewesen. Jetzt musste sie ausgiebig recherchieren und ihr letztes Erspartes ausgeben.

Die Reparatur am Dach musste noch warten bis zum Frühjahr, einen Urlaub konnte sie sich sowieso nicht leisten. Das Airbrush-Profi-Set mit zwei Pistolen und unterschiedlichen Düsen hatte sie 300 Euro gekostet, ein einfacher Kompressor ohne Tank 150 Euro. Aber die Investition würde sich lohnen. Sie hatte jetzt nur noch knapp eine Woche bis zur Ausstellungseröffnung. Es blieb nicht viel Zeit für ihr Projekt. Und dennoch hatte sie keine Zweifel, dass es funktionieren würde.

Sophie hatte Hannah richtig eingeschätzt. Ein einziger Anruf, die Bitte, sich Sophies neu erworbenes Airbrush-Set einmal anzusehen, und das direkte Angebot, Hannah zu massieren und zu tapen, hatten ausgereicht, um ihre Widersacherin zu sich nach Hause zu locken. Sophie hatte den perfekten Tag gewählt, weil sie wusste, dass Tobi zur Treibjagd eingeladen worden war und er vor dem Morgen nicht zurückkommen würde.

»Ich habe dir auch einen Lebkuchen-Shake gemacht. Natürlich für dich ohne Alkohol«, säuselte Sophie und reichte Hannah das bis zum Rand gefüllte Glas.

»Oje, mit Sahne«, antwortete Hannah und nippte vorsichtig an dem süßen Shake.

»Selbstverständlich mit Sahne. Und mit Eis.« Sophie lachte. Hannah lächelte gekonnt freundlich. Smalltalk zwischen den beiden funktionierte nicht. Das stand fest. Bevor das Schweigen, das nun folgte, peinlich wurde, stellte Hannah das Glas beiseite und begutachtete das Airbrush-Set. »Für den Anfang auf jeden Fall okay. Kommt darauf an, was du damit für Arbeiten erstellen willst. Hast du schon eine Idee?«

»Da bin ich noch nicht ganz sicher. Mir schwebt etwas mit Jagdmotiven vor«, antwortete Sophie und setzte ihr freundlichstes Lächeln auf.

»An welche Farben hast du gedacht?«

»Nur eine. Ich dachte da an Rotbraun. Wollen wir? Du hast ja sicherlich heute noch etwas vor.«

»Eigentlich nicht. Mit Tobi rechne ich erst in den Morgenstunden. Du kannst dir meinen Rücken so richtig vornehmen.«

»Mit dem größten Vergnügen. Na dann, mach dich frei.« Hannah zog Pullover und T-Shirt aus und legte sich auf Sophies Anweisung und in Erwartung einer heilsamen Behandlung auf den Küchentisch. Den kurzen, aber heftigen Ruck an ihrem Kopf hatte sie vermutlich nicht mal gespürt. *Hab dich!*

Durch ihre intensiven Recherchen erschien Sophie der nächste Schritt relativ simpel. Die Russen hatten in den 30er-Jahren damit begonnen, das Blut von Leichen für die Bluttransfusion abzuzapfen. Als besonders vorteilhaft galt, dass frisches Leichenblut nicht gerann und es sich ohne Zusatz von Anti-Gerinnungsmitteln konservieren ließ. Laborbedarf wie dünne Glasröhrchen sowie einen Gummischlauch hatte sie bereits vorher im Internet bestellt. Noch als die Leiche auf dem Küchentisch platziert war, drehte Sophie Hannahs Kopf zur Seite. Es genügte ein kleiner Schnitt, um die Halsvene zu öffnen. Danach schob sie das dünne Glasröhrchen, das mit dem Schlauch verbunden war, in die prall gefüllte Vene, und schon floss Hannahs Blut am anderen Ende des Schlauches in eine Glasflasche. Dadurch, dass Airbrush-Technik die sparsamste Variante war, Farbe aufzutragen, und nur wenige Tropfen ausreichten, um die Fläche eines DIN-A4-Blattes einzufärben, füllte sie nur knapp 0,3 Liter ab.

Sophie war durch ihre Tätigkeit als Physiotherapeutin sehr muskulös. Problemlos schaffte sie Hannahs dürren, leblosen Körper in Malervlies gewickelt in den Kellerraum. Mithilfe eines Seiles und der Eisenringe, die an der Kellerdecke befestigt waren und die ihre Oma früher für die Hausschlachtung verwendet hatte, gelang es ihr schließlich, den Körper in die große Kühltruhe zu hieven. Ein Schnäppchen, bei eBay ersteigert, als sie noch mit Tobi zusammen war. Eigentlich, um einen großen Vorrat an Fleisch und Tiefkühlkost zu bunkern, damit sie ihren Liebsten bekochen konnte, wenn er bei ihr war. Oder um sein erlegtes Wild dort zu lagern. Das war ja nun Geschichte, und sie bezweifelte, dass er je zu ihr zurückkommen würde. Bevor sie die Kühltruhe wieder verkaufen würde, diente diese als Zwischenlager für ihre Erzfeindin. Sophie schmunzelte bei dem Gedanken, Tobi ein Filetstück medium rare à la Hannah zu servieren. Aber nein, so etwas brachte sie dann doch nicht fertig. Wie auch immer sie ihre Leiche entsorgen würde, das hatte noch Zeit.

Sophie ahnte, dass Hannah Tobi erzählt hatte, wo sie hingegangen war, bevor sie verschwand. Tobi würde nicht lockerlassen und nach ihr suchen. Hier musste sich Sophie noch etwas einfallen lassen. Aber erst einmal musste sie Zeit gewinnen. Mit Hannahs Smartphone war sie noch in derselben Nacht hinüber zu Tobis Hof gegangen und hatte ihm eine Nachricht geschickt: »Ich brauche mal eine Pause. Bitte lass mich eine Weile in Ruhe.« Das sollte ihn erst mal abhalten. Dann hatte sie das Handy mit dem Absatz ihres Stiefels zerstört und in die Scheune neben dem Wohnhaus geworfen. Da sie wusste, dass nach einer Treibjagd ausgiebig gefeiert wurde, konnte Tobi vor dem Morgen nicht zurück sein. Dass er in dem Trubel sein Handy einschaltete, bezweifelte sie. Bei der Jagd war das Handy für ihn tabu. Dafür kannte sie ihn doch zu gut. Sollte man nach Hannah suchen, wäre die Polizei erst einmal mit Tobi beschäftigt. Nur das zählte jetzt.

Am Morgen hatte Sophie Dienst in der Physiopraxis gehabt, danach einen grässlichen Shake getrunken, um ihren Hunger zu stillen, und war direkt ins Atelier gefahren. So wie immer und so, als wäre nichts geschehen. Um diese Uhrzeit war sie meistens allein. Sie hatte gesehen, dass Tobi bereits versucht hatte, sie anzurufen, hatte die Nachrichten aber ignoriert. Sophie wusste, dass die fingierte Botschaft von Hannah nicht lange standhalten würde, aber sie brauchte nur noch drei Tage Zeit, um ihr Werk zu vollenden und die Ausstellung zu eröffnen.

Kaum, dass sie angefangen hatte, das Airbrush-Set aufzubauen, hörte sie Tobi im Eingangsbereich des Berghauses Stockum rufen.

»Hannah? Bist du hier?«

»Sie wird oben sein«, antwortete Sophie und arbeitete weiter. Zwei Minuten später stand Tobi in der Tür zu ihrem Atelier.

»Hi«, sagte er. »War Hannah heute schon hier?«

»Nein«, antwortete Sophie knapp. »Ich habe sie gestern Abend zuletzt gesehen.«

»Ich weiß, sie hat mir geschrieben, dass sie zu dir wollte. Hat sie etwas gesagt?«

»Was meinst du? Ich habe ihr Schulter und Rücken massiert und getapt und dann haben wir nur über Allgemeines gesprochen.«

Tobi seufzte.

»Warum? Was ist denn los?«, fragte Sophie.

»Ich weiß nicht, wo sie ist, und sie geht nicht ans Handy«, antwortete er. »Ihr Auto steht noch bei mir auf dem Hof. Also muss sie doch irgendwo sein.«

»Vielleicht ist sie von jemandem abgeholt worden«, antwortete Sophie. Tobi sah sie fragend an. »Kann ja sein, dass sie mal ein wenig Ruhe braucht. Sie arbeitet ja auch so viel«, fügte sie hinzu und füllte vorsichtig den Fließbecher mit dem Blut.

»War sie denn anders als sonst?«

»Na, du stellst Fragen. Du müsstest sie doch besser kennen. Aber du hast schon recht, sie wirkte nachdenklich. Sonst redet sie ja wie ein Buch. Aber ich habe mir nichts dabei gedacht.«

»Na dann, danke. Wenn du sie siehst, sag ihr doch, sie soll mich anrufen, okay?«

»Klar, mache ich. Wenn sonst nichts ist … Jetzt wird es laut«, sagte Sophie und startete den Kompressor.

Der Tag vor der lang ersehnten Vernissage war für Sophie turbulent verlaufen. Schon am Morgen hatte die Polizei bei ihr geklingelt und sich nach Hannahs Besuch am Abend ihres Verschwindens erkundigt. Sophie erzählte alles genau so, wie sie es auch Tobi berichtet hatte, und fügte hinzu, dass Hannah über eine Beziehungspause gesprochen hatte, da sie sich mit Tobi nicht mehr gut verstand. Sie vermutete, Hannah habe jemand anders kennengelernt. Das war gelogen, aber die Polizisten hatten nun erst einmal Tobi im Visier und ließen Sophie hoffentlich eine Weile in Ruhe.

Katharina Wellheim war außer sich vor Freude. Damit hatte sie nicht gerechnet. Und das wiederholte sie auch etliche Male. »Die Idee mit der Airbrush-Technik war also gar nicht schlecht«, sagte sie affektiert und Sophie nickte wissend. Sie war selbst überrascht über das Ergebnis. Das Stillleben stand nach wie vor im Fokus ihrer Arbeit. Sie hatte sich mit Jagdmotiven beschäftigt, meist erlegte Tiere, modern und in grellen Farben aufgepeppt, um nach der Trocknung mit Airbrush besondere Akzente zu setzen. Da sie nur wenig Zeit bis zur Ausstellungseröffnung gehabt hatte, war sie mit großem Pinsel und Spachtel ans Werk gegangen, um einen groben, effektiven, ganz eigenen Stil zu präsentieren. Da es in der Gegend viele Jäger gab, waren die Bilder mit den Jagdmotiven schnell verkauft. Eigentlich genau das, was sie sich immer erträumt hatte, und ironischerweise auch das, was die erfolgreiche Hannah zu Lebzeiten in der Form nicht erreichen konnte. Jetzt hing sie buchstäblich in vielen Wohnzimmern, Dielen, Praxen und Büros von angeblichen Kunstkennern und Sammlern.

Zur Feier des Tages hatte sich Sophie nach der erfolgreichen Vernissage einen Lebkuchen-Shake gemixt, mit extra viel Sahne, Schokosoße und einem Schuss Whisky. Sie hatte es allen gezeigt. Sie konnte etwas, nur das zählte. Über Hannahs Leiche machte sie sich keine Gedanken. Solange die Kühltruhe lief, konnte nichts passieren. Tobis wasserdichtes Alibi machte ihr mehr Sorgen. Eine Treibjagd war eine Gesellschaftsjagd, während der fast nie jemand allein war, und gerade in den Abendstunden nach der Jagd saß man noch zusammen und feierte ausgiebig. Jeder konnte bezeugen, dass Tobi die Gesellschaft nicht verlassen hatte. Und so war ihr Ex schnell aus dem Fokus der Polizei verschwunden. Sie musste sich etwas einfallen lassen. So kreativ, wie du bist, ist das kein Problem, redete sie sich ein. Sophie lehnte sich in ihrem Schwingsessel zurück. Im Ofen knisterte das Holz. Weihnachts-Poplieder von Mariah Carey und Céline Dion untermalten die verheißungsvolle Stimmung. Sophie sang laut mit, als die engelsgleiche Stimme von Céline Dion *So this is Christmas* anstimmte. Besser konnte dieser Tag nicht mehr werden. Als die Kerzen auf dem Adventskranz flackerten und die Wohnzimmertür geöffnet wurde, hielt sie inne. Tobi. Mist, er hatte immer noch einen Schlüssel.

»Was willst du hier?«, rief Sophie und schnellte vom Sessel hoch.

Tobi starrte sie an. Er atmete schwer. »Was hast du getan?«, flüsterte er. »Ich habe sie gefunden. Unten, in dieser grässlichen Truhe. Was bist du für ein Mensch?« Tobis Stimme bebte.

Sophie ging auf ihn zu.

»Nun gut, jetzt weißt du es«, sagte sie. »Es ist ausschließlich deine Schuld. Du mit deinem Scheißverhalten hast mich dazu gebracht.«

»Du bist … Du brauchst Hilfe. Ich rufe jetzt die Polizei.«

Hier gab es nichts mehr zu diskutieren. Mit einer schnellen Bewegung griff Sophie nach dem Schürhaken, der neben dem Ofen hing, und schlug auf Tobis Kopf ein. Knapp eine Stunde später hatte sie beide Objekte ihres Problems in der Kühltruhe gelagert. Tobis Körper hatte ihr große Schwierigkeiten bereitet. Trotz des Seiles an der

Kellerdecke hatte sie mehrmals hin und her justieren und den einen oder anderen Knochen brechen müssen, um beide Körper in der Truhe zu lagern, ohne mit der Säge nachhelfen zu müssen.

Sophie hatte nicht geschlafen. Beflügelt von ihrem Erfolg der letzten Tage hatte sie die restliche Nacht am Küchentisch gesessen und ihr Skizzenbuch vollgeschrieben und gezeichnet. Um halb sieben war sie direkt zum Bäcker gegangen, um sich mit einer Tüte Schokocroissants zu belohnen und direkt die aktuelle Tageszeitung mitzubringen.

Die Lokalpresse hatte ihr eine ganze Seite gewidmet. Mit der Schlagzeile »Ein neuer Star aus dem Land der tausend Berge« hatte man ihr den Weg zu ihrer Karriere als professionelle Künstlerin geebnet. Katharina Wellheim höchstselbst hatte in dem Interview über ihre Neuentdeckung geschwärmt und nicht mit Eigenlob gespart. Egal.

Irgendwann krieg ich dich auch noch!

Sophie hatte erreicht, was sie wollte. Und nur drei Tage später interessierte sich auch das Fernsehen für sie, als man in ihrer Kühltruhe die Leichen fand.

Rezept: Lebkuchen-Shake

Zutaten für zwei Portionen:

500 ml Milch
5 Lebkuchen
2 Kugeln Vanilleeis
etwas Sahne
wahlweise Zugabe von Schokosoße, einem Schuss Whisky oder auch Baileys

Milch, Lebkuchen und Vanilleeis in einen Mixer geben und pürieren. Auf zwei Gläser verteilen. Sahne schlagen und je nach Geschmack einen großen Löffel auf die Flüssigkeit geben. Bei Bedarf einen Schuss Schokosoße oder auch Baileys oder Whisky über die Sahne gießen.

VOM HIMMEL HOCH, DA KAM ER HER

Apfelstrudel mit Vanillesoße und Eis in Schwerte

Astrid Plötner

Ein zufällig mitgehörtes Telefonat sollte das Leben von Meinolf Abendrot grundlegend verändern. Der Inhaber der IT-Agentur Abendrot, die sich als Firma für IT-Beratung, Entwicklung und Verkauf verstand, hatte den Betrieb über Jahrzehnte zu dem gemacht, was er heute war: ein Erfolgsunternehmen. Mit seinen inzwischen 63 Jahren war nun aber die Zeit gekommen, das Ruder aus der Hand zu geben. Sein Haus hatte er verkauft. Der Erlös befand sich auf einem Konto auf den Philippinen. Allerdings gab es noch eine knifflige Angelegenheit zu regeln. Sein Plan begann mit der internen Ausschreibung der Stelle als CEO der Firma. Darauf bewarben sich drei Kandidaten. Bernhard Münzner, einer der Abteilungsleiter, schlug zudem vor, man könne ein Weihnachtsfeier-Battle veranstalten. Der Kandidat mit der besten Idee käme in die engere Auswahl. Meinolf Abendrot grinste. Er wusste, was Münzner vorhatte. Sein Plan nahm den gewünschten Verlauf.

Yvonne Kleimann, 38 Jahre alt, war mit einer Betriebszugehörigkeit von fünf Jahren eine der neueren Mitarbeiterinnen und als Leiterin der Abteilung Marketing und Vertrieb bei der IT-Agentur Abendrot tätig. Sie hatte nächtelang gegrübelt und dann für die diesjährige Weihnachtsfeier eine Wanderung mit anschließendem Essen ausgetüftelt. Startpunkt am Gutshof Wellenbad in Schwerte-Geiseke. Die Route mit einer Gesamtlänge von etwa acht Kilometern sollte zunächst durch die Wälder bis zur Eulenmauer und der ehemaligen Burg Ruhr führen, um den Stausee Hengsen herum und schließlich entlang der Ruhr zurück. Abschließend Einkehr im Restaurant Wellenbad und Weihnachtsfeier.

Natürlich verwarf Abendrot diesen Vorschlag ebenso wie den des 45-jährigen Daniel Weber, Leiter der Abteilung Systemtechnik und digitale Betriebsprüfung, der an einen gemeinsamen Weihnachtsmarktbesuch in Dortmund mit anschließendem Essen im Restaurant Möwenpick dachte. Selbstverständlich nahm er die Idee des 42-jährigen Münzners an. Zunächst ein körperliches Battle nur der drei Bewerber um den CEO-Posten im Kletterpark Freischütz in Schwerte, denn Körper und Geist gehörten laut seiner Maxime in Einklang, um Bestleistung zu bringen. Danach solle die eigentliche Feier im Waldrestaurant Freischütz mit der gesamten Belegschaft stattfinden, wobei man den neuen CEO bekannt geben könne. Abendrot grinste selbstgefällig. Die Veranstaltung würde in jedem Fall eine überraschende Wendung nehmen.

Yvonne verfluchte Bernhards Idee. Der Heuchler wusste doch, dass Abendrot mit seinen über 60 Jahren noch ein leidenschaftlicher Boulder war und regelmäßig die Kletter-halle besuchte. Sie litt unter Höhenangst und war im Vergleich zu den Männern so sportlich wie eine Schildkröte gegenüber einem Rennpferd. Immerhin kannte sie ihren Chef als gerechte Führungsperson. Vermutlich würde seine Entscheidung nicht allein ihre Kletterkünste, sondern auch die Führungsqualität berücksichtigen.

Sie machte sich mit gemischten Gefühlen auf den Weg und parkte auf dem großen Parkplatz vor der Hütte, die als Eingang zum Kletterwald diente. Sie hatte sich für Jeans, Turnschuhe und Winterjacke entschieden, da der Himmel sich zwar klar zeigte, die Temperatur sich aber nur um den Gefrierpunkt bewegte. Yvonne erreichte den Eingang um kurz vor 11 Uhr. Sie wurde vom Chef und von Daniel herzlich begrüßt. Minuten später traf auch Bernhard ein.

»Freitag, der 13. Hoffentlich ist keiner von euch abergläubisch?«, witzelte er. Mit seinem dunklen Vollbart, den halblangen Haaren, einer rot-schwarzen Softshelljacke, Jeans und Wanderschuhen kam er wie Reinhold Messner daher.

»Ich freue mich, dass ihr drei die Herausforderung angenommen habt«, lobte Meinolf Abendrot. Seine schwarze Sportleggins kniff etwas im Schritt, die blaue Steppjacke saß bequem und die Boulder-Schuhe hatte er aus einem ganz bestimmten Grund gewählt. Sie besaßen Gripp. Seine grauen Haare waren wie immer zu einem Zopf gebunden. »Damit es gerecht zugeht, werde ich mit Bernhard den Parcours *Anden* nehmen. Daniel und Yvonne, ihr klettert durch die *Sierra Nevada*. Es kommt nicht auf Geschwindigkeit an, lasst euch Zeit. Wichtig ist nur, dass ihr beide gemeinsam ans Ziel kommt.«

Yvonne blickte ihren Chef überrascht an, dann in das entsetzte Gesicht von Daniel, der bereits ahnte, dass es nicht leicht werden würde, mit ihr das Ziel zu erreichen. »Wäre es nicht besser, jeder geht für sich?« Sie bekam keine Antwort und ging hinter den anderen in den Hochseil-Park.

Ein Trainer begrüßte sie, gab ihnen rote Helme mit Kinnriemen und sorgte für die Befestigung der Klettergurte, die um die Oberschenkel und wie Hosenträger über die Schultern führten. Er zeigte ihnen in einem Einweisungsparcours, wie Klettern und Sichern funktionierten. Dann kontrollierte er ihre Fähigkeiten in einem Übergangsparcours, bevor sie in Eigenverantwortung in den Hochseilgarten aufbrechen konnten. Yvonne folgte Daniel zur *Sierra Nevada*, die am östlichen Rande des Kletterparks in gerader Linie neben einem Gehweg verlief.

»Ich frag mich, was das für ein Battle sein soll«, meinte Yvonne ratlos, »der Chef sieht uns doch überhaupt nicht. Theoretisch können wir uns auf eine Bank setzen und abwarten. Was bezweckt er damit?«

»Vielleicht will er sich immer nur auf einen von uns konzentrieren. So ein Parcours dauert höchstens 'ne halbe Stunde, schätze ich.« Daniel blickte auf das erste Baumpodest. »Rauf mit dir!«

Yvonne starrte den Baum zweifelnd an.

»Das ist nicht so hoch, wie es von hier unten aussieht, also los!«, brummte Daniel ungeduldig. »Dann kannst du üben und stellst dich beim Chef gleich geschickter an.«

Meinolf Abendrot erreichte mit seinem Angestellten Bernhard Münzner den Parcours der *Anden*, den dieser ausgewählt hatte. Es war auch Bernhards Idee gewesen, dass sie beide zusammen kletterten. Abendrot wusste, warum.

Der Parcours umfasste neun Elemente mit einer Maximalhöhe von neun Metern. Hängebrücken, Seilwinden und andere Hindernisse, die schon Kinder ab einem Alter von acht Jahren bewältigen konnten. Das sollte für ihn kein Problem darstellen. »Packen wir's«, sagte er und ließ seinem Angestellten den Vortritt.

Yvonne riss sich zusammen und ließ sich von Daniel mit dem Sicherheitssystem verbinden. Als sie auf dem Podest stand, versuchte sie, ihr Zittern zu verbergen und die Höhenangst zu ignorieren. Vor ihr lag eine wackelige Hängebrücke mit seitlichen Seilen, an denen man sich festhalten konnte. Sie trat auf das erste Brett der Brücke, das hin und her schwang. Sie wünschte Bernhard mit seiner bekloppten Idee in die Hölle.

Daniel seufzte laut. »Der Parcours ist für Kinder ab acht Jahren, Yvonne. Das wirst du wohl hinkriegen.«

Sie hätte ihn umbringen können. »›Mittelschwer und eine Maximalhöhe von sechs Metern‹, steht auf dem Plan«, murmelte sie so leise, dass Daniel sie nicht hören konnte. Dann prüfte sie noch einmal die Sicherungsleine, die über ihr in einem Durchlaufsystem hing, und krampfte ihre Hände um die Seile, ehe sie auf das zweite Brett trat. Nach einer gefühlten Ewigkeit war sie endlich beim nächsten Baum angelangt.

»Geschlagene zehn Minuten. Das ist gewiss Negativ-Rekord!« Daniel bezwang die Brücke in zehn Sekunden. »Weiter!«, befahl er.

Yvonne lehnte mit dem Rücken am Baum. Ihr Herzschlag raste. Daniel stand neben ihr. Sie schob sich vorsichtig um den Stamm auf das nächste Hindernis zu. Wieder eine Hängebrücke, dieses Mal ohne Seile zum Festhalten.

Sie würde nicht freihändig über diese Brücke gehen! Sicherungsseil hin oder her. Egal, was Daniel von ihr dachte, sie ging in die Hocke, kniete sich auf das Podest und schob sich langsam auf das erste Brett.

»Ich glaube es nicht!«, stöhnte Daniel theatralisch.

Yvonne brach der Schweiß aus. Nur nicht nach unten sehen. Brett für Brett kroch sie auf den Knien vorwärts.

»Mensch Yvonne, du überquerst nicht die Höllenschlucht des Gran Canyons. Du befindest dich maximal drei Meter über dem Boden. Da überlebt man einen Absturz sogar ohne Sicherung.« Ein Feuerzeug klickte. Er steckte sich tatsächlich eine Zigarette an.

Endlich hatte Yvonne das nächste Baumpodest erreicht und sah bereits wieder eine Hängebrücke vor sich. Was für ein Albtraum!

»Acht Minuten 30! Du solltest auf den Knien bleiben!« Seine Stimme troff vor Sarkasmus. Er stand bereits hinter ihr.

Das nächste Hindernis bestand aus Schaukeln, die dicht hintereinander angebracht waren. Sie biss die Zähne zusammen. Alles wackelte, als sie auf das erste Brett trat. Wie sollte sie das schaffen?

»Nun mach schon, Yvonne! Bernhard hat mit Abendrot die *Anden* bestimmt längst bewältigt! Vielleicht will der Chef als Nächstes mit mir klettern!«

»Wenn du so wild darauf bist, dann geh doch vor!«, blaffte sie.

»Abendrot hat gesagt, wir sollen gemeinsam ankommen.«

»Genau! Er hat auch gesagt, wir können uns Zeit lassen!« Yvonne kämpfte sich von einer Schaukel zur nächsten, wartete auf jedem Brett, bis es zur Ruhe kam. Sie pfiff auf den CEO! Wenn es eine Möglichkeit gäbe, aus diesem Scheißparcours herauszukommen, sie würde sofort abbrechen. Aber sie war gefangen in diesem verdammten Sicherungssystem! Endlich stand sie auf dem nächsten Podest.

»Zehn Minuten 13, du lässt wieder nach!« Daniel stieg über die Schaukeln, als hätte er nie etwas anderes gemacht.

Die *Anden* waren geschafft. Bislang war nichts Ungewöhnliches passiert. Danach hatten sie nachgesehen, wie weit Daniel und Yvonne gekommen waren, und festgestellt, dass sie noch über die Hälfte des Parcours vor sich hatten. »Ich habe da eine Idee, Chef«, meinte Bernhard. »Du bist doch Kletterprofi. Wie wäre es, wenn wir die *Anden* noch mal ohne Sicherungsseil bezwingen?«

Genau auf diesen Vorschlag hatte Abendrot gewartet. Eigentlich hatte er damit gerechnet, dass Bernhard dies schon zu Beginn anregen würde. Er war sich darüber im Klaren, dass es ab jetzt gefährlich wurde. Er musste auf der Hut sein und durfte Bernhard nicht aus den Augen lassen. Dennoch hielt er das Risiko für kalkulierbar, denn er hatte mehrfach ohne Seil am Berg gehangen. »Also gut«, meinte er. »Aber dieses Mal gehe ich zuerst.« Minuten später stand er ohne Sicherung auf dem ersten Podest.

Blinde Wut kroch in Yvonne hoch. Am liebsten hätte sie Daniel mit seinen blöden Sprüchen vom Baum geschupst, aber er hing ja im Sicherungsseil. Es nutzte also nichts. Vor ihr befand sich ein dünnes Drahtseil, über das sie balancieren sollte, darüber hingen rote und blaue Ballons aus Plastik zum Festhalten. Sie atmete tief durch, trat mit dem Fuß auf das straff gespannte Seil und umklammerte den ersten Ballon wie eine Ertrinkende den Rettungsring.

»Das sieht zum Schiiiießen aus!« Daniel lachte lauthals.

»Halt einfach die Fresse!«, presste Yvonne heraus und tastete sich mit den Füßen weiter. Vorsichtig ließ sie eine Hand los und versuchte, an den zweiten Ballon zu kommen. Ihre Taktik ging auf, und sie erreichte das nächste Podest. Trotzig ging sie fast freihändig über eine Art Leiter höher hinauf, wo sie über einen Balken zum nächsten Baum balancieren sollte. Es folgten zwei Fahrstühle, auf die man sich stellen musste, einmal ein Skateboard, einmal ein rund geflochtenes Netz. Wer dachte sich so einen Wahnsinn aus?

Mit wackeligen Beinen betrat sie das Skateboard und bekam von Daniel einen Schubs. Ihr wurde schwindelig, als sie zum nächsten Baum sauste, aber sie biss die Zähne zusammen. Am Ende musste sie sich mit einem Seil zum Podest ziehen. Von dort stieg sie sofort um und nahm selbst Schwung.

»Man nannte sie auch Yvonne Höhenflug!«, witzelte Daniel und stand schon wieder hinter seiner Kollegin. »Du nimmst ja richtig Fahrt auf. Weiter so! Wir haben schon über die Hälfte geschafft und befinden uns jetzt in einer Flughöhe von etwa sechs Metern.« Er grinste.

»Irgendwann kill ich dich!«, murmelte Yvonne.

»Meine Idee war das nicht. Ich würde mir lieber auf dem Dortmunder Weihnachtsmarkt einen Glühwein kippen, als diese Kinderkacke hier mit dir durchzuziehen. Keine Ahnung, was der Chef sich dabei gedacht hat.« Er schob sie um den Baum und verpasste ihr einen kräftigen Stoß.

Yvonne schrie, während sie bergab raste. Sie flog nur in ihrem Gurt am Sicherungsseil hängend dem nächsten Baum entgegen. Ihr Herz pochte wild wie eine Trommel. Mordgedanken krochen in ihr hoch. Mit wem sollte sie anfangen? Daniel? Bernhard? Oder doch mit dem Chef?

Abendrot stand neben Bernhard auf dem höchsten Baumpodest des Parcours. Hier ging es neun Meter in die Tiefe. Irgendjemand hatte in die Rinde des Baums das Wort *Himmel* geritzt. Er wollte gerade das nächste Hindernis nehmen, als Bernhard ihn zurückhielt. Ein diabolisches Grinsen prägte sein Gesicht.

»So, jetzt habe ich dich da, wo ich dich haben wollte, Meinolf«, zischte er, »aber ich will dich nicht dumm sterben lassen.«

Abendrot hatte auf diesen Moment gewartet.

Bernhard stellte sich dicht vor ihn und krallte seine Hände in seine Steppjacke. »Ich scheiß auf den CEO. Ich will mehr. Ich vögele seit Monaten deine Alte, Meinolf. Die fährt voll auf mich ab. Man sollte immer vorsichtig sein, wenn man sich eine junge Asiatin im Internet bestellt. Wenn du hier bei einem schrecklichen Unfall den Abgang machst, weil du ja unbedingt ohne Sicherung durch den Parcours wolltest, dann erbt sie die Firma. Und damit gehört der Laden mir.«

Meinolf Abendrot schwieg. Er wusste, dass Miyu ihn betrog. Sie war unvorsichtig und ließ überall ihr Handy liegen, von dem er den Code kannte. Er hatte Bernhards Nachrichten gelesen. Die erlogenen Liebesschwüre und anderes Gesülze. Meinolf hatte nichts dazu gesagt und so getan, als sei alles in bester Ordnung. Als Bernhard schließlich den Vorschlag mit dem Kletterpark machte und empfahl, dass sie beide allein auf eine Route gehen sollten, ahnte er bereits, dass dieser eine linke Tour vorhatte. Was Bernhard und Miyu nicht wussten, war, dass Meinolf seit einigen Monaten neben dem Bouldern auch asiatischen Kampfsport betrieb.

Yvonne keuchte. Nach der rasanten Abfahrt waren hängende Baumstämme mit winzigen Tritten die nächste Herausforderung. Mühsam hangelte sie sich zum dritten Stamm. Sie wäre fast abgerutscht, als ein markerschütternder Schrei durch den Wald schallte. Sie umklammerte den Baum und blickte zu Daniel. »Was war das?«

Er hob ratlos die Schultern. »Das klang, als wäre jemand abgestürzt.«

»Scheiße! Daniel! Unsere Gruppe ist die einzige hier im Wald!« Wie sollte Yvonne unter diesen Umständen die restlichen Baumstämme bewältigen? Es dauerte eine Weile, ehe sie sich beruhigt hatte. Daniel schwieg geduldig. Sie atmete tief durch und setzte ihren Weg konzentriert fort. Nassgeschwitzt erreichte sie zehn Minuten später endlich das nächste Baumpodest und benötigte für die folgende Hängebrücke mit Netz noch einmal zehn Minuten. Über eine Holzleiter stieg sie von Daniel gefolgt nach einein- halb Stunden endlich zurück auf festen Boden.

»Hörst du den Hubschrauber?«, fragte Daniel mit besorgtem Blick und löste seine Sicherung aus dem Schienensystem.

Sie rannten zum Ausgang und fragten einen Trainer nach den Kollegen. Die Rotorblätter des Hubschraubers kreisten ganz in der Nähe. Yvonne sah den Trainer an, der bedrückt wirkte. »Was ist passiert?«

Der Mann stierte zu Boden. »Es gab einen Unfall. Mehr möchte ich dazu nicht sagen.«

Yvonne und Daniel gaben ihre Ausrüstung ab und verließen den Kletterwald im Laufschritt. Über einen Parkplatz erreichten sie das Gelände des Restaurants, vor dem der Hubschrauber gerade aufstieg. Der Verkehr auf der angrenzenden Hauptstraße staute sich, da Schaulustige das Spektakel verfolgen wollten. Yvonne sah weder Bernhard noch ihren Chef in der Menge. Der Freischütz ragte im Hintergrund wie ein Gutshof mit Kapelle auf. Die weiß gestrichenen Gebäude mit grünen Fensterläden beherbergten unter anderem das Waldrestaurant, in dem das Essen und die Weihnachtsfeier stattfinden sollten. Sie steuerten auf die Glastür zu. Lautes Stimmengewirr empfing sie. Betretene Gesichter. Die Belegschaft saß auf grün gepolsterten Stühlen und Bänken, die Tische waren festlich gedeckt. Es duftete nach Kerzen und Tannennadeln.

Als Meinolf Abendrot Yvonne und Daniel entdeckte, ging er mit ernstem Gesicht auf sie zu. »Etwas Furchtbares ist passiert!« Er seufzte und versuchte, überzeugend zu wirken. »Ich hätte mich auf diesen Vorschlag nie einlassen dürfen.«

»Ist was mit Bernhard?«, fragte Yvonne.

Abendrot nickte. »Wir hatten die *Anden* einmal bezwungen, da meinte er, es wäre doch eine Herausforderung, die Strecke noch einmal ungesichert zu meistern. Immerhin seien wir beide Kletterprofis.«

»Darauf hast du dich eingelassen?«, fragte Yvonne entsetzt.

Er nickte traurig und führte sie an seinen Vierertisch. »Setzt euch doch bitte.« Als sie seiner Aufforderung nachgekommen waren, fuhr er fort. »Ausgerechnet an der höchsten Stelle des Waldes ist er abgerutscht und etwa neun Meter in die Tiefe gestürzt.« Er drückte einige Tränen heraus. »Ich habe um Hilfe geschrien, kurz darauf kam ein Trainer. Der hat den Notarzt informiert. Bernhard wird in die Unikliniken Dortmund geflogen. Er war ohne Bewusstsein.«

Er senkte den Blick und hoffte, dass man ihm die Trauer abnahm. Wäre es nach Bernhard gegangen, läge er jetzt im Rettungshubschrauber oder bereits in einem Leichensack. Er hatte sich von Bernhards Griff, der ihn in den Clinch genommen hatte, mit einer Abwehrtechnik aus dem Muay Thai befreit, was auf dem schmalen Podest in neun Metern Höhe nicht einfach gewesen war. Dann hatte er sich an das Seil geschwungen, das normalerweise die Sicherung hielt, und Bernhard mit den Füßen einen kräftigen Kick vor die Brust verpasst, sodass er in die Tiefe stürzte. Jetzt musste er nur noch dafür sorgen, dass Bernhard nicht mehr aus seiner Bewusstlosigkeit erwachte.

»Yvonne und Daniel«, erklärte er leise, »ihr werdet verstehen, dass ich die Entscheidung um den Posten des CEO vertagen muss. Ich werde jetzt nach Dortmund fahren und Bernhard zur Seite stehen, bis er erwacht. Ich möchte, dass ihr zwei und der Rest der Belegschaft das Essen genießt und danach noch ein wenig beisammen bleibt. Es war Bernhards Idee und er wird sich bestimmt freuen, wenn diese bis zum Ende umgesetzt wird.« Sein Smartphone vibrierte. Eine SMS. Bernhard war gestorben. Gerade noch rechtzeitig. Das schob seinen Zeitplan ins Lot. Ohne ein Wort darüber zu verlieren, stand er auf und verließ das Restaurant.

Yvonne informierte zunächst das Personal des Restaurants, dass serviert werden konnte. Dann stellte sie sich vor die Belegschaft und erklärte den Wunsch des Chefs, die Weihnachtsfeier fortzuführen. Alle waren hungrig und wollten bleiben. Das Menü startete mit gebratener Gänseleber an Kartoffelpüree als Vorspeise. Der Hauptgang bestand aus Hirschragout mit Waldpilzen, Spätzle und Speckböhnchen.

»Das Dessert ist göttlich«, schwärmte Yvonne eineinhalb Stunden später, als sie Apfelstrudel mit Vanillesoße und Walnusseis löffelte. »Könnte ich selbst nicht besser machen.«

»Stimmt, schmeckt ausgezeichnet«, stimmte Daniel mit vollem Mund zu. Sein Smartphone vibrierte. »Der Chef«, sagte er verwundert und nahm das Gespräch entgegen. Er lauschte eine Weile, wobei sein zunächst ernster Gesichtsausdruck plötzlich überrascht wirkte und er gegen Ende des Gesprächs seine Freude kaum verbergen konnte.

»Was ist passiert? Geht's Bernhard besser?«, fragte Yvonne.

Schon war er wieder ernst und beugte sich über den Tisch zu ihr. »Nein«, flüsterte er. »Er ist eben seinen schweren Verletzungen erlegen.« Er dämpfte seine Stimme noch mehr. »Aber du glaubst es nicht. Der Chef will uns beide als CEO einsetzen und verspricht ein fürstliches Gehalt. Er selbst fühlt sich schuldig und will einen Schnitt in seinem Leben machen. Er will auf die Philippinen fliegen und eventuell dortbleiben.«

Meinolf Abendrot betrat die Gangway am Flughafen Düsseldorf zum Flug über Katar nach Manila. Bernhards Überleben hatte ihn zunächst in die Bredouille gebracht, zum Glück war er dann rechtzeitig gestorben. Hätte Abendrot im Krankenhaus nachhelfen müssen, wäre sein Plan kompliziert geworden. Bereits gestern Abend hatte er Miyu mit einem Kissen erstickt. Die Schlampe hatte ihr Recht auf Leben verspielt. Und zwar genau an dem Tag, als sie mit Bernhard den Plan ausgeheckt hatte, ihn umzubringen und es wie einen Unfall aussehen zu lassen. Nur durch Zufall hatte Abendrot das Telefonat mitgehört.

Den Flug nach Manila hatte er bereits einige Tage danach gebucht. Gut, dass die Philippinen kein Auslieferungsabkommen mit Deutschland hatten. Eigentlich hatte er sein Rentendasein gemeinsam mit Miyu geplant. Aber jetzt war er froh, dass er in Zukunft seine Freiheit allein genießen konnte. Er freute sich schon auf das erste Weihnachtsfest unter Palmen bei angenehmen 25 Grad. Erst als die Maschine der Qatar Airlines abhob, fühlte er sich in Sicherheit.

Rezept: Apfelstrudel mit Vanillesoße und Eis

Zutaten:
  2 Pkt. Blätterteig aus dem Kühlregal (Rolle)
  5 große Äpfel
  2 TL Zimt
  100 g Zucker
  1 Ei
  Vanillesoße zum Kochen
  1 Becher Schlagsahne
  Vanille- oder Walnusseis

Den Blätterteig ausrollen und eine Platte auf ein mit Backpapier ausgelegtes Blech legen. Die Äpfel schälen, entkernen und raspeln. Mit Zimt und Zucker vermengen und auf dem Blätterteig verteilen, dabei einen Rand von etwa 1 cm lassen. Das Ei verquirlen und den Rand des Blätterteiges damit einstreichen. Die zweite Platte auflegen, etwas andrücken.

Bei etwa 180 °C Umluft (200 °C Ober/Unterhitze) 20–30 Minuten backen. Vanillesoße nach Packungsanleitung zubereiten. Apfelstrudel mit Soße, Eis und Schlagsahne servieren.

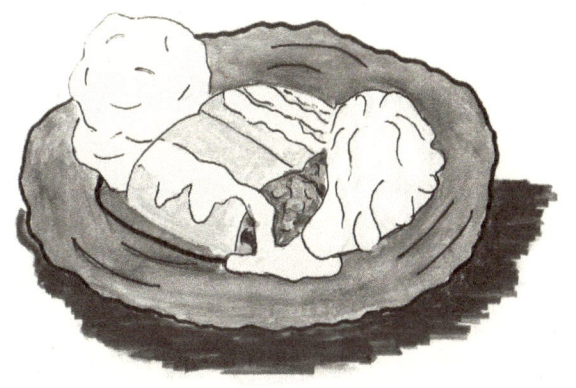

HERR UND DIENER

Oliven-Cracker mit Chili in Willingen
Anke Kemper

Adrenalin. Anders konnte man dieses pulsierende Gefühl nicht beschreiben. Aron Berg stand neben seinem Chef Gustav von Breitenbach auf dem *Skywalk* in Willingen an der *Mühlenkopfschanze*, knapp 100 Meter über dem Talgrund. Hochkonzentriert, den Blick starr nach vorn gerichtet. »Nicht nach unten sehen«, hatte Gustav seinem Ziehsohn erklärt, als sie die Brücke das erste Mal gemeinsam betreten hatten. Und Aron tat, was er sagte. Denn Aron hatte Höhenangst. Dass er gerade über ein Gitter lief, durch das man in den Abgrund blicken konnte, und die Brücke sich im Wind leicht bewegte, machte die Sache nicht einfacher. Gustav hatte ihm erklärt, er müsse sich seinen Ängsten stellen, sonst würde nie etwas aus ihm werden. Und Aron wollte nichts sehnlicher, als so zu werden wie Gustav, sein Chef, sein Vorbild. In dessen Diensten er seit fast 15 Jahren stand.

Seit er diese Brücke vor knapp einem Jahr das erste Mal betreten hatte, hatte sich seine Angst aufgelöst und er spürte die Macht, die er über sich gewann. Die Macht, alles zu schaffen, was er sich vornahm. Jetzt stand er neben seinem Vorbild und wusste, dass für ihn alles möglich war. Dieser Moment war magisch. Der Ausblick, die Höhe, das

Kribbeln im ganzen Körper. Jeden Samstag fuhr Aron seinen Chef hierher. Immer, bevor die Tore für die Touristen offiziell geöffnet wurden. Denn Gustav war einer der Hauptgeldgeber dieses Projektes, das 2022 fertiggestellt worden war und seit diesem Tag dem Tourismus in und um Willingen neuen Schwung verliehen hatte. Er hatte sich einen Schlüssel anfertigen lassen, damit er außerhalb der offiziellen Öffnungszeiten die längste Hängebrücke Deutschlands hier im *Upland* begehen konnte. Ungefähr in der Mitte hielt er an und zeigte mit seinem Gehstock über das Tal, als wäre es seines. Wenn Aron überlegte, gehörte Gustav davon wahrscheinlich einiges. Der 70-Jährige drehte sich zu Aron um.

»Die beste Investition, die ich je getätigt habe«, sagte er und schmunzelte wie ein kleiner Junge, der stolz seine Sandburg präsentierte. Aron nickte. Das hörte er jeden Samstag und ihm war klar, dass der Alte mächtig stolz auf sein Lebenswerk war. Aron stellte sich vor, eines Tages genau an dieser Stelle zu stehen und zu sagen: alles meins!

»Da kommen schon die Ersten«, sagte Gustav, als er eine Gruppe Touristen am verschlossenen Eingang entdeckte. »Lass uns gehen.«

Arons Tätigkeiten waren nicht genau definiert. Er machte das, was Gustav von ihm verlangte, er hinterfragte nichts, keine Aufgabe war ihm zu delikat oder peinlich. Jeder, der für Gustav von Breitenbach arbeitete, hatte einen Platz, den er auszufüllen hatte. Der Koch kochte das Essen, Aron richtete es für Gustav an. Die Putzfrau putzte, Aron hielt Gustavs Unternehmen sauber und räumte hinter ihm auf, wenn es erforderlich war. Der Gärtner pflegte die Außenanlagen, Aron passte auf, dass von außen kein Unrat an

Gustav herangetragen wurde, und die Haushälterin kümmerte sich um alles, was im Haus anfiel, Aron sorgte für den Herrn des Hauses. Ob Tag oder Nacht – er war auf Abruf bereit. Als Gegenleistung erhielt er ein stattliches Einkommen, wohnte in der exklusiven Souterrainwohnung der Villa mit direktem Zugang zum Außenbereich mit Naturpool und hatte das Privileg, von einem zu lernen, der es geschafft hatte.

Außerdem hatte sein Chef klargemacht, dass Aron ihn irgendwann beerben würde. Gustav von Breitenbach war für sein Alter erstaunlich fit. Er ernährte sich gesund und machte Sport, trank keinen Alkohol, ging früh zu Bett. Dass er nach seinem Hüftschaden nicht mehr Skifahren konnte, hatte ihn sehr getroffen. Seinen Gehstock mit einem Handgriff aus purem Silber in Form eines Adlerkopfes nahm er nur zu Hilfe, wenn es unbedingt notwendig war. Schwäche zeigen, vor allem in der Öffentlichkeit, war im zuwider. Er hatte nie geheiratet. Keine Frau, keine Kinder, keine Ablenkung, war seine Devise. Für Gustav gab es keine Feiertage, Weihnachten ignorierte er. Er hasste Geschenke und hatte nichts zu verschenken. Die Villa wurde nicht geschmückt und es gab keinen Weihnachtsbaum. Und Aron hatte entschieden, dass dies auch sein Weg sein würde. Er wusste, dass er in Gustavs Gunst stand, und musste nur geduldig warten, bis er sein Erbe antreten konnte.

Es änderte sich alles, als Aron Vicky kennenlernte. Victoria Schulte, die neue Sekretärin von Herrn von Breitenbach.

»Sie soll von dir lernen. Alles«, hatte ihn Gustav angewiesen. »Mach dir keine Gedanken, sie wird dich entlasten, damit du dich auf andere Dinge konzentrieren kannst. Es wird Zeit für den nächsten Schritt.«

Und Aron tat, was Gustav ihm sagte. Was auch immer sein nächster Schritt war, Gustav wusste, wie er seinen Zögling dazu brachte, treu an seiner Seite zu stehen und auszuharren. Vicky war studierte Volkswirtin, jung, dynamisch, intelligent und zu Arons Erleichterung weder eine Schönheit noch besaß sie einen Hauch von Anmut oder Charisma.

Arons erste Amtshandlung war die Führung durch das Haus. Vicky staunte über die wertvollen Gemälde, die vom Dachboden bis zum Keller hinunter die Wände schmückten, die große Bibliothek und die Vitrinen, die mit antiken Münzen und Vasen gefüllt waren, den begehbaren Safe, gefüllt mit einer Goldmünzsammlung, Bargeld und etlichen Akten mit wichtigen Verträgen.

Als sie im Keller angekommen waren und Vicky Gustavs Schwimmbad und den Fitnessraum bestaunte, öffnete Aron mit einem Code die Tür zum Weinkeller. Das Licht schaltete sich automatisch ein.

»Diese Weine sammelt Herr von Breitenbach seit einigen Jahren.«

»Ich dachte, er trinkt keinen Alkohol.«

»Wie gesagt: Er sammelt sie. So etwas trinkt man nicht mal eben so. Diese Flaschen hier kosten um die 8.000 Euro. Pro Stück.« Aron zeigte auf ein Regal. Er verschwieg, dass er sich gelegentlich hier bediente und die eine oder andere Flasche aus dem mittelpreisigen Bereich verköstigte. Mit den Weinen kannte Gustav sich nicht aus. Er wollte sie nur besitzen. Aron hingegen liebte kostbare, gute Weine und überredete Gustav regelmäßig zum Kauf, wenn er einen guten Handel entdeckte.

»Okay, verstehe. Staub wischen könnte man hier aber auch einmal. Aber ich denke, die Putzfrau darf hier nicht hinein, richtig?« Vicky lachte.

»Diese kostbaren Weine vertragen nicht die kleinste Erschütterung. Also werden die Flaschen nicht aus dem Regal genommen, um sie abzustauben. Nicht bei diesen Weinen hier.« Aron deutete auf ein weiteres Regal, in welchem Flaschen lagen, die mit einer Staubschicht bedeckt waren.

»Das ist mir schon klar. Hey, ich habe nur Spaß gemacht«, antwortete Vicky und stupste Aron freundschaftlich in die Seite. »Wenn du mal ein Glas Wein mit mir trinken möchtest, einen in unserer Preisklasse, dann sag gern Bescheid. Vielleicht gehen wir bald zusammen aus. Dann lerne ich den Ort auch besser kennen. Und dich.«

Aron antwortete zunächst nicht. Er hatte keinerlei Ambitionen »auszugehen«, schon gar nicht hier, wo die Gastronomie zum Großteil für die Touristen und Kegelklubs ausgelegt war. Und er hatte kein großes Interesse an Vicky. »Schauen wir mal«, erwiderte er und schloss die Tür zum Weinkeller.

Vicky hatte schnell erkannt, wie sie das bekam, was sie von Aron wollte. Sie bezirzte Gustav, und Gustav gab entsprechende Anweisungen an seinen Ziehsohn weiter.

»Geh doch mal mit ihr aus. Sie möchte den Ort kennenlernen. Fahr mit ihr mit der Seilbahn zum *Ettelsberg* hinauf. Dann könnt ihr in *Siggis Hütte* ein Bier trinken und später esst ihr was Deftiges im *Brauhaus*. Dann weiß sie schon mal, was hier so läuft.« Gustav lachte und schlug Aron auf die Schulter. »Ein bisschen Spaß darf auch mal sein, mein Junge. Und wenn ihr am Wochenende Skilaufen wollt, nur zu. Ich komme auch ein paar Stündchen ohne dich aus.«

Aron tat, was sein Chef sagte, wie immer. Also ging er mit Vicky aus und schaffte es, sich ein wenig zu amüsieren. Jetzt war noch ein guter Zeitpunkt dafür. Wenn die Weihnachtsferien erst einmal begonnen hatten, würde man hier keinen Fuß auf die Erde bekommen. Zu seiner Erleichterung mochte Victoria keinen Sport. Ski war sie noch nie gefahren und wollte es auch nicht lernen, obwohl sie hier in Willingen beschneite Pisten in verschiedenen Schwierigkeitsstufen und Längen vor der Haustür hatte.

»Aber klar weiß ich, dass hier Anfang des nächsten Jahres im Februar der Weltcup im Skispringen stattfindet. Ich lebe ja nicht hinterm Mond. Aber es interessiert mich wirklich nicht«, antwortete sie, als Aron ihr von dem bevorstehenden Ereignis auf der Großschanze erzählte.

Er fragte sich, ob Gustav davon wusste. Sein Chef war mit Skiern geboren worden. Der jährliche Weltcup in Willingen war das Highlight des Jahres für ihn. Wenn Vicky tatsächlich alles über Gustav von Breitenbach recherchiert hatte, wie sie behauptete, musste sie auch über seine Hobbys und seine Leidenschaft Bescheid wissen. Sie schien Gustav etwas vorzuspielen, um Eindruck bei ihm zu schinden. Aron lernte an diesem Tag nicht nur sie, sondern ihre Ambitionen kennen: Vicky wollte vorwärts. Zügig vorwärts. Für sie galt: höher, schneller, weiter. Und Aron wurde klar: Er musste auf der Hut sein. Victoria Schulte war nicht daran interessiert, sich mit Aron anzufreunden. Sie wollte ihn um den Finger wickeln, wie sie es offensichtlich bei Gustav bereits geschafft hatte. Wenn er Pech hatte, würde er seine schicke Wohnung im Souterrain gegen Vickys Apartment unterm Dach tauschen müssen. Aron beschloss, von nun an die Gespräche mit seiner neuen

Kollegin heimlich aufzunehmen. Man konnte nie wissen, was sie Gustav erzählte. Aron durfte nichts riskieren.

Während der Fahrt mit der Seilbahn klammerte sie sich an Aron fest. »Ich habe fürchterliche Angst«, sagte sie.

»Dann wird es Zeit, dass du auf den *Skywalk* mit mir kommst.«

»Auf keinen Fall! Das werde ich sicher nicht tun.«

»Doch, wirst du. Irgendwann.« Und Aron hoffte, dass Gustav sie niemals mit dorthin nehmen würde. Das war sein Platz. Der Startpunkt seiner persönlichen Erfolgsgeschichte an der Seite von Gustav von Breitenbach. Nicht ihrer.

Der Tag, auf den Aron sehnlichst gewartet hatte, wurde durch ein Ereignis eingeläutet, das er in seiner kühnsten Vorstellung nicht erwartet hatte. Aron hatte sich am frühen Abend des 13. Dezember in seine Wohnung zurückgezogen. Der Koch hatte ihm eine Dose Oliven-Cracker mit Chili vor die Tür gestellt. Nur für ihn. Aron liebte diese Cracker. Dazu schnitt er sich ein paar Stücke französischen Käse. Dann ging er in den Weinkeller und holte eine Flasche *Rothschild Chateau Lafite* im Wert von 800 Euro dazu. Da es Freitag war, belohnte er sich mit diesem Festschmaus. Er saß gerade am Tisch, als das Display seines Handys aufleuchtete. Die Nachricht von Gustav ließ kein Wenn und Aber zu: »Raufkommen, sofort!« Aron ließ alles stehen und eilte die Stufen hinauf. Vorher schaltete er sein Handy im Sprachmodus auf Aufnahme. Irgendetwas war geschehen und er wollte vorbereitet sein. Seit Vicky auch für Gustav arbeitete und hier wohnte, war er auf alles gefasst.

Gustav stand mitten in der Bibliothek, auf seinen Gehstock gestützt. Zu seinen Füßen lag Vicky. Blut quoll aus einer Wunde am Kopf. Aron blieb abrupt stehen und sah seinen Chef an.

»Ein Unfall«, sagte Gustav. »Erledige das.«

»Was? Was soll ich erledigen?«

»Bring sie raus hier und lass sie verschwinden. Sie ist tot.« Gustav drohte kurz mit seinem Gehstock. Aron schwieg.

»Sie hat mich zutiefst beleidigt«, fuhr Gustav fort. »Da habe ich zugeschlagen und … Ich hab doch nicht gewollt, dass sie stirbt. Es war nur ein Schlag.«

»Wo soll ich sie hinbringen?«

»Was weiß ich. Bring sie zum *Skywalk* und schmeiß sie da runter. Wenn sie 100 Meter in die Tiefe fällt, bleibt von ihrem Kopf nicht viel übrig. Und es sieht aus wie Selbstmord.« Gustav klopfte nervös mit seinem Stock auf den Boden.

»Der *Skywalk* ist um diese Zeit verschlossen. Selbst wenn ich sie mithilfe deines Schlüssels dorthin bringen kann: Die Webcam ist immer an. Das wird nicht funktionieren«, antwortete Aron tonlos.

»Junge, lass dir was einfallen. Was habe ich dir eigentlich all die Jahre beigebracht? Bring sie raus. Und den Teppich gleich mit.« Gustav drehte sich weg. Er hatte alles gesagt. Die Angelegenheit war für ihn erledigt. Die Verantwortung hatte er auf seinen Ziehsohn übertragen. Aron erwiderte nichts. Er zog Vicky mithilfe des Teppichs hinaus aus der Bibliothek, anschließend die Stufen im Treppenhaus hinunter. Außer ihm und Gustav war kein Personal mehr anwesend. Er hatte freie Bahn. Kurz vor dem Kellerausgang wickelte er ihre Leiche in den Teppich und zog sie in die angrenzende Garage. Darum würde er sich später kümmern. Schnellen Schrittes hastete er in seine

Wohnung, prüfte die Aufnahme, sicherte eine Kopie auf dem Laptop und speicherte sie in die vorgesehene Datei. Zusätzlich schickte er sie an eine sichere Cloud. Er wollte für alles gewappnet sein. Dann holte er die vorbereiteten Papiere, die in seiner Schreibtischschublade lagen, nahm sein Handy und ging zurück in die Bibliothek. Gustav saß in seinem Lesesessel und hatte sich einen Bourbon eingegossen. Dass er Alkohol trank, war kein gutes Zeichen. Entweder stand er unter Schock oder er war kurz vor einem Panikanfall. Aron hatte das erst einmal erlebt, als Gustav bei einem äußerst spekulativen Baugeschäft sehr viel Geld verloren hatte. Er hatte ihn kaum bändigen können und musste den Notarzt rufen, was Gustav ihm im Nachhinein sehr verübelt hatte.

»Schon erledigt?«, fragte Gustav.

»Fast. Ich brauche erst eine Unterschrift von dir«, antwortete Aron und legte die Papiere auf den Beistelltisch neben Gustav.

»Was ist das?«, wollte Gustav wissen.

»Meine Absicherung.«

Gustav nahm die Papiere und las. Dann lachte er. »Keine Chance. Du bist noch nicht so weit.«

»Doch, das bin ich.«

»Du bist so weit, wenn ich es sage«, insistierte Gustav.

»Du irrst dich.« Aron nahm sein Handy aus der Hosentasche und spielte die Aufnahme ab, die er vor knapp zehn Minuten getätigt hatte. Gustav runzelte die Stirn, als er seine Stimme vernahm und ihm klar wurde, was das bedeutete.

»Du bist schlauer, als ich dachte«, sagte er leise und nahm einen großen Schluck von seinem Drink. Dann hustete er und stützte sich auf seinen Gehstock. Aron trat einen Schritt zurück. Dieses Mordinstrument wollte er nicht auch zu spüren bekommen.

»Ich möchte nur, dass du mir jetzt schon all diese Vollmachten gibst. Du wirst weiterhin hier wohnen. Nach außen hin wirst du kommunizieren, dass du dich zurückziehen willst. Das ist für jeden glaubwürdig. In deinem Alter hast du dir den Ruhestand verdient.«

Gustav schnaubte verächtlich. »Den Ruhestand verdient … Das ist ja nett, dass ich hier wohnen darf. In meinem Haus.«

»Ab jetzt mein Haus«, sagte Aron, zückte einen Kugelschreiber und reichte ihn Gustav. »Ich weiß sehr wohl, was ich dir zu verdanken habe, aber ich werde nicht länger warten. Nicht so lange, bis du stirbst und ich dein Erbe antreten kann. Und solltest du auf die Idee kommen, mich zu töten: Von dieser Aufnahme gibt es eine Kopie an einem sicheren Ort. Es wird Zeit für meinen nächsten Schritt.«

Gustav lächelte. »Wirklich gut aufgepasst, Junge«, sagte er leise. Dann unterschrieb er.

»Sehr gut.« Aron nahm die Papiere an sich. »Morgen früh rufe ich den Notar an. Dann machen wir alles amtlich. So lange bleibt die Leiche hier«, fügte Aron hinzu. Aron wusste aus Erfahrung, dass Gustavs Anwalt und Notar auch samstags für seine Klienten Zeit hatte.

»Ah, doppelte Absicherung. Ich verstehe.« Gustav lehnte sich in seinen Sessel zurück und schloss die Augen. »Pack sie vorerst draußen in den Geräteschuppen. Der Gärtner kommt erst wieder im Februar«, sagte er leise. Er war geschlagen. Das hatte er jetzt verstanden.

Aron verließ ohne ein weiteres Wort die Bibliothek. Seine Hände zitterten. Er hatte es geschafft. Und das alles dank Vicky. Aron mochte gar nicht daran denken, wegen welcher Nichtigkeit sie ihr junges Leben verloren hatte. Mit ihrer flapsigen Art hatte sie zu Gustav vermutlich etwas gesagt, wodurch er sich in seiner Ehre verletzt gefühlt hatte. Mehr nicht. Das reichte ihm, um zuzuschlagen. Und Aron musste hinter ihm aufräumen. Mit Gustav war nicht zu spaßen. Aron musste weiterhin auf der Hut sein. Aber das würde er schaffen, er hatte viel von Gustav von Breitenbach gelernt.

Noch in derselben Nacht brachte er Victoria Schulte in den Geräteschuppen. Er brach die Holzdielen auf dem Fußboden auf und legte Vicky zwischen die Fundamenthölzer. Der Teppich passte nicht. Den musste er später entsorgen. Dann kippte er einen Sack Kies über die Leiche und hämmerte die Dielen schließlich wieder fest. Wenn der Gärtner frühestens im Februar wieder kam, um die Bäume zu schneiden, würde er nichts bemerken. Jetzt musste er darauf achten, dass Gustav sich nicht verplapperte, sollte jemand nach Vicky fragen. Das war's.

Als es bereits dämmerte, hatte Aron auch alle weiteren Punkte auf seiner Liste erledigt. Den Code zum Safe und zum Weinkeller hatte er geändert. Er hatte eine fingierte Kündigung an Victoria geschrieben und sie von Gustav unterschreiben lassen. Das Dokument legte er in ihr Apartment. Ihre Kleidung packte er in Müllsäcke und brachte sie zu den Containern der Caritas. Den Teppich mit dem Blut von Vicky versteckte er vorerst in der Garage. Erst wenn alles unter Dach und Fach war, würde er sich um die Entsorgung kümmern.

An diesem geschichtsträchtigen Samstagmorgen, den 14.12.2024, saß er mit Gustav beim Frühstück. Wie immer.

Gustav aß sein Rührei, zwei Scheiben Vollkornbrot mit Käse und trank zwei Tassen Tee. Alles schien normal.

»Wo ist mein Gehstock?«, fragte Gustav.

»Den habe ich in Sicherheit gebracht. Nimm den anderen«, antwortete Aron und aß weiter.

»Du hast wohl an alles gedacht.« Gustav lächelte bedeutungsvoll.

»Das muss dein Problem nicht mehr sein. Iss. Wir fahren gleich zum *Skywalk*. Wie immer. Beim Notar rufe ich an, wenn wir wieder hier sind.

»Sonst noch etwas?«, fragte Gustav.

»Nein. Ich werde dir sagen, wann dein nächster Schritt bevorsteht.«

Und an diesem Tag wendete sich das Blatt. Viel eher, als Aron erwartet hatte. Viel zu früh, wenn es nach Gustav gegangen wäre. Jetzt standen sie, wie jeden Samstagmorgen, mittig auf dem *Skywalk*. Gustav schwieg. Er stützte sich auf seinen Ersatzgehstock und sah in die Ferne. Zum ersten Mal wirkte er wie ein alter Mann. Seine Kraft und jugendliche Vitalität schienen verloren. Aron atmete die kalte Luft ein. Es roch nach Schnee und es roch nach Freiheit. An diesem magischen Ort, der für Aron den Wendepunkt in seinem Leben darstellte. Jetzt stand er tatsächlich an genau dieser Stelle und konnte sagen:

alles meins!

Rezept: Oliven-Cracker
mit Chili

Zutaten für ca. 20 Stück:

  180 g Weizenmehl
  70 g geriebener Parmesan
  ca. 15 schwarze Oliven
  50 g getrocknete Chilischoten
  2 Prisen Salz
  Rosmarinnadeln (von einem Zweig)
  125 g kalte Butter

Mehl, Parmesan und Salz in einer Schüssel mischen. Die Chilis, Oliven, Rosmarinnadeln fein hacken und untermischen. Kalte Butterwürfel unterkneten, sodass keine Butter mehr zu sehen ist.

Auf einer bemehlten Fläche ausrollen (ca. 3 mm dick) und Kreise von 6 cm Durchmesser ausstechen.

Auf ein Backblech mit Backpapier legen und bei 180 °C Ober-/Unterhitze 20 Min hellbraun backen. Vom Blech nehmen und auf einem Kuchengitter auskühlen lassen.

Hierzu einen würzigen Dipp oder Frischkäse servieren.

TATORT STADION

Snowball-Cake in Dortmund
Astrid Plötner

Früher trafen wir uns immer am ersten Weihnachtstag.
Irgendwann passte das nicht mehr, weil die Familie zu
groß wurde und jeder mit seinem Grüppchen das Fest feiern wollte. Schließlich beschlossen Opas Kinder – Regine,
Fred, Lothar und mein Vater Roman –, dass wir uns am
dritten Advent treffen. In diesem Jahr soll die Familien-
zusammenkunft besonders werden. Opa Heinrich will
etwas Wichtiges verkünden. Ich bin gespannt und freue
mich auf das Weihnachtssingen im Stadion, wohin Opa
uns nach dem Kaffeetrinken eingeladen hat. Er ist leidenschaftlicher BVB-Fan und alles, was im Signal-Iduna-Park
stattfindet, ist für ihn ein Top-Erlebnis.

Meine Eltern und ich erreichen Opas Haus in Dort-
mund-Körne um kurz vor 13.30 Uhr. Wir treffen uns so
früh zum Kaffeetrinken, da wir spätestens um halb vier
im Stadion sein müssen. Opas Haus ist ein schnuckeli-
ger Altbau und liegt nur drei U-Bahn-Stationen von der
Innenstadt entfernt. Opa selbst ist topfit mit seinen 75 Jahren, fährt noch Auto, erledigt aber auch viel zu Fuß. Zum
Beispiel zweimal die Woche den Weg zum Ostfriedhof,
wo er Oma Uta besucht, die vor fünf Jahren an einem
Infarkt gestorben ist.

Meine Mutter klingelt. Kurz darauf öffnet uns eine blonde Frau, kaum 40, die uns unbekannt ist und sich als Kira vorstellt. Sie bittet uns ins Wohnzimmer, wo der Tisch bereits auf drei Meter ausgezogen und festlich gedeckt ist. In der Mitte steht ein Adventskranz, an dem drei Kerzen brennen. Wir sind nicht die Ersten, Tante Regine und Onkel Clemens sitzen mit ihren drei Jungs, von denen zwei in Begleitung ihrer Freundinnen gekommen sind, auf sieben von acht gepolsterten Stühlen. Wir dürfen also mit den Klappstühlen vorliebnehmen. Wer zuerst kommt, mahlt zuerst. Die Sacher-Torte von Tante Regine thront direkt vor ihr auf dem Tisch, als wolle sie sie mit ihrem Leben verteidigen.

»Birte«, strahlt Opa meine Mutter an und drückt sie. »Schön, dass ihr da seid. Den Kuchen kannst du Kira geben, die wird ihn anschneiden. Da hast du wieder ein außergewöhnliches Exemplar gezaubert. Hoffentlich schmeckt er so gut, wie er aussieht.« Er grinst und zwinkert ihr zu.

»Das ist ein Snowball-Cake. Das Rezept hat Dina auf Instagram gefunden«, erklärt Mama und deutet dann auf Kira. »Wer ist …«

»Erfährst du schon noch.« Opa lächelt und dreht sich zu mir. Seine Augen leuchten mit der blauen Krawatte um die Wette. »Dann muss der Kuchen ja schmecken!« Er erinnert mich an den Schauspieler Anthony Hopkins, äußerlich und vom Wesen her. Wir umarmen uns. »Setz dich bitte neben mich an den Tisch«, flüstert er leise. »Ich brauche dich gleich als Schutzpanzer. Was ich zu sagen habe, wird meinen Kindern nicht gefallen.«

Wir legen die Jacken ab und begrüßen die anderen, als es abermals klingelt. Der Rest der Sippe trifft ein. Onkel Fred und Tante Anja, die einen Apfelkuchen mitbringen, kommen mit beiden Töchtern, jeweils in männlicher Begleitung. Zuletzt trudelt mein verwitweter Onkel Lothar ein, allein und ohne Kuchen. Er zieht ein Bein etwas nach. Das tut er aber schon, seit ich ein kleines Kind war.

»Finde ich gut, dass du dir eine Haushälterin zugelegt hast«, meint er, als er sich setzt und Kira gerade den geschnittenen Apfelkuchen von Tante Anja auf den Tisch stellt. Kira errötet etwas und will wieder in der Küche verschwinden, aber Opa Heinrich fasst sie sanft am Arm.

»Setz dich bitte«, meint er und deutet auf den Platz mir gegenüber. Er selbst sitzt vor Kopf des Tisches, bittet mich zunächst, ein Foto von ihm und Kira zu machen, greift dann zum Glas und schlägt mit dem Löffel dreimal dagegen. Die Gespräche verstummen. Alle starren ihn gebannt an. Meine Cousins und Cousinen, deren Anhängsel, meine Onkel und Tanten, meine Eltern und ich. Kira ist die Einzige, die erwartungsvoll lächelt. »Ich habe euch angekündigt, dass ich etwas Wichtiges zu sagen habe«, beginnt Opa Heinrich. »Nun möchte ich euch nicht länger auf die Folter spannen. Ich habe Kira im Sommer auf dem Ostfriedhof kennengelernt, als ich Uta besucht habe. Das war für mich ein Zeichen. Kira und ich haben uns seitdem regelmäßig getroffen. Wir haben beschlossen, im Januar zu heiraten.«

Der Schockmoment hält einige Sekunden an. Sekunden, in denen die Szene wie eingefroren wirkt. Niemand rührt sich, niemand sagt ein Wort. Man hätte die berühmte Stecknadel zu Boden fallen hören können. Ich ahne, was vielen meiner lieben Verwandten durch den Kopf geht. Sie haben Angst um ihren Anteil am Erbe. Der Wert von Opas Haus und sein Bankkonto machen bestimmt ein hübsches Sümmchen für jeden aus. Diese Aasgeier! Tante Regine fängt sich als Erste. »Das ist nicht dein Ernst, Papa!«

»Du willst eine Frau heiraten, die nur halb so alt ist wie du?«, tönt nun auch Fred. »Aus dem zweiten Frühling solltest du raus sein.«

»Nur halb so alt *als* du«, berichtigt der Älteste von Regine und Clemens.

»Die ist viel jünger als meine Eltern und will sich ins gemachte Nest setzen«, wispert meine Cousine und blickt fassungslos ihren Freund an.

»Ich finde das respektlos Oma Uta gegenüber«, meint ihre Schwester.

»Du hast doch früher nie so überstürzt gehandelt. Das ist ein schlechter Witz, Heinrich, oder?«, meldet sich Clemens zu Wort.

»Keineswegs«, erwidert Opa lächelnd und greift nach Kiras Hand. »Am zweiten Weihnachtstag starten wir eine Kreuzfahrt an der Westküste Nordamerikas mit Abstecher nach Las Vegas, wo wir uns das Ja-Wort geben. Kira hat alles schon organisiert und gebucht.«

»Papa«, meint mein Vater nun behutsam und blickt ihn an mir vorbei an, »du kannst natürlich machen, was du willst, und wir gönnen dir dein neues Glück von ganzem Herzen, aber muss es denn gleich eine Hochzeit sein?«

»Ich brauche euer Einverständnis nicht«, erwidert Opa Heinrich ebenso behutsam. Dann blickt er seine Zukünftige lächelnd an. »Kira, verteil doch bitte den Kuchen. Wir wollen nicht zu spät zum Weihnachtssingen ins Stadion kommen.«

»Zwei Torten fehlen noch«, meint Kira und verlässt das Wohnzimmer. Sie lächelt erhaben, als habe sie uns alle in die Tasche gesteckt.

»Jetzt mal im Ernst, Papa«, zischt Regine, »die Frau ist gewiss nur auf dein Haus und dein Vermögen aus.«

»Ich glaube, ich habe sie schon mal irgendwo gesehen«, erklärt Lothar. »Mein Personengedächtnis lässt mich selten im Stich. Ich komme noch drauf, wo das war.«

Niemand reagiert auf ihn. Seit Onkel Lothar verwitwet ist, trinkt er gerne einen über den Durst. Auch heute übertüncht sein Rasierwasser nur bedingt den Alkoholgeruch, der an ihm haftet.

»Ich kann dir nur raten, einen Ehevertrag zu machen«, mahnt Onkel Clemens, der eine Rechtsanwaltskanzlei betreibt.

»Man sollte die Frau von einem Detektiv durchleuchten lassen«, zischt seine Frau Regine und ihre drei Söhne nicken. »Wer sich hinter dem Rücken der Familie einschleicht, der hat keine ehrlichen Absichten.«

Opa Heinrich steht auf. »Ich schau mal, ob ich Kira helfen kann.« Bevor er das Wohnzimmer verlässt, sieht er mich enttäuscht an. Vermutlich hat er sich von seiner Lieblingsenkelin Unterstützung erhofft. Kaum hat er die Tür hinter sich geschlossen, reden alle durcheinander.

»Der hat doch nicht mehr alle Latten am Zaun!«, meint Fred.

»Ob man ihn entmündigen lassen kann? Du kennst dich doch aus, Clemens!«, will Anja wissen.

»Diese kleine Schlampe ist schuld. Die hat den alten Knacker um den Finger gewickelt!«, meint Regine.

»Entmündigung gibt es seit 1992 nicht mehr«, antwortet Onkel Clemens. »Die Alternative wäre eine rechtliche Betreuung. Ist bei Heinrich aber kaum durchzusetzen. Er ist ja nicht dement.«

»Da bin ich mir nicht so sicher«, rätselt Tante Anja.

»Ich kenn die irgendwoher«, wiederholt Onkel Lothar.

»Wir sollten alle aufstehen und gehen. Dann sieht er, was er davon hat!«, erklärt einer meiner Cousins.

»Jetzt reicht es aber!«, erhebe ich endlich meine Stimme. »Opa Heinrich hat ein Recht darauf, glücklich zu sein. Ihr lasst euch nur zweimal im Jahr hier blicken. An seinem Geburtstag und am dritten Advent. Opa ist noch fit und braucht Gesellschaft.«

»Ein Seniorenheim wäre eine Option«, sagt Tante Anja trocken.

»Papa ist erst 75!«, hält mein Vater dagegen. »Bis zum zweiten Weihnachtstag ist es noch ein bisschen Zeit. Wir könnten schauen, ob wir etwas über Kira herausfinden. Möglicherweise meint sie es ehrlich und wir machen uns umsonst Sorgen.«

»Das glaubst du doch selbst nicht!«, keift Regine.

»Woher kenne ich die bloß?« Onkel Lothar massiert sich die Schläfen.

»Sauf weniger, dann sterben die Synapsen nicht so schnell«, stichelt Fred, obwohl er doch weiß, dass Onkel Lothar den Tod seiner Frau bis heute nicht verwunden hat.

Ehe Onkel Lothar etwas darauf erwidern kann, kommen Opa Heinrich und Kira zurück. Opa trägt den geschnittenen Snowball-Cake, Kira eine Schwarzwälder Kirschtorte, die sie selbst gebacken hat. Das Kaffeetrinken verläuft vorwiegend schweigend. Opa zeigt sich begeistert vom Snowball-Cake, den fast jeder probieren möchte. Lediglich Tante Regine vertilgt zwei Stücke ihrer Sacher-Torte. Am Ende ist der Snowball-Cake Geschichte, vom Apfelkuchen bleibt noch ein Viertel übrig und Sacher- und Schwarzwälder-Kirsch-Torte verharren fast unberührt auf den Tortentellern.

Kira räumt den Tisch ab und verschwindet mit einem vollen Tablett in der Küche. »Jetzt weiß ich wieder, woher ich sie kenne!«, murmelt Onkel Lothar. Alle starren ihn an.

Er schüttelt nur den Kopf. »Nee, nee. Das werde ich besser erst mal für mich behalten.« Er verschränkt die Arme vor der Brust und meidet Opas Blick.

Opa Heinrich schiebt seinen Stuhl geräuschvoll zurück. »Wir müssen los. Wir sollten spätestens um halb vier im Stadion auf unseren Plätzen sein.« Kurz danach verabschieden sich meine Cousins und Cousinen mit Anhang, da sie nicht am Weihnachtssingen teilnehmen wollen.

Weil über 70.000 Zuschauer erwartet werden und die Parkplatzsituation am Stadion viel Geduld erfordert, nehmen wir zunächst die S-Bahn bis zum Stadthaus und steigen dann in die überfüllte U-Bahn um, die bis fast ans Ziel fährt. Im Getümmel der Menschenmassen verliere ich die anderen aus den Augen, aber zum Glück hat Opa mir meine Eintrittskarte für die Westtribüne bereits gegeben. Die gelben Flutlichtmasten sehe ich schon von Weitem, während ich mich vom Menschenstrom am Stadion vorbei zum Eingang Nord/West schieben lasse.

Die Schlangen vor den Eingängen sind erdrückend. Ich warte und blicke mich immer wieder um. Plötzlich erkenne ich meinen Vater. Er steht mit Onkel Lothar und Kira rechts von mir vorm gläsernen Gebäude der *BVB-FanWelt*. Die drei scheinen einen heftigen Disput zu haben. Mir läuft es kalt den Rücken runter. Woran hat Onkel Lothar sich erinnert? Was hat mein Vater damit zu tun? Will er schlichten?

Ich werde von hinten geschupst. Gleich muss ich durchs Drehkreuz. Was soll ich machen? Ins Stadion gehen oder zu meinen Verwandten? Als ich erneut zur *FanWelt* blicke, sind die drei verschwunden. Ich zucke die Schultern, lasse mich von einer Ordnerin abtasten und suche mir mühsam den Weg zu meinem Sitzplatz auf der Westtribüne.

Opa Heinrich, Mama, Tante Regine und Onkel Clemens sitzen bereits auf ihren Plätzen, ebenso Tante Anja und Onkel Fred. Opa klopft auf den Platz neben sich. »Setz dich zu mir, Dina!«

Mama ist hinter uns. »Hast du Papa gesehen?«

Ich schüttele vorsichtshalber den Kopf. Wer weiß, in welche Sache die drei verstrickt sind. Um Punkt 16 Uhr, als das Warm-up beginnt, sind sie immer noch nicht da. Norbert Dickel startet mit der Moderation. Er trägt einen gelb-schwarzen Weihnachtspullover mit dem BVB-Emblem auf der Brust. »Kennst du den Dickel noch als Spieler?«, frage ich Opa Heinrich, um seine trüben Gedanken zu vertreiben, die sich gewiss um den Verbleib von Kira, Onkel Lothar und meinem Papa drehen. »Du hattest doch früher eine Dauerkarte!«

Opa nickt. »Klar. Wer kennt Nobby Dickel nicht? Ich habe dir doch vom Pokalsieg 1989 in Berlin erzählt. Da sind wir damals mit dem Bus hin, Oma und ich. Noch durch die damalige DDR. Ich sage dir was, wir hatten vielleicht Schiss, als die Grenzer den Bus kontrolliert haben. Aber die waren gut drauf und haben gefragt, ob wir als Fußballfans immer so brav wären.« Er lacht, während seine Augen glänzen.

»Gegen wen hat Borussia Dortmund damals gespielt?«

»Gegen Werder. Aber ganz Berlin war vollgestopft mit schwarz-gelben Fans. Nur ein paar grün-weiße Fischköppe dazwischen. Und der Kalle Riedle hat ausgerechnet das erste Tor für Bremen geschossen. Aber Nobby hat die Borussia wieder auf Spur gebracht. Er hat zweimal ins Netz getroffen. Am Ende haben wir vier zu eins gewonnen. Das war eine Party, sage ich dir.« Opa schwelgt in Erinnerungen, während Dickel die Band Filou und einen Gospelchor ankündigt.

Meine Mutter zupft an meinem Jackenärmel. »Ich sehe mal, wo Papa bleibt. Ans Handy geht er nicht. Langsam mache ich mir Sorgen.«

Ich schüttele hastig den Kopf. »Ich geh schon!« Mama ist etwas korpulent, da kann ich mich besser durch die Reihen zwängen. Außerdem habe ich ein merkwürdiges Gefühl im Bauch, was Kira, Onkel Lothar und Papa betrifft.

»Lasst uns froh und munter sein«, schallt es durchs Stadion, während ich die Stufen zum Gang hinuntergehe. Der Ordner lächelt mich freundlich an, als ich ihn passiere. Im Innengang des Stadions, wo alkoholfreies Bier und Bratwürstchen verkauft werden, halten sich nur noch wenige Menschen auf. Ich gehe zum Aufgang, wo ich hergekommen bin, und blicke hinunter. Nichts als grauer Beton. Niemand zu sehen. Mein Handy brummt. Eine SMS meines Vaters. Nur ein einziges Wort: »HILFE«.

Zunächst will ich raus aus dem Stadion, dahin, wo ich ihn zuletzt gesehen habe. Doch dann vibriert mein Handy erneut. »WC! Block 27!« Ich renne auf die erstbeste Toilettenanlage zu, schaue bei den Herren, inspiziere jede Kabine, dann auch bei den Damen. Nichts. Weiter zum nächsten WC. Wieder nichts. Während von den Rängen der Song *Rudolph, the Red-Nosed Reindeer* zu mir schallt, brülle ich einen Ordner an. »Wie viele Toiletten gibt es in diesem Block?«

Er zuckt die Schultern. »Reicht dir eine nicht, Mädchen?«

Ich bin kein Mädchen mehr, ich bin 20 Jahre alt, denke ich und erreiche den nächsten Toilettentrakt. Gerade geht die Tür zum Männer-WC auf und ein älterer Herr tritt heraus.

Wollmantel, Lederschuhe, schwarz-gelber Karoschal und Schiebermütze. Er ist blass, als müsste er sich gleich übergeben. »Da liegt jemand am Boden«, murmelt er fassungslos. »Alles ist voller Blut.«

Ich schiebe ihn zur Seite und betrete den gefliesten Innenraum. Vor den Waschbecken liegt Onkel Lothar in gekrümmter Haltung. In seinem Bauch steckt ein Messer. Er hat die Augen geschlossen und rührt sich nicht. Ich hocke mich neben ihn, taste nach seinem Puls, der langsam schlägt. Ich wähle den Notruf, erkläre in kurzen Sätzen die Situation und bringe Onkel Lothar vorsichtig in die stabile Seitenlage. Seine Augenlider flattern. Dann blickt er mich an.

»Dina«, krächzt er. »Dein Vater. Er ist … in Gefahr!«

Tränen steigen mir in die Augen. Ich fühle mich so verdammt hilflos. Ich mag Onkel Lothar nicht allein lassen, obwohl ich erkenne, dass Kira die Gefahr ist. Wo soll ich die beiden suchen? Das Stadion fasst heute über 70.000 Menschen bei einer Gesamtkapazität von knapp 82.000 Zuschauern. Das Areal ist riesig. Außerdem könnten Papa und Kira längst sonst wo sein.

Die Tür öffnet sich. Ein Notarzt und zwei Sanitäter betreten die Sanitäranlage. Im Hintergrund sehe ich den älteren Herrn mit Karoschal und zwei Polizeibeamte. Ich drücke Onkel Lothars Hand. »Du wirst das schaffen!«

»Such … deinen Vater, Dina!«

Ich nicke und überlasse meinen Onkel den Hilfskräften. Dann trete ich auf den Gang hinaus, wo die Polizisten mich bereits erwartungsvoll ansehen. Kurz erzähle ich, was ich weiß, kann über die Hintergründe aber keinerlei Auskunft geben. Ich habe keine Ahnung, was da gerade geschehen ist. Vor allem weiß ich nicht, warum.

Nachdem ich einem der Beamten das Foto von Kira und Opa Heinrich aufs Handy übermittelt habe, wird die Fahndung nach ihr ausgeschrieben. Aus dem Stadion erklingen die letzten Töne von *Fröhliche Weihnacht überall*, es folgt *Oh, du Fröhliche*. An mir ist nichts Fröhliches mehr. Ich stehe unter Schock. Ich möchte meinen Vater suchen. Ich muss meinen Opa trösten. Ich könnte heulen.

Das Funkgerät eines der Beamten krächzt. Kurz darauf tritt er auf mich zu. »Wir haben die Frau nahe dem Eingang festnehmen können. Sie hat einen Mann – vermutlich Ihren Vater – mit dem Messer attackiert. Ein weiterer Notarzt kümmert sich bereits um ihn.«

Ich bedanke mich, dann überlege ich kurz, ob ich meine Mutter informieren soll. Schnell entscheide ich mich dagegen und renne in Richtung Ausgang. Schon von Weitem sehe ich das blinkende Blaulicht. Mein Vater sitzt auf der hinteren Kante des Rettungswagens, sein Arm wird gerade verbunden. Als er mich sieht, lächelt er.

»Ist halb so schlimm, Dina. Die dicke Jacke hat die Klinge aufgehalten, sodass nur ein kleiner Kratzer entstanden ist.«

Der Jackenärmel ist fast abgetrennt und blutig, als er die blaue Wolljacke wieder überstreift. Ich schlucke und nehme meinen Vater in den Arm. »Was ist bloß in diese Frau gefahren?«, frage ich ihn.

Er seufzt, während wir langsam zurück ins Stadion gehen. »Ist eine lange Geschichte, die viele Jahre zurückliegt. Kira ist die jüngere Schwester von Onkel Lothars verstorbener Frau. Ich habe sie zunächst nicht erkannt, weil ihre Figur damals wesentlich fülliger und ihr Haar lang und dunkel war. Kira gibt uns die Schuld am Tod ihrer Schwester.«

»Warum?« Man erzählte mir immer, Onkel Lothars Frau sei bei einem Autounfall ums Leben gekommen.

Mein Vater fühlt sich sichtlich unwohl und sucht nach den richtigen Worten. Endlich räuspert er sich und beginnt zu erzählen. »Es passierte an Opa Heinrichs 60. Geburtstag. Wir hatten alle Alkohol getrunken. Und das nicht wenig. Onkel Lothar ist trotzdem gefahren. Er wohnte damals genau wie wir in Wickede. Mama, du und ich saßen hinten. Bei einem Überholmanöver auf dem Hellweg hat er die Kontrolle über sein Auto verloren. In der Nähe, wo das Zentrallager von Rewe am Asselner Hellweg ist.« Mein Vater bleibt vor dem Aufgang zu Block 27 stehen und sieht mich an. »Mama und ich haben nur einen Kratzer abbekommen. Wie durch ein Wunder ist dir nichts passiert. Der Airbag hat Onkel Lothar das Leben gerettet, aber bei deiner Tante hat dieser nicht ausgelöst. Sie war sofort tot.«

Ich schweige betroffen. Damals war ich fünf Jahre alt. Ich erinnere mich nicht an den Unfall, obwohl ich dabei war. Im Stadion stimmt eine klare Frauenstimme den Borussiasong an: »Leuchte auf, mein Stern Borussia.« Eine Gänsehaut zieht sich über meinen Körper. »Warum jetzt?« Mehr als zwei Worte bringe ich nicht heraus.

Papa seufzt. »Kira hat bereits damals versucht, sich zu rächen. Sie hat auf Onkel Lothar geschossen. Er hat nur mit viel Glück überlebt. Es ging ihm sehr schlecht, weil es nach der Operation zu Komplikationen kam. Deshalb zieht er auch heute noch das Bein etwas nach.«

»War sie im Gefängnis?«

Papa nickt. »Sie hat 15 Jahre gekriegt. Sie muss vor einigen Wochen rausgekommen sein. Kurz nach Opas 75. Geburtstag. Ein paar Monate hat man ihr wohl erlassen.«

»Und endlich in Freiheit hat sie beschlossen, ihre Rache zu vollenden«, erkenne ich bestürzt. »Sie hat Opa beobachtet, sich an ihn herangemacht, um sich dann an der ganzen Familie rächen zu können.«

Papa nickt nur. Von den Blöcken strömen Menschen in den Gang. Halbzeit. 15 Minuten Pause. Ob die Zeit dafür reicht, Opa zu erklären, dass er seine Kreuzfahrt und die Hochzeit abblasen muss? Hoffentlich trägt er es mit Fassung. Ich hake mich bei Papa ein, als wir zurück in den Block gehen. Opa Heinrich, Mama und meine verbliebenen beiden Onkel und Tanten sind aufgestanden und starren uns schon von Weitem an. Papa erzählt ihnen die Kurzfassung. Opa Heinrich setzt sich erschüttert.

»Ich bin solch ein Idiot«, sagt er leise. »Hoffentlich überlebt Lothar das. Sonst ist es meine Schuld.«

Einen Moment wird diskutiert, ob wir das Stadion verlassen sollen, aber Onkel Lothar ist in guten Händen, also bleiben wir. Der Rest der Veranstaltung zieht wie ein Schleier an mir vorüber und endet mit dem Fußball-Klassiker *You'll Never Walk Alone*. Alle halten ihre leuchtenden Handys hoch, jeder grölt mit. Sofort muss ich an Onkel Lothar denken. Ich hoffe, dass er die Messerattacke gut übersteht. In Zukunft werde ich ihn mit anderen Augen sehen. Denn plötzlich erinnere ich mich an den Unfall. Ich spüre wieder diese unbändige Wut im Bauch, die ich im Kindersitz auf der Rückbank zwischen meinen Eltern habe. Ich empfinde es als so ungerecht, dass die Erwachsenen solch einen Spaß haben und lachen, während ich mich den ganzen Abend langweilen muss. Ich sehe den kleinen Teddy, den ich zum Spielen und Kuscheln mitgenommen habe. Ich sehe, wie ich das Plüschtier durchs Auto werfe und Onkel Lothar am Kopf treffe. Zuletzt sehe ich, wie sich das Auto überschlägt und ich plötzlich kopfüber in den Gurten des Kindersitzes hänge.

Rezept: Snowball-Cake

Zutaten für den Schokoladenkuchen:
- 75 g Butter
- 75 g Pflanzenöl
- 220 g Zucker
- 3 Eier
- 260 g Mehl
- 65 g Backkakao
- 7 g Backpulver
- 255 g Milch (lauwarm)

Für die Cheesecake-Füllung:
- 250 g Frischkäse
- 45 g Zucker
- 1 Ei
- 1 TL Vanille-Paste oder -Extrakt

Für das Frosting:
- 90 g weiße Schokolade
- 30 g Schlagsahne
- 200 g Frischkäse
- 240 g Schlagsahne
- 30 g Puderzucker
- Kokosraspeln

Zutaten für Cheesecake-Füllung mit einem Handmixer verrühren, in den Kühlschrank stellen. Für den Schokokuchen eine ofenfeste Schüssel mit Butter einfetten und ungesüßtes Kakaopulver darüberstäuben. Butter, Öl, Zucker in einer separaten Schüssel schaumig rühren. Eier, Mehl, Backkakao, Backpulver und Milch unterrühren. Teig in die Schüssel geben. Cheesecake-Masse mittig auf den Teig geben, dabei nicht hinunterdrücken. Füllung sinkt während des Backens ab.

Kuchen bei 180 °C Ober-/Unterhitze für 75 Minuten backen. Mit Alufolie abdecken, falls der Teig zu schnell dunkel wird.

Für das Frosting die weiße Schokolade in 30 g Sahne in der Mikrowelle schmelzen und abkühlen lassen. In einer kleinen Schüssel Frischkäse mit Puderzucker vermengen, zur geschlagenen Sahne geben und aufschlagen. Die abgekühlte Schoko-Sahne-Masse unterheben. Den Kuchen nach dem Abkühlen aus der Form nehmen und umgedreht wie eine Kuppel auf einen Teller setzen. Das Frosting darauf verteilen und dieses anschließend mit Kokosraspeln bestreuen.

DIE DUNKLE SEITE
DER SCHOKOLADE

Schokobrunnen mit Vanilleeis und
Früchten in Menden
Anke Kemper

»Der Wahnsinn. Der absolute Wahnsinn.« Vitus blätterte durch das Rezeptbuch. Hardcover, Umschlaggestaltung matt, Titel in 3-D-Lackierung, zwei Lesebändchen. Eines rot, das andere grau. Seine Brand. Die Fotos des bekannten Food-Fotografen Johannes Friese würden jedem das Wasser im Mund zusammenlaufen lassen. Und schließlich zum Kauf animieren. Vor ihm lagen sein Lebenswerk und seine Leidenschaft: Rezepte für Liebhaber der Patisserie für die Herstellung von Pralinen, Trüffel und Konfekt sowie verschiedene Kuchen. Hauptbestandteil: Schokolade. Für den Eigenbedarf aller Schleckermäuler oder als Geschenk genau das, was Vitus sich gewünscht und woran er seit über einem Jahr gearbeitet hatte. Alles war so geworden, wie er es sich erträumt hatte. Es gab nur einen Haken: Auf dem Titel des Buches stand nicht sein Name.

Vitus knallte das Buch auf den Esstisch, trank den letzten Schluck heißer Schokolade und kratzte den Rest Sahne aus dem Becher. Dann stand er auf und griff nach der Hundeleine.

»Tyson, auf geht's«, lautete der Befehl, womit er die Promenadenmischung vom Sofa holte. Aus der Küche antwortete Hulk: »Feuer! Alle raus hier!« Sein Vorbesitzer schien sich mit dem grünen Amazonenpapagei ausgiebig unterhalten zu haben. Er verfügte über einen relativ großen Wortschatz, wenn man das bei einem Papagei überhaupt sagen konnte. Das bedeutete aber auch, dass er seinen Platz in der Küche fristen musste und nicht ins Wohnzimmer durfte, wo er andauernd mit seinen Kommentaren das Programm störte, wenn der Fernseher lief. Vitus schob sich an den gestapelten Kisten mit Kochbüchern vorbei, schmiss sich den Mantel über, stieg in seine Gummistiefel, leinte Tyson an und verließ seine Wohnung. Tyson gehörte erst seit einem halben Jahr zu Vitus' Haushalt. Flora hatte ihn aus Portugal mitgebracht. Ein ausgehungerter Straßenhund, den sie mit großem bürokratischen und tierärztlichen Aufwand nach Deutschland importiert hatte, um ihm ein neues Zuhause zu geben. Dieses Heim teilte er jetzt mit Herrchen Vitus, der Siamkatze Fräulein Smilla und dem Papagei Hulk. Alles gerettete Tiere von Flora, die eigentlich keine Zeit hatte, sich um so etwas wie Vierbeiner oder Federvieh zu kümmern. Alles landete zunächst bei ihrem Bruder mit den Worten: »Hol ich mir auf dem Rückweg wieder ab.« Bei Tysons Ablieferung hatte sie hinzugefügt: »Der tut dir gut, der hält dich auf Trab.« Dabei hatte sie unnötigerweise mit der flachen Hand auf Vitus' gewölbten Bauch geklopft.

Vitus musste zugeben, dass der Hund tatsächlich zu seinem Wohlbefinden beitrug. Er musste mit ihm raus. Bei jedem

Wetter. Ohne Ausrede. Er kam in Bewegung, auch wenn er lieber auf dem Sofa oder am Esstisch verweilte und dabei seiner Lieblingsbeschäftigung nachging: essen. Tyson forderte sein Tribut. Fräulein Smilla zog sich zurück, wenn der Hund in ihre Nähe kam, nicht ohne vorher zu demonstrieren, dass sie in dieser Wohnung die älteren Rechte hatte. Fräulein Smilla war vor zwei Jahren mit einem gebrochenen Bein und verfilztem Fell zu Vitus gekommen. Hulk war Flora angeblich zugeflogen und den Käfig habe sie auf dem Sperrmüll gefunden. Tyson sei ihr in Portugal am Strand gefolgt. Der Rüde mit einem abgebissenen Ohr hatte ein Gespür für nette Menschen. Und auch für weniger nette. Vitus hatte sich an die Tiere gewöhnt. Und die Tiere sich an ihn. Jetzt eilte er eine Spur zu schnell durch den Matsch Richtung Fußgängerzone und zog den Hund hinter sich her, während er grantige Schimpftiraden gegen die Windböen losließ. »Na warte. Du Betrüger. Jetzt bist du zu weit gegangen!« Vitus wurde immer lauter und bemerkte nicht einmal, dass Passanten die Straßenseite wechselten. Er hatte keinen Blick für die Auslagen in den Geschäften, nicht für die üppige Weihnachtsbeleuchtung und übersah es, als Tyson sein Geschäft vor der Eingangstür der Apotheke erledigte. An der Pfarrkirche St. Vinzenz hielt Vitus an. »Jesus Christus, hilf mir. Hilf mir, dass ich keinen Fehler mache, den ich für den Rest meines Lebens bereue. Gott, steh mir bei. Maria, breit den Mantel aus. Ach, was weiß ich.« Vitus blieb noch eine Weile vor dem Eingangsportal stehen und atmete mehrmals tief durch. In dieser Kirche war er getauft worden, hatte viele Jahre die Messe gedient und auch im Erwachsenenalter regelmäßig zu Weihnachten und Ostern die Gottesdienste besucht. Jedes Jahr zum Heiligen Abend fand hier das traditionelle

Turmblasen statt, welches das Adventsläuten ablöste. Auf dem Platz vor der Kirche trafen sich zu diesem Anlass jährlich um die hundert Menschen. Auch Vitus nahm an diesem festlichen Event teil, begegnete dort Nachbarn und Freunden und tauschte gute Wünsche aus.

Tyson knurrte. Er war mediterranes Wetter gewohnt. Nicht dieses Sauerländer Schneeregengemisch aufgepeitscht durch starken Wind. Dazu kamen schmerzende Eisbröckchen zwischen den Hundezehen.

»Ja, Tyson, wir gehen jetzt nach Hause. Nur noch ein kurzer Abstecher«, sagte Vitus endlich. Nur wenige Meter weiter hielt er an der Eingangstür zur *Schokoladenmanufaktur-Sauerland*. »Du bleibst«, befahl er dem Hund und betrat das Ladengeschäft. »Einmal die ganze Palette«, hieß seine übliche Bestellung für das bevorstehende Wochenende, als die freundliche Bedienung nach seinen Wünschen fragte. Man kannte ihn hier. Nicht nur wegen seiner regelmäßigen Großbestellung. Vitus hatte bei der *Bäckerei Niehaves* als Bäckerlehrling angefangen und später eine Weiterbildung zum Konditor absolviert. Diese Arbeit hatte ihm so viel Freude bereitet, dass er für seine persönliche und berufliche Entwicklung einen kulinarischen Abstecher nach Paris, zurück über Antwerpen und schließlich Berlin gemacht hatte, um seine Kenntnisse auszubauen. Als 2016 die *Schokoladenmanufaktur-Sauerland* in Menden eröffnet hatte, war er zurückgekommen, um sein Können in seiner Heimat zu zeigen und zu festigen. Sein offensichtlich großer Fehler war es gewesen, vor etwas über einem Jahr den Job an den Nagel zu hängen, um der grandiosen Idee nachzugehen, sein gebündeltes Wissen in dem einen oder anderen Buch für die Nachwelt festzuhalten. Die Verkäuferin übergab ihm »die ganze Palette«, was so viel bedeutete wie »einmal quer durch die vielfältige Pralinen- und Trüffelauslage«. Von Vollmilch-Sahne über Sweet-Raven-Whisky bis Rum-Trüffel und all den anderen süßen Versuchungen war das Paket gut gepackt. Auf dem Rückweg zog der Hund sein Herrchen hinter sich her, denn nach dem Abendspaziergang war Fütterung angesagt. Und er bekam einen vollen Napf ganz für sich allein.

»Herr, erbarme dich!«, rief Vitus, als er zurück in seine Wohnung kam und erneut gegen einen Karton gefüllt mit Büchern stieß. 500 Exemplare hatte er beim Verlag bestellt, die jetzt auf 15 Kartons verteilt den Flur unangemessen frequentierten. Er als neuer Star am Himmel der Patisserie würde sich nicht retten können vor Fans, die seine Wohnung belagerten und ihm die signierten Bücher aus den Händen rissen. Als Vitus seine Küche betrat, stöhnte er laut. Neuanschaffung im Wert von 29.000 Euro. Fronten: Eiche, grau gebeizt. Arbeitsplatte: Keramik, Farbe Cherry. Profiküchengeräte in Edelstahl, matt gebürstet. Neues stylisches Geschirr, neue Gläser, neues Besteck, hochwertige Kochmesser in einem Messerblock aus Marmor. Das beleuchtete Regal neben dem Kühlschrank setzte die teuren Liköre, die Vitus für die Herstellung der Pralinen benötigte, perfekt in Szene. Alles so, wie es der Food-Fotograf für seine Arbeit für das exklusive Buch gewünscht hatte. Und die Fotos waren der Hammer. Vitus lachte kurz auf. Großartige Fotos, Hammer-Kohle, die er dafür ausgegeben hatte.

»Heul doch!«, kommentierte der Papagei.

»Du hast jetzt Sendepause«, antwortete Vitus, steckte seinen Kopf kurz in den Kühlschrank und verstaute seine Einkäufe. »Gott, steh mir bei«, seufzte er.

»Amen«, kam die prompte Antwort aus dem Vogelkäfig.

Vitus' Ersparnisse steckten in diesem Projekt. Er hatte all die Jahre nicht viel ausgegeben. Sein Leben und seine Leidenschaft gehörten der Schokolade in allen Variationen. Er war selten ausgegangen, trank kaum Alkohol und hatte keine teuren Hobbys. Seine Rücklage für alle Fälle bestand aus dem Erbe seiner Eltern, das er sich mit seiner Schwester teilte. Flora war ausgebildete Tierärztin, zog es aber vor, in der Welt herumzureisen und Tiere zu retten, anstatt dafür zu sorgen, ein festes Einkommen in der Veterinärmedizin zu generieren. Vitus hatte seinen Anteil vom Erbe seiner Eltern nicht angerührt und hoffte, dass das auch vorläufig nicht nötig war.

Er öffnete die Schublade mit dem Tierfutter, nahm Tysons Premium-Trockennahrung und schüttete die übliche Portion in den Napf. »Ja, du darfst«, forderte er den Hund auf, der ungeduldig auf das Okay zum Fressen wartete. »Ach, Tyson. Ich wünschte, ich wäre ein Hund, dann bräuchte ich mich um nichts zu kümmern und hätte keine Probleme. Fressen, schlafen, scheißen und die Umgebung markieren, damit die Weiber angerannt kommen. Du hast ein Leben!« Vitus setzte sich auf einen Küchenstuhl – Echtleder, grau – und sah seinem Hund beim Fressen zu. »Es hilft ja nichts«, sagte er schließlich. »Es wird Zeit zu handeln.«

Damit hatte Vitus nicht gerechnet. Sein Freund und Co-Autor Lukas Sawatzki war seiner spontanen Einladung gefolgt. »Superidee. Lass uns direkt unseren Erfolg feiern«, hatte er ins Telefon gebrüllt. Eine halbe Stunde später stand er auf der Matte. Champagnerflasche in der Hand, breites Grinsen im Gesicht. Tyson bellte den Besucher an und zeigte deutlich: Dich mag ich nicht. Vitus schickte ihn in sein Hundebett und half Lukas aus dem Mantel, dann ging er vor Richtung Küche.

»Uhhh, wie passend. Ein Schokobrunnen! Dann ist der Abend ja gerettet.« Lukas ließ sich auf einen Stuhl fallen und öffnete die Champagnerflasche.

»Essen ist fertig«, bestätigte Hulk.

»Na dann«, antwortete Vitus knapp und stellte die Sektgläser auf den Tisch. Die Platte mit geschnittenen Pfirsichen, Ananas, Bananen, Mango und einer Dolde Weintrauben stand bereit. Der Schokobrunnen spuckte bereits die hochwertige glänzende Vollmilchschokolade in flüssiger Form aus.

Vitus hatte keinen Plan. Momentan lag sein Fokus auf dem Genuss der süßen Speise. Er hoffte auf eine innere Eingebung oder auch eine von oben – irgendein Hinweis, wie er Lukas zur Rede stellen sollte. Lukas fing an zu essen und zu quatschen, als wäre nichts geschehen. Er sprach über seinen Job bei der Lokalpresse, Weihnachtsgeschenke, seine neue Flamme und das Schmuddelwetter. Als die Platte mit Obst leer gefuttert war, lehnte sich Vitus zurück.

»Wir müssen noch über den ärgerlichen Fehldruck auf dem Titel des Buches sprechen«, begann er.

»Was meinst du?«

»Nun, wie wir das angehen mit der Reklamation beim Verlag.«

Lukas lachte. »Was denn für eine Reklamation?«

Vitus lächelte zurück und zog das Buch von der Arbeitsplatte hervor. Er hielt es hoch und zeigte auf den Titel. »Da steht: Sawatzki. In Versalien und in Golddruck. Ich heiße Kolb, Vitus Kolb. Eine Ahnung, wie das passieren konnte?«

Lukas kräuselte die Stirn. »Sieht doch toll aus. Ist genau, wie ich es mit dem Verlag besprochen habe.«

»Kleiner Fehler, große Wirkung, oder was?«, fragte Vitus. »Wenn ich mich richtig erinnere, habe ich das Buch geschrieben. All die schmackhaften Rezepte sind meine Erfindung.« Dann schlug er das Kochbuch auf. »Das Foto hier von uns beiden ist der Beweis: Ich stehe zwar etwas hinter dir. Aber ich stehe dort sehr präsent. In meiner Küche, findest du nicht?« Vitus tippte mit dem Zeigefinger auf das Bild.

»Hör zu!« Lukas tupfte sich mit der Serviette den Mund ab. »Du musst doch zugeben, dass der Name Sawatzki auf dem Titel schick aussieht. Auf jeden Fall besser als Sawatzki/Kolb. Das habe ich mit der Marketingabteilung des Verlages so abgesprochen. Das Ding soll sich ja auch verkaufen und die meinten …«

Weiter kam er nicht. Vitus knallte das Buch auf den Tisch und Hulk hüpfte kreischend auf seiner Stange. »Geht's noch? Ich bin der Autor des Buches. Du hast mir bei der Formulierung der Texte geholfen und die Laufarbeit erledigt, mehr nicht. Ich war damit einverstanden, dass dein Name auch auf dem Titel genannt wird, genau wie der Name des überteuerten Fotografen, und nicht, dass er ausschließlich genannt wird. Das ist Betrug!«, schrie er. Sofort kam ein aufgeschreckter Tyson aus Richtung Wohnzimmer in die Küche, setzte sich neben Lukas' Stuhl und knurrte.

»Pack diese hässliche Promenadenmischung hier weg.«

»Tyson ist nicht hässlich!«, brüllte Vitus und Tyson wechselte vom Knurren ins Bellen. Als Lukas versuchte, vorsichtig aufzustehen, sprang Tyson aufgeregt bellend vor ihm auf und ab. Vitus nutzte das Ablenkungsmanöver und verpasste seinem Co-Autor einen heftigen Hieb mit dem Buch auf den Schädel.

»Treffer, versenkt«, kommentierte Hulk.

Als Lukas eine knappe halbe Stunde später sein Bewusstsein zurückerlangte, fand er sich gefesselt auf dem Stuhl wieder – seine Hände auf dem Rücken und die Füße an den Stuhlbeinen mit Kabelbindern befestigt. Um seinen Hals trug er ein Bettlaken, das über seine Beine bis zum Fußboden reichte.

»Da bist du ja wieder. Entschuldige, ich habe wohl etwas zu fest zugeschlagen«, sagte Vitus.

»Was hast du vor?«, stotterte Lukas.

»Ich will dich nur zur Einsicht bewegen. Ich glaube, du hast ganz viel falsch verstanden, und jetzt müssen wir sehen, wie wir das wieder repariert bekommen. Dieses Chaos, das du angerichtet hast. Und das auch noch zu Weihnachten.«

Lukas zog an seinen Fesseln. Tyson, der es sich inzwischen unterm Küchentisch bequem gemacht hatte, begann zu knurren. Hulk schnatterte aufgeregt.

»Pass auf, wir können über alles reden, aber mach mich bitte erst einmal los.«

»Wenn du mitspielst, bist du eher wieder hier raus, als du denkst.«

»Das kannst du nicht machen. Und was soll das mit diesem dämlichen Bettlaken?« Lukas riss erneut an seinen Fesseln und Tysons Knurren wechselte in ein bedrohliches Grollen.

»Das dient zum Schutz. Ich möchte nicht, dass du meine neue Küche vollsaust. Also, fangen wir an. Meine erste Forderung: Du rufst Montag beim Verlag an und erklärst, dass du deinen riesigen Fehler bezüglich des Fehldruckes finanziell ausgleichen wirst.«

Lukas lachte laut. »Bist du total übergeschnappt? Das werden die nicht machen. Die Werbung läuft schon, das Buch ist bereits im Handel, damit wir diejenigen erreichen, die noch kurz vor Weihnachten auf Geschenkesuche gehen.«

»Das ist auch so ein Punkt, den ich nicht verstehe. Das Buch sollte schon vor einiger Zeit auf den Markt. Ich nehme an, die Verzögerung kam wegen deiner nachträglichen Änderungen?«

»Alles genauestens ausgeklügelt zusammen mit dem Verlag. Geht das endlich in deinen sturen Schädel?«

»Nun gut, die erste Auflage kann ich nicht mehr zurückholen, aber ich möchte, dass alles, was danach kommt, richtig läuft.«

»Ich sagte doch: Das funktioniert nicht. Außerdem hatte ich deine Handlungsvollmacht.«

Vitus schnalzte mit der Zunge. »Ach, Tyson, unser Gast ist uneinsichtig. Das kann 'ne lange Nacht werden.« Er riss die erste Seite aus dem Rezeptbuch, teilte das Blatt in schmale Papierstreifen und rollte diese auf. Dann hielt er eines direkt an den Schokobrunnen. Die flüssige Schokolade verteilte sich über das Papier. Vitus beugte sich zu Lukas hinunter und hielt ihm die Nase zu. »Schön den Mund aufmachen. Hier kommt Leckerchen.«

Lukas' Aufschrei wechselte in gurgelndes Geschmatze, als ihm das erste Schokopapier in den Mund gestopft wurde.

»Schön kauen, bevor du es runterschluckst. Ach ja, ganz vergessen«, erklärte Vitus. »Die Spielregeln gehen so: Alles, was du ausspuckst, bekommst du in doppelter Ladung zurück.« Dann lachte er und riss weitere Seiten aus dem Buch. Mittlerweile war auch Fräulein Smilla in die Küche geschlichen. Sie sprang auf die Spüle und machte es sich neben der Kaffeemaschine bequem.

»Feind in Sicht, Feind in Sicht«, alarmierte Hulk.

»Vitus, bitte«, krakeelte Lukas und Tyson knurrte erneut. »Okay, okay, ich bin jetzt ruhig. Wir machen es so: Du bindest mich los und wir unterhalten uns wie zwei erwachsene Menschen. Wir finden eine Lösung. Arrrgh…« Ein weiteres Schokoblatt wurde in seinen Mund gestopft.

»Schön brav sein. Ich mache hier die Regeln. Umso schneller sind wir fertig. Glaub mir, ich will das auch nicht. Wenn ich an die viele köstliche Schokolade denke, die hierbei verschwendet wird. Bitte runterschlucken. Na, geht doch.« Nach weiteren drei Papierhappen lehnte sich Vitus zurück und putzte sich die Hände an einem Küchentuch ab. »Kurze Pause. Ich will ja nicht, dass du stirbst, bevor du deinen Betrug eingestanden hast.«

Lukas wimmerte. »Bitte. Ich habe verstanden. Mach mich los.«

Vitus blieb unbeeindruckt. Er riss weitere Seiten aus dem Buch und stapelte sie neben dem Schokobrunnen. Dann öffnete er eine Küchenschublade, holte einen Schreibblock und Kugelschreiber heraus. »Ich notiere schon mal für deine To-do-Liste, damit nichts verloren geht.« Vitus testete den Kugelschreiber am Blattende. »Bereit. Also: Direkt am Montag wird es in der Zeitung stehen. Und das nicht nur hier in der Lokalpresse. Du hast ja immer so schön damit geprahlt, was für Kontakte du hast. Zweitens: Du informierst den Verlag über deinen großen Fehler, den du allein zu verantworten hast, und stoppst damit jede weitere Produktion.«

»Wenn ich das mache, bin ich erledigt!«

»Ja, das schon. Aber du lebst. Ich habe in hochwertige Kochmesser investiert, als ich schon mal dabei war, meine Profiküche zu vervollständigen. Ich werde dich zerstückeln, und die Tiere freuen sich. Immer dieses Trockenfutter ist auf Dauer auch nicht gut. Nicht wahr, Tyson? Ja … guter Hund. Komm zu Herrchen.«

»Guten Appetit!«, fügte Hulk hinzu.

»Hör auf zu quatschen. Das machst du sowieso nicht. So viel Mumm hast du nicht!«, erwiderte Lukas.

»Die einen sagen so, die anderen so.«

»Ich war mir ja sicher, dass deine Schwester total verrückt ist, aber du bist ja noch viel bekloppter.«

»Ich merke schon, du nimmst mich nicht ernst. Weißt du, mein Lieber, ich habe absolut nichts mehr zu verlieren. Das Einzige, was mir leidtäte, ist, dass die Tiere ein neues Zuhause bräuchten, wenn ich im Gefängnis sitze. Das würde Flora sehr traurig machen. Was meint ihr, Tyson, Hulk und Fräulein Smilla, sollen wir erst noch mit der Schokolade weitermachen oder fange ich schon jetzt mit dem Zerstückeln an? Das eine oder andere nicht lebensnotwendige Teilchen könnt ihr ja schon verköstigen … so ein kleiner Finger zum Abendessen … aber nicht streiten!«

»Mann, hör auf. Ich mach ja, was du willst.«

»Eine gute Entscheidung. Ist nur zu deinem Besten. Du darfst nicht vergessen, ich habe noch einen wichtigen Zeugen für deinen Betrug: den Fotografen Johannes Friese. Du hast so oder so keine Wahl. Johannes habe ich bereits angerufen, bevor du gekommen bist. Er wird bestätigen, was wir drei vereinbart hatten.«

»Du Arsch! Du hast mich hier zappeln lassen, obwohl du schon alles hinter meinem Rücken vorbereitet hast?«

»Ach, ich wollte mir den Spaß nicht verderben. Nach dem Schock heute Nachmittag.«

»Ein bisschen Spaß muss sein«, bestätigte Hulk und wippte auf seiner Stange vor und zurück.

Am Montag, den 16.12., bekam der Betrug eine komplette Seite in der Lokalpresse und zog in den deutschen Medien weite Kreise. Es folgten Interviews mit Vitus und eine Anfrage vom *WDR* für eine eigene Back-Show zur besten Sendezeit. Der Verlag reagierte entsprechend und bestätigte die Veröffentlichung des korrigierten Neudrucks des Buches mit einer exklusiven Werbekampagne. Und das Beste war, dass der offenkundige Fehldruck zum Verkaufsschlager wurde. Genau so, wie Vitus es sich vorgestellt hatte, wurde seine Wohnung von Fans gestürmt, die ihm seine signierten Exemplare aus den Händen rissen. Fast so wie bei einem gehypten Fehldruck einer Briefmarke.

Vitus war in Feierstimmung. Morgen würde Flora vorbeikommen und mit ihm und den Tieren Weihnachten feiern. Vitus würde für sie einen besonderen Schokoladenbrunnen vorbereiten. Das selbst gemachte Vanilleeis durfte nicht fehlen, wenn Flora ihn besuchte. Auch für die Tiere hatte er aus deren Futter Konfekt gebacken und Hulk würde frisches Obst bekommen. Alles sollte zur Feier des Tages perfekt sein.

»Tja, Tyson. Du warst mir eine große Hilfe. Ohne dich hätte ich wahrscheinlich nicht den Mut gehabt«, sagte er zu seinem Hund und kraulte ihn unterm Kinn. Fräulein Smilla lag auf ihrem Lieblingsplatz im Bücherregal und Hulk plapperte und schnatterte aus der Küche unbeeindruckt vor sich hin.

Rezept: Schokoladenbrunnen mit Vanilleeis und Früchten

Zutaten:
   300 g Schokolade (Vollmilch)
   20 ml Öl
   Erdbeeren, Bananen, Äpfel, Pfirsiche und Mango
   Vanilleeis
   Pistazien und Nüsse

Die Schokolade im warmen Wasserbad zerlassen und mit dem Öl verrühren. Das Obst in mundgerechte Stücke schneiden.
Die Schokolade in den vorgewärmten Brunnen geben und die Früchte in die Schokolade tunken. Dazu passen Vanilleeis, Nüsse und Pistazien – je nach Vorlieben.

VORSORGE MIT HINDERNISSEN

Christstollen in Hagen
Astrid Plötner

Verbrecherjagd verbindet. Diese Erfahrung machte Dagmar Thomes, als sie vor einem Jahr mithilfe des Taxifahrers Ahmet einen als Weihnachtsmann verkleideten Juwelendieb zur Strecke brachte. Nachdem sie den Raub beobachtet hatte, folgte sie dem Dieb von der Hagener Innenstadt bis zum Bahnhof, wo er sich seines Kostüms entledigte und dann in ein Taxi stieg. Dagmar hetzte zum nächsten Wagen, an dessen Steuer Ahmet saß. Am Ende der Verfolgung hatte sie feststellen müssen, dass es sich bei dem Räuber um Jan Fiedler, einen etwa 40-jährigen Mann aus der Nachbarschaft, handelte. Jedenfalls rief Dagmar seit diesem Erlebnis, wann immer sie ein Taxi benötigte, Ahmet an. Dagmar besaß als Rentnerin Zeit im Überfluss, Ahmet war um einige Jahre jünger, lebte aber ebenfalls allein. Beide verband inzwischen eine platonische Freundschaft. Heute sollte die Fahrt von Hagen-Halden nach Delstern auf den Friedhof gehen, wo das Eduard-Müller-Krematorium etwas verborgen auf einem parkähnlichen Gelände lag.

»Ich kapier nicht, wieso du dich verbrennen lassen willst!« Ahmets braune Augen blickten traurig, während er seinen Wagen auf einen Parkplatz unweit des Krematoriums lenkte. »Das geht nicht, Frau Dagmar, überleg das noch mal.«

»Ich informiere mich doch nur«, erwiderte Dagmar und löste den Sicherheitsgurt. »Es dauert nicht lange, versprochen. Danach fahren wir zurück und du bekommst meinen selbst gebackenen Christstollen!« Sie sah ihn aufmunternd an.

»Darauf freu ich mich mega, Frau Dagmar«, schwärmte er, als er den Wagen verschloss, »und den hast du wirklich selbst gemacht?«

»Natürlich!« Dagmar nickte energisch, während sie neben Ahmet auf das Krematorium zuging. »Nach dem Rezept meiner Mutter. Mit Orangeat, Zitronat, gehackten Mandeln, Rosinen und einem Schuss Rum. Wichtig sind auch die Gewürze wie Kardamom, Muskat, Piment, Ingwer und Zimt. Für die richtige Menge braucht man ein Händchen.«

»Hm, ich kann's kaum abwarten. Lass doch diesen bescheuerten Besuch im Krematorium.«

»Es dauert wirklich nicht lange«, versprach Dagmar, während sie neben Ahmet die breiten Stufen zu einem von sechs dunklen Säulen getragenen hellen Jugendstilgebäude hinaufstieg. »Nach meinem Tod soll alles geregelt sein, damit mein Sohn und seine Familie in Stuttgart keine Last damit haben.«

»Schwachsinn«, brummte Ahmet. »Hast du mit ihm darüber gesprochen? Mich kriegen da keine zehn Pferde rein, Frau Dagmar.« Er verschränkte die Arme vor der Brust und blieb vor dem Eingang stehen.

Dagmar lächelte und klopfte um Punkt 15 Uhr an die schwere Holztür. Wie sollte sie Ahmet erklären, dass gerade die Weihnachtszeit in jedem Jahr ihre sentimentale Ader heraufbeschwor? Sie war seit über zehn Jahren Witwe und ging auf die 70 zu. Manchmal fühlte Dagmar sich einsam, obwohl sie ein gutes Verhältnis zur Nachbarschaft hatte. Ihr Sohn lebte mit seiner Familie zu weit entfernt, um sie regelmäßig zu besuchen. Und da kamen manchmal die Gedanken an den eigenen Tod. Es war ihr wichtig, dass im Fall der Fälle alles geregelt war.

Die schwere Eichentür öffnete sich und sie wurde von Kim Engerling begrüßt, einer schlanken, brünetten Frau im dunklen Hosenanzug, die als Beraterin diente und sie durch die pompöse, vorwiegend schwarz-weiß gehaltene Andachtshalle führte. »Das Krematorium wurde um 1906 nach Plänen von Peter Behrens auf dem Friedhof Delstern errichtet«, erklärte sie. »Die runden Fenster in der Galerie sind aus feinstem Alabaster und sorgen für gedämpften Lichteinfall. Über dem weißen Katafalk sehen Sie ein Goldmosaik mit drei Männern: einer wachend, einer schlafend, einer segnend. Das Mosaik ziert ein Zitat aus Goethes Faust: ›Alles Vergängliche ist ein Gleichnis.‹«

»Gut, gut«, stoppte Dagmar den Redefluss der Frau. Sie wollte sich nicht länger als nötig in diesem traurigen Gemäuer aufhalten. »Mich interessiert eigentlich nur, wie der Ablauf einer Kremation ist. Was passiert mit der Leiche?«

Kim Engerling nickte. »Okay, dann die kurze Version.« Sie deutete auf den Katafalk. »Damit wird der Sarg elektronisch in den Keller befördert und vom Ofenwart entgegengenommen. Die eigentliche Einäscherung wird computergesteuert generiert. Der Ofenwart muss den Sarg nur noch in die Brennkammer schieben.«

»Kann man sich die Anlage ansehen?«

»Tut mir leid, Frau Thomes«, erwiderte Kim Engerling freundlich. »Aber der Keller ist für Besucher tabu.«

Dagmar nickte. »Wie lange dauert der Kremationsvorgang?«

»Etwa eineinhalb Stunden.«

Dagmar empfand es plötzlich als beängstigend, so direkt mit dem Tod konfrontiert zu werden. Vielleicht hatte Ahmet recht und sie sollte sich noch nicht mit diesen Dingen beschäftigen. »Vielen Dank, Frau Engerling«, sagte sie etwas gehetzt. »Jetzt habe ich mir ein Bild gemacht. Ich werde in Ruhe darüber nachdenken.«

»Tun Sie das!« Kim Engerling lächelte wohlwollend. »Ich gebe Ihnen unsere Broschüre mit. Da steht alles Relevante drin. Warten Sie einen Moment.« Sie drehte sich um und verschwand in einem Nebenraum.

Dagmar seufzte. Ihr Blick wurde wie gebannt vom Katafalk angezogen. Ihr Hals fühlte sich plötzlich wie zugeschnürt an. Sie konnte das Knistern der Flammen hören und spürte die Hitze des Feuers in sich aufsteigen. Sie setzte sich auf einen der Stühle in der Andachtshalle und öffnete die obersten Knöpfe ihres Wollmantels. Mit unter 70 war sie zu jung zum Sterben. Endlich kam Kim Engerling zurück und überreichte ihr das Prospekt.

»Entschuldigen Sie, dass es so lange gedauert hat. Sie sehen blass aus. Möchten Sie etwas Wasser?«

Dagmar nickte. »Gerne!«, krächzte sie.

Kim Engerling verschwand erneut in dem Nebenraum. Kurz darauf reichte sie ihr ein gefülltes Glas. »Bitte sehr!«

»Herzlichen Dank!« Dagmar trank es in einem Zug leer und stand auf. »Für das Wasser und für die Informationen. Auf Wiedersehen!« Sie stellte das Glas auf den Stuhl, drehte sich um und stürmte aus dem Andachtsraum. Draußen sog sie die frische Luft dieses 17. Dezembers wie eine Ertrinkende tief in sich ein. Von Ahmet keine Spur. Langsam stieg Dagmar die Stufen hinab und setzte sich neben dem Hauptgebäude auf eine kleine Bruchsteinmauer. Alle Kraft war aus ihr gewichen. Da hatte sie sich eindeutig zu viel zugemutet.

Zehn Minuten später fühlte sie sich etwas besser. Da Ahmet noch nicht aufgetaucht war, vermutete sie, dass es ihm kalt geworden war und er im Auto auf sie wartete. Dagmar stand auf und klopfte sich den Staub vom Mantel. Dann setzte sie sich langsam Richtung Parkplatz in Bewegung. Dort parkten lediglich drei Autos. Das Taxi von Ahmet stand ihr am nächsten, allerdings ohne Fahrer. Sie seufzte, ging zurück zum Krematorium und umrundete das Gebäude. Nirgends entdeckte sie Ahmet. Ob er über den angrenzenden Friedhof schlenderte oder sich die Beine im nahen Waldstück vertrat? »Ahmet?«, rief sie mit kräftiger Stimme, die ihr unwirklich laut vorkam. Sie rief noch zwei, drei Mal, bekam jedoch keine Antwort. Besorgt zog sie ihr Smartphone, das sie dank der liebevollen Fürsorge ihres Sohnes immer bei sich trug, aus der Manteltasche und wählte Ahmets Nummer. Er meldete sich nicht.

Dagmar starrte auf das Krematorium. Sie würde es noch einmal betreten müssen, damit sie Kim Engerling um Hilfe bitten konnte. Erneut erklomm sie die Stufen, fand den Haupteingang aber verschlossen vor. Dagmar pochte laut gegen die Holztür, aber niemand öffnete. Sie umrundete das Gebäude noch einmal, dieses Mal aufmerksamer. Dabei fand sie den Eingang, wo die Särge angeliefert wurden, nur angelehnt vor. Langsam schob sie die Tür auf. Das Knarren der Scharniere ließ Dagmar erschaudern. Weißes Neonlicht bestrahlte weiße Fliesen an Wänden und bräunliche am Fußboden. Sie brauchte nicht lange zu suchen. Ahmet lag gleich im ersten Raum auf dem Boden. Bewusstlos mit einer blutenden Wunde am Kopf. Seine Hand- und Fußgelenke waren mit Kabelbindern zusammengeschnürt.

»Ahmet!«, rief Dagmar panisch. Sie beugte sich zu ihm. In die Hocke gehen konnte sie schon seit Jahren nicht mehr. Das Rheuma hatte ihre Gelenke steif und unbeweglich gemacht. In gebeugter Haltung ertastete sie am Hals seinen Puls. »Gott sei Dank!«, murmelte sie, als sie ein gleichmäßiges Pochen spürte, und richtete sich wieder auf. Sie musste sofort Hilfe holen! Als sie ihr Smartphone aus der Jacke ziehen wollte, wurde sie von hinten gepackt.

»Das lass mal schön stecken!«, brummte eine männliche Stimme.

Dagmar bekam einen kräftigen Stoß in den Rücken, der sie vorwärts taumeln ließ. Sie konnte sich gerade noch auf den Beinen halten und sah sich erbost um. »Jan Fiedler!«, erkannte sie den Kerl mit rotem Haar, der vor einem Jahr als Weihnachtsmann verkleidet das Juweliergeschäft in der Innenstadt überfallen hatte. »Wer sonst?«

Fiedler nickte und richtete eine Waffe auf sie. »Keine Dummheiten, alte Schachtel. Heute ist die Zeit meiner Rache gekommen. Passt gut, dass du mit dem Taxifahrer unterwegs bist. Da schlage ich zwei Fliegen mit einer Klappe. Ich bin euch gefolgt. Eigentlich wollte ich euch nur beobachten, aber dann fährt dich der Typ in eine Verbrennungsanlage. Das ist wie ein Sechser im Lotto, habe ich gedacht. So kann ich euch beide loswerden und niemand wird euch je finden!« Er lachte laut.

Dagmar brauchte einen Moment, ehe sie verstand. »Sie wollen zwei Morde dafür begehen, dass wir gegen Sie ausgesagt haben?« Sie schüttelte fassungslos den Kopf. »Das ist nicht Ihr Ernst, Herr Fiedler.«

Sein Gesicht verdunkelte sich. »Und ob das mein Ernst ist. Du und der Türke, ihr habt mich in den Knast gebracht. Zwei Jahre haben die mir aufgebrummt. Aber wow! Wegen guter Führung darf ich bis nach Weihnachten Urlaub machen.« Er lachte erneut. »Die glauben tatsächlich, dass ich in den Bau zurückgehe.«

»Herr Fiedler!« Dagmar gab die Hoffnung nicht auf, an seine Vernunft appellieren zu können. »Noch ist nicht viel passiert. Verschwinden Sie und ich vergesse, dass Sie hier waren. Vielleicht kann ich Ahmet überreden, von einer Strafanzeige abzusehen.«

Fiedler grinste überheblich. »Das würde mir kaum helfen. Denn leider hat der Ofenwart Bekanntschaft mit einer Kugel aus meiner Waffe gemacht. Kollateralschaden. Jedenfalls ist er hinüber.«

Dagmar spürte, wie das Blut aus ihrem Gesicht wich. »Sie haben jemanden getötet?« Plötzlich konnte sie sich kaum noch auf den Beinen halten. Alles drehte sich. »Warum?«

Er zuckte mit den Schultern, wobei er die Waffe weiterhin auf sie richtete. »Der Kerl kam gerade um die Ecke, als ich den Türken niedergeschlagen hatte. Der Koloss hat sich sofort auf mich gestürzt. Pech für ihn. Mir blieb gar nichts anderes übrig, als zu schießen.«

Kleine Schweißperlen setzten sich auf Dagmars Stirn. Obwohl es im Keller des Krematoriums kaum wärmer war als draußen, schwitzte sie. Ihre Gedanken jagten durcheinander. Wer könnte sie jetzt noch retten? Ob Fiedler die Beraterin Kim Engerling auch überwältigt hatte? »Was haben Sie jetzt vor?« Dagmars Stimme bebte.

»Ich habe mir überlegt, euch einen nach dem anderen zu verbrennen.« Er deutete hinter sich, wo sich die Brennkammer des Krematoriums befinden musste. »Das ist doch eine saubere Lösung! Irgendwie kriege ich das Ding schon zum Laufen.«

»Herr Fiedler«, krächzte Dagmar, »das können Sie nicht machen.« Ihre Stimme versagte. Im entschlossenen Blick des Mannes fand sie keine Gnade. Er würde seinen Plan durchziehen. Ihre einzige Hoffnung war, dass er an der Technik scheitern würde. Aber darauf wollte sie sich nicht verlassen. Panisch blickte sie sich nach einem Fluchtweg um. Gleichzeitig stieß Fiedler ihr den Lauf der Waffe vor die Brust und dirigierte sie Richtung Brennkammer. Mit Bestürzen sah Dagmar den Ofenwart seitlich auf dem Boden liegen. Er rührte sich nicht. Blut konnte sie allerdings nirgendwo sehen.

Fiedler folgte ihrem Blick. Vielleicht glaubte er, Dagmar habe eine Bewegung gesehen, jedenfalls trat er dem Bewusstlosen mit Wucht in die Seite. Er bekam keine Reaktion. »Von dem kannst du keine Hilfe mehr erwarten, Alte.« Erneut ließ er ein fieses Lachen ab.

Was Kim Engerling ihr verwehrt hatte, bekam Dagmar nun zu sehen: den Raum, in dem sich die Brennkammer befand. Links an der Wand stapelten sich Rollbretter, worauf die Särge geschoben wurden. Mittig von der Decke baumelte die Waage, mit der die Särge gehoben und gewogen wurden. Rechts der Ofen mit einer schwarzen Tür, die anscheinend elektronisch bedient wurde, da man weder Griff noch Klinke sah. Davor standen zwei kühlschrankgroße Bedienelemente mit bunten Kontrollleuchten, daneben eine Art Arbeitsplatte, auf der Urnen aus Blech lagerten und ein Tablett mit nummerierten Steinen. Diese Schamottsteine legte man der Urne als Kennziffer des Verstorbenen bei. Das hatte Dagmar im Vorfeld in Erfahrung gebracht. Sie bewegte sich langsam rückwärts auf das Tablett zu, während sie stetig in den Lauf der Waffe blickte.

»Ich überlege, ob ich dich erst erschießen soll oder dich lebendig in den Ofen schmeiße, wo alte Hexen hingehören!« Er lachte über seinen makabren Witz und legte die Stirn kraus, als denke er ernsthaft über die beiden Möglichkeiten nach.

Dagmar bekam hinter ihrem Rücken das Tablett zu fassen. Sie überlegte nicht lange und zog es mit Wucht hervor, wobei sie es Fiedler vor die Hand schleuderte. Er ließ die Waffe fallen. Die Schamottsteine prallten gegen seinen Körper. Dagmar donnerte ihm das Metalltablett auf den Schädel, sodass ein blecherner Gong ertönte. Mit dem Fuß kickte sie die Waffe von ihm weg. Bevor sie ihn ein weiteres Mal mit dem Tablett attackieren konnte, bekam er ihre Handgelenke zu packen. Er entriss ihr das Tablett und schleuderte es zurück auf die Arbeitsplatte.

»Blöde Schlampe!«, brüllte er und stieß ihr die Fäuste so fest vor die Brust, dass sie sich nicht mehr halten konnte, zu Boden fiel und mit dem Kopf gegen den Schrank knallte. Ein stechender Schmerz schoss ihr vom Hinterkopf bis zur Stirn. Fiedlers Gesicht war hochrot angelaufen. Er beugte sich über sie, packte mit beiden Händen an ihren Hals und drückte zu. »Keine Angst«, keuchte er. »Ich würge dich nur so lange, bis du bewusstlos bist. Danach wirst du gegrillt, bevor du in der Hölle schmorst, du dumme Kuh.«

Dagmar bekam keine Luft mehr. Sie krallte ihre Finger in die Arme von Fiedler, aber er ließ nicht von ihr ab.

Ihre Gedanken rasten zu ihrem Sohn, seiner Frau und ihrer Enkeltochter. Mit letzter Kraft zappelte Dagmar mit den Beinen, versuchte, um sich zu treten. Aber ihre Kräfte reichten gegen den starken Jan Fiedler nicht aus. Dagmar war kurz davor, das Bewusstsein zu verlieren, als sie einen lauten Knall hörte. Fiedler sackte in sich zusammen, seine Hände an ihrem Hals wurden schlaff, dann kippte er auf sie. Dagmar keuchte. Das Atmen fiel ihr schwer. Die Last von Fiedlers Körper machte es nicht besser.

»Ich helfe Ihnen sofort!«, erklang die Stimme von Kim Engerling, die Jan Fiedler im nächsten Moment von Dagmar herunterzerrte. Dann beugte sie sich über Fiedler und tastete nach seinem Puls. »Er atmet noch! Ich habe ihn in den Rücken getroffen.« Sie setzte sich neben Dagmar auf die Bodenfliesen, erst dann legte sie die Waffe aus der Hand. »Der Kerl hat mich in meinem Büro überrascht, mich an den Stuhl gefesselt und die Tür von außen verschlossen. Es hat eine Ewigkeit gedauert, ehe ich mich befreien konnte.«

»Danke«, krächzte Dagmar. Ihr Hals schmerzte höllisch. »Der hätte mich tatsächlich umgebracht!« Sie schüttelte verzweifelt den Kopf.

Kim Engerling schluckte, Tränen rannen über ihre Wangen. »Hoffentlich verreckt er«, erklärte sie tonlos, »dann hätte ich wenigstens den Tod meines Mannes gerächt.«

»Der Ofenwart war …« Dagmar brachte den Satz nicht zu Ende.

»Ja. Mein Ehemann. Seit fast 30 Jahren.«

»Oh, mein Gott! Das tut mir so leid«, stöhnte Dagmar. Wäre sie doch nie in dieses verdammte Krematorium gegangen. Alles war ihre Schuld. Wie sollte sie mit dieser Bürde weiterleben?

»Der Typ ist nicht tot. Der hat sich gerade bewegt!«
Ahmet hüpfte mit gefesselten Händen und Füßen an
ihnen vorbei.

Kim Engerling sprang mit einem Satz auf die Beine
und rannte ihm hinterher. Dagmar kam nur mit Mühe
hoch, ihre Knie schmerzten vom verdammten Rheuma,
aber sie brachte ihre gesamte Willenskraft auf und stand
endlich. Mit steifen Schritten ging sie um die großen
Steuergeräte herum, die ihr die Sicht versperrten. Der
Kopf des Ofenwarts lag nun auf dem Schoß von Kim
Engerling. Sie streichelte ihm unentwegt durchs Gesicht,
wobei ihr die Tränen wie Wasserfälle aus den Augen liefen.

Plötzlich begannen die Lider des Ofenwarts zu flattern.
Einen Moment musste er sich orientieren, dann schien
die Erinnerung zurückzukommen. Er griff mit der Hand
unter seine Jacke und zog ein Stück Metall hervor, das in
der Mitte eine Delle aufwies. »Das Muster für die neuen
Blechurnen hat mir das Leben gerettet, Kim.« Er setzte
sich mühsam auf. »Scheint eine gute Qualität zu sein.«

Ahmet hatte eine Zange gefunden und zwickte sich die
Fesseln an den Füßen durch. »Kann mir mal jemand an
den Handgelenken helfen?«

Dagmar ging auf ihn zu und lächelte ihn an. Sie befreite
ihn vom Kabelbinder, dann schaute sie das Ehepaar Engerling an. »Wir müssen jetzt wohl die Polizei und den Notarzt informieren.«

Kim Engerling nickte zögernd, stand auf und setzte
den Notruf ab. Dann deutete sie auf Jan Fiedler, der noch
bewusstlos am Boden lag. »Solange wir auf die Rettung
warten, können Sie mir erklären, was der Kerl von Ihnen
wollte.«

Dagmar seufzte. »Das ist eine lange Geschichte. Sie begann vor etwa einem Jahr«, erklärte Dagmar und dann erzählte sie dem Ehepaar Engerling von Jan, dem bösen Weihnachtsmann. Als sie ihren Bericht beendet hatte, hörte man aus der Ferne das stetig lauter werdende Martinshorn. Dagmar wandte sich an Ahmet. »Jetzt geht der Mist mit dem Fiedler wieder von vorne los«, meinte sie apathisch und zählte auf: »Aussage bei der Polizei, Gerichtsverhandlung, Verurteilung. Na ja, dieses Mal werden sie ihn wohl länger verknacken.«

Fiedler stöhnte unter Schmerzen, schien langsam wieder zu sich zu kommen. Ahmet ging rasch auf ihn zu und trat die Waffe aus seiner Reichweite. »Nicht, dass der noch mehr Unsinn anstellt. Reicht schon, dass ich jetzt wieder Zeit mit der Polizei verplempern muss. Dabei würde ich viel lieber deinen leckeren Christstollen essen, Frau Dagmar.«

»Wir bringen das so schnell wie möglich hinter uns, Ahmet. Der Stollen läuft uns nicht weg und der Kaffee dazu ist schnell gekocht.« Sie lächelte und schwor sich, die Vorsorge für ihr Ableben auf unbestimmte Zeit zu verschieben.

Anmerkung: Die Geschichte Jan, der böse Weihnachtsmann *kann man in der Anthologie* Köstlich killt der Weihnachtsmann *nachlesen.*

Rezept: Christstollen

Zutaten:

75 g Orangeat

75 g Zitronat

1 Bio-Zitrone

200 g Rosinen

100 g gehackte Mandeln ohne Haut

4 EL Rum

500 g Mehl

30 g Hefe

100 ml Milch

je ½ TL Kardamom

Muskat

Piment

Ingwer

1 TL Zimt

65 g Zucker

1 Pck. Vanillezucker

300 g Butter

1 Ei (Gr. M)

Salz

150–200 g Puderzucker

Zerkleinertes Orangeat und Zitronat, Mandeln, Sultaninen, Rum und 4 EL Wasser mischen und ziehen lassen. Mehl in Schüssel füllen, in eine Mulde Hefe bröseln. Mit

1–2 EL Milch und Vanillezucker vermischen. 20 Minuten gehen lassen. Zitronenschale abreiben und mit Gewürzen, Zucker, 200 g Butter, Ei und 1 Prise Salz zum Teig geben. Mit den Knethaken 5 Minuten kneten. Dabei nach und nach die Milch zugießen. Rum-Nuss-Mischung mit Händen unterkneten.

1 Stunde gehen lassen und zu einem ovalen Laib formen, etwas ausrollen und mittig eine Mulde in den Teig drücken. Eine Seite zu 3/4 über die andere Seite schlagen und nach innen einrollen. Stollen auf ein mit Backpapier ausgelegtes Backblech legen.

Zugedeckt ca. 30 Minuten gehen lassen, danach im vorgeheizten Backofen (Ober-/Unterhitze: 180 °C/Umluft: 160 °C) auf der mittleren Schiene 1 Stunde backen. Butter schmelzen und Stollen sofort bestreichen, 2–3 EL Puderzucker darüber sieben, auskühlen lassen. Christstollen dick mit Puderzucker bestäuben. Luftdicht in Alufolie wickeln und mindestens 2 Wochen durchziehen lassen.

GÜNTER, DAS TREIBHOLZ
UND DER TOD

Gewürzkuchen in Meschede/Hennesee
Anke Kemper

Er hatte recht behalten. Das, was der Wasserstrahl des Hochdruckreinigers zentimeterweise zum Vorschein brachte, übertraf seine kühnsten Erwartungen. Günter trat zur Seite und betrachtete das freigelegte Stück Holz. Jedes Mal, wenn er ein neues Stück fand, überkam ihn ein Gefühl der Ehrfurcht. Wie lange mochte es vom Wasser bedeckt gewesen sein, bis es hier vor seinen Füßen lag und darauf wartete, zu einem einzigartigen Kunstwerk gestaltet zu werden? Vorsichtig hob er es hoch und betrachtete das Prachtstück von der Rückseite. Großartig. Daraus ließ sich etwas machen. Die Touristen würden darauf abfahren. Die Mühe lohnte sich immer. Im Herbst und Winter und immer nach einem Sturm begab er sich in den frühen Morgenstunden auf den Weg hinunter zum Hennesee. Es gab nur zwei bis drei Stellen, an denen er fündig wurde. Häufig waren es nur kleine Holzfragmente und hin und wieder größere Balken oder Baumstämme, manchmal auch Zaunpfähle und angekokeltes Holz, das von einer Feuerstelle am See achtlos ins Wasser geworfen worden war. Holz, das der See nach langer Zeit ausspuckte und ans

Ufer spülte. Ganz selten fand er ein Stück, wo die Natur bereits festgelegt hatte, was das Objekt darstellen sollte, und er es nur noch mit ein wenig Bienenwachs oder Leinöl polierte, um jedes Detail seiner Schönheit hervorzuheben. Günter hob das Holz vorsichtig auf eine Palette. Jetzt hieß es: warten, bis es durchgetrocknet war, bevor er es weiterverarbeiten konnte.

Anne schlürfte ihren Tee und sah aus dem Küchenfenster hinunter auf den Hof. Er war also wieder fündig geworden. Ein weiterer Tag, den er in seinem Holzschuppen verbrachte, um seine Kunstwerke zu begutachten und zu bearbeiten. Anne spürte eine unbändige Wut in sich hochsteigen. Das Stalldach musste dringend repariert werden und sie hatten noch keine Gelegenheit gefunden, darüber zu sprechen, ob sie die Reparatur selbst durchführen oder einen Dachdecker beauftragen sollten. Wenn erst einmal der Schnee auf dem defekten Dach lag, würden diese Arbeiten bis zum Frühjahr warten müssen. Für die Tiere im Stall konnte das verheerende Folgen haben. Aber Günter schien das überhaupt nicht mehr zu interessieren.

Wenn ihre Söhne noch auf dem Hof wären, würde sie es einfach mit ihnen zusammen reparieren, aber die Jungs waren längst aus dem Haus und weit weggezogen. Keiner hatte sich dafür interessiert, den Hof zu übernehmen. Wozu auch? Was warf er noch ab? Die Rinderzucht brachte gerade mal genug für eine Familie. Die mühsame Arbeit musste man lieben und durfte sie nicht in Stundenlohn umrechnen. Anne konnte gut verstehen, dass ihre Söhne sich ein einfacheres Leben mit geregelten Arbeitszeiten wünschten. Sie selbst fragte sich immer häufiger, warum sie sich das alles antat. Anne schnaufte verächlich. Was hatte sie sich damals gefreut, als Günter nach seinem schweren Herzinfarkt und einer langen Reha eine Beschäftigung gefunden hatte, die ihm Spaß machte und ihn von der ständigen Grübelei über Krankheit und Tod ablenkte. Mittlerweile konnte sie es nicht mehr ertragen, dass er die meiste Zeit in seinem Schuppen verbrachte, um seine Holzskulpturen zu bewundern und zu liebkosen wie eine schöne Frau. Jeden Dienstag und Freitag fuhr er mit den fertigen Kunstwerken zum Wochenmarkt nach Meschede und bezirzte erfolgreich vor allem die weiblichen Kunden. Zu Annes Ärger hatte er sich einen eigenen ausgedienten Marktstand gekauft, repariert und modernisiert für seine Kunst. Wenn sie ihn fragte, wie viel er eingenommen hatte, schwieg er oder brachte ein »Geht so« über die Lippen, bevor er ihr wieder den Rücken zukehrte. Es war nicht mehr auszuhalten.

Vor etwas über zwei Wochen, am 1. Advent, waren sie gemeinsam zur *Himmelstreppe* gegangen, einer Treppe aus Stahl, welche die Verbindung vom Hennepark zur Dammkrone darstellte. Sie wollten dabei sein, wenn der stilisierte Weihnachtsbaum aufgestellt und angeschaltet wurde und der *Musikzug der Freiwilligen Feuerwehr Meschede* dazu besinnliche Weihnachtslieder spielte. Das war der Moment, wo sie dachte, es könnte doch alles irgendwie wieder werden. Ihre langjährige Beziehung gekittet und ein gemeinsames Ziel vor Augen zu haben. Sie brauche nur Geduld. Falsch gedacht. Ihre Geduld war bald am Ende.

Anne beobachtete, wie Günter den Schuppen verließ und sorgfältig das Schloss anbrachte, als müsse er einen Schatz vor Dieben oder neugierigen Blicken schützen. Langsam schlurfte er in seinen Gummistiefeln über den Hof und blickte zum Küchenfenster hinauf. So, jetzt willst du also dein Frühstück. Anne trank den letzten Schluck heißen Tee und deckte den Tisch.

Günter ließ fünf Stücke braunen Kandis in seinen Tee sinken. Dass er nach seinem Infarkt keinen Kaffee mehr trank, hinderte ihn nicht daran, reichlich Zucker zu sich zu nehmen. Anne ließ ihn machen. Ihr war seine Gesundheit mittlerweile egal. Günter wühlte laut schnaufend zwischen den Zeitungen und Prospekten, die neben ihm auf der Eckbank lagen.

»Die Zeitung von heute ist noch nicht da«, bemerkte Anne und stellte Brot, Butter und Wurst auf den Holztisch. Dann schnitt sie zwei Stücke von dem Gewürzkuchen ab, den sie in der Winterzeit wöchentlich backte, weil es Günters Lieblingskuchen war. Und weil er es so wollte.

»Tja, dann«, antwortete Günter nur, während Anne ihm sein Wurstbrot schmierte.

»Übrigens, ich wollte mich nächste Woche um die Weihnachtsgeschenke für die Jungs kümmern. Ich brauche Geld«, fuhr sie fort.

»Mhm.« Günter nahm sein Brot und biss genüsslich hinein. Er wusste genau, was jetzt kommen würde. Es war jeden Tag das Gleiche. Er vermied es, aufzuschauen und in ihr missmutiges Gesicht zu blicken. Wo blieb bloß die Zeitung?

»Du weißt, dass wir noch keine Lösung für das defekte Dach gefunden haben!«

Da war es also wieder. Gleich würde sie immer lauter und hysterischer werden und schließlich heulen. Was war bloß aus seiner fröhlichen Anne geworden, die er mal geheiratet und mit der er drei Söhne großgezogen hatte?

Jetzt konnte sie sich nicht mit ihm über seinen Erfolg freuen. Nach jedem Streit rannte sie hinüber zu Jens und klagte ihm ihr Leid. Und dann glaubte sie noch, Günter würde es nicht bemerken. Ausgerechnet Jens. Dieser zugezogene stinkreiche Typ, der nur scharf auf Günters Hof war, um darauf Ferienwohnungen, einen Streichelzoo oder sonst ein sinnloses neumodisches Zeugs zu bauen. Günter ließ bedächtig die Teetasse sinken und blickte Anne hasserfüllt an.

»Das weiß ich«, sagte er betont langsam. »Du musst es mir nicht jeden Scheißtag auf die Nase binden. Ich bin nicht taub und ich bin nicht blöd.«

Anne versuchte, seinem Blick standzuhalten, während Günter den letzten Rest Tee geräuschvoll trank, sein Brot zusammenklappte und den Teller mit dem Kuchen nahm, bevor er wortlos die Küche verließ. Das war es für heute. Keine weitere Diskussion. Annes Schultern bebten. Für einen Moment ließ sie den Tränen freien Lauf. Dann knallte sie den Deckel auf den Buttertopf. So ging das nicht weiter.

»Lass dich scheiden«, hatte Jens ihr mehrmals geraten. »Du kannst doch erst mal zu mir ziehen, bis du etwas gefunden hast.«

Wie gerne würde sie das tun. Anne hatte es bitter bereut, dass sie ihr Elternhaus in der Innenstadt von Meschede verkauft hatte, weil sie einen neuen Traktor und andere Geräte für den Hof brauchten. Jetzt wusste sie nicht mehr, wohin. Sie liebte den kleinen Ort Berghausen am Hennesee sehr und eigentlich hatte sie auch immer die Arbeit auf dem Hof geliebt. Ihren eigenen Gemüsegarten, die Hühner und die beiden Butterkühe. Aber jetzt war alles anders.

Warum bloß? Wie hatte es so weit kommen können? Zu einem ihrer Söhne ziehen wollte sie nicht. Die Jungs führten ihr eigenes Leben mit ihren Partnerinnen. Jens war ein großartiger Mensch. Mit Abstand der netteste Mann, den sie kannte. Wieso eigentlich nicht zu ihm ziehen? Vorübergehend. Anne seufzte und trocknete ihre Tränen mit der Schürze. Das Klappern des Briefkastens riss sie aus ihren trüben Gedanken. Die Zeitung war da.

Günter begann, einige Kunstobjekte sorgfältig mit Zeitungspapier zu umwickeln. Vor zwei Wochen hatte der lang ersehnte Weihnachtsmarkt in der Stadtmitte eröffnet und er konnte es nicht abwarten, am Samstag erneut an seinem Stand zu stehen. Günter fuhr sämtliche Märkte im Sauerland ab, um seine Kunstwerke zu verkaufen. Der Weihnachtsmarkt aber war seine größte Einnahmequelle. Was als Hobby und Zeitvertreib einst begonnen hatte, war längst zu einem lukrativen Job für ihn geworden. Jetzt wusste er, dass er nichts anderes mehr machen wollte. Gerade zu dieser dunklen Jahreszeit empfand er die Arbeit mit dem warmen Holz als erfüllend. Oft besuchte er Flohmärkte, um Accessoires wie alte Lampenschirme, Retro-Glühbirnen, Glassteine, Schmuck, Alu-Bleche und Eisenketten zu finden, die er für das spezifische Design nutzte. In der Weihnachtszeit lag sein Fokus auf Kerzenständern, Engeln und Sternen. Jede Figur hatte einen eigenen Charakter. Die Kombination aus Metall und Holz wurde von den Kunden bevorzugt. Für Günter war es die schönste Möglichkeit rauszukommen. Zu Hause zu hocken, kam für ihn nicht infrage. Allein mit Anne. Nicht auszudenken.

Nein, es wurde Zeit für einen Schlussstrich. Er musste sie loswerden. Und die Tiere gleich mit. Ballast, den er nicht mehr wollte. Günter lief es kalt den Rücken herunter. Über den Verkauf des Hofes musste er sich keine Sorgen machen. Es gab genug Interessenten, vor allem aus der Stadt, die ihm allein wegen der Lage das Grundstück aus den Händen reißen würden. Notfalls auch Jens, schoss es ihm durch den Kopf. Er hing nicht an dem Hof, den er von seinem Vater übernommen hatte. Obwohl Berghausen in einer Talsohle lag, hatte sein Vater das Haus und die Stallungen gebaut mit Blick auf den See. Ideal für Ferienwohnungen oder sogar ein Hotel. Günter seufzte. Er war es leid, über so etwas nachdenken zu müssen. Er war die Diskussionen mit Anne leid, er war Anne leid. Ende. So ging es nicht weiter.

Anne wusste nichts von seinen zusätzlichen Einnahmen. Das war schon mal gut so. Das Geld hortete er in einer Schatulle, gut versteckt unter den Fußbodendielen des Schuppens. Als sie frisch verheiratet waren, hatten sie dort Liebesbriefe und kleine Geschenke deponiert. Romantischer Schnickschnack. Wie lange war das her? Anne wusste sicher nichts mehr von diesem geheimen Platz. Günter schluckte. Aber bei einer Scheidung stand ihr eine beträchtliche Summe zu. Das Grundstück hatte einen nicht unerheblichen Wert und allein durch den Verkauf der Tiere würde er auf einen Schlag ein kleines Vermögen machen. Und das wusste auch Anne. So ein Mist, dachte er und zerknüllte wütend eine Zeitung.

Günter lenkte den Pick-up den Feldweg entlang. Die Nacht war nach dem gestrigen Sturm klar. Der Mond lachte ihm hämisch entgegen. Und Günter lachte zurück. Was für ein Fund! Er war mitten in der Nacht losgefahren, als sich das Wetter beruhigt hatte. Meistens fand er die besten Stücke nach solchen Stürmen. Die Wolken waren wie weggefegt, als er das Ufer abgesucht hatte, und da lag es nun. Das Prachtstück! Mit der Seilwinde würde er es wahrscheinlich allein schaffen. Er hatte schon lange nicht mehr ein solches Exemplar Treibholz gefunden. Nachdem er es getrocknet und bearbeitet hatte, würde es ihm ein paar Hundert Euro einbringen. In seinem Kopf schwirrte bereits das Bild einer schicken Stehlampe, die er daraus gestalten würde. Vielleicht auch ein stylischer Kerzenständer, zusätzlich mit Alublech in Szene gesetzt. Günter hielt an der Einfahrt zum Hof. Das Haus lag im Dunkeln. Seine Gedanken überschlugen sich. Das ist deine Chance. Vielleicht deine einzige. Jetzt oder nie. Anne hatte ihm schon einmal helfen müssen, als er einen riesigen Balken nicht allein bergen konnte. Damals hatte er noch keine Seilwinde besessen und sie hatten Kuhketten mitgenommen, um den Stamm heraufzuziehen und auf die Ladefläche des Pickups zu hieven. Anne war durch die harte Arbeit auf dem Hof stark wie ein Mann. Sie würde ihm auch bei diesem Koloss von Baum helfen können. Keiner wird es hinterfragen, warum du deine Frau um Hilfe gebeten hast, überlegte er. Ein tragischer Unfall wäre die einfachste Lösung. Besser kann es gar nicht kommen. Günter gab sich einen Ruck, lenkte den Wagen direkt vors Haus und stieg mit zittrigen Beinen aus.

Anne wusste nicht, wie ihr geschah. Sie hatte von ihren Rindern geträumt, die von Schneemassen zugedeckt waren und langsam erstickten. Ein Albtraum. Anne war schweißgebadet. Es dauerte eine Weile, bis sie begriff, wo sie war. Günter hatte seine starken Hände um ihre Schultern gelegt und schüttelte sie unsanft.

»Wach endlich auf, Weib!«, rief er.

»Ja doch!«, brüllte sie zurück. »Was ist denn passiert?«

»Du musst mir helfen. Sofort! Beweg dich endlich!«

»Das ist doch nicht dein Ernst.« Anne hatte keine Chance, auf den Wecker zu schauen. Günter zog sie unsanft aus dem Bett.

»Ist was mit den Rindern?« Anne musste an das Unwetter und das kaputte Stalldach denken. Die Bilder ihres Traumes waren sehr präsent.

»Du mit deinen dämlichen Rindern!«, schnaubte Günter. »Du musst mitkommen. Ich habe einen unglaublichen Fund gemacht. Allein schaffe ich es nicht und die Seilwinde ist kaputt.«

Anne konnte es nicht glauben. Was fiel dem Kerl ein, sie wegen eines dämlichen Baumstammes zu wecken und noch zu erwarten, dass sie ihm mitten in der Nacht half? Jetzt bist du zu weit gegangen, dachte sie.

Anne fröstelte. Günter hatte ihr gerade mal genug Zeit gelassen, eine Jeans und eine Strickjacke über den Schlafanzug zu ziehen. Den Anorak hatte sie im Vorbeigehen von der Garderobe nehmen können. Mit nackten Füßen stand sie in ihren Gummistiefeln und schaute zu, wie er die Kette um den Baumstamm legte. Das Holz hatte eine stattliche Größe. Es lag eingeklemmt zwischen kleinen Felsbrocken am Ufer. Anne fragte sich, wieso er nicht vorher die Seilwinde reparierte. Das konnten sie beide unmöglich allein schaffen. Günter war wie besessen. Er glaubte tatsächlich, der Fund wäre wenige Stunden später zurück im See versunken oder jemand anders hätte ihn geborgen. Er stand mittlerweile knietief im Wasser und versuchte, die Kette zu befestigen. Den Schlamm und die kleinen Wellen, die um seine Beine schwappten, beachtete er nicht. Der reinste Wahnsinn.

»Du musst zu mir kommen und mit anfassen. Wir müssen ihn hier rüber hieven, bevor wir ihn über das Ufer zum Auto ziehen können. Los jetzt!«

»Es ist zu dunkel. Das Scheinwerferlicht vom Auto reicht nicht aus. Lass uns heute Mittag herkommen, wenn ich mit der Arbeit auf dem Hof fertig bin. Bis dahin hast du sicherlich auch die Seilwinde repariert.« Anne konnte Günters eisigen Blick nicht erkennen, aber sie ahnte das Schlimmste. Er hasste es, wenn sie ihm widersprach. Er verachtete sie dafür, dass sie seine Arbeit nicht ernst nahm und nicht würdigte. Anne wusste das. Und es war ihr egal.

»Mir ist kalt, ich gehe jetzt. Mir frieren die Füße ab.« Anne drehte sich abrupt um. Sie wollte nur noch weg.

Wie auf Kommando sprang Günter über den Baumstamm. »Ich danke dir vielmals für deine Hilfe. Und für die letzten Scheißjahre mit dir!«, schrie er. Dann war es abrupt still.

Als Anne sich umblickte, lag Günter vor dem Baumstamm. Mit dem Kopf auf einem Felsbrocken. Die Kuhkette um seinen rechten Fuß.

»Gern geschehen«, sagte Anne leise und machte sich zu Fuß auf den Weg nach Hause.

Anne saß auf einer Holzpalette im Schuppen. Mit einer Axt hatte sie das Schloss an der Tür abgeschlagen, um sich nach über drei Jahren Zutritt zu dem Allerheiligsten ihres Mannes zu verschaffen. Was sie hier vorfand, übertraf ihre kühnsten Vorstellungen. Wieder und wieder hatte sie das Geld aus der Schatulle genommen, gezählt und gerechnet. Für seine Holzskulpturen musste er auf den Märkten jedes Mal mindestens 500 Euro durchschnittlich eingenommen haben, nach Abzug der Standmiete. Sie konnte es nicht glauben. Vor ihr lagen fast 100.000 Euro und er hatte ihr nichts davon gesagt. Schlimmer noch: Sie hatte wegen Geld für die Reparatur vom Stalldach betteln müssen. Über jeden Euro, den sie ausgab, musste sie berichten. Was um alles in der Welt hatte er damit vorgehabt? Anne schluckte. Das musste sie erst einmal verarbeiten. Sie stellte die Schatulle zurück und legte die Holzdiele darüber. »Unser geheimes Versteck. Ach, Günter, was ist nur aus uns geworden?«, sagte sie wehmütig und verließ den Schuppen. Die Polizisten hatten ihr in den frühen Morgenstunden, als sie bereits im Stall die Rinder fütterte, die Nachricht vom Tode ihres Mannes übermittelt. Ausgerechnet Jens hatte bei seiner morgendlichen Joggingrunde am Hennesee entlang den Pick-up am Ufer entdeckt und nach dem Rechten gesehen. Als er Günter am Ufer fand, war es schon zu spät gewesen.

»Der Sturz und die Kopfverletzung haben ihn ausgeknockt und die Kälte hat ihm jede Überlebenschance genommen.« So hatte der eine Polizist es ausgedrückt. Anne stand mitten auf dem Hof und blickte sich um. Der Hennesee glitzerte zu ihren Füßen. Es würde ein schöner sonniger Wintertag werden. Ein Tag, an dem viele den Weg um den See wandern würden, einkehrten, um einen Kaffee zu trinken, und die wunderbare Landschaft genossen. Ein Tag, an dem Einheimische und Touristen den Weihnachtsmarkt in der Innenstadt von Meschede besuchten. Aber Günter war nicht mehr da. Günter und sein Treibholz waren nun Geschichte. Anne winkte Jens zu, der mit einer Tasse Kaffee in der Hand auf seiner Terrasse stand. »Ich komme gleich mal rüber!«, rief sie ihm zu und wandte sich

Richtung Haustür. Und du darfst gerne den Hof mit all den Tieren haben, fügte sie in Gedanken hinzu. Lächelnd ging sie in ihre Küche und machte sich Frühstück.

Rezept: Gewürzkuchen mit Schokolade

Zutaten für den Teig:
   4 Eier
   200 g brauner Zucker
   200 ml Milch
   130 ml Sonnenblumenöl
   250 g Weizenmehl
   150 g gemahlene Mandeln oder Nüsse
   1 Pck. Backpulver
   40 g Kakao
   10 g Lebkuchengewürz
   80 g gehackte Zartbitterschokolade

Für die Glasur:
   150 g Puderzucker
   1 TL Lebkuchengewürz oder Zimt
   ca. 5 EL Milch

Den Backofen auf 180 °C Ober- und Unterhitze vorheizen. Eine große Kastenform einfetten und mit etwas Kakao bestäuben. Die Eier mit dem Zucker schaumig rühren. Milch und Öl verquirlen.

Die trockenen Zutaten mischen. Mehl, Mandeln bzw. Nüsse, Backpulver, Gewürze und Kakao im Wechsel mit dem Milch-Öl-Gemisch zur Eiermasse geben. Kräftig, aber nicht zu lange rühren. Gehackte Schokolade unterheben. Teig in die Form geben und glatt streichen.

Kuchen ca. 60 Minuten backen (Stäbchenprobe machen).

Nach dem Abkühlen entweder nur mit Puderzucker bestäuben oder mit Gewürzglasur überziehen. Dafür den gesiebten Puderzucker mit Lebkuchengewürz und 4–5 EL Milch zu einem dickflüssigen Guss verrühren.

AURELIAS SCHUTZENGEL

Engelchen-Likör in Werne
Astrid Plötner

Der heutige Donnerstag fühlte sich für Fabian an wie der
schwärzeste Freitag, den er je erlebt hatte. Durch den
Streik im Nahverkehr war er zu spät zur Schicht gekommen und hatte die Zeit als Fahrer für einen Lieferdienst im
Bereich Lebensmittel nachholen müssen. Wegen der ver-
stopften Straßen verzögerte sich jede Lieferung, sodass er
am Ende zwei Stunden später als geplant Feierabend hatte.
Als er gegen 18.30 Uhr endlich zu Hause ankam, war sein
Labrador Pluto schon sehr unruhig. So machte Fabian sich
mit ihm sofort zur abendlichen Gassirunde auf. Bis ans
andere Ende des Stadtwalds im Nordwesten von Werne
benötigte er vom Wohnblock in der Tenhagenstraße etwa
eine halbe Stunde, wobei er sich dem Lauftempo seines
Rüden anpasste. Wie immer umrundete er am Ende des
Waldes das St. Christophorus Krankenhaus und lief ein
Stück am großen Teich entlang zurück.

Langsam kam Fabian wieder zur Ruhe. Am späten
Abend war kaum jemand in der Dunkelheit unterwegs
und er genoss das Beisammensein mit Pluto. Wie gerne
würde er sich mehr Zeit für seinen Hund nehmen? Aber
Studium und Nebenjob ließen das nicht zu. Er hatte Pluto
vor einem Jahr aufgenommen, weil Fabians Bruder ihn

wegen seiner Rückenprobleme nicht mehr halten konnte. Bereut hatte er das nie, denn Pluto war zu einem treuen Freund geworden.

Kurz nachdem er die Sportanlage des Werner SC passiert hatte, hörte er plötzlich laute Motorengeräusche. Bereits in der folgenden Siedlung sah er den Ursprung des Lärms. Eine lange Kette von Traktoren reihte sich auf der Hauptstraße Penningrode aneinander. Allesamt waren sie mit Lichterketten und weihnachtlichen Figuren geschmückt. Fabian hatte von der Lichterfahrt der Trecker im Radio gehört. Zum einen wollten sie Licht in die Stadt bringen, zum anderen gegen die missliche Situation der Landwirte demonstrieren.

Ihm und Pluto blieb nichts anderes übrig, als am Straßenrand zu warten, bis der Konvoi an ihnen vorbeigefahren war. Er hätte das Spektakel genießen können, wäre da nicht das Versprechen, das er einem Freund gegeben hatte, damit der pünktlich vom Flughafen Frankfurt aus in den Urlaub starten konnte. In der kommenden Nacht würde er deshalb dessen Job übernehmen und den *Westfälischen Anzeiger* austragen. Das hieß, er musste spätestens um drei aus den Federn kriechen.

»Auflagenflut nimmt uns den Mut«, las Fabian ein Schild, das vor einem der Traktoren hing. Pluto bellte laut, als er einen leuchtenden und wippenden Schneemann auf einer Traktorschaufel sitzen sah. Entlang der Straße standen Schaulustige, die die Traktoren eskortierten. Sie winkten den Fahrern zu und einige filmten mit ihren Handys. Auch Fabian zog sein Smartphone aus der Hosentasche und nahm eine Reihe der Fahrzeuge auf. In der Dunkelheit gab der Konvoi ein festliches Bild ab. Aus manchem Führerhäuschen hörte man Weihnachtslieder wie *Jingle*

Bells oder *Oh du fröhliche*. Fabian blickte ungeduldig auf seine Smartwatch. Halb acht und kein Ende der Traktorenkette in Sicht. Einige der Trecker sahen aus wie fahrende Weihnachtshäuser: Räder und Führerhaus dekoriert mit blinkenden Lichterketten, am Frontfenster baumelnde Sterne und an der ausgefahrenen Schaufel ein kletternder, aufgeblasener Weihnachtsmann. Als der Konvoi kurz darauf ins Stocken geriet, huschte Fabian mit Pluto zwischen einem leuchtenden Rentier und einem blinkenden Engel auf die andere Straßenseite. Kurz darauf erreichte er endlich sein Zuhause.

Als der Wecker um Punkt 3 Uhr schrillte, fühlte er sich wie gerädert. Er brauchte eine Weile, ehe er realisierte, dass er tatsächlich mitten in der Nacht aufstehen musste. Pluto rührte sich nicht. Nicht, während er ins Bad ging, nicht, während er sich anzog, und auch nicht, als er nach dem Autoschlüssel griff. »Pluto! Komm!«

Der Labrador erhob sich nur widerwillig aus seinem Körbchen und reckte sich ausgiebig. Dann starrte er Fabian aus müden Augen an, als wollte er ihm sagen, dass sie viel zu früh dran waren.

»Nur heute, Pluto, versprochen!« Fabian schnallte seinem Hund das Halsband um und klinkte die Leine ein. Dann begab er sich durch das Treppenhaus ins Freie. Pluto sprang sofort auf den Beifahrersitz seines Smart, wo er wie eine Galionsfigur thronte und aus dem Fenster blickte. Fabian überprüfte zuerst seinen Kofferraum. Sein Freund hatte die Zeitungspakete bereits mithilfe des Zweitschlüssels hineingepackt, den er danach in den Briefkasten werfen sollte. Nun galt es, die Stapel zu verteilen. Die Adressliste hatte Fabian bereits ausgiebig studiert. Zum Glück brauchte er sich nur auf die Wohnsiedlungen östlich der Innenstadt zu konzentrieren.

Er erreichte den Beginn seiner Route zehn Minuten später und stellte den Smart in der Horster Straße ab. Dann schnappte er sich den ersten Zeitungsstapel und die Hundeleine und klapperte eine Seitenstraße nach der anderen ab, während Pluto brav neben ihm herlief. Jedes Mal, wenn ein Stapel aufgebraucht war, versetzte er den Smart und arbeitete sich bis an den Rand der Innenstadt vor. Zwei Stunden später blieben nur einige Häuser übrig, die eingebettet in Felder etwas ländlicher lagen. »Das hat doch prima geklappt«, meinte Fabian erleichtert und blickte Pluto an. Dem hing die Zunge bis zum Hals, Frühsport in dieser Intensität war er nicht gewohnt.

Fabian hielt vor dem nächsten Abonnenten des *Westfälischen Anzeigers* und stutzte. »Nanu«, murmelte er, während er auf das hell erleuchtete Haus blickte. Es lag von der Straße etwas zurückgebaut und wirkte wie ein Bauernhof. Fabian verließ den Wagen und ließ Pluto aussteigen, ohne ihn anzuleinen. Er nahm die Zeitung und ging auf die Haustür zu. Obwohl in jedem Zimmer des Hauses Licht brannte, war kein Laut zu hören. Der Briefkasten befand sich an der Hauswand. Er steckte die Zeitung ein, zuckte die Schultern und drehte sich wieder um. Gleichzeitig vernahm er Plutos tiefes Knurren.

Fabian hatte den Smart erreicht, aber sein Hund saß weiterhin vor der Tür. »Pluto, komm!«, rief er leise. Der Labrador reagierte nicht. Da auch die Außenbeleuchtung brannte, konnte man den Kamm auf seinem Rücken sehen, der sich bei Hunden nur aufstellte, wenn sie eine Bedrohung witterten. Pluto senkte den Kopf und ein tiefes Grollen entwich seiner Kehle, bevor er laut zu bellen anfing.

Fabian stürzte auf ihn zu und packte ihn am Halsband. »Aus, Pluto!«, zischte er und zog ihn mühsam von der Tür weg. »Du weckst ja halb Werne auf!«

Pluto stemmte sich gegen ihn, dann riss er den Kopf nach hinten und befreite sich aus Fabians Griff. Im nächsten Moment rannte er bereits ums Haus. Fabian eilte ihm hinterher. Das Verhalten Plutos war völlig untypisch für ihn. Als er die Hinterseite des Hauses erreichte, stutzte er. Hier stand unverkennbar einer der Traktoren von der Lichterfahrt, die er an der Penningrode gesehen hatte. Immer noch saß ein Plastik-Schneemann in der Schaufel, allerdings blinkte und wippte er nicht mehr. Ob Pluto deshalb gebellt hatte? Immerhin hatte ihn genau dieser Traktor bereits an der Straße erschreckt. Allerdings war Pluto nirgends zu sehen. Fabian blickte sich um. Langsam ging er auf die Rückseite des Hauses zu und fand die Hintertür nur angelehnt vor. Als er sie vorsichtig aufschob, ertönte ein nervtötendes Quietschen.

»Pluto!«, zischte er im Flüsterton. »Bist du da drin?« Als Antwort kam ein lautes Bellen. »Scheiße«, fluchte Fabian und betrat einen gefliesten Flur, von dem mehrere Türen abgingen. Eine davon war einen Spaltbreit geöffnet. Er schob sie auf. Ein schwerer Kronleuchter aus Bronze mit sechs elektrischen Kerzen tauchte den Raum in gelbliches Licht. Schwere Samtvorhänge rahmten die Fenster ein. Eine Couchgarnitur mit hellem Veloursbezug passte genau wie ein schwerer Orientteppich in die Einrichtung des Wohnzimmers aus den 70er-Jahren. Fabian fiel auf, dass sowohl der Eichenschrank als auch eine Kommode durchwühlt worden waren. Die Schubladen lagen herausgerissen am Boden, daneben häuften sich Besteckteile, Teelichter und Geschirruntersetzer. Als Fabian tiefer ins Zimmer trat und um einen Kaminvorbau herumblickte, sah er eine verschlossene Tür. Davor saß Pluto und bellte. Erst jetzt vernahm Fabian ein energisches Klopfen und Rufen. »Aufmachen! Lassen Sie mich sofort hier raus, Sie verdammter Mistkerl!«

Fabian lief sofort auf die Tür zu und drehte den steckenden Schlüssel. Die Tür wurde aufgerissen. Vor ihm stand eine schlanke Frau mit langen blonden Haaren, die er auf Ende 20 schätzte. Sie sah ihn verwirrt an und verharrte regungslos. Fabian trat zur Seite. »Was ist passiert? Geht es Ihnen gut? Soll ich die Polizei informieren?«

»Auf gar keinen Fall«, wehrte die Blonde ab und reichte Fabian zögernd die Hand. »Vielen Dank, dass Sie mich befreit haben. Ich heiße Teresa.«

Er ergriff ihre Hand mit festem Druck. »Fabian. Ich vertrete den Zeitungsboten. Was ist denn hier passiert?«, wiederholte er.

»Ich habe keine Zeit für Erklärungen«, sagte sie und stürmte aus dem Wohnzimmer. Man hörte ihre Schritte im Flur, eine Tür nach der anderen wurde aufgerissen und wieder zugeknallt. »Aurelia?« Teresas Stimme klang schrill. Sie rannte die Treppe hinauf. Erneut hörte man Türen schlagen und das wiederholte Rufen. Kurz darauf kam Teresa langsam die Treppe hinunter. »Sie ist nicht mehr da!«, sagte sie verzweifelt. »Er muss sie mitgenommen haben.«

Fabian konnte ihrer Erklärung nur bedingt folgen. »Wer hat wen mitgenommen? Wollen Sie mir nicht erzählen, was passiert ist? Oder soll ich doch die Polizei rufen?«

»Nein!«, rief Teresa entsetzt. »Keine Polizei!« Sie ging zurück ins Wohnzimmer und ließ sich in einen Sessel fallen. Dann schlug sie die Hände vors Gesicht. »Was soll ich denn jetzt machen?«

Fabian blieb vor ihr stehen und steckte die Hände in die Hosentaschen. Solange er nicht wusste, was Sache war, konnte er nicht helfen.

Endlich blickte Teresa auf. »Aurelia ist meine Groß-mutter. Sie ist schon über 80, aber noch topfit. Auch hier oben.« Sie tippte sich seitlich an die Stirn. »Ich wohne bei ihr und gehe ihr etwas zur Hand. Meine Großeltern haben früher Landwirtschaft betrieben. Die umliegenden Felder haben sie alle allein bewirtschaftet. Als mein Großvater vor zehn Jahren an einem Schlaganfall starb, ging das plötzlich nicht mehr. Weder meine Eltern noch mein Onkel wollten den Hof übernehmen. Also wurden die Felder verpachtet. Leider will meine Oma das manchmal nicht wahrhaben.«

Fabian verstand nicht so recht. »Sie sagten doch, sie sei noch ziemlich klar im Kopf.«

»Ja, schon. Aber sie denkt, unser Pächter hätte uns um das Land betrogen. Er betreibt den größten Bauernhof im Umkreis und Aurelia gibt ihm die Schuld, dass unser Hof nicht mehr existiert.«

»Ist das denn so?«, fragte Fabian.

Teresa schüttelte den Kopf. »Nein, aber sie denkt, wenn die Landwirtschaft für uns lukrativer gewesen wäre, gäbe es den Hof noch. Sie glaubt, wenn der Bauernhof damals mehr abgeworfen hätte, dann wären entweder mein Onkel oder meine Eltern Landwirte geworden. Dabei hatte keiner von ihnen je Interesse daran. Die Lichterfahrt gestern hat bei ihr wieder alles hochkochen lassen. Sie wollte unbe-dingt daran teilnehmen.«

Fabian glaubte zu verstehen. Blieb nur die Frage, wo Aurelia abgeblieben war. Immerhin stand der Traktor hin-ter dem Haus. Aber Teresa ging ja davon aus, jemand habe ihre Oma mitgenommen.

»Von wem wurden Sie eingesperrt? Derselbe Mann, der Ihre Oma verschleppt hat?«

»Wer sonst?« Teresa stand schwungvoll auf. »Er war stinksauer auf Aurelia.« Eine alte Standuhr in der Ecke schlug einmal für halb 6 Uhr am Morgen. Pluto, der sich zu Teresas Füßen gelegt hatte, sprang erschrocken auf.

»Wer ist *er*?«, fragte Fabian.

»Bauer Kleining«, erwiderte Teresa, »er wollte seinen Trecker zurück, den Oma sich ausgeliehen hatte. Sie hätte das nicht ohne sein Einverständnis tun sollen.« Sie hakte die Daumen in die Hosentaschen.

»Ihre Großmutter hat den Traktor gestohlen?«

Teresa seufzte. »Diebstahl ist ein großes Wort. Sie hatte zuvor gefragt. Aurelia wollte unbedingt an der Lichterfahrt teilnehmen, um gegen die Missstände in der Landwirtschaft zu demonstrieren. Die größte Not trifft dabei meist die Kleinbauern. In Aurelias Augen trägt nicht nur die Politik Schuld, sondern auch die Großbauern und dazu zählt sie den Kleining, der ihr nicht einmal seinen alten Trecker leihen wollte, obwohl er doch unsere Felder bewirtschaftet.«

»Und da hat sie sich den Traktor einfach geholt«, resümierte Fabian. »Aber wieso hat sie ihn nach der Lichterfahrt nicht zurückgebracht?«

Teresa zog die Schultern hoch. »Ich weiß es nicht. Vielleicht wollte sie noch die Deko entfernen. Als ich von der Arbeit kam – ich betreibe einen kleinen Bioladen in der Innenstadt –, habe ich weder Aurelia noch den Trecker gesehen. Ich bin auf der Couch eingeschlafen und von einem lauten Streit wach geworden. Kleining wollte wissen, wo der Schlüssel vom Trecker ist. Er hat Aurelia angebrüllt, aber die hat auf stur gestellt. Da hat er getobt.

Ich bin dazwischen und er hat mich weggestoßen. Da bin ich wütend geworden. Wir sind aufeinander losgegangen. Am Ende hat er mich in die Kammer gesperrt. Wo meine Oma zu dem Zeitpunkt war, weiß ich nicht. Er hat das Zimmer verlassen, danach habe ich keinen von beiden mehr gehört.«

»Und jetzt glauben Sie, Bauer Kleining hat Ihre Oma mitgenommen?« Fabian kannte den Bauern nicht und er konnte sich gut vorstellen, dass er sein Eigentum zurückhaben wollte. Aber würde er eine alte Frau entführen?

»Was sollte sonst passiert sein?« Teresa lief aus dem Wohnzimmer. »Ich muss Aurelia zurückholen. Wer weiß, wozu der Kerl fähig ist.«

Als Fabian ihr in den Flur folgte, zog sie bereits Jacke und Schuhe an. Er blickte sich um. »Haben Sie Pluto gesehen?«

Ehe Teresa antworten konnte, drang lautes Motorengeräusch von draußen herein. Der Traktor wurde angelassen. Sie rannten zur Hintertür hinaus. Der Schneemann und die Weihnachtsdeko lagen verstreut am Boden. Hinterm Steuer des Traktors saß ein kräftiger Mann mittleren Alters mit grimmigem Gesicht. »Hey!«, rief Teresa laut. »Wo ist meine Oma?«

Bauer Kleining stellte den Motor noch einmal aus. »Ich habe keine Ahnung«, zischte er, »wenn sie wieder auftaucht, richten Sie ihr aus, dass sie dieses Mal zu weit gegangen ist. Den Traktorschlüssel werde ich ihr in Rechnung stellen. Sie kann froh sein, dass ich nicht die Polizei informiert habe.«

Fabian stellte sich neben Teresa. »Dann wären Sie wohl selbst dran!«, meinte er. »Sie haben Teresa eingesperrt zurückgelassen und deren Oma entführt.«

Kleinings Mundwinkel sanken herab. »Ich habe die Alte nicht entführt«, widersprach er. »Ja, ich gebe zu, als die junge Frau auf mich losgegangen ist, habe ich rotgesehen. Ich wollte sie mir nur vom Leib halten und habe sie in die Kammer geschoben, damit sie mir nicht in die Quere kommt. Ich habe das gesamte Haus nach der Alten abgesucht, damit sie mir endlich den Traktorschlüssel gibt. Aber sie war wie vom Erdboden verschluckt. Da bin ich wütend nach Hause gelaufen, um den Ersatzschlüssel zu holen. Ich dachte, Ihre Oma wird Sie schon befreien.«

Einen Moment starrten sich alle schweigend an. Plötzlich hörte Fabian Pluto bellen. Er hetzte in den Flur, konnte das Gebell jedoch nicht eindeutig orten.

»Das kommt aus dem Keller!«, rief Teresa und rannte eine Treppe hinunter. Fabian und Bauer Kleining folgten ihr. Sie drückte gegen den Knauff der Kellertür, die von einem Keil offen gehalten wurde, und rannte durch den Gang. Das Bellen kam aus dem letzten Kellerraum.

Teresa lief in einen Vorratskeller, in dem sich Regale mit haltbaren Lebensmitteln und jede Menge gefüllte Flaschen befanden. Vor einem der Regale saß eine Frau mit kurzem weißem Haar. Ihre Augen blickten wach und klar.

»Ich bin gestürzt«, erklärte sie, »vermutlich der Kreislauf. Plötzlich wurde mir schwarz vor Augen, dann war ich weg. War wohl zu viel Aufregung für so eine alte Schachtel, wie ich es bin. Dabei wollte ich dem Kleining nur ein Angebot zur Versöhnung machen, damit er wieder Ruhe gibt. Wäre dieser wunderbare Hund nicht gekommen und hätte mir durchs Gesicht geleckt, befände ich mich wohl immer noch im Land der Träume. Der Gute hat mich geweckt und mir Gesellschaft geleistet.« Sie kraulte Pluto den Nacken. »Dummerweise muss ich wohl auf die Knie gefallen sein. Jedenfalls schmerzen sie höllisch und ich komme nicht allein hoch. Gut, dass der brave Kerl euch durch sein Bellen hergeholt hat. Mein Rufen hat nämlich keiner gehört.«

»Meine Güte, Aurelia!«, rief Teresa entsetzt. »Was machst du nur für Dummheiten?« Fabian und Teresa halfen ihr auf die Beine und stützten sie. »Warum hast du Bauer Kleining den Schlüssel vom Traktor nicht einfach gegeben?«

Aurelia hob die Schultern. »Ich weiß tatsächlich nicht, wo ich ihn zuletzt abgelegt habe. Mit 83 darf man schon ein bisschen tüdelig werden.« Sie klopfte sich den Staub von der Kleidung und ging mit steifen Schritten zu einem der Regale, wo sie drei Flaschen mit einer milchigen Flüssigkeit hervorholte, die am Flaschenhals hübsch mit Schleifenband und einem Engel als Anhänger dekoriert waren.

»Wenn Sie den Schlüssel wiederfinden, bringen Sie ihn einfach vorbei, Aurelia«, murrte Bauer Kleining besänftigt, »war 'ne lange und aufregende Nacht. Ich muss mal langsam nach Hause.« Er drehte sich um und ging zur Treppe.

Fabian nickte und folgte ihm. Teresa stützte ihre Oma und half ihr hinauf. Einen Moment standen sie zu viert schweigend im Flur. »Ähm«, räusperte sich Fabian, »so wie ich das sehe, sind Sie doch jetzt quitt.« Er deutete auf Aurelia. »Sie haben einen Traktor gestohlen!« Er deutete auf Bauer Kleining. »Sie haben Teresa eingesperrt zurückgelassen und können froh sein, dass alles glimpflich ausgegangen ist. Wäre Pluto nicht gewesen, hätte das ganz schön ins Auge gehen können. Für Sie alle.«

Die beiden Frauen nickten. Bauer Kleining wirkte betreten. »Tut mir leid«, sagte er zu Aurelia, »nächstes Jahr fahren wir zusammen die Lichterfahrt. Einverstanden?«

»Ich nehme Sie beim Wort!«, erwiderte sie und drückte ihm eine der Flaschen in die Hand. »Das ist Engelchen-Likör. Den mache ich selbst und Teresa verkauft ihn in ihrem Bioladen. Vielleicht hilft er Ihnen ja, ein bisschen mehr wie ein Engel zu werden.«

Kleining nahm die Flasche lächelnd entgegen. »Einen Versuch ist es wert.« Er starrte auf Pluto, der ihn mit der Pfote am Hosenbein anstieß und ein dumpfes Kläffen von sich gab. Er beugte sich zu dem Labrador hinab und nahm etwas aus seiner Schnauze. »Du hast den Traktorschlüssel gefunden! Braver Junge!«

Alle lachten erleichtert. Fabian bekam ebenfalls eine Flasche Likör und musste versprechen, vor Weihnachten noch einmal wiederzukommen, um für Pluto einen großen Hundeknochen abzuholen.

»Den hat mein Schutzengel sich redlich verdient«, meinte Aurelia und winkte ihnen gemeinsam mit Teresa nach, als Kleining zu seinem Traktor und Fabian mit Pluto zum Smart ging.

Rezept: Engelchen-Likör

Zutaten:
  150 g weiße Schokolade
  80 g Zucker
  1 Ei
  500 ml Sahne
  300 ml Amaretto

Schokolade klein hacken und im Wasserbad schmelzen, danach mit Zucker, Ei und der Hälfte der Sahne in einem großen Topf erhitzen. Dabei gut umrühren, sodass eine glatte Masse entsteht.

Den Amaretto hinzufügen und fünf Minuten bei mittlerer Hitze ziehen lassen. Den Rest der Sahne hinzugeben und alles gut vermischen. Den Likör in eine Flasche abfüllen und am besten im Kühlschrank aufbewahren.

URLAUB GEGEN HUND

Marzipan-Nusstorte in Schmallenberg
Anke Kemper

Essen, Freitag, der 13.12., 17 Uhr, Regen, +2 Grad Cel-
sius

Britta überprüfte die Packliste. Ihre Kleidung lag ordentlich sortiert und gefaltet auf dem kleinen Bett, bereit,
in den Koffer gelegt zu werden. Dieses Mal ging es ins
Hochsauerland, in das malerische Städtchen Schmallenberg. Direkt nach Renteneintritt hatte Britta sich auf der
Plattform »Urlaub gegen Hand« angemeldet, was bedeutete, dass sie fast umsonst Urlaub machte und im Gegen-
zug ein wenig arbeiten musste. Der Vorteil: Sie konnte
sich schöne Orte aussuchen, an denen sie ein oder zwei
Wochen verweilte, musste dafür manchmal die Katze, den
Hund oder auch Kinder hüten oder Keller und Schuppen
aufräumen, hatte aber gleichzeitig Kost und Logis inklusive. Für sie der perfekte Weg, aus ihrer knapp 60 Quadratmeter großen Wohnung im Stadtteil Huttrop in Essen
herauszukommen, neue und interessante Menschen kennenzulernen und vor allem: ihrem Hobby – der Foto-
grafie – an den schönsten und interessantesten Plätzen
Deutschlands nachzukommen. Das machte sie nun schon
das zweite Jahr und erst einmal hatte sie einen Urlaub

abbrechen müssen, weil man ihr ausschließlich vegane Kost vorgesetzt hatte – nicht aus gesundheitlichen Gründen, sondern wegen des Tierwohls, wie täglich insistiert wurde. Als Britta irgendwann darauf erwiderte: »Ich mag Tiere auch, aber nur auf dem Teller«, hatte sie direkt die Koffer packen können und der Urlaub war jäh beendet gewesen. Dieses Mal würde sie über die Weihnachtsfeiertage verreisen. Ihre Gastgeber betrieben ein kleines B&B und für sie war die Wintersaison die bestgebuchte Zeit. Britta war das sehr recht, sie war Weihnachten meist allein und freute sich, unter Menschen zu kommen. Ihre Aufgabe während dieses Urlaubs bestand hauptsächlich darin, die Buchhaltung auf den aktuellen Stand zu bringen, bevor der Jahresabschluss anstand, alte Papiere zu sortieren und das eine oder andere zu vernichten, nebenbei auf den Golden Retriever der Besitzer aufzupassen und ihn Gassi zu führen. Britta war voller Tatendrang und legte ihre Kleidung behutsam in den Koffer. Morgen ging es los.

*

Samstag, der 14.12., 14.30 Uhr, Schneeregen, 0 Grad Celsius

Das hatte sie nicht erwartet. Klar, Weihnachtszeit war Reisezeit, aber mussten alle in die gleiche Richtung fahren? Dass das Sauerland ganzjährig als ein beliebtes Urlaubsziel galt, vor allem für viele Ruhrpöttler und Holländer, war ihr bekannt. Trotzdem hatte sie diesen Verkehr an einem Samstagnachmittag nicht erwartet. Das Navi hatte ihr, bevor sie losgefahren war, bis zum Bestimmungsort circa zwei Stunden Fahrtzeit angezeigt. Jetzt waren schon über drei Stunden vergangen und sie konnte endlich die Autobahn verlassen. Über Land würde sie noch einmal etwa 40 Minuten fahren, bis sie ihr Ziel erreichte. Britta seufzte. Die Thermoskanne mit dem Tee war leer und die Butterbrote hatte sie längst verspeist. Hauptsächlich aus Frust. In der Beschreibung der Gastgeber hatte es geheißen: »Wir freuen uns sehr auf Ihren Besuch und erwarten Sie mit einem köstlichen Abendbrot.« Na toll! Bis zum Abendessen war es noch lange hin. Aber Britta verspürte keine Lust, nach einem Supermarkt oder Bäcker zu suchen. Das würde sie nur unnötig aufhalten oder schlimmstenfalls vom Weg abbringen. Ein bisschen hungern schadete nicht, stellte sie fest und trat aufs Gaspedal. Mittlerweile schneite es, als hätte Frau Holle teuflische Freude daran, die Autofahrer zu ärgern, und Britta konnte nur ahnen, dass es im Hochsauerland bei etwa 400 Höhenmetern noch eine Schippe mehr sein würde.

*

Schmallenberg, Samstag, der 14.12., 16 Uhr, mäßiger Schneefall, -2 Grad Celsius

Den Hund hatte sie als Erstes kennengelernt. Britta klopfte sich den Schnee vom Mantel und versuchte, ihren Handschuh aus dem Maul des freudig wedelnden Golden Retriever zu reißen. Keine Chance.

»Der tut nix«, rief ihre Gastgeberin und scheuchte den übermütigen Rüden samt Handschuh beiseite. »Herzlich willkommen in unserem Haus, ich bin die Inge und das ist Herbert.« Damit meinte sie ihren Mann, der direkt hinter ihr auf der Treppe erschien.

Die Begrüßung war überschwänglich, Herbert trug Brittas Gepäck ins Haus, der Hund ihren Handschuh und Inge trug zur Unterhaltung bei und plapperte fröhlich drauflos, zeigte Britta ihr Zimmer und startete eine ausführliche Hausbesichtigung, bevor sie ihren Gast ins festlich dekorierte Esszimmer führte. Die Hierarchie in diesem Haus war schnell geklärt: Der Hund war der Boss, dann kam Inge, und Herbert bildete das Schlusslicht. Diesen Eindruck hatte Britta nach nur fünf Minuten und beim Abendessen bekam sie die Bestätigung dafür. Der Boss hieß übrigens Karl-Gustav und hatte im Esszimmer seinen Platz direkt am Tisch zwischen Inge und Herbert. Dass er von Britta kein Leckerchen erwarten konnte, hatte der schlaue Rüde nach nur einer Minute kapiert.

»Wir freuen uns so, dass du da bist.« Inge schaufelte ungefragt Antipasti, Käse und Salat auf Brittas Teller. »Iss, du hast eine lange Reise hinter dir.«

»Nun, so lang nun auch wieder nicht. Das Ruhrgebiet liegt ja fast um die Ecke«, scherzte Britta. Sie erzählte nicht, wie leidig ihre Fahrt verlaufen war.

»Wie du vielleicht bemerkt hast, haben wir keine weiteren Gäste. Wir … ähm …« Inge stockte und sah ihren Mann bittend an. Als der nicht reagierte, klopfte sie ungeduldig mit den Fingerspitzen auf den Tisch. Herbert räusperte sich und wischte sich den Mund betont langsam mit der Serviette ab.

»Wir hatten einen Wasserschaden und konnten nur noch ein Zimmer vermieten. Jetzt ist der Schaden halbwegs behoben und wir werden ab Mitte Januar wieder regulär öffnen können«, spulte Herbert herunter, ohne Britta dabei anzusehen, und aß genüsslich weiter. Von seiner Seite war damit alles erklärt.

»Genau. So war es. Das Gute daran: Wir können uns jetzt intensiv um die restliche Renovierung kümmern. Herbert hat Rücken und wir kommen nur langsam voran. Du bereitest die Buchführung vor und beschäftigst Karl-Gustav«, sagte Inge und strahlte bis über beide Ohren.

»Beschäftigst? Du meinst, Gassi gehen, richtig?«

»Ja, auch«, antwortete Inge und sah wieder zu ihrem Mann, der aber keine Anstalten machte, das Wort zu ergreifen. »Karl-Gustav braucht viel Zuwendung, er ist meist sehr brav, aber auch ein wenig übermütig. Wenn man ihn allein lässt, bellt er unentwegt. Aber sonst ist er ganz lieb und er läuft auch nicht weg … Er ist halt erst vier Jahre alt und braucht jede Menge Auslauf und Unterhaltung.«

Britta antwortete nicht. Unterhaltung, soso. Das sehen wir dann, dachte sie und schaute den Golden Retriever an. Karl-Gustav erwiderte ihren Blick und Britta glaubte für einen Augenblick, dass er lächelte.

»Ich hole die Torte«, sagte Inge euphorisch, stürmte in die Küche und präsentierte eine Platte mit Tortenstücken. »Der Rest von gestern. Sehr lecker, Marzipan-Nusstorte, die isst der Herbert immer so gerne. Nicht wahr, Herbert?«

»Mhm«, bestätigte Herbert.

»Ich backe sie mindestens dreimal die Woche, also, wenn wir Gäste haben. Stimmt doch. Herbert?«

»Mhm.«

Die Torte war köstlich. Britta mochte Marzipan sehr gerne. An die Kalorien wollte sie jetzt nicht denken. Sie hatte mächtig Hunger und der Start ihres Urlaubs schien kulinarisch mehr als gelungen. Die beiden nahmen ihre Aufgabe als aufmerksame Gastgeber sehr ernst.

»Frühstück morgen von 7 bis 8 Uhr. Wir sind Frühaufsteher, und da ja jetzt keine weiteren Gäste hier sind … Ich hoffe, das ist okay für dich? Um 8 Uhr muss Karl-Gustav auch das erste Mal raus.« Inges Frage war eher eine der rhetorischen Sorte. Britta nickte mit einem gequälten Lächeln. Karl-Gustav wedelte mit dem Schwanz und ihr wurde klar, dass dies wohl eher ein Urlaub gegen Hund als der übliche Urlaub gegen Hand werden würde.

*

Sonntag, 15.12., 8 Uhr, wolkenlos, -1 Grad Celsius

Britta hatte gut geschlafen. Das Zimmer war gemütlich, aber modern eingerichtet, verfügte über eine kleine Teeküche und das Bad schien nagelneu. Das Frühstück, das Inge ihr zubereitet hatte, war mehr als genug. Um diese Uhrzeit brachte sie noch nicht viel herunter. Kaffee mit viel Zucker reichte ihr. Sie nahm sich vor, wenn sie Karl-Gustav Gassi geführt hatte, beim Bäcker vorbeizugehen und sich Proviant für den Tag mitzubringen. Auf diesem Wege würde sie ihre Freizeit nutzen, um den historischen Stadtkern von Schmallenberg zu erforschen. Ihre Gastgeberin hatte ihr am Abend ihre Wanderschuhe und warme Socken ausgehändigt, damit Britta nicht auf die Idee kam, mit ihren Stiefelchen mit dem Hund durch den Schnee zu laufen, wie sie sich ausdrückte. »Nicht schön, aber bequem«, sagte Britta zu ihrem Spiegelbild, nahm ihren Wintermantel, Schal, Mütze und ein geliehenes Paar Handschuhe und machte sich auf den Weg.

Der Boss zeigte Britta, wo es langging, und Britta gehorchte. Als sie nach einer Stunde über den Hinterhof Richtung Haus gingen, fiel ihr die Hundehütte im Garten das erste Mal auf. Sie war aufwendig mit Fachwerk gestaltet und dem Wohnhaus nachempfunden. Karl-Gustav winselte und zog an der Leine.

»Willst du dorthin? Ich aber nicht. Mir ist kalt.« Was rede ich mit diesem blöden Köter, dachte Britta und machte den Hund von der Leine los. Der Garten war mit hohen Hecken umrandet und nur durch das Gartentor Richtung Hinterhof mit den Gästeparkplätzen zu erreichen, weit konnte der Rüde nicht kommen. »Ich geh schon mal rein, bis gleich«, sagte sie zum Abschied. Bevor Britta das Haus durch die Hintertür betrat, blickte sie sich noch einmal um. Karl-Gustav buddelte wie ein Verrückter direkt neben seiner Hütte. Wahrscheinlich hatte er einen Knochen vergraben, den er unbedingt zum Frühstück brauchte. Dann bist du ja erst mal beschäftigt, dachte sie, brachte ihre Sachen in ihr Zimmer und machte sich auf den Weg in das Büro, wo Inge bereits auf sie wartete.

»Und? Wie war es? Habt ihr euch vertragen? Ist er nicht goldig?« Inge saß am Computer und strahlte Britta an.

»Alles bestens, er ist noch im Garten.«

»Allein?« Inges Augen weiteten sich.

»Das Grundstück ist mit Hecken umgeben, wo soll er denn hin?«, antwortete Britta.

»Ja, schon, aber er macht nur Blödsinn, wenn er allein ist. Außerdem bellt er immer, wenn er uns nicht findet, und dann gibt es Ärger mit den Nachbarn. Das können wir jetzt wirklich nicht gebrauchen.« Inge stand abrupt auf und rannte aus dem Büro. Wie auf Kommando bellte Karl-Gustav wie ein Verrückter. Britta blies ihre Backen auf und ließ die Luft langsam und laut entweichen. Sie ging ans Fenster und beobachtete, wie Inge in Hausschuhen in den Garten stolperte, Karl-Gustav am Halsband packte und ihn hinter sich her Richtung Haus zog. Das kann ja heiter werden, dachte Britta und ließ sich auf einen Hocker neben dem Schreibtisch fallen.

*

Donnerstag, 19.12., 12 Uhr, stürmische Böen, -3 Grad Celsius

Nun war fast eine Woche ihres Urlaubs vorbei. Britta hatte sich gut mit Karl-Gustav arrangiert. Der Rüde war mittlerweile der Einzige im Haus, der sich auf Britta freute, wenn sie morgens auf der Bildfläche erschien, um mit ihm Gassi zu gehen. Ihr Frühstück hatte sie bereits ab dem zweiten Tag ihres Aufenthaltes in der kleinen Teeküche auf ihrem Zimmer serviert bekommen, mittags gab es meist Suppe und ein Stück Torte und auch das Abendbrot nahm sie allein auf ihrem Zimmer ein. Die beiden Gastgeber Herbert und Inge wirkten nervös bis kurz vorm Explodieren und Britta wusste nicht, warum. Seltsam erschien ihr nur, dass sie nicht mehr im Büro arbeiten sollte. Angeblich würde nichts anliegen und es reiche, wenn sie sich um Karl-Gustav kümmere.

Diese Entscheidung hatte Inge getroffen, als Britta direkt am ersten Tag beim Sortieren der Belege fragte, wo denn die Handwerkerrechnungen wegen des Rohrbruchs wären. Sie würde mal interessieren, was heutzutage Renovierungsarbeiten so kosteten und was die Versicherung in diesem Fall dazutat. Inge hatte nur abgewunken und erklärt, dass sie vieles selbst machten oder Freunde und Verwandte helfen würden. Das war alles, was Britta erfuhr, und ihre Karriere in der Buchhaltung war damit beendet. Ein wenig traurig war sie darüber schon, weil es

ihr hier in Schmallenberg und auch in diesem romanti-
schen B&B sehr gut gefiel und sie hoffte, sie könnte bald
wiederkommen. Diese Chance hatte sie wahrscheinlich
verspielt. Warum auch immer. Mittlerweile waren Herbert und Inge auch sehr daran interessiert, dass Britta das
Umland von Schmallenberg näher kennenlernte und die
Spaziergänge mit Karl-Gustav ausweitete. Heute sollte
es rauf in den Ortsteil Schanze gehen, damit sie sich den
Kyrill-Pfad ansehen konnte.

»Dort kannst du wundervolle Fotos machen. Du wirst
begeistert sein«, hatte Inge erklärt.

Herbert fuhr sie gemeinsam mit Karl-Gustav dorthin
und verabschiedete sich mit den Worten: »Sind nur etwas
über zwei Stunden, bis du wieder zurück bist.«

Britta war nach nur einer halben Stunde durchgefro-
ren. Hier oben pfiff ein kalter Wind, der schmerzhaft
in ihr Gesicht fegte. Der Orkan Kyrill, der im Januar
2007 durch NRW tobte, war in ihrer Erinnerung sehr
präsent. Auch in Essen hatte der Sturm für große Schä-
den gesorgt. Der Kyrill-Pfad, der hier in Schanze angelegt worden war, war ein Anschauungs- und Erlebnis-
pfad. Die Sturmschäden waren nie beseitigt worden und
ein tausend Meter langer Pfad, der zum Teil über Holz-
brücken führte, veranschaulichte das Chaos von damals.
Bei schönerem Wetter oder mit der richtigen Kleidung
sicher ein großartiges Ausflugsziel. Britta versuchte, Herbert oder Inge zu erreichen, damit sie sie samt Hund wieder abholten, aber keiner antwortete. »Na, Karl-Gustav,
bist du schon mal Taxi gefahren?«, fragte sie den Hund,
während sie auf dem Smartphone nach einem Taxiunter-
nehmen suchte.

Britta ließ den Rüden frei laufen, als das Taxi hielt und sie den Fahrer großzügig bezahlte. Es hatte sie einige Überredungskunst gekostet, einen großen Hund, dessen Fell vom Schnee nass war, in einem Personentaxi mitzunehmen. Jetzt zahlte sie zähneknirschend die Quittung dafür. Karl-Gustav wartete geduldig auf Britta und lief dann mit ihr über den Hof direkt durch den Torbogen in den Garten, wo er freudig Herrchen und Frauchen begrüßte, die mit Schaufeln, Spitzhacke und Eimern neben seiner Hundehütte standen. Diese war einige Meter vom alten Platz versetzt worden.

»Oh mein Gott!«, schrie Inge. Herbert war vor Schreck zur Salzsäule erstarrt, Britta sagte erst einmal nichts und Karl-Gustav wälzte sich genüsslich im Schnee.

Knapp eine Stunde später stand Britta vor einer schweren Entscheidung. Die beiden Hausherren hatten ihr alles erzählt und sie angefleht zu schweigen.

»Es war ein schrecklicher Unfall, bitte, das musst du uns glauben«, hatte Inge immer wieder unter Tränen gesagt. Britta saß am Küchentisch und genehmigte sich einen doppelten Cognac. Dazu gab es Marzipan-Nusstorte, was sonst. Herbert starrte schweigend an die Decke und Karl-Gustav lag schnarchend am Küchenofen.

»Aber irgendjemand wird diese Frau doch vermissen«, bemerkte Britta endlich.

»Erst einmal nicht. Sie lebt allein, ist Frührentnerin und ist ganzjährig über ›Urlaub gegen Hand‹ gereist, weil ihr die Wohnung gekündigt worden war und sie in Ruhe nach etwas Neuem suchen wollte«, antwortete Inge. Dann erklärte sie ausführlicher, dass Brittas Vorgängerin im Dunkeln die Kellertreppe hinuntergestürzt war, weil sie die Tür mit der Tür zur Gästetoilette verwechselt hatte, die genau neben dem Eingang zum Keller lag. »Sie ist, ohne das Licht einzuschalten, einfach ins Leere getreten und 15 Treppenstufen hinuntergestürzt. Es war so schrecklich. Wir hätten die Tür abschließen müssen. Wir haben gegen sämtliche Auflagen der Berufsgenossenschaft verstoßen, uhhhuhu.« Inge heulte hemmungslos. Als sie sich etwas beruhigt hatte, erzählte sie weiter: »Da es spät abends war, waren alle Gäste bereits auf ihren Zimmern. Karl-Gustav hat gebellt, sonst hätten wir ihre Leiche vermutlich auch erst am anderen Tag entdeckt. Tja, und dann mussten wir schnell entscheiden, was wir tun sollten.«

Herbert erzählte, dass sie die Leiche in den Garten getragen hatten und im Schutz der Hecken zunächst nur ein flaches Grab schaufeln konnten, weil der Boden gefroren war. Außerdem hatte Karl-Gustav die Arbeiten stark behindert, aber sie konnten ihn ja nicht allein im Haus lassen. Er hätte die Gäste und sämtliche Nachbarn mit seinem Gebell auf den Plan geholt. Dann hatten sie das Loch, so gut es ging, wieder mit Erde verschlossen und danach die große Hundehütte darübergeschoben. Da Karl-Gustav eine gute Nase hatte, war er, sobald er die Möglichkeit hatte, immer wieder zu seiner Hütte gerannt, um zu buddeln.

»Und da haben wir entschieden, dass wir zunächst keine Gäste aufnehmen. Wir wollten nur jemanden haben, der die Büroarbeit erledigt und sich um Karl-Gustav kümmert und mit ihm lange Spaziergänge unternimmt, damit wir ungestört das Loch mit der Leiche etwas vergrößern und dann einbetonieren können, bevor wir die Hütte darauf platzieren. Ein Fundament für Karl-Gustavs Haus sozusagen. Das hätte uns ja auch jeder geglaubt. Die Hütte ist riesig.«

»Aber ihr hättet den Hund doch einfach im Haus lassen können, wozu dieser Aufwand?«, wollte Britta wissen.

»Du weißt doch, was er für ein Theater macht, wenn er nicht bei uns ist, und der schlaue Hund merkt ja auch, dass wir in der Nähe sind – da will er doch dabei sein. Dann hätte er nur wieder unsere Nachbarn aufgeschreckt und das konnten wir nicht riskieren. Und ich musste Herbert ja helfen, er hat doch Rücken«, erklärte Inge.

»Außerdem sollte alles so normal wie möglich wirken«, ergriff Herbert das Wort. »Den Wasserrohrbruch haben wir erfunden, wie du ja sicher schon bemerkt hast. Aber wir wollten die Gäste nicht verärgern und brauchten einen plausiblen Grund für die Stornierungen und auch dafür, sollten die Nachbarn fragen, warum hier zur wirtschaftlich besten Jahreszeit nichts los ist. Wir haben zunächst abgewartet, bis die reguläre Zeit abgelaufen war, die deine Vorgängerin hier gearbeitet hätte, und haben dann dich ausgewählt. Auf der Plattform haben wir sie in den höchsten Tönen gelobt, damit es so aussah, als hätte sie bis zum Schluss hier gearbeitet.« Herbert seufzte. Man merkte ihm an, dass ihn dieser tödliche Unfall in seinem Haus sehr mitnahm.

»Dieses kleine B&B ist doch unser Lebenswerk«, jammerte Inge, sie schnäuzte sich laut und Karl-Gustav blickte kurz auf, bevor er den Kopf zurück auf sein Kissen bettete.

*

Freitag, 20.12., 15 Uhr, heiter bis wolkig, -6 Grad Celsius

Das war das erste Mal, dass Britta eine Marzipan-Nusstorte gebacken hatte. Die Verzierung mit kleinen Tannenbäumen, Kerzen und natürlich einem Hund aus Marzipan war ihr gut gelungen, fand sie. Sie war jetzt Mitwisserin in einem Todesfall und machte sich damit strafbar, aber wer sollte etwas bemerken? Sie konnte Inge und Herbert sehr gut verstehen und hatte lange darüber nachgedacht, wie sie gehandelt hätte.

Britta betrachtete stolz ihr fertiges Werk. Sie summte ein Lied, während sie den Kaffeetisch deckte. Karl-Gustav lag am Ofen und wedelte mit dem Schwanz. »Tja, mein Lieber«, sagte Britta zu ihrem neuen besten Freund. »Jetzt hast du mich noch eine Weile an der Backe und ich komme auch öfters mal vorbei. Ihr habt es so schön hier. Viel schöner als bei mir in Essen. Und wer weiß, vielleicht ziehe ich auch ganz zu euch.« Britta lächelte wissend und schnitt die Torte an.

Rezept: Marzipan-Nusstorte

Zutaten für den Teig:
  4 Eier
  150 g Zucker
  1 Pck. Vanillezucker
  150 g Weizenmehl
  3 TL Backpulver
  1 Prise Salz

Für die Füllung:
  600 g Sahne
  2 Pck. Sahnesteif
  200 g gemahlene Haselnüsse
  150 g Aprikosenmarmelade
  1 Marzipan-Decke zum Überziehen
  etwas Puderzucker zum Bestreuen
  ggf. Haselnüsse zum Garnieren

Backofen auf 180 °C Ober-/Unterhitze (Umluft: 160 °C)
vorheizen. Für den Biskuitboden die Eier mit Zucker und
Vanillezucker ca. 4 Minuten auf höchster Stufe cremig
schlagen, bis die Masse dickflüssig wird. Mehl mit Backpulver und Salz vermischen. Nach und nach zur Eiermi-
schung sieben und vorsichtig unterheben.

Eine Springform (Ø 26 cm) mit Backpapier auslegen. Teig in die Springform geben und im vorgeheizten Ofen ca. 20–25 Minuten backen. Direkt nach dem Backen den Biskuitboden mit einem Messer vom Rand der Springform lösen, abkühlen lassen. Den abgekühlten Boden einmal waagerecht in zwei Tortenböden schneiden.

Für die Füllung die Sahne mit Sahnesteif steif schlagen. 3–4 EL der Sahne in einen Spritzbeutel mit Sterntüllen-Aufsatz geben und in den Kühlschrank legen. Zur restlichen Sahne gemahlene Haselnüsse geben und unterheben. Ersten Biskuitboden auf eine Tortenplatte legen. Mit Aprikosenmarmelade bestreichen. Haselnuss-Sahne bis auf 5 EL darauf verteilen. Zweiten Tortenboden auflegen. Torte mit den übrigen 5 EL Haselnuss-Sahne rundherum bestreichen. Marzipandecke ausrollen und über die Torte legen. Nach Belieben mit etwas Puderzucker bestreuen, Marzipandecke am unteren Rand ggf. rundherum gerade abschneiden.

Zum Verzieren mit dem beiseite gelegten Spritzbeutel 16 Sahnetuffs auf den Rand der Torte spritzen. Je einen Haselnusskern auf einen Sahnetuff setzen und leicht andrücken. Torte bis zum Servieren kalt stellen.

ZEHNKAMPF DER
SCHNEEMÄNNER

Gebrannte Mandeln in Unna-Massen
Astrid Plötner

Als die ersten Keime einer Idee in Saskias Kopf zu sprie-
ßen begannen, sich an Konstantin Kunz zu rächen, hätte
sie nie gedacht, welche Ausmaße das Vorhaben annehmen
würde. Jetzt stand sie an diesem Samstag, drei Tage vor
dem Heiligen Abend, zu Füßen der Tribüne des Stadions
an der Sonnenschule und staunte über die voll besetzten
Ränge. Hunderte waren gekommen. Bei einem Eintritt von
drei Euro waren damit schon die ersten Sportgeräte gesi-
chert, die dieses Benefizereignis finanzieren sollte. Plötzlich wollten alle dabei sein, wenn die Väter der Grundschüler aus der vierten Klasse sich im Zehnkampf maßen.
Unter normalen Umständen wäre das Sportevent vielleicht
in einer Spalte im Magazin *Massen aktuell* erwähnt worden. Aber nun, wo der Frauengesprächskreis der evange-
lischen Kirchengemeinde im Melanchthon-Haus Schnee-
mann-Kostüme für die Wettkampfteilnehmer genäht hatte,
war in allen Lokalzeitungen und Magazinen im Umkreis
groß über den Zehnkampf der Schneemänner berichtet
worden. Sogar *Antenne Unna* und der *WDR* hatten auf das
Ereignis aufmerksam gemacht. Schließlich hatte es nicht

nur die Massener ins Stadion getrieben, sondern den halben Kreis Unna und auch viele Dortmunder.

Saskia nickte zufrieden. Genau die richtige Kulisse, um dem Leben von Konstantin Kunz ein Ende zu bereiten. Für seinen Abgang hatte sie sich etwas Besonderes ausgedacht. Das Spektakel begann mit ihrer Anmoderation. Sie wies auf den Imbiss und den Getränkestand hin, wo es Bratwurst, Pommes, Kaltgetränke und Glühwein gab. »Außerdem«, fügte sie hinzu, »haben die Mütter der Grundschüler Tüten mit selbst gemachten gebrannten Mandeln gestiftet. Der gesamte Erlös daraus fließt ebenfalls in die Beschaffung der Sportgeräte. Und nun genug der Vorrede. Zuerst startet Gruppe A mit dem 100-Meter-Lauf!«

Sie stellte die vier Schneemänner vor, die sich an der Laufbahn gegenüber der Tribüne aufstellten. Das weiße Unterteil hing ihnen in der Taille, war mit viel Füllwatte ausgestopft und lief fast am Boden rund zusammen, sodass die Teilnehmer sich nur mit Tippelschritten fortbewegen konnten. Das Oberteil saß wie eine Jacke am Körper, ebenfalls dick ausgestopft, und ließ sich vorn mit einem Klettverschluss schließen, auf dem dicke schwarze Knöpfe aufgenäht waren. Auf dem Kopf trugen die Schneemänner einen verzierten Motorradhelm – die freundliche Leihgabe eines Kamener Motorradklubs. Die Helme waren mit demselben weißen Plüsch bezogen, aus dem auch die Anzüge bestanden, wobei das Visier ausgelassen wurde. Obendrauf klebte ein schwarzer Zylinder.

Während die Mutter eines der Viertklässler nun den Startschuss abgab, stoppten vier weitere Helfer die jeweilige Zeit. Danach ging es für Gruppe A zum Weitsprung und Gruppe B trat auf den Startpunkt der Laufbahn zu. Jetzt wurde es interessant. Konstantin stand auf der zweiten Bahn von links zwischen Sascha und Christian. Die rechte Bahn gehörte Felix. Konstantins Mitstreiter waren für den gesamten Ablauf des Wettkampfs instruiert. Sie glaubten, Saskia wollte Konstantin einen ordentlichen Denkzettel verpassen, ihren wahren Plan kannte nur ihr Ehemann Felix. Saskia stellte auch diese Kandidaten vor. Die Menge applaudierte.

Der Startschuss knallte. Die vier Männer liefen los. »Ein gelungener Start«, krähte Saskia ins Mikrofon, »oh, das sieht übel aus. Konstantin wird von dem links laufenden Sascha angerempelt und gerät ins Straucheln.« Sie grinste in sich hinein, da sie wusste, dass die Attacke mit voller Absicht geschah. Sie hatte Sascha nur gefragt, ob seine Frau wisse, dass er sie seit Monaten betrüge, schon war er bereit gewesen zu rempeln. »Was für ein Glück, dass Konstantin Kunz sich noch fangen kann. Aber nein! Er taumelt in die Bahn von Christian! Oh! Dieser stößt ihn mit Wucht zur Seite. Konstantin Kunz kann sich nicht mehr halten. Er fällt auf die Bahn und bleibt liegen wie ein gestrandeter Wal.« Die Zuschauer lachten. Zwei Männer halfen ihm auf die Beine, sodass auch er das Ziel erreichte. Saskia lächelte. Sie hatte Christian daran erinnert, dass er mit 15 Jahren die Aral-Tankstelle an der Hansastraße überfallen hatte. Er war damals unerkannt entkommen und konnte heute als gestandener Arzt keine schlechte Publicity gebrauchen.

Während Saskia nun Gruppe C und somit die letzten Teilnehmer vorstellte, war Gruppe A bereits beim Medizinballstoßen. Sie übergab das Mikrofon an die Sportlehrerin der Sonnenschule und ließ dem Geschehen seinen Lauf. Um sie herum standen Eltern, Großeltern und Freunde der Grundschüler, aßen Bratwurst und Pommes und wärmten sich an Glühwein oder Kakao. Viele der

Kinder knabberten gebrannte Mandeln und feuerten dabei ihre Väter an. Fast könnte Saskia vergessen, weshalb sie eigentlich hier war. Schnell erinnerte sie sich daran, dass Konstantin Kunz das Leben ihrer Schwester und ihres Neffen auf dem Gewissen hatte. Deshalb sollte er heute leiden. Er würde gedemütigt werden, er sollte zur Lachnummer werden. Beim letzten Wettkampf würde er dann den Rest bekommen.

»Autsch!«, rief jetzt die Sportlehrerin ins Mikro. »Ein Schneemann der Gruppe B hat den Medizinball voll vor den Helm bekommen und ist umgefallen.«

Saskia grinste. Felix hatte also getroffen. Er war immer ein guter Werfer gewesen. Sie schlenderte langsam um den Sportplatz herum. Der nächste Wettkampf von Gruppe B war der Hochsprung. Da musste sie in der Nähe sein. Sie wurde jedoch immer wieder aufgehalten, weil man ihr zu dem gelungenen Event gratulieren wollte. Saskia lächelte freundlich, während sie innerlich vor Anspannung fast platzte.

Endlich erreichte sie Wettkampfplatz vier, der mit einer großen und dicken blauen Matte, zwei seitlichen Pfosten und einer darauf liegenden Latte ausgestattet war. Davor stand eine drei Meter hohe, zweiseitige Leiter mit Trittstufen. Die Schneemänner mussten darauf nur so weit klettern, bis sie die auf etwa einen Meter 50 Höhe liegende Latte überspringen konnten. Sascha kletterte als Erster der Gruppe B so weit hinauf, dass seine Füße sich in gleicher Höhe mit der Latte befanden. Dann sprang er von der Leiter auf die Matte, wo er tatsächlich auf seinen Füßen landete, ohne umzufallen. Die Zuschauer klatschten und jubelten.

Nun war Konstantin an der Reihe. Er griff mit den Händen seitlich an die Leiter und kletterte die Sprossen hinauf. Als er mit den Füßen fast die Latte erreicht hatte, betätigte Saskia eine Fernbedienung und stellte die Aluleiter unter Strom. Sie hatte innerhalb des Gestänges ein Kabel verlegt, das sie über eine Fernbedienung betätigen konnte. Augenblicklich ging ein Zucken durch Konstantins Körper.

»Uijuijui, Konstantin Kunz stellt sich beim Hochsprung nicht sonderlich geschickt an«, lachte die Sportlehrerin ins Mikrofon. »Er krallt sich an die oberste Sprosse und zittert! Oh, mein Gott! Nein! Was macht Konstantin da nur? Die Leiter schwankt! Sie kippt Richtung Latte, reißt sie herunter und begräbt Konstantin Kunz unter sich.« Lautes Lachen begleitete die Kommentatorin. Sie selbst mühte sich weiterzusprechen. »Gut, dass unsere Schneemänner dick gepolstert sind.«

Saskia stellte die Stromzufuhr wieder aus, während sie beobachtete, wie Konstantin sich von der Matte rollte und mit Mühe auf die Füße kam. Er riss sich den Helm vom Kopf, sein Gesicht war hochrot und wutverzerrt. Die Leiter wurde wieder aufgestellt. Christian und Felix bewältigten das Hindernis mühelos. Als die Latte einen halben Meter höher gelegt wurde, kam nur noch Felix darüber, ohne sie abzureißen.

Kunz steuerte mit dem Helm in der Hand auf Saskia zu. »Ich mach diese Scheiße nicht länger mit«, fauchte er wütend und pfefferte ihr den Helm vor die Füße. »Ich habe auf der Leiter einen gewischt bekommen. Das ist lebensgefährlich.«

Saskia lächelte milde. »Vielleicht haben deine Schuhe eine Reibung erzeugt und die Spannung hat sich kurz entladen. Aber deshalb willst du doch den Wettkampf nicht hinwerfen?« Sie hob den Helm auf und drückte ihn ihm in die Hände. »In der Gesamtwertung liegst du im guten Mittelfeld. Den 400-Meter-Lauf rockst du mit links. Davon bin ich überzeugt.«

»Wenn ich nicht angerempelt werde, ja!«, fauchte er.

»Ich werde die anderen Teilnehmer deiner Gruppe etwas zurechtweisen.« Sie nickte freundlich und hoffte, er würde einlenken. Bis zum letzten Wettkampf musste er durchhalten, sonst war ihr Plan dahin. Konstantin sollte zum Ende der Zehnkämpfe für die Zuschauer lediglich bereits angeschlagen wirken, damit sein Ableben glaubwürdiger wurde.

»Meinetwegen!«, brummte Kunz und setzte sich den Helm wieder auf. »Aber eine Rempelei und ich bin raus.«

Saskia nickte. Der 400-Meter-Lauf war der letzte Wettkampf vor der Pause. Sie wies Sascha, Christian und Felix an, Konstantin Kunz gewinnen zu lassen. Kurz darauf stellten sich die Kandidaten der Gruppe B auf. Da die Laufbahn nur 100 Meter lang war, mussten sie am Ende Pylonen umrunden und hin und her laufen.

»Wow! Startnummer neun aus Gruppe C ist gerade als Erster über zwei Meter 60 gesprungen«, rief die Sportlehrerin ins Mikrofon. »Gruppe B startet in den 400-Meter-Lauf. Konstantin Kunz geht ab wie eine Rakete. Seine Füße tippeln, als sei der Teufel hinter ihm her. Und schon umrundet er die Pylone! Jetzt hat er eine halbe Bahn Vorsprung! Christian holt ihn fast ein. Aber Konstantin lässt sich nicht aufhalten. Er ist an der dritten Pylone vorbei! Noch eine Bahn. Und noch mal legt er an Tempo zu. Hoffentlich stürzt er nicht so kurz vorm Ziel. Nein! Er hat es geschafft. Glückwunsch zu diesem Teilsieg!«

Saskia beobachtete amüsiert, wie Konstantin Kunz sich feiern ließ. Seine Freude würde nicht von langer Dauer sein. Während die Sportlehrerin nun den Lauf von Gruppe

C ankündigte, schlenderte Saskia langsam um den Sportplatz zu den Verkaufsständen. Sie organisierte sich eine
Tüte gebrannte Mandeln und einen heißen Kakao und
setzte sich etwas abseits auf einen Klappstuhl. Kurz darauf
gesellte sich Felix zu ihr. Er hatte den Helm abgenommen
und stellte sich vor sie. »Du bist richtig gut«, lobte Saskia,
»du liegst in der Gesamtwertung auf dem zweiten Platz.«

Felix reagierte nicht darauf, sondern blickte sie ernst an.
»Ich weiß nicht, ob wir das wirklich bis zum Ende durchziehen sollen, Saskia. Kunz ist freigesprochen worden. Ihn
trifft demnach keine Schuld an Toms Tod. Es war ein tra-
gisches Unglück.«

Saskia schwieg. Es kostete sie Mühe, die aufsteigenden
Tränen zu unterdrücken. Sie starrte an Felix vorbei auf den
Sportplatz. Überall standen Grüppchen von Menschen.
Die Schneemänner wurden zu ihren bisherigen Leistungen
beglückwünscht. Konstantin Kunz inklusive. Sein Sohn
ging in die Parallelklasse von Felix' und Saskias gemein-
samer Tochter Milly. Saskia hatte nie viel mit ihm am Hut
gehabt. Er war mindestens Mitte 50 und somit 15 Jahre
älter als sie selbst und Felix. Saskias Schwester hatte vor
vielen Jahren in seiner Immobilienfirma eine Ausbildung
gemacht. Mit nur 18 Jahren war sie schwanger geworden
und hatte die Ausbildung abgebrochen. Als sie bei der
Geburt starb, hatten Saskia und Felix sich des Babys angenommen, denn den Vater hatte ihre Schwester nie genannt.
Erst Jahre später hatten sie den Namen erfahren. »Konstantin hat seinen eigenen Sohn getötet, Felix. Den wir
großgezogen haben. Er hat meine Schwester sitzen lassen,
als sie schwanger wurde, obwohl er doppelt so alt war wie
sie und wohl hätte Verantwortung übernehmen können.«

»Hätte sie doch nie diesen Brief beim Notar hinterlegt«, meinte Felix traurig. »Es ging uns gut. Tom war bei uns glücklich.«

Saskia nickte. »Ja. Bis er an seinem 18. Geburtstag erfahren hat, dass Konstantin Kunz sein Vater ist.« Sie sah Tom vor sich am Geburtstagstisch sitzen, wie er voller Erwartung diesen Brief vom Notar öffnete. Er hatte gewitzelt, vielleicht würde sein Vater ihm ein Vermögen vererben. Aber es war der Brief seiner Mutter gewesen, die ihm darin den Namen seines Erzeugers bekannt gegeben hatte. Tom hatte ihn schnell ausfindig gemacht, es war zum Streit gekommen und dabei war Tom vom Balkon gestürzt und sofort tot gewesen. Die polizeilichen Untersuchungen hatten eindeutig einen Unfall festgestellt. Ein Anwalt hatte Saskia und Felix davon abgeraten zu klagen. Saskia stand mit einem Ruck auf. »Es ist Zeit für die zweite Halbzeit!« Sie konnte Felix nicht in die Augen sehen. Sie wusste, was er dachte. Wenn sie für den Mord an Konstantin Kunz ins Gefängnis ging, würde Milly ohne Mutter aufwachsen.

Die Sportlehrerin trat ans Mikrofon. »So, ich hoffe, die Kandidaten sind gestärkt für die zweite Runde unseres Zehnkampfs der Schneemänner. Weiter geht es mit Gruppe A beim 110-Meter-Hürdenlauf.«

Bevor Saskia Felix mit dem Helm half, hauchte sie ihm einen Kuss auf die Wange. Dann gingen sie zusammen zur Laufbahn, wo Gruppe A gerade das Ziel erreichte. Die leeren Bierkästen, die als Hürden dienten, waren allesamt durcheinandergeflogen und wurden wieder ausgerichtet. Die Schneemänner der Gruppe B stellten sich auf. Sascha, Christian und Konstantin wurden von ihren Kindern angefeuert. Milly lag krank im Bett und wurde von ihrer Oma gehütet.

Der Startschuss knallte. »Alle Kandidaten sind gleich-auf gestartet!«, rief die Sportlehrerin durchs Mikrofon. »Ah! Konstantin Kunz strauchelt gleich bei der ersten Hürde und fällt auf die Knie. Aber er rappelt sich wieder auf und läuft weiter. Die drei anderen Kandidaten sind bereits über die dritte Hürde. Die Bierkästen fliegen nach rechts und links. Kunz kann sich dazwischen hindurch-mogeln und holt auf.«

Saskia beobachtete, wie die vorderen drei Schneemän-ner die vierte Hürde nahmen, Kunz wollte ebenfalls locker drüber hüpfen, blieb aber erneut mit dem Fuß hängen und klatschte auf den Bauch. Die Zuschauer brüllten vor Lachen. Saskia grinste. Sie hatte sein Kostüm an den Füßen etwa zehn Zentimeter enger genäht als das seiner Konkur-renten. Er rappelte sich erneut auf, lief zur letzten Hürde und trat den Bierkasten mit Wucht von sich, bevor er ins Ziel kam. Einige Zuschauer lachten, andere buhten ihn lautstark aus.

Ihr Handy vibrierte. »Hallo, mein Schatz! Wie geht es dir?«

»Nicht so gut!«, krächzte Milly. »Wann kommt ihr nach Hause?«

Saskia schluckte. Mit einem Mal war sie nicht mehr sicher, ihren Plan durchziehen zu wollen. »Wir beeilen uns. Versprochen.«

»Wenn wenigstens Tom noch da wäre. Ich vermisse ihn so. Bei Oma ist es stinklangweilig.«

»Papa schlägt sich übrigens richtig gut«, versuchte Sas-kia abzulenken. »Er liegt nach dem Hürdenlauf auf dem ersten Platz.«

»Na, toll! Und ich muss mich hier langweilen!«

Saskia tröstete Milly noch eine Weile und versuchte sie

aufzubauen. Dabei beobachtete sie, wie Felix beim Fris-
beewurf Konstantin Kunz, der seinen Helm mal wieder
abgenommen hatte, die Scheibe an den Kopf warf und
sich danach überschwänglich entschuldigte. Der folgende
Wettbewerb von Gruppe B war der Stabhochsprung. Saskia tastete nach der Fernbedienung. Sie würde zu Ende
bringen, was sie so lange geplant hatte. Das war sie ihrer
Schwester und Tom schuldig. Sie beendete das Telefonat mit Milly, schlenderte zu Wettkampfplatz sieben und
brachte sich in Stellung.

Sie beobachtete, wie Sascha als erster Schneemann der
Gruppe B die Leiter erklomm. Die Übung unterschied
sich zum Hochsprung nur insofern, als dass die Kandidaten einen vier Meter langen Stab mit über das Hindernis bringen mussten, ohne dass die Latte herabfiel. Sascha
kletterte etwas höher als sein Hindernis, dann balancierte
er den Stab in die Waagerechte und sprang von der Leiter.
Dennoch riss der Stab die Latte herunter.

»Oh, wie ärgerlich«, kommentierte die Sportlehrerin,
»schauen wir mal, wie Konstantin Kunz sich anstellt. Er
scheint sich eine andere Taktik ausgedacht zu haben, denn
er klettert höher als sein Vorgänger. Dabei stützt er sich
mit dem Stab am Boden ab. Ah, nun balanciert auch er
den Stab waagerecht aus.«

Saskia betätigte die Fernbedienung. Kunz zuckte, ließ
den Stab sofort fallen, der die Latte herunterriss.

»Oh nein! Was macht er denn nur wieder?«, rief die
Sportlehrerin überrascht. »Er krallt sich an die Leiter, als
hinge sein Leben davon ab. Die Leiter schwankt. Und
wieder stürzt er mit ihr auf die Matte. Ob er Höhenangst
hat?« Ihr Lachen schallte über den Platz, während Kunz
sich aufrappelte.

Saskia hatte den Strom wieder abgestellt. Während die ersten Schneemänner sich im Speerwurf übten, der aus einem simplen Besen bestand, würde sie sich ihre Henkersmahlzeit gönnen. Sie hatte zunächst daran gedacht, Kunz mit einem Speer zu töten. Aber dann kamen ihr die vielen Kinder auf dem Sportplatz in den Sinn, die nicht ihr Leben lang an einem Trauma leiden sollten. Sie kaufte sich eine Bratwurst und einen Glühwein und beobachtete das Geschehen. Konstantin Kunz beschwerte sich bei der Schulleiterin. Die schüttelte den Kopf und legte ihm beruhigend eine Hand auf den Oberarm. Schließlich begab er sich auch zum Besenwurf.

»Konstantin Kunz nimmt endlich Anlauf. Was für Tippelschritte! Donnerwetter! Er schleudert den Besen an die 15 Meter weit«, rief die Sportlehrerin euphorisch. »Fantastisch!«

Siegessicher riss Kunz den Arm in die Höhe. »Beim 1.500-Meter-Lauf mach ich euch alle platt!«

Tatsächlich stand er nach dem Besenwurf an dritter Stelle der Gesamtwertung. Saskia schob das letzte Stück Wurst in den Mund und spülte mit dem Glühwein nach. Dann ging sie zum Startpunkt für das große Finale. Als Organisatorin überprüfte sie den Sitz der Schuhe, des Kostüms und des Helms persönlich bei jedem Kandidaten. Dabei aktivierte sie an Konstantin Kunz' Anzug unbemerkt die Heizfunktion, die sie persönlich in den Stoff eingenäht hatte. Er würde ordentlich ins Schwitzen kommen. Und sobald er den Lauf hinter sich gebracht hatte, würde sie ihn mit einer Flasche Wasser empfangen. Versehen mit einer Überdosis Fentanyl, die er niemals überleben würde.

»Die Läufer stehen in Startposition«, rief die Sportlehrerin. »Da im Stadion an der Sonnenschule leider keine

Bahn um den Platz herumführt, werden die Schneemänner viermal hintereinander das Fußballfeld umrunden. Das sind knapp 1.400 Meter und das wollen wir so durchgehen lassen. Für jeden Schneemann wird die Zeit dabei separat gestoppt.« Der Startschuss knallte zwölfmal hintereinander und die Teilnehmer tippelten, so schnell sie konnten, los.

Saskia behielt Konstantin Kunz im Auge. Sie trat näher an die Bahn, um die Läufer besser erkennen zu können. Als er an ihr vorbeilief, entdeckte sie sein hochrotes Gesicht. Würde er die vier Runden überhaupt überstehen? Der erste Schneemann überholte ihn, kurz darauf der nächste. Als Kunz gerade wieder an Saskia vorbeigetippelt war, begann er zu taumeln. Ein paar Meter weiter sackte er auf die Knie und fiel vornüber auf den Bauch. Saskia hetzte zu ihm. Die Flasche mit dem Fentanylwasser befand sich in ihrer Handtasche. Sie riss den Reißverschluss auf und zerrte sie heraus. Im selben Moment stürzten Konstantins Frau und sein Sohn herbei. Sie drehten ihn auf den Rücken. Kunz war ohne Bewusstsein.

Saskia ließ die Flasche zurück in ihre Tasche gleiten. »Wir müssen ihm das Kostüm ausziehen«, rief sie und riss bereits den Klettverschluss auseinander.

»Ich habe ihn gewarnt«, schluchzte Kunzes Frau. »Er hat ein schwaches Herz. Aber er wollte unserm Jungen unbedingt beweisen, was er noch draufhat.« Sie riss ihm das Unterteil des Kostüms über die Füße.

Saskia nahm die Sachen entgegen, während ein Helfer Kunz den Helm vom Kopf zog, nach seinem Puls tastete und seiner Frau aufmunternd zunickte. »Ist vermutlich nur ein Schwächeanfall. Wir sollten dennoch die Rettung rufen.«

Im selben Moment schlug Konstantin Kunz die Augen auf. »Mir geht es gut. Was starrt ihr mich so an?« Er rappelte sich auf. »Ich habe Durst.«

Saskia griff nach der präparierten Flasche und reichte sie ihm. Niemand würde sich wundern, wenn er davon trinken und danach umkippen würde. Eine rechtsmedizinische Untersuchung nach seinem Tod war bei einem Herzkranken wohl eher unwahrscheinlich. Saskia würde straffrei davonkommen! Sie sah, wie Konstantin die Flasche in einem Zug austrank, nahm sie wieder entgegen und drehte sich um. Jetzt wollte sie für Milly noch einige Tüten gebrannte Mandeln kaufen und dann schnellstmöglich mit Felix nach Hause fahren.

Rezept: Gebrannte Mandeln

Zutaten:
- 200 g Mandeln
- 200 g Zucker
- 100 ml Wasser
- 1 Pck. Vanillezucker
- ½ TL Zimt

Zucker, Vanillezucker und Zimt in eine Pfanne geben und vermischen. Wasser hinzufügen. Ohne umzurühren zum Kochen bringen. Die Mandeln dazugeben und unter ständigem Rühren auf hoher Stufe weiter kochen, bis der Zucker trocken wird. Dann die Temperatur auf mittlere Stufe stellen und so lange rühren, bis der Zucker leicht zu schmelzen beginnt und die Mandeln etwas glänzen. Mandeln auf ein Backblech schütten, mit zwei Gabeln voneinander trennen und abkühlen lassen.

WAS VON DER LEICHE ÜBRIG BLIEB

Kokosmakronen in Iserlohn
Anke Kemper

Plötzlich und unerwartet – so hieß es in der Todesanzeige. Tante Klärchen, bürgerlicher Name Klara Holzwirt, war tatsächlich plötzlich verstorben, aber erwarten durfte man das von einer 89-Jährigen durchaus. Ich könnte jetzt viel über ihr bewegtes Leben berichten, ihre Zeit als Krankenschwester nach dem Krieg, ihre drei kinderlosen Ehen und die zahlreichen Umzüge durch die fünf Stadtbezirke von Iserlohn. Sie als die Älteste von vier Geschwistern und diejenige, die sie alle überlebt hatte. Ich könnte ein Buch füllen mit den Geschichten, Anekdoten und Abenteuern, die ich mit ihr in meiner Kindheit erlebt hatte, wenn ich zu Besuch war. Aber dann würde ich vom wahren Thema abweichen.

Seit ich vorgestern Mittag am Stadtbahnhof in Iserlohn ausgestiegen bin, hatten sich die Ereignisse zugetragen, wie man sie von einem Roadmovie erwarten darf: eine Reise mit viel Getöse, Wusch und Peng. Ziellos und chaotisch. Und die Beerdigung von Tante Klärchen war irgendwann Nebensache geworden. Fast.

»Schön, dass du es geschafft hast«, begrüßte Vetter Rudi

mich. Er hievte meine Reisetasche auf den Rücksitz und startete den Motor.

»Und?«

»Alles gut. Bei dir?«

»Läuft.«

Die Konversation in dieser Familie war noch nie über das Nötigste hinausgegangen und man fragte auch besser nicht nach. Solange alles lief, lief es halt. Immer noch besser, als irgendwelche Klagen über »Alles zu teuer« oder »Ich hab Rücken« und »Früher war alles besser« zu hören. In dieser Familie hielt man viel von Zupacken und sparte mit Worten. Außer Themen wie Fußball und natürlich Eishockey war alles nicht der Rede wert.

»Sie ist inner Garage«, sagte Rudi, als wir an Klärchens Haus angekommen waren. Dass ihr Opel Kadett, Baujahr 92, am Straßenrand geparkt worden war, löste bei mir bereits ein ungutes Gefühl aus.

Rudi stieg aus, öffnete das Garagentor und schaltete das Röhrenlicht an. Ich folgte ihm mutig, da ich ahnte, was mich erwartete. Und so war es: Tante Klärchen lag im offenen Sarg, Eiche rustikal, schick im dunkelgrünen Samtkleid zurechtgemacht, die Lippen rot geschminkt, die Fingernägel in gleicher Farbe lackiert. So, wie sie in der Vergangenheit herumgelaufen war, ob es einen besonderen Anlass gab oder nicht. Ein großer Adventskranz war auf ihren Füßen platziert, alle vier knallroten Kerzen brannten. Ich war davon ausgegangen, dass Rudi sie in seinem Bestattungsunternehmen aufgebahrt hatte, aber bei dieser Familie musste man mit allem rechnen.

»Ähm …«

»Das geht klar. Schön kühl hier. Ich passe auf. Also, das mit dem Aufbahren zu Hause ist sowieso für 36 Stunden in Ordnung. So können wir alle noch mal nach ihr gucken und Tschüss sagen«, fügte Rudi hinzu.

Ich sagte erst einmal gar nichts. Ausgerechnet die Garage. In einer Ecke lagerten die Sommerreifen, daneben ein Werkzeugschrank mit Gerümpel, auf der anderen Seite acht Kisten Bier. Die hatte sicherlich nicht Tante Klärchen gekauft. Es stand also ein zünftiger Leichenschmaus mit der gesamten Familie direkt nach der Beerdigung bevor. Das Fell versaufen, würde Rudi dazu sagen.

»Komm, Claudia hat gebacken. Kaffeezeit.«

Ich folgte Rudi auf dem Fuße und sagte im Vorbeigehen »Tschüss« zu Tante Klärchen. Hier wollte ich keine Minute länger bleiben. Claudia begrüßte mich überschwänglich und mit viel Getöse. Ich wurde geknuddelt, gedrückt, Küsschen links, Küsschen rechts. Wangenkneifen links und rechts gleichzeitig. Da sie Rudis zweite Frau war und spät in die Familie eingeheiratet hatte, war sie noch in der Lage, in ganzen zusammenhängenden Sätzen zu sprechen. Außerdem war sie ausgebildete Trauerrednerin auf dem zweiten Bildungsweg, da sollte man sprechen können. Und schon legte sie los: Sie erzählte ausführlich, wie sie Tante Klärchen am dritten Advent, am Tag des Eisregens und Sturms über Iserlohn, tot in ihrem Bett vorgefunden hatte. Es folgten Beschreibungen über Planungen für die Beerdigung und wer alles eingeladen worden war. Ich hörte zu und setzte mich an den Kaffeetisch. Claudia hatte Unmengen an Kokosmakronen gebacken. Ausschließlich Kokosmakronen. Ich stopfte mir höflich zwei Stück in den Mund, Backe links, Backe rechts, und schluckte sie fast unzerkaut hinunter. Ich hasste das Zeug.

Nach dem Kaffeetrinken folgte ein Doppelkorn, danach zwei Bier, Rührei mit Speck, noch 'nen Korn für die Verdauung und zwei Bier für den besseren Geschmack, und dann wollte ich nur noch schlafen.

»Nix da, Hotelzimmer! Ich habe dir Klärchens Bett bezogen, ganz frisch. Gelüftet ist auch. Du bleibst.«

Ich widersprach nicht, fühlte mich auch ziemlich angeschickert und nahm das Angebot dankend an. Dass ich in diesem Bett nicht schlafen wollte und konnte, darüber wurde nicht mehr diskutiert und morgen war ein neuer Tag. Ich stapfte brav mit meinem Gepäck die ausgetretene Holztreppe hinauf und stolperte Richtung Bad. Einen kurzen Moment überlegte ich, ob ich nicht besser in der Badewanne übernachten sollte. Aber da wurde gerade Klärchens Bettwäsche eingeweicht. Nein, danke.

»Zieh dir was über, wir müssen los!«, rief mir Rudi entgegen, als ich das Bad gerade verließ. Ich gehorchte. Das Problem mit dem Schlafen war vorerst aufgeschoben. In der Garageneinfahrt stand ein weißer Sprinter. Der seitliche Werbeaufdruck verriet mir, dass hier ein Klempner unterwegs war. Die Hecktür wurde aufgeschoben, eine Wolke Zigarettenqualm schwebte mir entgegen.

»Einsteigen«, forderte eine Männerstimme und ich folgte Rudi ins Wageninnere.

»Das ist mein Vetter«, stellte mich Rudi vor. »Und das sind KK Novak und sein Chef Siggi.«

KK Novak saß am Steuer und hieß mit Vornamen Goran. Das KK stand nicht für Kriminalkommissar, sondern war sein neu erworbener Spitzname, seit er unter die Klimakleber gegangen war, erzählte er mit stolzer Brust. Sein Chef auf dem Beifahrersitz, Zigarette im rechten Mundwinkel, drehte sich zu uns um und begann, die Sachlage zu erklären.

»Der Junge hat einen Fehler gemacht. Heute. Es gab

einen Toten.« Wie auf Kommando fing Goran an zu heulen. »Das wollte ich nicht, wirklich nicht, oh mein Gott!«

Ich schwieg und fragte mich, was ich hier eigentlich machte. Mitten in der Nacht in einem Lieferwagen mit völlig fremden Personen auf der Reise zu einem mir unbekannten Ort. Ziellos und offensichtlich mit einem Straftäter an der Seite, auf der Flucht vor Klärchens Bett.

»Es war ein Unfall«, betonte Siggi. »Jetzt muss Herr Hagedorn weg«, fügte er hinzu. »Wir wollen ja nicht Goran sein Leben versauen, bevor es angefangen hat.«

»Wie, weg?« Rudi war an den Rand der Sitzbank gerutscht. In einer scharfen Linkskurve landete er im Fußraum und ich knallte mit dem Kopf gegen die fensterlose Schiebetür. Für einen Moment stieß mir der Geschmack der Kokosmakronen säuerlich auf. Der letzte Doppelkorn hätte nicht sein müssen, schoss es mir durch den Kopf.

»Ist doch ganz einfach. Ihr habt gerade auch 'ne Leiche im Haus, richtig?«

»Tante Klärchen«, korrigierte Rudi.

»Genau. Nennen wir sie Leiche. Das macht das ganze einfacher. Pass auf, Junge, da hinten kommt der Blitzer.«

Goran stieg in die Bremsen. Dieses Mal knallte mein Kopf gegen den vorderen Sitz und alles in mir schrie: Ich will hier raus! Auch das Rührei mit Speck.

»Also, ich mache es kurz. Ihr habt doch morgen die Beerdigung, richtig?« Siggi zündete sich mit dem glühenden Zigarettenstummel direkt eine neue Kippe an.

Rudi schob seinen Hintern zurück auf die Rückbank und brummelte ein »Ja«.

»Dann packen wir unsere Leiche schon mal in das Loch, legen 'ne Platte drüber, ein paar Schüppen Erde drauf, damit es nicht auffällt, und eure Leiche kommt bei der Beerdigung samt Sarg und Blumengedöns sachgemäß obendrüber. Fertig.«

Rudi atmete tief durch. Ich atmete gar nicht mehr. »Okay, verstehe. Und jetzt mal bitte die ganze Geschichte. Wo ist denn überhaupt euer Herr Hagedorn … ähm, eure Leiche?«, fragte er.

»Ladefläche«, antwortete Siggi und zeigte mit dem Daumen nach hinten.

Das war zu viel für mich und meinen Magen. An der nächsten Ampel musste ich die Schiebetür für einen Moment öffnen, um mich von allem zu trennen, was mein Körper sowieso nicht wollte. Rudi hielt mich an der Jacke fest, als der Wagen wieder anfuhr. Unsere gemeinsame Reise war noch nicht beendet. Ein paar Minuten später fuhren wir zum Hauptfriedhof, Goran lenkte den Wagen an den Parkplätzen vorbei und hielt neben der Gärtnerei. Dann stiegen wir aus.

»Hier seitlich führt ein Weg direkt zum Friedhof. Da sieht uns niemand«, erklärte Siggi und zündete die nächste Zigarette an.

»Stopp, warte mal. Was ist denn genau passiert und was hast du vor?« Rudi wurde nervös.

»Willst du es selbst erzählen, Goran?«, fragte Siggi.

»Nein, Chef. Mach du«, jammerte KK Novak.

»Eigentlich ein einfacher Auftrag. Heute Morgen rief mich das Altenheim St. Pankratius an. Wir haben dieses Wochenende Notdienst. Ausgerechnet. In einem Zimmer tropfte der Wasserhahn«, erklärte Siggi. »Eigentlich kein Grund, dass der Notdienst anrückt, aber der Bewohner machte daraus ein riesiges Problem.«

»Der Herr Hagedorn«, fügte Goran hinzu und schnäuzte sich.

»Das ist allen klar«, bestätigte Siggi. Und nun folgte in kurzen Sätzen die Leidensgeschichte des jungen dynamischen Klempners Goran Novak, der alles mit Jammern und Schluchzen untermalte. »Jedenfalls hat der Herr Hagedorn alles genau beobachtet, was der Goran so gemacht hat. Ist ja auch mal was Interessantes, wenn so ein Klempner am Fuckeln ist. Und dann: Goran guckt nicht hin – Hagedorn rutscht aus, auf den nassen Fliesen – Kopf knallt auf Badewanne. Zack. Tot.«

»Ja. Und? Ein Unfall!«, rief Rudi. »Das ist Sache der Polizei.«

»Ne, der Goran hat nicht aufgepasst. Also, sein Mädel, die Nina, die arbeitet dort als Pflegerin. Und die beiden haben dann mal … ähm, für ein paar Minuten … 'ne Pause gemacht, also die Baustelle verlassen und Herrn Hagedorn allein gelassen. Auf der Baustelle und dem nassen Boden. Das hätten sie nicht tun dürfen. Da blüht der Nina was.«

»Ach. Soso. Nicht aufgepasst. Alter Schwede. Und dann?«

»Als sie danach wieder an den Ort des Geschehens zurückkehrten, da hat die Nina fix so 'nen Rollstuhl genommen, Hagedorn reingesetzt und dann ratzfatz hier in den Transporter gepackt. Hat keiner was gemerkt.«

»Oh Mann. Den Hagedorn vermisst doch jemand, oder?«, fragte Rudi.

»Ja. Aber der läuft immer mal weg. In Pantoffeln. Und dann bei dem Wetter. Da kann ja sonst was passieren. Tja, oder er taucht nie wieder auf. So wie jetzt.«

»Familie, Freunde?«

»Hat er nicht.«

Rudi marschierte auf dem Schneematsch auf und ab. Die Hände tief in den Taschen seines Parkas vergraben, in

Selbstgespräche versunken. Ich fragte mich, was es hier zu überlegen gab. Die Polizei musste her, so schlimm konnte die Strafe nicht sein, oder? Zum ersten Mal an diesem Abend wünschte ich mich in Tante Klärchens Bett.

»Mensch, Rudi, gib dir einen Ruck. Du bist doch vom Fach. Die Leiche ist tot. Da können wir nix mehr machen. Aber der Goran und seine Nina … Das sind noch so junge Menschen. Die machen so was nie wieder. Das glaub mal.«

Nach einer weiteren, viel zu langen Diskussion war die Entscheidung gefallen: Goran und seine Nina hatten nichts zu befürchten. Meine Bitte, mich da rauszuhalten, wurde ignoriert. Nachdem Rudi erklärt hatte, dass Klärchens vorbereitetes Grab »nur umme Ecke« sei und wir nicht viel zu Schleppen hatten, wurde der morbide Plan in die Tat umgesetzt. Goran holte eine kleine Schubkarre, die man am Eingang des Friedhofs für einen Euro ausleihen konnte, eigentlich um Graberde und Blumen für die Grabpflege zu transportieren. Siggi und Rudi legten Herrn Hagedorn dort hinein und schoben los. Ich trug die Schaufeln und eine Spitzhacke und lenkte den Blick auf meine Füße. Goran nahm das Brett, das als Trennwand zwischen den Leichen dienen sollte. Das Teil sah aus wie der Deckel einer ausrangierten Kühltruhe oder Ähnlichem. Ich wollte es gar nicht wissen. Klärchens vorgesehenes Grab war tatsächlich nicht weit entfernt. Ich kannte den großflächigen Hauptfriedhof mit seinem üppigen Baum- und Strauchbestand sehr gut. Schon als Kind hatte ich hier mit Tante Klärchen den einen oder anderen Spaziergang unternommen. Sie hatte mir die historischen Gräber und den denkmalgeschützten Teil des Friedhofs gezeigt und gruselige Geschichten erzählt. Als Kind hatte ich das als lustig empfunden, jetzt war mir nicht zum Lachen zumute.

Ich war nur froh, dass sich Tante Klärchen für ihr Ableben ein Einzelgrab ausgesucht hatte, da sie kein Interesse daran gehabt hatte, zu einem ihrer geschiedenen Männer gebettet zu werden.

Rudi als Bestattungsfachmann gab Anweisungen, wie viele Zentimeter tiefer wir noch graben mussten. Die Arbeit an der frischen Luft tat mir gut. Die Übelkeit verflog, die Kälte gleich mit. Den Schlamm an meinen Stiefeln würde ich später auf den Fußmatten im Sprinter zurücklassen, das stand fest. Goran und Siggi trugen Herrn Hagedorn. Immerhin, er war in eine Wolldecke eingewickelt, nicht dass das etwas ausmachte, aber ich fühlte mich ein klein wenig besser. Goran weinte, als der Deckel auf Herrn Hagedorn knallte. Wusch, Peng. Jetzt noch ein paar Schippen Erde obendrauf. Fertig. Geschissen. Rudi stellte sich ans Grab und begann zu reden. Also so richtig – eine Trauerrede. In ganzen Sätzen. Er hatte seiner Claudia zugehört. Immerhin.

»Ne, warte«, unterbrach Siggi. »Du kanntest die Leiche doch gar nicht. Lass das Gequatsche mal sein.«

»Klappe! Hier spricht der Fachmann. Wenn ich über ihn spreche, ist es Herr Hagedorn«, meckerte Rudi. »Wenn das meine Claudia wüsste, was ich hier mache«, brummelte er noch und seufzte laut.

»Es ist einfacher, wenn wir ihn Leiche nennen, glaub mir«, erwiderte Siggi und zündete sich eine weitere Zigarette an.

Einen Moment hatte ich den Verdacht, Siggi kannte sich mit Leichen und damit, wie man am besten mit ihnen umging, aus. Als Rudi das Lied *Time to say goodbye* anstimmte, schaute ich mich beängstigt um. Wo standen die nächsten Wohnhäuser? Wer führte spät abends noch den Hund Gassi und wie schnell würde die Polizei vor Ort sein? Siggi stimmte mit einem zweiten Bass passend zu Andrea Bocelli ein und Goran mimte mit seinem Gejammer Sarah Brightman. Ein würdiger Abgang für Herrn Hagedorn, fand ich.

Der Morgen danach. Tante Klärchens Beisetzung stand bevor. Die Sonne schien und alles machte einen friedlichen Eindruck, wie es am Tag der Beerdigung einer lieben Verwandten sein sollte. Ich hatte erstaunlich gut geschlafen in Klärchens Bett. Vermutlich war ich von dem nächtlichen Ausflug erschöpft, der Alkohol hatte den Rest dazugetan. Ich hatte Rudi geholfen, den Sarg zu schließen, und die Gelegenheit genutzt, ein letztes Mal Tschüss zu sagen. Dann wurde die Leiche, also Tante Klärchen, in den Leichenwagen gepackt. Claudia hatte für die Kränze gesorgt. Ich musste mich nur in meinen schwarzen Anzug schmeißen. Gut, dass ich ein weiteres Paar Schuhe eingepackt hatte. Die Stiefel sahen aus, als hätte ich damit eine Klärgrube gereinigt. Die Verwandtschaft reiste an. Nachbarn und Freunde standen Spalier. Ich ließ ihnen auf dem Friedhof den Vortritt in die erste Reihe. Mir war nicht danach, dicht am Grab zu stehen, bei den zwei Leichen. KK Novak und sein Chef Siggi standen weiter abseits. Ich sah, wie Siggi sich bückte und einen Pantoffel vom Boden aufhob. Goran fing sofort an zu jammern und Siggi schmiss seinen Fund im hohen Bogen hinter sich. Erledigt. Abgehakt, die Sache mit Herrn Hagedorn. Ich schluckte. Was hatten wir da bloß angestellt? Auf die Trauerrede, die Claudia an Klärchens Grab hielt, konnte ich mich kaum konzentrieren. KK Novak schluchzte so laut, dass sich einige aus der Trauergemeinde nach ihm umdrehten. Als es endlich vorbei war und wir gemeinsam mit der restlichen Familie zurück zu Klärchens Haus fuhren, startete direkt der Leichenschmaus und nach dem Kaffee mit Kokosmakronen und Streuselkuchen kamen Bier und Schnaps auf den Tisch, wie ich es befürchtet hatte. Dazu wurden Schnittkes gereicht. Mit Käse und Wurst, garniert mit Gürkchen. Gott sei Dank kein Rührei mit Speck. Zwei Stunden später holte Rudi sein Schifferklavier aus dem Auto und nach einer weiteren Stunde zog die Polonäse durchs ganze Haus. Ich verkrümelte mich in die Küche und durchstöberte die Beileidskarten. Überall der gleiche Abklatsch. Ein ganzes Leben kommentiert mit lieb gemeinten Floskeln. Hier und dort ein Schein im Umschlag. Das sollte alles sein, was von einem Menschen übrig blieb.

Am anderen Morgen, Heiligabend, stand ich mit höllischen Kopfschmerzen auf. Anscheinend hatte das Fest zu Klärchens Andenken, nachdem ich längst im Bett lag, weitere Ausmaße angenommen. Eine ausgegrabene Tanne aus dem Vorgarten stand in einem Eimer im Wohnzimmer auf dem Fernsehtisch, festlich geschmückt, die Lichterkette brannte noch. Die Küche sah aus wie ein Schlachtfeld. In und auf der Spüle stapelte sich das verschmutzte Geschirr. Benutzte Gläser standen auf den Ablageflächen und in den Regalen. Chaotisch. Ich beschloss, das Frühstück ausfallen zu lassen. Ich musste den Zug gegen Mittag erreichen, um wieder in meine gewohnte Umgebung zu kommen. In meine persönliche heile Welt. Jetzt wusste ich wieder, warum ich überzeugter Junggeselle war. Claudias Einladung, die Weihnachtstage bei ihnen zu verbringen, schlug ich freundlich, aber bestimmt aus. Mir war nicht nach Weihnachten. Mir war nicht nach Gesellschaft. Ich musste hier weg. Bereits gestern hatte ich auf dem Weg vom Grab zurück zum Parkplatz von Trauergästen gehört, dass jemand aus dem Altenheim ausgebüxt war und man das Schlimmste befürchte. Das hatte bei mir erneut dazu geführt, dass mein Magen rebellierte, obwohl ich kaum etwas gegessen hatte.

»Wir telefonieren, sobald das Testament eröffnet wird«, sagte Claudia zum Abschied. Es folgten Knuddeln, Drücken, Küsschen links, Küsschen rechts, Wangenkneifen links und rechts gleichzeitig. Dann legte sie mir eine Frischhaltedose auf die Reisetasche. »Es sind noch Kokosmakronen übrig. Kannst du unterwegs essen, wenn du hungrig wirst«, sagte Claudia strahlend.

Ich nickte nur. Ich wollte absolut nichts von Klärchens Erbe haben, nicht mal den Opel Kadett. Und die Kokosmakronen würde ich gleich irgendjemandem schenken, der auf dem Weg in den Weihnachtsurlaub oder auf der Weihnachtsflucht war.

Rudi fuhr mich in Klärchens Auto zum Bahnhof. Er redete wie ein Buch. In ganzen Sätzen. Er erklärte mir, dass es dieser Herr Hagedorn doch eigentlich gut getroffen hatte. Ein plötzlicher Tod ohne Leiden. Er hatte eine feierliche Beerdigung gehabt mit allem Drum und Dran. Und einen exklusiven Platz auf dem Hauptfriedhof. Außerdem war für die Grabpflege gesorgt. Er plapperte drauflos, als wolle er mir einen Sarg aus Mahagoni verkaufen mit vergoldeten Beschlägen und Griffen. Mir fehlten die Worte. So einfach war das also? Einen kurzen Moment dachte ich daran, wer mich eines Tages vermissen würde, wenn ich das Zeitliche segnete. Außer Rudi und Claudia und die anderen entfernten Verwandten, die mich nach fünf Minuten vergessen würden. Ich hatte nur drei gute Freunde, mit denen ich mich regelmäßig traf. Dann waren da noch die paar wenigen Kollegen im Städtebauamt. Vielleicht sollte ich mein geliebtes Junggesellenleben doch einmal gründlich überdenken. Über Tante Klärchen sprach Rudi nicht mehr. Sie würde erst wieder Thema, wenn es um die Testamentseröffnung ging.

Als wir am Stadtbahnhof ausstiegen, hievte Rudi meine Reisetasche vom Rücksitz.

»Wir sehen uns.«

»Yepp.«

»Pass auf dich auf.«

»Du auch.«

»Und denk dran: Es ist einfacher, wenn du sie Leiche nennst.«

Ich nickte nur und drehte mich um. Na, wenn es so einfach ist, dann: Frohes Fest!

Rezept: Kokosmakronen

Zutaten für 40 Stück:

4 Eiweiß

150 g Zucker

1 Pck. Vanillezucker

1 Prise Zimt

200 g Kokosraspeln

40 Oblaten

Eiweiß sehr steif schlagen. Backblech mit Backpapier auslegen. Ofen auf 170 °C Ober-/Unterhitze (Umluft: 150 °C) vorheizen. Zucker, Vanillezucker und Zimt kurz unterrühren.

Kokosraspeln unterheben. Oblaten auf dem Blech verteilen. Mithilfe von zwei Teelöffeln kleine Häufchen auf die Oblaten setzen. Kokosmakronen im Ofen ca. 10–12 Minuten backen. Vollständig auf dem Blech auskühlen lassen.

LUSSEKATTER UND JULBOCK

Lussekatter (Safranplätzchen)
in Kamen
Astrid Plötner

Simon fühlte die Unruhe bereits seit Tagen. Wie in jedem Jahr folgte seine Freundin Vanessa bei ihren Weihnachtsvorbereitungen einem bestimmten Thema. Zigmal wurden Dekorationen hin und her geräumt und wieder ausgetauscht. In jedem Fenster ihrer Wohnung stand aktuell eine rote Weihnachtspyramide. Jeden Tisch zierte ein *Änglaspel*, woran goldene Engelchen hingen, die sich unter brennenden Kerzen drehten. Wenn Familie und Freunde zum Weihnachtsfest geladen wurden, dann stand der Haushalt eine Woche zuvor komplett Kopf. So auch in diesem Jahr. Denn da war Vanessas Vorbild die schwedische Weihnacht. Sie fand es gemütlich, dass die Schweden viel und lange mit der gesamten Familie vorm Fernseher hockten und dabei Donald-Duck-Filme schauten, der dort *Kalle Anka* hieß. Es würde ein Buffet auf dem *Julbord*, dem traditionellen Weihnachtstisch, geben, mit Brot, Butter, Käse, Kartoffeln, Schinken, Köttbullar, Lachs und Hering. Vanessa bereitete alles selbst zu, auch das Gebäck *Lussekatter*, wobei es sich um Safranplätzchen handelte.

Einen Tag vor dem Heiligen Abend fiel Vanessa plötzlich ein, dass sie zu wenig Deko gekauft hatte. Es fehlten Servietten, Kerzen und *Jultomten*, die schwedischen Weihnachtsmänner, und mindestens ein großer *Julbock*, der traditionell aus Stroh geflochtene Ziegenbock. Da sie selbst kaum aus der Küche herauskam, musste Simon mit dem Einkaufszettel los zu IKEA ins Kamener Karree. Vom Hüchtweg im Nordosten von Kamen bis zum Ziel benötigte er gut zehn Minuten. Mit Entsetzen sah Simon, dass der riesige Parkplatz gut gefüllt war.

»Wer geht einen Tag vor Heiligabend Möbel kaufen?«, brummte er missmutig und quetschte seine dunkelgraue Peugeot-508-Limousine in eine der wenigen Parklücken. Dann eilte er auf den Eingang zu und betrat das Einrichtungshaus. Warme Luft schlug ihm entgegen und er öffnete den Reißverschluss seiner hellbeigen Steppjacke. Die Sohlen seiner weißen Turnschuhe quietschten, als er auf der breiten Treppe ins Obergeschoss scharenweise Besucher überholte. Er schnappte sich eine gelbe Einkaufstasche und hielt nach Vanessas Wünschen Ausschau.

Eine halbe Stunde später war er endlich durch die Ausstellung gelaufen, in seiner Tüte befand sich weiterhin nur Luft. Simon fluchte, während er ins Erdgeschoss lief. Hier ging es noch langsamer voran. Er musste Einkaufswägen umrunden, sich an Menschen vorbeidrängen, inspizierte dabei jeden Korbaufsteller nach *Julbock* und *Jultomten*, wurde aber nicht fündig. Endlich kam die Kerzenabteilung. Rote Wachskerzen sollten es sein. Schlanke für die Engeldrehdinger, dicke für die Windlichter, die Vanessa in der Wohnung verteilt hatte. Passende Servietten mit Elchen und roten Schleifen fand er ebenfalls. Aber die komischen Figuren, die gab es nicht. Seufzend fragte er eine Verkäuferin.

»Alles, was an Weihnachtsdekoration noch vorhanden ist, finden Sie im Kassenbereich«, teilte ihm die Mitarbeiterin freundlich mit. »Ob dort *Jultomten* und *Julbocken* zu finden sind, weiß ich leider nicht.«

»Danke«, meinte Simon frustriert. Als er kurz danach endlich die letzte Biegung zu den Kassen nahm, wurde ihm bereits von Weitem übel. Die Warteschlangen reichten bis in den Lagerbereich. Viele Kunden schienen an Weihnachten Möbel aufbauen zu wollen. Da Simon in der Hektik nur Bargeld eingesteckt hatte, konnte er die Schnellkassen nicht nutzen. Er seufzte und schob sich an den Wartenden vorbei, um die Strohböcke und Weihnachtsmänner zu suchen. Tatsächlich fand er einen Korb mit Restbeständen. Er stopfte alles, was aus Stroh bestand oder rote Zipfelmützen hatte, in die gelbe Tüte und sah sich verzweifelt nach der kürzesten Warteschlange um.

»Da bist du ja endlich, Junge!«, rief plötzlich eine zierliche ältere Dame mit kupferrot gefärbten Haaren und blauem Mantel. Sie lächelte ihn erleichtert an. »Ich bin gleich dran! Komm schon, Junge!«

»Äh …« Die Seniorin musste ihn verwechseln.

Sie lockte ihn mit dem Zeigefinger näher zu sich und wisperte, als er sich zu ihr beugte. »Ich stehe hier seit 40 Minuten für zwei Päckchen Servietten an. Sie sehen so frustriert aus. Wir tun einfach so, als seien Sie mein Enkel, und dafür bezahlen Sie meine Servietten.« Sie kniff ein Auge zu. »Ich bin Walburga, nennen Sie mich Oma Walli!«

Ziemlich raffiniert, dachte Simon und nahm das Angebot gerne an. »Machen wir so, ich heiße Simon«, wisperte er zurück. Er stellte sich neben sie und Walburga warf ihre Servietten in seine Tasche.

Kurz darauf lud er die Einkäufe aufs Band und legte

noch eine blaue Plastiktasche zum Verpacken hinzu. Die Kassiererin scannte, Walburga packte und er stand mit Portemonnaie bereit. Plötzlich trat ein dunkel gekleideter schlanker Mann mit schwarzer Skimaske auf die Kasse zu. Sofort hielt er Oma Walli eine Waffe an den Kopf.

»Geld raus!«, brummte er die Kassiererin an. »Und keine Dummheiten, sonst ist die Alte tot.«

Die Kassiererin zuckte zusammen, ihr Blick irrte hilflos zu ihrer Kollegin an der Nachbarkasse. Augenblicklich wurde es deutlich ruhiger im IKEA Kamen.

»Nun mach schon!«, forderte der Räuber.

Die Hände der Kassiererin holten mehrere Bündel Scheine aus der Kasse.

»Auch die Reserve unter dem Münzfach«, rief der Maskierte. »Alles da rein!« Er drückte Simon einen schwarzen Rucksack in die Hand. »Während ich die Alte in Schach halte, klapperst du die anderen Kassen ab!«, forderte er.

Simon fühlte sich wie benebelt. Gleichzeitig verfluchte er Vanessa für ihre Schwedenweihnacht. Mit wackeligen Knien ging er von Kasse zu Kasse und ließ sich das Bargeld in den Rucksack stopfen. Kurz kam ihm der Gedanke, einfach zu flüchten. Nur schnell zum Auto und weg von hier. Aber sollte der Räuber dann schießen und jemanden treffen, wäre es seine Schuld. Also ging Simon mit dem gefüllten Rucksack zurück.

»Und jetzt raus hier!«, befahl der Maskierte. Er hielt weiterhin Oma Walli die Waffe an den Kopf, die ihre Hände fest um die blaue IKEA-Tasche krallte. »Los!«

Simons Hirn weigerte sich, den Befehl zu verarbeiten. Er stand wie versteinert da und starrte die dunkle Gestalt wortlos an.

»Hörst du schlecht?«, blaffte der Räuber und drückte

die Waffe härter an Walburgas Kopf. Sie wimmerte. Die blaue Tasche raschelte, so zitterten ihre Hände. »Raus hier, habe ich gesagt!«

Simon nickte. Seine Beine lenkten ihn an der Hotdog-Station vorbei zum Ausgang. Hinter der Drehtür empfing ihn ein scharfer Wind, der die gelben, roten und blauen IKEA-Fahnen wild flattern ließ. Simon erkannte erleichtert, dass sich vom Kreisverkehr, der ins Gewerbegebiet führte, bereits zwei Polizeiwagen mit Blaulicht näherten. Bestimmt hatten Zeugen des Überfalls im Kassenbereich die Beamten alarmiert. Die Wache der Autobahnpolizei befand sich nur etwa 200 Meter entfernt an der Auffahrt zur A 1. Simon warf einen Blick über die Schulter. Der Maskierte hielt Walburga am Arm, die Waffe zielte nun auf ihre Seite.

»Was glotzt du? Leg mal 'nen Gang zu! Wir nehmen dein Auto!«

Walburga presste die große Einkaufstasche vor ihren Körper und stolperte voran. »Ich kann nicht so schnell!«, jammerte sie.

Simon erstarrte innerlich. Was sollte er machen? Wenn der Kerl erst einmal in seinem Auto saß, wurde er ihn so schnell nicht mehr los. Er wollte jedoch nichts riskieren und eilte weiter. Seine Augen irrten über die langen Linien von Fahrzeugen. In welcher Reihe hatte er geparkt? Kunden kamen ihm entgegen, Autos fuhren an ihm vorbei. Niemand scherte sich um ihn. Niemand erkannte, in welcher Gefahr er und Walburga sich befanden.

Endlich hatte er sein Auto gefunden. Er öffnete mit der Fernbedienung. Der Maskierte schob Walburga auf den Rücksitz und setzte sich neben sie. »Fahr los!«, befahl er, während Oma Walli die blaue Tüte zwischen sich und ihren Entführer brachte.

Simon setzte sich hinters Steuer und startete den Motor. Seine Hände fühlten sich kalt an, dennoch standen ihm Schweißperlen auf der Stirn. Fahrig strich er sich mit den Fingern durch die kurzen blonden Haare. »Was haben Sie vor?« Er blickte in den Rückspiegel und fuhr über den Kreisverkehr Richtung Hauptstraße. »Wohin soll ich fahren?«

Ehe der Maskierte antworten konnte, kamen ihnen zwei weitere Einsatzwagen der Polizei mit Blaulicht entgegen und rasten an ihnen vorbei. Am Kreisverkehr nahmen sie jedoch wieder die Ausfahrt und waren nun hinter ihnen. »Jetzt fahr, du Idiot!«, schnauzte der Räuber und stieß Simon den Lauf der Waffe in den Nacken.

»Wohin?«, brüllte Simon panisch. Vor ihm standen noch mehrere Autos an der roten Ampel. Er hatte sich auf der mittleren von drei Spuren einsortiert. Lediglich auf der Rechtsabbiegerspur bewegte sich etwas, da der grüne Ampelpfeil aufleuchtete.

»Richtung Autobahn!« Der Entführer drehte sich um. Die beiden Polizeiwagen kamen auf der rechten Spur näher. »Fahr endlich, sonst knall ich die Alte ab und du bist der Nächste!«

Simon sah nur eine Chance. Er lenkte scharf nach rechts und fuhr auf den rechten Streifen. Dann gab er Gas. An der Ampel bog er nach links ab. Er hatte Glück, dass auf der Doppelspur von rechts gerade kein Auto kam. Mit einem Blick in den Rückspiegel sah er, dass die Polizeiwagen ihm folgten. Er beschleunigte und raste auf die nächste Kreuzung zu. Links stauten sich die Autos auf der Abbiegerspur der A 1 Richtung Bremen vor der roten Ampel.

»Was nun?«, presste er nervös hervor und warf einen Blick in den Rückspiegel. Oma Walli saß in sich zusammengesunken da und hielt die Augen geschlossen. Ihr Gesicht war unnatürlich blass.

»Weiter geradeaus!«

Simon raste auf die nächste Kreuzung zu. Die Ampel zur Autobahn Richtung Köln schaltete gerade auf Grün. Er nahm mit quietschenden Reifen die Kurve und fädelte sich kurz darauf in den dreispurigen Verkehr ein. Er wechselte auf die äußere linke Spur und beschleunigte auf 150 Kilometer pro Stunde – mehr ließ der Verkehr nicht zu –, dennoch verschaffte er sich einen größeren Vorsprung zu den Polizeiwagen.

»Die Nächste wieder runter!«, befahl der Maskierte. »Und Richtung Bremen wieder rauf. Sieh zu, dass du die Bullen dabei abhängst.«

Mit dem Starten des Motors war auch das Radio angegangen. Bei Simon lief meist der Sender *Antenne Unna*. Das Bimmeln seines Smartphones unterbrach jetzt einen Song von Ed Sheeran. »Das ist meine Freundin. Da sollte ich rangehen.«

»Kein falsches Wort!«, blaffte der Entführer.

Simon nahm das Gespräch entgegen. »Hi, Schatz!«

»Wo bleibst du nur?«, fragte Vanessa.

»Du glaubst nicht, wie voll das im IKEA war.« Er lenkte knapp vor der Ausfahrt Unna von der linken Spur nach rechts und musste ordentlich auf die Bremse steigen. Dann beschleunigte er wieder und nahm mit quietschenden Reifen die Abbiegung zur B 1. »Und dann lief mir noch meine ehemalige Klassenlehrerin in die Arme.« Simon blickte in den Rückspiegel. Oma Walli erinnerte ihn tatsächlich an seine einstige Deutschlehrerin.

»Aber jetzt bist du auf dem Heimweg?«

»Ja, sind wir«, krähte Oma Walli vom Rücksitz. »Ihr

Freund war so nett, mich auf einen Kaffee einzuladen. Und meinen Enkel darf ich auch mitbringen.«

Simon starrte erbost in den Rückspiegel. Er hätte die alte Dame umbringen können. Jetzt zog sie auch noch Vanessa mit in die Sache hinein, sollte ihr Entführer die Idee verfolgen. Simon wusste das Schweigen am anderen Ende der Leitung gut zu deuten. Vanessa befand sich im vorweihnachtlichen Ausnahmezustand und er brachte Besuch nach Hause. Eine absolute Katastrophe. Er bremste an der roten Ampel zur Autobahnauffahrt Richtung Bremen ab und blieb stehen.

»Na«, kam endlich Vanessas Antwort, »das ist doch schön. Ich bin sehr gespannt, was deine Lehrerin über dich zu erzählen hat.« Sie lachte und Simon bewunderte, wie gut sie sich unter Kontrolle hatte. »Hast du bei IKEA alles gekriegt?«

»Ähm …« Simon dachte an die blaue Tüte zwischen Oma Walli und ihrem Entführer. »Ich denke schon.«

»Okay. Dann bis gleich.«

»Die Bullen sind wieder hinter uns«, blaffte der Maskierte, als Simon das Gespräch beendet hatte.

Simon versuchte, seine Emotionen zu unterdrücken. Er war froh, dass der Kerl nicht auf Oma Wallis Idee einging, und gab Gas. Kurz darauf fädelte er sich erneut in den Verkehr ein. Die Endlosbaustelle auf der A 1 ließ ihn nicht schneller als 100 fahren. In Kamen verließ er die Autobahn, befand sich also erneut in der Nähe des IKEA. Der Polizeiwagen blieb ihnen auf den Fersen. Simon raste über die nächste Kreuzung auf die Hochstraße Richtung Kamen zu. Dabei fragte er sich, ob der Maskierte seine Flucht überhaupt nicht geplant hatte. Er musste doch überlegt haben, wie er mit der Beute entkommen konnte.

»Wo wohnst du?«, fragte er jetzt.

»Ich?« Simon fluchte innerlich. »Äh … im Kamener Norden.«

»Wunderbar. Dann fahren wir jetzt zu dir. Dort warte ich mit der Alten und du holst mein Auto vom IKEA-Parkplatz. Aber vorher musst du die Bullen abhängen.«

Simon überlegte fieberhaft, wie er aus diesem Dilemma entfliehen sollte. Zu Hause erwartete Vanessa ihn mit seiner angeblichen Lehrerin und deren Enkel. Empfangen würde sie stattdessen einen Entführer und seine Opfer. So intensiv Simon auch nachdachte, ihm fiel kein Ausweg aus dieser Situation ein. Kurz entschlossen scherte er vor der Ausfahrt Richtung Innenstadt von der linken Fahrspur nach rechts und bog mit quietschenden Reifen ab. Links von ihm tauchte der schiefe Turm der Pauluskirche auf. Der Polizeiwagen blieb hinter ihm. Simon raste über die beiden folgenden Kreisverkehre, fuhr weiter Richtung City, passierte bald darauf den Marktplatz. Er ignorierte Einfahrtverbotsschilder und fuhr durch die Fußgängerzone. Passanten sprangen zur Seite. Kurz darauf passierten sie erneut den Markt. Im Gewimmel der umliegenden Gassen mit ihren niedlichen Fachwerkhäusern gelang es ihm, seinen Verfolger abzuhängen. Er verließ den Stadtkern in gemäßigtem Tempo und erreichte kurz darauf den Hüchtweg, nahe des Jahnstadions, wo er im Erdgeschoss eines Mehrfamilienhauses wohnte.

»Gut gemacht, Junge!«, lobte Oma Walli und lächelte schief, während sie sich vom Rücksitz quälte.

Der Verbrecher hatte seine Maske abgezogen, trat sofort wieder auf Walburga zu und fasste sie am Arm. Er war höchstens Mitte 20, zeigte jetzt ein von Pickeln übersätes Gesicht und kurze rotblonde Haare. »Mach die Tür auf! Sobald es dunkel ist, holst du mein Auto.«

»Ähm … Meine Freundin ist zu Hause«, erwiderte Simon unsicher.

Das Pickelgesicht grinste. »Das weiß ich. Ein Grund mehr für dich, nicht zu den Bullen zu gehen.«

Simon blieb unschlüssig vor der Haustür stehen. »Ich habe keinen Schlüssel dabei«, log er, um Zeit zu gewinnen.

»Dann drück auf die Scheißklingel!«, presste der Räuber hervor.

Simon gehorchte. Walburga blieb tapfer. Sie hatte die blaue Tasche mit aus dem Auto genommen und hielt sie mit beiden Händen fest. Der Türöffner surrte. Simon betrat das Treppenhaus zuerst und wandte sich nach links.

Vanessa stand in der Wohnungstür und lächelte ihn an. »Da bist du ja endlich! Schön, deine Lehrerin kennenzulernen.« Sie gab sich gelassen, aber unter ihrer Fassade musste es brodeln. Sie hasste überraschenden Besuch.

»Ja«, meinte Walburga lächelnd, »ich habe mich so gefreut, den Simon bei IKEA nach so vielen Jahren wiederzutreffen. Da hat er mich spontan eingeladen. Und meinen Enkel Björn gleich mit.« Sie strahlte ihren Entführer an und Simon bewunderte die alte Dame dafür, wie gut sie die Situation meisterte.

»Na, dann hereinspaziert«, meinte Vanessa und trat beiseite. »Am besten setzen wir uns ins Wohnzimmer.« Sie ging voran ins Weihnachtszimmer. Die erste Veränderung, die Simon auffiel, war der Mann, der auf der Couch zwischen den Elchkissen saß. »Das ist mein Onkel Oliver. Noch ein Überraschungsgast.« Vanessa lächelte Simon an.

Onkel Oliver stand auf und machte Platz für Oma Walli und ihren angeblichen Enkel. Simon wuchs die Situation über den Kopf. Wer war Onkel Oliver? Und wie sollte er Vanessa die Gefahr, in der sie sich befanden, klarmachen? Walburga und ihr Entführer setzten sich. Die Waffe hatte der Kerl weggesteckt. Seine Hände lagen auf seinem Schoß. Plötzlich zog Vanessa Simon mit einem kräftigen Ruck zurück in den Wohnungsflur. Gleichzeitig riss Onkel Oliver eine Waffe aus seiner Jacke und richtete sie auf das Paar auf der Couch. Zwei Uniformierte kamen aus der Küche gerannt und legten dem Entführer und Oma Walli Handschellen an. Simon verstand die Welt nicht mehr. Ihm wurde schwummerig und er ließ sich in den nächsten Sessel fallen. Während die Uniformierten die Festgenommenen hinausbrachten, trat Onkel Oliver auf ihn zu und hielt ihm einen Ausweis vor die Nase.

»Kriminalhauptkommissar Oliver Nowak. Entschuldigen Sie bitte die Unannehmlichkeiten, aber wir hatten keine Möglichkeit, Sie einzuweihen.« Er setzte sich ihm gegenüber auf die Couch. »Die Kollegen haben dank Ihres Kennzeichens Ihren Wohnsitz erfasst. Wir haben eigentlich nicht damit gerechnet, dass Björn und Walburga Krajewski hierherkommen. Als durch Ihr Telefonat mit Ihrer Freundin dann herauskam, dass Sie mit den beiden auf dem Heimweg sind, haben wir uns hier eingerichtet. Ihre Freundin hat prima mitgespielt.«

Simon verstand immer noch nicht. »Aber Oma Walli ist unschuldig.«

Kommissar Nowak schüttelte den Kopf. »Leider nein. Walburga Krajewski und ihr Enkel Björn sind beide mehrfach vorbestraft. Sie agieren vorwiegend in der Vorweihnachtszeit, da dann die Kassen der Geschäfte und Discounter voll sind. Dabei gibt Oma Walli immer das Opfer ab, was sie durchaus geschickt macht.«

So langsam dämmerte es Simon, wie der Plan der beiden ablief. Vermutlich war er zunächst nur durch Zufall in die

Sache hineingeraten, weil er im falschen Moment in Walburgas Nähe stand. Als das Gaunerpaar dann draußen die Polizei anrücken sah, konnten sie nicht mit dem eigenen Auto verschwinden und so war Simon tiefer in die Sache gerutscht. »Danke, dass Sie rechtzeitig hier waren.«

»Nicht dafür«, meinte der Kommissar und stand auf. »Jetzt erholen Sie sich erst mal gut von dem Schreck. Ihre Aussage können wir nach den Feiertagen aufnehmen. Frohes Fest!« Er verließ die Wohnung und zog die Tür hinter sich zu.

Vanessa kam mit einem Teller Plätzchen auf ihn zu. »Zur Stärkung für meinen Helden!« Sie lächelte und stellte das Gebäck neben dem *Änglaspel* ab. »Den Polizisten haben meine *Lussekatter* hervorragend geschmeckt. Jetzt musst du probieren!«

Simon schob eines der Safranplätzchen in den Mund. Dabei fiel sein Blick auf die blaue Tüte, die Oma Walli neben die Couch gestellt hatte. »Hm, lecker«, lobte er, als das Festnetztelefon bimmelte. Vanessa nahm das Gespräch im Flur entgegen. Simon lehnte sich zurück und war froh, heil aus der Sache herausgekommen zu sein.

»Das war der Filialleiter von IKEA«, meinte Vanessa, als sie zurückkam. »Du hast deine Einkäufe nicht bezahlt.« Sie grinste verschmitzt und setzte sich auf die Couch. »Aber keine Angst, wir bekommen keine Mahnung. Ich soll dir schöne Grüße ausrichten. Man ist froh, dass dir nichts passiert ist. Den Inhalt der Tasche dürfen wir behalten und morgen kommt noch jemand vorbei und bringt uns *Jultomten* und *Julbocken*. Die lassen sie extra aus einer anderen Filiale kommen. Ich freue mich auf die Schwedenweihnacht, Schatz. Du auch?«

Simon zog es vor, diese Frage nicht zu beantworten, und stopfte sich noch einen *Lussekatter* in den Mund.

Rezept: Lussekatter (Safranplätzchen)

Zutaten:
  250 ml Milch
  75 g Butter
  1 Dose gemahlener Safran
  500 g Weizenmehl
  ½ Würfel frische Hefe
  1 Eigelb (Größe M)
  75 g Zucker
  ½ TL Salz
  ½ TL gemahlener Kardamom

Zum Bestreichen und Verzieren:
  1 Eigelb (Größe M)
  1 EL Milch
  einige Rosinen

Milch und Butter in einem Topf erwärmen. Safran zugeben und unter Rühren auflösen. Mehl in eine Schüssel geben und Hefe darauf bröseln. Übrige Zutaten und die warme Milch-Fett-Safran-Mischung hinzufügen und alles mit Knethaken kurz auf niedrigster, dann auf höchster Stufe zu einem glatten Teig verarbeiten. Zugedeckt an einem warmen Ort gehen lassen, bis der Teig sich sichtbar vergrößert hat.

Backblech mit Backpapier belegen. Backofen vorheizen: Ober- und Unterhitze: etwa 190 °C, Heißluft: etwa 170 °C. Teig auf bemehlter Arbeitsfläche kurz durchkneten und in etwa 12 gleich große Portionen teilen. Jedes Stück zu einer etwa 35 cm langen S-Rolle formen. Die Teigstücke auf das Blech legen und zugedeckt gehen lassen, bis sie sich sichtbar vergrößert haben. Eigelb und Milch verrühren und die Teigstücke damit bestreichen. Rosinen in die Spiralen drücken. Lussekatter auf der mittleren Schiene im Backofen etwa 12 Minuten backen.

GRETCHEN FRAGT

Schoko-Brownies in Arnsberg
Anke Kemper

»Jo. Joachim Beltz. Ich bin der Enkel. Der einzige Nach-
komme«, sagte Jo und damit war alles geklärt. Er streckte
dem Mann im grauen Kittel freundlich die Hand entgegen und wartete ein paar Sekunden zu lang auf die
Erwiderung. Das musste der Hausmeister sein, dachte
Jo und versuchte es mit einem unverbindlichen Lächeln.
Endlich wurde seine Hand gedrückt und er meinte, ein
brummiges »Schmittke« zwischen den verkniffenen Lippen seines Gegenübers zu vernehmen. Herr Schmittke
ging ohne ein weiteres Wort die Stufen hinunter, vorbei
an den Blumen und Kerzen, die am Treppenabsatz aufgestellt worden waren, und verschwand schließlich in den
Kellerräumen. Jo nahm seine Reisetasche und den Werk-
zeugkoffer und schloss die Wohnungstür auf. Es roch
muffig, gemischt mit dem Gestank verdorbener Speisen.
Jo riss die Fenster auf und überließ der kalten Winter-
luft den unangenehmen Geruch.

Knapp drei Wochen lag die Beerdigung von Oma
Gretchen nun zurück. Jo hatte es zu dem Zeitpunkt
nicht fertiggebracht, in der Wohnung nach dem Rechten zu sehen. Er hatte die Hausverwaltung gebeten, den
Kühlschrank zu räumen, die Heizung runterzudrehen

und die Pflanzen mitzunehmen oder zu verschenken. An den Vorratsschrank im Flur hatte er dabei nicht gedacht. Auch hatte er den Weihnachtsbaum vergessen, der nun geschmückt, aber vertrocknet im Wohnzimmer stand. Jo ließ das Wasser aus dem Hahn eine Weile in die Spüle fließen, bevor er damit den Elektrokocher füllte. Für die Räumung der Wohnung hatte er sich eine Woche freigenommen. Oma Gretchen hatte ihm schon vor einem Jahr ihr Hab und Gut als Schenkung übergeben und notariell beurkunden lassen, damit Jo direkt auf alles Zugriff hatte, wenn es erforderlich werden sollte. Seine Oma hatte schon immer den Weitblick gehabt, dachte Jo. Trotzdem wollte er sich die Zeit nehmen, Papiere und Fotoalben durchzusehen sowie ihre Kleidung, Küchenutensilien und Kleinmöbel nach Brauchbarem zu durchstöbern, um diese zu spenden. Anfang Februar sollte die Wohnung renoviert werden und am 1.3. würden die neuen Mieter einziehen. Viel hatte Gretchen nicht besessen. Auf den knapp 65 Quadratmetern Wohnfläche befanden sich wenige Möbel, die kleine Einbauküche mit Essbereich, ein Wohnzimmer mit einem Sessel, Sofa, Bücherregalen und einem großen Fernseher, das Schlafzimmer mit Bett und Kleiderschrank, ein kleines Bad und ein Gästezimmer, in welchem Jo in seiner Kindheit häufig übernachtet hatte. An den Wänden hingen ein paar Kunstdrucke und Familienfotos. Seinen Opa, dessen Vornamen er geerbt hatte, hatte er nie kennengelernt. Jo hatte nach dem frühen Tod seines Vaters viel Zeit bei seiner Oma verbracht. Seine Eltern hatten sich getrennt, als er noch die Grundschule besuchte, und zu seiner Mutter, die schnell eine neue Familie gegründet hatte, hatte er nie einen engen Bezug gehabt.

Jo fingerte einen Teebeutel aus der Packung, füllte eine Tasse mit heißem Wasser und setzte sich an den Küchentisch. Während der Tee zog, nahm er sein Notizbuch aus der Manteltasche und begann aufzuschreiben, was er in dieser einen Woche alles zu bewältigen hatte. Das meiste von Gretchens Sachen würde er zum Sperrmüll geben, das eine oder andere verschenken. Das Einzige, was er zum Gedenken an seine Oma mitnehmen wollte, waren ihre Rezeptbücher und ein paar Fotos. Jo hatte nicht vergessen, wie gut seine Oma gekocht und gebacken hatte. Die alten Rezepte, die schon ihre Mutter an sie weitergegeben hatte, wollte Jo erhalten. Aber als Erstes musste er den verdorbenen Müll entsorgen und einen Wocheneinkauf für sich erledigen.

Es dämmerte bereits, als Jo, bepackt mit zwei Einkaufstaschen, die Wohnung wieder betrat. Mittlerweile waren die Räume angenehm warm und es roch erträglich. Jo verstaute die Einkäufe für die kommende Woche, öffnete eine Flasche Rotwein und goss sich ein Glas ein. Er lehnte an der Anrichte, trank einen großen Schluck und starrte auf den Küchentisch. Dort lag ein wattierter Umschlag, den er bei seiner kurzen Erkundungstour durch die Wohnung im Gästezimmer auf dem Bett entdeckt hatte. Gretchen hatte in dicken Lettern »Für Jo« darauf geschrieben. Endlich gab er sich einen Ruck und riss den Umschlag auf. Dass seine Oma Tagebuch führte, wusste er noch aus Kindertagen. Dass sie ihm ihr letztes zu lesen gab, hatte er nicht erwartet. In dem Umschlag befand sich neben dem ledergebundenen Buch ein kleinerer Umschlag. Jo legte den Brief ungeöffnet beiseite und blätterte willkürlich durch die Seiten. Ein gefaltetes Kalenderblatt flatterte zu Boden.

Jo hob es auf und las: »Ab 12. November lesen«, hatte seine Oma auf die Rückseite notiert. Jo setzte sich an den Küchentisch und schlug das Tagebuch auf.

12. November
Ich hab es sofort erkannt, aber sie versteckt sich vor mir. Da frag ich: »Was ist mit deinem Gesicht passiert?«
Und sie sagt: »Ich bin über den Wäschekorb gestolpert.«
Da frag ich: »Bist du nicht letzte Woche auch über den Wäschekorb gestolpert?« Und sie zuckt mit den Schultern. Da frag ich, ob ich ihr helfen kann, aber sie dreht sich weg. Sie will keine Hilfe. Warum will sie denn keine Hilfe? Ich bin zwar alt, aber doch nicht blöd. Also frag ich: »Was sagt denn dein Paul dazu, dass du immer fällst?« Das hätte ich besser nicht gefragt. Sie dreht sich um und putzt das Bad weiter. Ich höre, dass sie weint.

Jo legte das Buch beiseite, schritt zur Anrichte und füllte das Glas erneut. Was hatte denn das zu bedeuten? Er beschloss, Abendbrot zu machen, bevor er weiterlesen würde. Während er die Spiegeleier in der Pfanne wendete, klingelte es an der Wohnungstür. Jo drehte den Herd herunter, ging in den Flur und öffnete.

»'n Abend«, sagte Schmittke. Es klang fast so, als müsse er nachholen, was er vor knapp zwei Stunden versäumt hatte zu sagen. »Wenn Sie am Entrümpeln sind, denken Sie auch an den Kellerraum. Nummer 5.«

»Danke«, antwortete Jo. »Das werde ich tun.« Schmittke hob die Hand, drehte sich um und wandte sich zum Gehen.

»Einen Moment«, bat Jo. »Wissen Sie, wer hier bei Frau Beltz geputzt hat?«

Schmittke trat nah an Jo heran. Zu nah, fand Jo. »Oben, die Irmy. Irmy Scheffer«, flüsterte er und nickte Richtung Treppenhaus.

»Danke«, sagte Jo und wollte die Wohnungstür wieder schließen, aber der Hausmeister hielt die Stellung.

»Sie ist momentan nicht da und Sie lassen sie auch besser in Ruhe.« Ein weiterer Blick die Stufen hinauf. Das war's. Schmittke drehte sich um und stieg die Treppen hinab. Wie vor zwei Stunden, ohne sich umzublicken, ohne ein weiteres Wort.

Jo schloss die Wohnungstür und ging zurück in die Küche. Er schlang einen Toast mit Ei hinunter und schlug das Tagebuch erneut auf.

13. November
Sie hat angerufen, dass sie krank ist. Da frag ich sie: »Was ist mit dir?« Da sagt sie: »Ach, wieder diese Bandscheibe.« Ich frag sie, ob ich etwas aus der Apotheke holen soll, und sie antwortet, dass sie alles hat. Und dann sagt sie mir noch, dass sie diese Woche nicht für mich den Wocheneinkauf erledigen kann, aber sie hat dem Florian Bescheid gegeben, der kommt nach der Schule bei mir vorbei. Ich bin besorgt. Was fehlt ihr wirklich? Ich habe dann gebacken, dafür habe ich immer alles im Haus. Beim Backen kann ich gut nachdenken. Ich mache die Schoko-Brownies, die mein Junge immer so gerne isst, wenn er mal hier ist. Die bringe ich ihr, und dann schaue ich, was sie wirklich hat.

Jo kritzelte »Florian« auf einen Zettel. Er würde später prüfen, wer das war. Vielleicht der Sohn dieser Irmy. Vielleicht auch ein Nachbarsjunge. In diesem Haus lebten sechs Familien mit Kindern. Gretchen war die älteste Bewohnerin gewesen, die allein lebte. Blieb noch die Hausmeisterwohnung im Souterrain und eine weitere. Vielleicht die von Irmy und Paul. Jo las weiter.

14. November
Ich habe geklingelt, aber niemand hat geöffnet.
Die Brownies habe ich vor ihre Tür gestellt. Die
Treppen machen mir sehr zu schaffen. Ich brauche
ziemlich lange. Ich werde Weihnachten mit mei-
nem Jungen reden, damit wir ein passendes Alten-
heim für mich finden. Das ist vernünftiger. Paul
kommt mir im Flur entgegen. Ich grüße freund-
lich und dann frage ich: »Wie geht es deiner Frau?«
Und er antwortet: »Wie immer.« Dann will er wei-
tergehen, aber ich stelle mich ihm in den Weg. Da
frage ich: »Bringst du sie auch zum Arzt?« Er fun-
kelt mich böse an. »Sie braucht keinen Arzt.« Da
frage ich: »Ich kann auch mit ihr zum Arzt gehen,
wenn du keine Zeit hast. Mache ich gerne.« Er
antwortet nicht und schiebt mich beiseite. Dann
geht er.

Jo blätterte um. Den nächsten Eintrag hatte seine Oma erst im Dezember gemacht.

6. Dezember
Heute fühlte ich mich endlich wieder besser und
ich bin zur Polizei gegangen. Der junge Polizist

hat mir gesagt, dass er mir nicht helfen kann. Das
wollte ich gar nicht glauben. Er hat mir erklärt,
dass diese Frau selbst kommen muss, um Anzeige
zu erstatten. Ich habe mit ihm geschimpft, dass sie
das nicht machen wird und dass es ihr nicht gut geht.
Schon zwei Wochen war sie nicht mehr bei mir. Ich
habe fast täglich angerufen, immer wenn ich wusste,
dass Paul zur Arbeit ist. Sie hat nur einmal abge-
nommen und gesagt, dass sie ihre Ruhe braucht.
Da stimmt was nicht. Also habe ich den Polizis-
ten gefragt: »Wer kann mir denn jetzt helfen?« Er
sucht in einer Schreibtischschublade. Dann gibt er
mir seine Visitenkarte und einen Flyer und sagt:
»Geben Sie das dieser Frau. Dort bekommt sie
Hilfe. Schnell und unkompliziert. Oder sie soll
mich direkt anrufen.«

Jo konnte nicht mehr in der stickigen Küche allein mit seinen Erinnerungen und dem Tagebuch seiner Oma sitzen.
Was sie da aufgeschrieben hatte, verstörte ihn. Er nahm
seinen Mantel und Schal, schlüpfte in die Stiefel und verließ die Wohnung. Draußen war es sternenklar und eiskalt.
Er schlug den Weg Richtung Kino ein. Vielleicht hatte die
Spätvorstellung noch nicht begonnen. Er brauchte dringend Ablenkung. Jo konnte sich gut erinnern, dass Oma
Gretchen bei einem seiner seltenen Anrufe Mitte November über eine Grippe geklagt hatte. Aber sie hätte das im
Griff und ihre Nachbarin würde sich reizend um alles
kümmern. Er brauche sich keine Sorgen zu machen.

Jo schämte sich. Er wohnte knapp eine Autostunde entfernt und hatte es nicht für nötig gehalten, nach Oma Gretchen zu sehen. Er hatte ihr gesagt, dass er sie Mitte Januar

besuchen wolle. Eher schaffe er es nicht. Er war wieder mal zu beschäftigt und seine Oma hatte wie immer Verständnis gezeigt. Gretchen hatte seine Lieblings-Brownies gebacken und sie ihm zu Weihnachten geschickt. Am Heiligen Abend war sie verstorben. Er hatte sie allein gelassen. Ja, er hatte wenig Zeit, aber das würde er sich nie verzeihen. Nach seinem erfolgreichen Studium der Zahnmedizin an der Universität Münster vor fast fünf Jahren hatte er direkt als Partner in eine Zahnarztpraxis in Bochum einsteigen können. Das Erbe seines Vaters und die Fürsorge seiner Oma hatten ihm das ermöglicht.

Jetzt stand er vor den schreiend bunten Plakaten des *Residenz-Kinocenters* in der Rumbecker Straße und fragte sich, was für ein Arschloch aus ihm geworden war. Jo drehte sich um und ging Richtung Altstadt hinauf. Die Ablenkung durch einen Actionfilm würde ihm jetzt nicht helfen. Nach knapp 15 Minuten hatte er die Straße Alter Markt erreicht. Die Giebel und Dachüberstände der Fachwerkhäuser waren stilvoll angeleuchtet. Das renovierte *Sauerlandmuseum* strahlte zu seiner Rechten. Vorbei am *Maximilianbrunnen* führte sein Weg unter das Wahrzeichen von Arnsberg, den *Glockenturm*, direkt auf die Schlossstraße und schließlich hinauf zur *Schlossruine*. Von hier oben hatte er einen fantastischen Blick auf die Stadt. Jo wischte sich eine Träne aus dem Augenwinkel. Scheißkälte. Unruhig wippte er mit den Füßen auf und ab. Jo wollte nicht glauben, dass er nichts mehr unternehmen konnte. Er war zu spät. Seine Oma hätte ihn gebraucht und er war nicht da gewesen. »Idiot!«, schimpfte er sich, trat wütend gegen die Schlossmauer und eilte zurück. Er würde nicht eher aufhören zu lesen, bis er herausfand, was Oma Gretchen ihm sagen wollte.

Jo überflog den Text. Er hatte von vorne begonnen, um sich von allem ein Bild zu machen. Er wusste jetzt, dass Florian der Nachbarsjunge links unter ihr war, der immer mal etwas für sie erledigte. Irmy hatte erst seit Oktober bei ihr geputzt, vorher waren sie sich nur selten begegnet. Hausmeister Schmittke hatte ihr den tropfenden Wasserhahn im Badezimmer repariert, ihr häufig die Wäsche aus dem Keller hochgetragen, wenn es ihr zu viel wurde, einen Weihnachtsbaum besorgt und beim Schmücken geholfen, und Gretchen schien täglich für sich und das halbe Haus zu backen. Zu Nikolaus hatte sie für alle Bewohner eine kleine Nikolaustüte vorbereitet und vor die Wohnungstüren gestellt. Für Schmittke hatte sie einen Schal gestrickt. Sie selbst hatte von den Nachbarn einen Geschenkkorb mit allerlei Leckereien erhalten. Es lief alles wie gewohnt und Oma Gretchen war bei allen beliebt.

23. Dezember
Heute war sie bei mir, weil ich ihr das Weihnachtsgeschenk überreichen wollte. Wieder sieht das Gesicht furchtbar aus. Die Sonnenbrille nutzt da wenig. Ihre Lippe ist aufgeplatzt, an der Stirn wächst eine große Beule. Da frag ich: »Wo bist du dieses Mal drüber gestolpert?« Da sagt sie: »Das weißt du doch.« Ich nicke nur und gebe ihr die Visitenkarte und den Flyer. Ich erkläre ihr, was sie tun soll. Sie nimmt mich in den Arm und weint. Zum Abschied frag ich sie: »Tust du, um was ich dich bitte?« Sie dreht sich nicht um, aber ich glaube, sie hat genickt. Ich hoffe so sehr, dass sie weggeht. Auch, wenn ich große Angst habe, was dann passiert.

Jo klappte das Tagebuch zu. Er hatte seinen Körper nicht mehr unter Kontrolle. Alles zitterte und bebte. Das war der letzte Eintrag von Oma Gretchen gewesen. Am Heiligen Abend gegen 8 Uhr in der Früh hatte man sie am Fuße der Treppe tot aufgefunden. Im Unfallbericht hatte es geheißen, dass Frau Grete Beltz am Morgen des 24.12. das Gleichgewicht verloren hatte und samt Wäschekorb mehrere Stufen hinunterfiel und sich tödlich verletzte. Jo schnäuzte sich. »Idiot«, sagte er erneut. Die Mutter von diesem Florian hatte das Gepolter gehört und war ins Treppenhaus geeilt. Jede Hilfe kam zu spät.

Jo stand abrupt auf und ging in der Wohnung auf und ab. Er wollte jetzt keinen Fehler machen, wusste aber, dass er etwas unternehmen musste. Als er zurück in die Küche trat, fiel sein Blick auf den Brief, den er achtlos beiseitegelegt hatte. Jo riss den Umschlag auf und fingerte den Zettel heraus.

Mein lieber Junge,
wenn du diesen Brief liest, bin ich vermutlich im Krankenhaus oder noch schlimmer. Leg dich nicht mit diesem Paul Scheffer an. Geh mit meinem Tagebuch zur Polizei und lass die das machen. Was auch immer passiert, es ist nicht deine Aufgabe. Ich denke, ich bin zu weit gegangen, aber du kennst mich ja.
Ich bin so stolz auf dich und ich weiß, dein Vater wäre es auch.
Mein Junge, ich hätte dich so gerne noch einmal bekocht, verwöhnt und ganz fest gedrückt. Pass gut auf dich auf. Vielleicht denkst du ja manchmal an mich, wenn du nach einem anstrengenden

Arbeitstag deinen Espresso Macchiato trinkst und
einen Schoko-Brownie dazu isst. Ich weiß doch,
dass du das sehr liebst.
In Liebe, deine Oma Gretchen
PS: Stell keine Fragen mehr. Bitte.

Nach knapp einer Woche hatte Jo alles geräumt, einige Möbel zerkleinert und an die Straße zur Sperrmüllabfuhr gestellt. Der zwölfjährige Florian hatte tatkräftig zugepackt. Ein paar Sachen hatte der Junge mitgenommen, um sie im Internet zu verkaufen und sein Taschengeld aufzubessern. Jo war das nur recht. Je schneller er hier wegkam, umso besser. Er hatte das Ersparte von Gretchen einem Verein zur Frauenberatung gespendet. Er war sich sicher, dass das im Sinne seiner Oma gewesen wäre. Irmy Scheffer hatte sich nicht mehr blicken lassen. Jo hoffte, dass sie gegangen war und man ihr half, ein neues Leben zu beginnen. Dass wenigstens etwas gut war an dem Unfalltod von Oma Gretchen. Er hatte das Tagebuch der Polizei übergeben, so wie sie es gewünscht hatte. Sie versprachen, der Sache nachzugehen. Da Gretchens Leichnam verbrannt worden war, war es für eine rechtsmedizinische Untersuchung zu spät. Du hast versagt!

Jo schämte sich. Seine Schuldgefühle erdrückten ihn. Er fühlte sich verantwortlich. Er hatte seine Oma allein gelassen und geglaubt, dass schon alles seinen Weg ging – wie immer. Und wäre er direkt nach Gretchens Tod in ihre Wohnung gegangen, hätte es vielleicht noch eine Chance gegeben, ihren Tod zu untersuchen. Vielleicht würden ihre Einträge im Tagebuch dazu beitragen, dass man Paul Scheffer genauer unter die Lupe nahm. Vielleicht war er in der Vergangenheit bereits auffällig geworden. »Vielleicht«, sagte Jo leise. Und vielleicht war es tatsächlich nur ein Unfall gewesen. Er konnte hier und jetzt nichts machen, und doch hatte er noch so viele Fragen. Zu spät.

Jo schaute sich noch einmal in der leer geräumten kalten Wohnung um. Sein Gepäck, Gretchens Rezeptbücher und Fotos sowie die Tagebücher der letzten fünf Jahre hatte er bereits im Auto verstaut. Jo seufzte. Das war also übrig von einem ganzen Leben. Schon bald würden frische Farbe, neue Böden und moderne Möbel Einzug halten und einem Paar oder einer kleinen Familie ein warmes Zuhause bieten. Jo schloss die Wohnungstür und stieg die Stufen hinab. Am Treppenabsatz stand Schmittke und wartete auf ihn. Die Blumen und Kerzen, die die Bewohner für Gretchen aufgestellt hatten, waren längst weggeräumt. Schmittke deutete auf ein Whiteboard, das er im Treppenhaus direkt neben der Haustür angebracht hatte. Dort hatte er in Großbuchstaben geschrieben: »Wer hat was gesehen oder gehört?«, darunter ein DIN-A4-Blatt mit Erklärungen zu Gretchens Tod und Kontakt zur Polizei mit Magneten befestigt. Darüber hing ein Foto von Gretchen, um sie herum Schmittke und ein paar andere Nachbarn, die mit einem Glas Sekt anstießen. Daneben hatte er in dicken Lettern geschrieben: »Wenn ihr jemanden zum Reden braucht, egal weswegen, meldet euch! Gemeinsam ist es einfacher und schweigen hilft nicht weiter.«

Jo schluckte. Wenn Gretchen mal bloß geschwiegen hätte.

»Hab ich eben aufgehängt«, sagte Schmittke stolz und lächelte. »Irgendwann wird wohl etwas dabei herauskommen.«

»Danke«, erwiderte Jo. »Da habe ich keine große Hoffnung, aber: danke.« Die beiden Männer schüttelten einander die Hände. Jo griff in seine Manteltasche und holte einen 100-Euro-Schein heraus, den er Schmittke gab. »Für Ihre freundliche Hilfe«, sagte er und fügte in Gedanken hinzu: und um mein schlechtes Gewissen zu beruhigen. »Meine Oma hat in den höchsten Tönen von Ihnen gesprochen.«

»Oh, ja. Eine besondere Lady«, antwortete Schmittke beschämt. »Ich habe mich nur versucht zu revanchieren. Sie war großartig. Allen gegenüber«, sagte er. »Ach, Herr Beltz«, rief er Jo hinterher, der bereits in der geöffneten Haustür stand. »Und danke, dass Sie mal so richtig hier aufgeräumt haben.« Dann tippte er an seine Mütze und verschwand Richtung Keller.

»Ich war das nicht«, sagte Jo leise und ging.

Rezept: Schoko-Brownies

Zutaten:
  175 g dunkle Schokolade (zerkleinert)
  175 g Butter
  250 g brauner Zucker
  1 Prise Salz
  3 Eier
  120 g Mehl
  10 Tropfen Vanillearoma
  100 g Schokoflocken

Den Backofen auf 180 °C Ober-/Unterhitze vorheizen. Die Backform einfetten und mit Backpapier auslegen.

Schokolade und Butter im Wasserbad unter ständigem Rühren schmelzen. Den Topf vom Herd nehmen, auskühlen lassen.

Danach Zucker und Salz zur Schokolade hinzufügen. Die Eier verquirlen und allmählich in die Schokoladenmischung geben.

Das Mehl in die Schokoladenmischung sieben und alles zu einem glatten Teig verrühren. Das Vanillearoma und die Schokoladenflocken hinzugeben und gut unterrühren.

Den Teig in die Backform füllen. Die Masse 20–25 Minuten im Ofen backen, bis sie hellbraun, innen aber noch weich ist. Die Form aus dem Ofen nehmen.

Den Kuchen kurz auskühlen lassen, bevor man ihn in Stücke schneidet. Die Brownies aus der Form nehmen und ggf. mit Eiscreme und Eierlikör als Dessert servieren.

Weitere Titel finden Sie auf den
folgenden Seiten und im Internet:

WWW.GMEINER-VERLAG.DE

Alle Bücher von Astrid Plötner:

Die Kommissare Graf und Teubner ermitteln:

1. Fall: Todesgruß
ISBN 978-3-8392-1949-2

2. Fall: Enkeltrick
ISBN 978-3-8392-2330-7

Astrid Plötner und Anke Kemper:

Köstlich killt der Weihnachtsmann
ISBN 978-3-8392-0489-4

Meuchelei in der Weihnachtsbäckerei
ISBN 978-3-8392-0713-0

GMEINER SPANNUNG

WWW.GMEINER-VERLAG.DE
Wir machen's spannend

Margit Kruse
Stille Nacht, Schicht im Schacht
Kriminalroman
288 Seiten, 12,5 x 20,5 cm,
Broschur
ISBN 978-3-8392-0734-5

Am Morgen des ersten Weihnachtstages findet Privatermittlerin Margareta Sommerfeld in der Wohnung ihrer Mutter deren Freundin Anni mit einer schweren Kopfverletzung. Von Waltraud keine Spur. Auf dem Wohnzimmertisch liegt ihr rotes Notizbuch. Thomas Scheffel, Hauptkommissar in Buer und Margaretas Lebenspartner, steht wenig später auf der Matte. Wo ist Waltraud? Entführt? Margareta sucht sämtliche Personen aus dem Notizbuch auf, auch den Schamanen Hemavati. Ist Waltraud das Seminar über die Raunächte, das sie bei diesem Kerl besucht hat, zum Verhängnis geworden?

GMEINER SPANNUNG

WWW.GMEINER-VERLAG.DE
Wir machen's spannend